寡婦

LYNDA
LA PLANTE

琳達・拉普蘭提

林亦凡——譯

WIDOWS

序章

一九八四年，十一月

這起搶案設計得天衣無縫，是哈利・勞林斯心目中的完美版本。哈利是位富有的古董商，專營銀器、珠寶和高價藝術品買賣，他和朵麗是一對人人稱羨的夫妻。然而，哈利・勞林斯還有另一個身分：他是一位技巧高超的罪犯，精通洗錢等不法勾當。他的手下都忠心耿耿，個個對他心懷敬畏。他冷酷無情、精於算計，是一位致命的對手。儘管警方懷疑他罪嫌重大，但哈利・勞林斯連一天牢也沒坐過。

這計畫很簡單，而且依循哈利・勞林斯的行事風格，每個細節都經過再三反覆演練。四個人戴上滑雪面罩，在河岸街地下雙向車道的預定施工地點，洗劫一輛運鈔車。一名蒙面搶匪會駕著麵包車在行進中急煞，擋住後頭的運鈔車。等運鈔車被迫停下，開著福特休旅車尾隨在後的三人即刻就位：一人持槍截斷後方車流，另外兩人用接線雷管引爆明膠炸藥，炸開運鈔車後門。麵包車駕駛隨即加入他們，四人一同將現金袋塞入彼此身後的背包。三名武裝搶匪接著便奔向四十五公尺外的地下車道出口，搭上等著接應他們的車輛。第四位搶匪掩護他們逃離現場，隨後將麵包車開到預先規劃的藏身處。

當麵包車、運鈔車和福特休旅車依序開進河岸街地下車道，一切看似皆按計畫進行。搶匪都是熟練的老手，已做好下一階段準備。然而，事情卻突然亂了套：有輛警車從他們後方不遠處冒了出來。警車為了追捕兩個駕駛贓車的年輕人，一路開進地下車道。

警車鳴笛大響，福特休旅車駕駛慌張望向後方——就在這一瞬之間，麵包車駕駛按計畫執行搶案，猛力踩下煞車，運鈔車被迫急煞——等休旅車駕駛回望前方，為時已晚：休旅車直接撞進運鈔車後方，贓車駕駛則追撞上休旅車。

這一連鎖效應將前座的駕駛驟然往前推擠，他手中的明膠炸藥飛了出去，擊中儀表板，隨即引爆燃起火球，吞噬車內的一切。

三名武裝搶匪困在自己的車裡。大火和濃煙讓人無法靠近，沒人能夠扳開駕駛座的車門。沒人能夠接近，也沒人能幫助他們。然而當油箱爆炸、休旅車被炸得四分五裂，每個人都能聽見他們的尖叫。

在隨後的一片極度混亂中，沒人注意到麵包車的蒙面駕駛。他遲疑地看了幾秒，隨即跑回麵包車，駕車離開地下車道。

福特休旅車內的三具焦屍被送往西敏市殯儀館。兩天後，法醫完成驗屍程序，正式確認死者身分為哈利．勞林斯、喬瑟夫．皮瑞里，以及泰瑞．米勒。

福特休旅車的駕駛哈利．勞林斯承受明膠炸彈的正面衝擊，上半身被炸成碎片，頭骨嚴重碎裂，無法重建，雙腿則被燒得只剩骨頭。儘管如此，在那燒得焦黑且殘缺不全的左手臂上，還掛著一隻勞力士金錶，上頭刻有現已模糊的銘文：致哈利，愛你的朵麗贈，12/2/62。

儘管警方一開始便認為第二具屍體是喬瑟夫．皮瑞里，但由於一側臉部被嚴重燒毀，以致於無法百分之百確定屍體身分。皮瑞里有犯罪前科，但因手掌已殘缺不齊，無法採集指紋。最終，需求助齒科法醫，透過牙醫紀錄，合理推斷出死者身分。

泰瑞．米勒有三項前科，法醫透過燒剩的左手食指和部分拇指指紋，辨識出他的身分。

這三位都是已婚男子，他們的太太現在都成了寡婦。

第一章

朵麗．勞林斯站在廚房裡，熨燙著襯衫的衣領和袖口，她已經把那些部位照哈利喜歡的樣子漿挺了。她身邊的洗衣籃裡堆著燙好的床單和枕套。小狼坐在她腳邊，頭低低垂著，牠是隻白色小貴賓狗，在朵麗生下一個死產的男嬰、他們構築理想家庭的希望破滅之後，哈利把牠帶回家來。牠總是保持警醒，只要朵麗一動身，牠就小步跟上。

朵麗從警察局回來以後，就一直在洗衣、燙衣和撢灰塵。現在已經過了下午一點鐘，有時候她會停下動作、雙眼放空，但這樣一來痛苦就會積聚增長，促使她又開始做事：任何事都好，只要能夠讓她忘記內心的那股痛楚。警方不讓她看哈利的遺體，因為受損太嚴重了，而一部分的她仍然拒絕接受自己聽見的說詞。她很確定，他們在騙她。哈利隨時都可能走進家門回來。

＊

琳達．皮瑞里像凍結般呆立在冰冷的停屍間裡，長長的黑髮圍繞著她死灰的臉龐。她希望有人陪著她，她有許多希望，但現在她最希望的是她只不過做了個噩夢，隨時都能醒過來。

「根據牙醫治療紀錄判斷，這是您的丈夫，皮瑞里太太，但由於我們沒有尋獲全部的牙齒，我們還是希望您也能幫忙看一看，」禮儀師說，「他有一側臉沒燒傷得太嚴重，所以您只要站在原處別動就好。準備好了嗎？」琳達還沒機會回應，他就拉開了白床單。

琳達倒抽一口氣，伸手摀著嘴，僵住了。她感覺腿部內側有某種溫熱的東西滴流而下。

「廁所，我得去廁所……」她開始輕聲喃喃說道。

「這位是不是您的丈夫，喬瑟夫．皮瑞里？」負責護送她的女警問。

「對，對，是的。現在請讓我出去吧。」琳達懇求。

女警抓住琳達的手臂，溫柔地把她從停屍間帶到走廊上的廁所。

＊

雪莉．米勒的母親奧黛麗已經筋疲力竭且耐性盡失。她嫌惡地向下看著身上沒形沒狀的毛料舊洋裝、沒穿襪的雙腿和踝靴。奧黛麗在廚房窗戶上瞥見自己的形影，發現染橘的頭髮已經長出灰色髮根。她得去補染一下，感覺才像個人。她看著那副憔悴的倒影時，還聽得見她女兒在樓上哭得肝腸寸斷。

雪莉躺在床上，雙眼哭紅了，每次擦乾眼淚之後就又哭起來，並一次次喊著他的名字。

「泰瑞……泰瑞……泰瑞……」雪莉尖聲哭嚎，把她丈夫一張裝了框的相片抱在胸口。

奧黛麗快步走進房，手裡用托盤端著熱牛奶和奶油土司，但雪莉碰也不碰，所以奧黛麗只好自己獨享。她吃喝的同時，看著雪莉握在手中的那一小幀泰瑞的銀框相片。

奧黛麗坐回床緣，審視著她那美麗的女兒、她畢生的驕傲。雪莉是個令人驚豔的妙齡女子，曲線玲瓏有致，一頭天生金黃的捲髮長度過肩。她的個性最是體貼、誠懇，從小到大就只拂逆過奧黛麗的心意那麼一次——在她跟泰瑞・米勒結婚的時候。她會撐過去的，奧黛麗心想，她不久就會恢復正常了。但現在，最好還是讓她盡情地哭吧。

*

下午兩點鐘，朵麗拖著自己的身子、帶著熨衣工具，爬到她那間波特斯巴[1]美寓的樓上。小狼昏昏欲睡地跟在她後頭。小狼平常在客廳裡睡覺的處所，位於華麗的壁爐前方、厚厚的波斯地毯上。爐台上展示著朵麗與哈利人生各階段的相片：他們在切爾西登記局舉行的婚禮（朵麗身穿香奈兒套裝、手捧一小束白玫瑰）、在巴黎度的蜜月、每年的結婚紀念日、還有之後的耶誕節與慈善宴會。冬天裡燒的柴火讓小狼小小的身體保持溫暖，夏天時，則有從敞開的框格窗吹進室內的涼風供牠享受。但是，當哈利出差不在，小狼總是會爬上綴金線的紅絲絨沙發、窩在朵麗身旁。

朵麗打開臥室的門。房裡一盞床頭燈發出柔光，照著一塵不染的室內，相配得宜的窗簾、床罩和抱枕一概乾淨整齊，東西全都擺得妥妥當當。收好熨衣工具以後，朵麗伸手掏圍裙口袋，點了今天的第一百根菸。她嚥下煙霧時，感到心臟在體內重重起伏。

回到樓下，朵麗打開音響櫃的紅木櫃門，按下唱機開關，把唱針放上原本就已置於轉盤的黑膠唱片。從警察局回到家以後，她一遍又一遍地播放這首歌：女低音凱薩琳．費莉亞深沉渾厚的嗓音唱著〈沒有你的人生〉，似乎撫慰了她的心情。

朵麗坐在客廳裡抽菸，小狼窩在她身旁。她在那裡坐了一整夜。她沒有哭，她哭不出來——彷彿有人把她體內所有的情感都抽乾了。她回想起兩天前的早晨，哈利與她吻別。他說他要出差去收購古董，應該只去兩三天。他不在的每一刻，她都思念著他，前一天晚上，她還在準備為他返家的晚餐做一道千層麵——他喜歡義大利麵上頭的起司烤得脆脆的。那時，門鈴響了。

她用抹布擦擦手，小狼連聲尖吠、奔向有門釘的紅木前門。她跟著牠走到過道上，卻怔住了。彩繪玻璃窗外，出現兩個陰暗身影的輪廓。門鈴又響了一次。

兩名警探向她出示警徽，問她丈夫在不在家。過去也有執法人員登門幾次，所以朵麗馬上戒備起來，含糊表示哈利出差去了。於是他們請她穿好鞋子和大衣，跟他們去一趟警局，指認可能屬於她丈夫的東西。他們在警車裡毫不合作，對她的問題一律拒答，讓她嚇著了。要是他們逮捕了哈利怎麼辦？她決定在掌握更多資訊前別多說話、也不再提問。

到了警局，他們把她帶進一間冰冷簡陋的房間，裡面只有一張美耐板桌子、和四張成套的硬椅子。穿制服的女警站在朵麗身邊，同時有個警探遞給她一個塑膠證物袋，裡面裝著一只錶

1 譯註：英國倫敦郊區赫福特郡的城鎮。

面鑲鑽的勞力士金錶。她想打開袋子時，警探把它搶走了。

「不許碰！」他斥道。他戴上白色的鑑識用橡膠手套，拿出那只手錶，翻到反面，露出已經磨損的刻字。

「**致哈利，愛你的朵麗贈，12/2/62**，」朵麗悄聲說。她不知怎麼地竟能控制住自己。「是我先生的，」她說，「是哈利的。」然後她的世界霎時崩毀。

「那是我們從屍體手腕上取下來的，」領頭的警探停頓一下，觀察她的反應，「一具燒成焦炭的男屍。」

朵麗抓住那只錶，步步後退遠離警探，直到她撞上房間另一端的牆壁。女警官跟了過來，伸出手。

「那是證物，」她說，「交出來！」

朵麗使盡全力，將那只錶遞出去。震驚之情使她自制力盡失。「你們騙人，」她尖聲喊，「他才沒死。他沒死！」他們把哈利寶貴的金錶從她手裡奪走時，她嘶聲說，「我要看他。我必須見他！」

女警官的耐心耗盡。「已經沒剩什麼可看了，」她冷漠地說。

搭警車回家的路上，朵麗不斷告訴自己那不可能是哈利，但她腦裡的聲音卻持續對她低語……她是在他們十週年結婚紀念日送他那只錶的。他吻了她，承諾永遠不把錶脫下。朵麗多麼愛他看錶的樣子，他會伸直手臂、轉過手腕，凝視光線射入鑽石。他從不讓那只勞力士錶離身——連在床上也不例外。隔年的結婚紀念日，她買給他一個金製的Dunhill打火機，上面刻著他的姓名縮寫。他笑著告訴她，他會永遠帶著這件禮物，就跟那只錶一樣。

但是，縱然如此，她仍舊無法接受他再也不會回家的事實。

*

奧黛麗為泰瑞籌辦了葬禮。一場安靜低調的私家儀式，不過就是大家在屋子後面喝個幾杯，沒什麼特別的。何況，以雪莉當時的狀態，光是讓她穿好衣服，就已經是奧黛麗能力的極限了。

雪莉的龐克族弟弟葛瑞格盡可能地幫忙，但他還太年輕，無法面對姊姊一再潰堤爆發的情緒。雪莉試圖跳到墓穴裡的棺材上時，他窘迫不堪，竟然離開現場，混進另一群完全不相干、但表現顯然較為得體的喪家。

墓碑還沒訂，因為奧黛麗不喜歡開口要錢，不過她打算一等雪莉恢復精神，就要做些安排。她對雪莉重新參加選美比賽寄予厚望。憑她那奪目的美貌，奧黛麗覺得女兒一定能夠打進英格蘭小姐初賽。其實，她已經幫她報名了帕丁頓小姐……等雪莉沒哭得那麼厲害時，她再來提這件事。

*

琳達置身於皮瑞里家族擁擠的公共住宅客廳。喬的所有親戚都受邀參加葬禮和守靈，此時他們個個從頭到腳一身黑，用滔滔不絕的義大利語大吼大叫。她婆婆，也就是皮瑞里媽媽，已經煮了好幾天的菜，張羅出一場盛宴——義大利麵、披薩、義式香腸應有盡有，都在桌上。琳達是個孤兒，沒有自己那邊的家人可以邀請。至於朋友嘛，她工作的遊樂場裡那些男生也跟喬不太認識。於是，琳達自己一個人漸漸喝到酩酊大醉。她意識到客人在看她，對她豔紅的洋裝連連搖頭。她不在乎。

環顧著一張張淚汪汪的臉孔，琳達突然瞥見客廳另一端的一名女子，認出那就是幾週前被她看到跟喬混在一起的金髮小賤貨。她怒氣騰騰，一路推開客人，走向那個掉著眼淚的女人。

「是誰邀妳來的？」琳達尖聲大喊。她可要讓她好好記住他！她把自己裝著酒的杯子丟向那女孩，要不是喬的弟弟吉諾趕忙把她拉開，她就要丟中了。吉諾緊緊摟住啜泣的琳達，在她耳邊低語安慰，同時隨興所至地將醉醺醺的手放在她右邊胸部上。

*

悲痛逾恆的朵麗·勞林斯幾乎沒有進食。她感覺白天和黑夜溶混在一起，但不知怎麼地，她在自動導航狀態下同意讓人埋葬了她丈夫。她坐在客廳裡，穿著一身整齊的黑色套裝，戴著綴有小面紗的黑帽。她一次次輕撫黑色的小羊皮手套，隔著柔軟的皮料摸到訂婚戒指和結婚戒指。小狼坐在沙發上緊靠著她，小小的、溫暖的身體抵著她的腰部。

即使是在這一天，朵麗的外表仍然無懈可擊：沙色的頭髮一絲不苟，妝容經過精心打理，態度公事公辦、不帶感情。她決心不讓任何人分享她個人的、隱私的哀慟。他們根本不可能了解，而她最不想要的就是有人自以為能懂。

*

朵麗和哈利的關係十分特別。他們邂逅時，朵麗在襯衣巷經營著亡父留下的古董舊貨店。一開始，吸引她的並不是哈利的捷豹E-Type跑車、好看的外表和個人魅力，雖然這些她也注意到了。不是這樣的，他們之間的連結比那更深。

哈利拿著單鑽戒指求婚時，朵麗不禁屏息。哈利的母親艾芮絲也同樣喘不過氣，但是出於非常不同的原因。她無法相信，自己的兒子居然要娶一個在她眼中平庸、拜金又不檢點的女孩。他的父親當年由於持械搶劫身陷囹圄，出獄後不久就死於癌症，艾芮絲是一手將獨生子撫養長大。她做出了非常成功——而且表面上合法——的古董生意，確保哈利受到良好教育，讓他到處旅遊、增進關於古典藝術、銀器和寶石的知識。他接掌家業時，艾芮絲飽受關節炎和嚴重的偏頭痛之苦，已經準備好要退休。她對於這個獨生子最後的期望，就是看著他跟一名出身富貴、人脈良好的年輕女子結為連理。那是哈利有史以來第一次反抗母親。

朵麗從沒有跟哈利說過，有一天她去拜訪了艾芮絲，就在那間位於聖約翰伍德社區、由她孝順的兒子購置的雅緻套房裡。朵麗當年雖然不怎麼優雅，卻也不是艾芮絲想像中那種廉價粗俗的金髮太妹。她頗有魅力，以女性標準而言有點壯，雙手飽經勞動，但也端莊柔美，說起話來文文靜靜。當時艾芮絲力持鎮定，請她喝茶。

「不了，謝謝，勞林斯太太，」朵麗回應。那口東倫敦腔讓艾芮絲聽得一縮。

「我只是想讓妳知道，我愛著哈利，不管妳贊成與否，我們都會結婚。妳要是繼續反對和恐嚇，只會使得我們的關係更緊密，因為他也愛我、需要我。」

朵麗停頓一下，等待艾芮絲的回答——如果她還有點理智的話，應該是道歉才對。然而，艾芮絲緩緩地上下打量朵麗，對她普通的衣服和毫無創意的平底鞋嗤之以鼻。

朵麗聳聳肩繼續說，「我爸也是做古董買賣的，他認識妳先生，所以別對我擺那副高高在上的架子。大家都知道他會收購贓物，而且因為持械搶劫在潘頓維爾坐了十年牢。大家也都知道，他在裡面蹲的時候，妳繼續經營他的生意。老實說，妳沒被抓到還真走運。」

從來沒人跟艾芮絲這樣說過話。「妳是懷孕了嗎？」她目瞪口呆地問。

朵麗撫平身上的鉛筆裙。「不，勞林斯太太，我沒懷孕，但我的確想要有個家庭，如果妳想成為這家庭的一部分，就該學會適時閉上嘴巴。不管妳同不同意，哈利和我都要結婚，妳威脅要把他趕出家族企業，只是在殺雞取卵，」朵麗轉身離開，「不必送了。」

「如果妳要的是錢，」艾芮絲說，「我現在就開支票給妳。開個價吧。」

朵麗伸出戴著單鑽訂婚戒指的左手。

「我要的是搭配這個的結婚戒指，因為妳收買不了我。我只想要他，而且我會讓他幸福。

妳能不能參與我們的生活，全看妳自己決定。」

朵麗再一次走向門口，而艾芮絲的話再一次讓她停下腳步。

「妳要是想跟哈利一起做古董生意，最好把妳那東區口音改掉。」

「我正有此打算，勞林斯太太，」朵麗轉過眼光直視著艾芮絲，「就像妳當初一樣。」

＊

艾迪．勞林斯，這個讓朵麗難以忍受的討厭親戚，帶著凍紅的臉頰衝了進來，打斷她的思緒。他的相貌和哈利神似，但相對於哈利的強悍剛毅，艾迪就像是他弱化的版本。

他摩擦著雙手，比向窗外的葬禮車隊。「他們都來了，」他說，笑臉容光煥發，「真是大場面。費雪家來了，更別說在路那頭的車上監視的條子。隊伍都看不見排尾了，一定有五十台車吧！」

朵麗咬咬嘴唇。她並不想把儀式舉辦成這樣，但哈利的母親艾芮絲堅持如此：哈利是個重要人物，必須風光下葬。朵麗知道艾芮絲有多痛苦，所以就順了她的意。沒有人會為此感謝她，但長遠看來，這樣能讓朵麗的生活少些壓力。

拿起黑色皮革手提包的朵麗站起來、撫平裙子，出門途中在走廊上的鏡子裡檢查儀容。就在她走到前門時，艾迪攔住她，從口袋裡拿出一個棕色小包裹交給她。儘管四下無人，他還是傾身靠近，壓低聲音說話。

「朵麗，這給妳的。我知道現在可能時機不對，但是條子一直在我那邊打探。哈利之前給我這個東西，說如果他出了什麼事，要轉交給妳。」

朵麗盯著那個包裹。艾迪移動重心，靠得更近。

「我想這是他保險箱的鑰匙，」他說。

朵麗將包裹滑進手提包，跟著艾迪出了門。她不敢相信，她就要埋葬哈利了。她只想躺下來一死了之。現在，只有她的小狗能支撐她活下去。

鄰居們都跑到自家的車道上，朵麗從前院的小徑走過時，可以感覺到每個人都在看她。一台接一台的車排成隊伍，耐心地等著跟上裝滿花環和花束的靈柩車。朵麗從沒有看過那麼多愛心和十字架，水花般潑灑的色彩和黑色車隊形成強烈的對比。

艾迪護送朵麗坐上一台黑色賓士的後座，車窗玻璃也是染黑的。她低頭上車時，看到婆婆坐在後面那台勞斯萊斯上。艾芮絲用嘴形說：「賤人。」朵麗對她置之不理，她婚後生活中多半就是這樣應對的。

一坐定，朵麗就對艾迪點頭示意，讓他跟著緩緩移動的靈柩車開。透過車內後視鏡，他看見一行行淚水開始沿著她面如死灰的臉龐流下。她用緊繃的聲音說著話的同時，完全沒費神去擦眼淚。

「希望你有跟他們說了，葬禮後就回家，我什麼活動也不辦，完全不辦。這事越快結束越好。」

「有，我說了，」艾迪警戒地說，「但我想艾芮絲會邀幾個人去她公寓。她有邀我，還說所有費用由她買單。」朵麗閉上眼睛搖搖頭。艾芮絲退休之後，財務上就無法自給自足，所以「由她買單」的意思其實是由哈利買單。或者，更精確地說，現在是由朵麗買單了。

哈利．勞林斯如他母親所期望的風光下葬，有上百人集結在墓園觀禮，獻花更多，擺滿墓地周圍。葬禮全程，朵麗都單獨一人、不動如山。她是第一個離開墓地的，性好探人隱私的弔喪群眾抬起了原本低垂的頭，看著她走遠。

弔喪的群眾中有一位厄尼．費雪，身穿海軍藍的喀什米爾羊毛大衣、剪裁完美的訂製西裝和襯衫。朵麗的座車一發動，他就立刻對一名站在人群後方、壯碩如熊的男子點了點頭。巴瑟．戴維斯擠過人群往前走。巴瑟的西裝相比之下粗製濫造、破破舊舊，連襯衫都滿是髒污。他愚蠢大臉上的表情，像是受到了葬禮的感動，扁平的鼻子因為天冷而滴著鼻水，他還用手背去抹。厄尼．費雪朝著朵麗那台緩緩後退的賓士瞟了一眼，然後點頭示意巴瑟跟上。巴瑟拖著腳踱步，樣子有點難為情。

「你不覺得我們該等個幾天嗎，老闆？我是說，她才剛把他埋了啊。」

厄尼瞪著巴瑟看了幾秒，再度把頭向著賓士的方向一扭，然後轉身離開。對話結束。

站在離厄尼幾呎遠處的，是他弟弟東尼，他的身高睥睨眾生，連巴瑟都相形失色。冰冷的陽光照耀著他右耳上戴的鑽石，他一面跟幾個朋友聊天，一面撥弄著耳飾。他顯然是剛講完某個笑話，他們大聲又吼又笑。東尼和哥哥不同，是個英俊的男子。事實上，他們唯一相似的特徵就只有那雙硬如鐵、冷如冰的藍眼睛。厄尼有近視，所以戴了無框眼鏡——但他們共有的那雙冷漠無情的眼睛，依然獨特出眾。巴瑟的視線從東尼轉回厄尼，並且順從地通過逐漸解散的弔喪群眾，跟著朵麗回到那間巨大而空虛的房子，她曾和哈利在那裡度過多麼幸福、多麼長久的時光呀。

離主要人群聚集處一小段距離外，富勒偵察佐倚著一塊墓碑，將每位到場人士都記在心裡。天啊，他心想，這簡直就像在看局裡的犯人照片：什麼牛鬼蛇神都來了，有老手也有菜鳥。富勒還是個勤奮的年輕警員，亟欲在上級面前表現，很氣惱自己分派到一份在他看來是白費力氣的工作。他老闆，喬治·瑞尼克警督，從富勒還沒出生時就瘋狂想抓到哈利·勞林斯。「一定有線索，富勒，」瑞尼克當天對富勒和安德魯斯警探吼道，「整個倫敦的罪犯，今天都會到那座墓園去，要嘛是去致哀、要嘛是去確定勞林斯不會死而復活。所以，一定會有線索。我要知道是什麼線索。」

瑞尼克警督始終相信，哈利·勞林斯是三起運鈔車搶案的主謀。他為了證明這個想法所做的嘗試，成為一股無比強烈的執著——也成為勞林斯持續不斷的困擾。終於，勞林斯採取了行動。有照片拍到瑞尼克從一名罪犯手中接下信封，這條消息被走漏給《世界新聞報》，於是他發現自己面臨肅貪調查。他花了幾個月才證明自己的清白，但復職的時候，這個污點已經讓他永遠升遷無望。由於職業生涯受到不可回復的傷害，瑞尼克對勞林斯的恨意火上加油，他發誓，不管花上多少年，總有一天他要看到哈利·勞林斯被關進大牢。雖然死神搶在瑞尼克之前解決掉勞林斯，但他的這份執著並沒有跟著進棺材。

富勒並不關心瑞尼克，因為他也絕不相信瑞尼克對他有過半點關心——他不讓任何事、任何人阻擋他抓到該死的哈利．勞林斯。然而，他們都關心費雪兄弟在打什麼主意、在和誰講話，所以富勒像老鷹一樣監視著他們。富勒有升官的野心，而從他還是新進制服員警時，費雪兄弟就已是每個警察心目中的頭號要犯。現在勞林斯死了，抓到他們就會是世紀大頭條！

弔喪者散去之後，富勒在墓碑之間穿梭而行，前往出口。他正要坐上等待著他的警車時，發現他價值四十鎊的鞋子上沾了泥巴，便煩躁地在草上蹭乾淨。駕駛座上的安德魯斯警員對他咧嘴而笑。富勒可高興不起來，特別是因為此時他最好的長褲也被泥巴沾到褲腳。

富勒打開車門，重重坐進車內。他拿出一條乾淨、潔白、經過完美熨燙摺疊的手帕，在上面吐了口水，拿去擦掉他右邊褲腳上的泥巴。

「看到什麼有趣的事了嗎？」安德魯斯這是沒話找話講。過去一個小時，他都看著富勒無聊到不行的樣子。

「瑞尼克那混蛋想毀掉自己的職業生涯沒關係，但他可別想也害了我，」富勒斥道。

「我記得我有在《世界新聞報》上看到他，」安德魯斯的八卦消息最是靈通，他覺得這樣可以讓局裡的女性警員留下好印象，「因為收賄而暫時停職。那個收回扣的貪污警察。」

「這事我幹嘛管？」富勒怒道。他用力甩上車門，頭一扭，示意安德魯斯開車。

「他升上偵察佐之前，就因為英勇行為得到過兩次局長表揚，」安德魯斯一面換檔一面說，「他本來是個好警察。」

「哼，他現在不是啦！」大家都知道瑞尼克升遷的機會已經沒了——他拚命保住了警督的位階，但每次他出現在升遷考慮的名單上，就會有人挖出他的醜事，讓他的名字被略過。直到近期，桑德斯總警督才說服刑事偵察科總長，讓瑞尼克重新掌握實權，但上面也只是不情願地把小小一個陳年舊案調查團隊派給他指揮。

「跟那個老菸槍混在一起的警察，也都一樣被人當笑話看。我可不是開玩笑的，安德魯斯，我告訴你。」

富勒翻開他從不離身的筆記本，往下盯著他在葬禮上記錄的名單。「他這蠢蛋，現在還追著鬼影子跑。我們該注意的是活人。」車子開走時，富勒轉過去看著停車場裡等候的人群，尋找厄尼・費雪的蹤影，但他已經離開了。

「我們去勞林斯他老婆家，看看那王八蛋的守靈夜上都是誰來致意。」

第二章

朵麗坐在鼓鼓的絲絨沙發上，看著巴瑟小心翼翼地幫她斟了杯白蘭地。他喝的是柳橙汁，無疑是為了給人留下良好觀感。她究竟為什麼會放這個大白癡進門？為什麼偏是他呢？但是她發現，他在場時令人感到一股奇怪的寬慰。儘管他表現的方式很古怪，但他似乎是真心地為了哈利的死而難過。她的手往下滑，摸了摸小狼，牠一如往常地挨在她身邊。小小的狗兒往上看看，舔了舔她的指尖。她覺得好孤獨、好孤獨。

巴瑟雖然大而無當，但是他十分重視哈利，把他當成朋友。當然，哈利才不是巴瑟的朋友，他只是選了他來關照、對他伸出援手，不是因為喜歡他，而是為了操控他。巴瑟追隨著哈利，就像小狼跟著朵麗，差別在於，小狼夠聰明、足以了解牠的愛能得到真心的回報。

他們在沉默中對飲。巴瑟仍然站著，看起來惶惶不安，好像不確定該不該把自己龐大的身軀挪到椅子上。朵麗點點頭，他便坐下，手握著已經空了的杯子放在膝蓋上。朵麗很累，頭正痛著，她希望他走，但他就只是坐在那裡。最後，他終於清清喉嚨，手摸著衣領。

「他們想要哈利的帳簿，」他脫口而出。

「他們？」朵麗看著他，藏住皺眉蹙眼的反應，一點線索也不透露。

巴瑟又站起來，緊張地繞室踱步，「我現在是幫費雪兄弟工作了，朵麗……他們……他們想要哈利的帳簿。」

「我不懂你在說什麼，」她回答。

「他們願意出大錢來買，」巴瑟的聲音略微顫抖。他努力讓自己的話聽起來認真嚴肅、但不咄咄逼人。

朵麗絲毫不感興趣的樣子讓巴瑟焦慮了起來。她很了解他，知道只要讓他焦慮，他就會粗心犯錯。他會毫不自覺地把一切都告訴她。

「哈利的帳簿，」巴瑟繼續說，「很有名的。他會把名字列出來，朵麗，妳知道的。他列出每個跟他打過交道的人，可能還有一些是他還沒碰過、但他知道以後會遇上的。如果警察拿到那些帳簿，整個倫敦的大街小巷，就會連一個像樣的罪犯也沒有了。」

「我說了，我不知道——」

霎時之間，巴瑟來到她身旁，大大的月亮臉俯下來向她湊近，他伸出食指指著她。朵麗眨都沒眨眼。他不是生氣——他是害怕。

「妳知道的！妳明明知道！他的帳簿到底在哪裡，小朵？」

一陣不受控制的怒火一閃而過，朵麗跳了起來。巴瑟往後退。「不准那樣叫我，你聽見沒有？只有哈利可以那樣叫我。我不知道什麼鬼帳簿的事！而且這跟費雪兄弟到底又有什麼關係？」

巴瑟抓住她的上臂，急切地再度試圖說服她，「他們兄弟倆接管了他的地盤。是他們派我來，如果我兩手空空地回去，下次就會是東尼來找妳了。所以，幫幫妳自己吧，跟我說帳簿在哪裡！」

朵麗腳步後退，臉龐因憤怒而扭曲，緊握的雙拳裡指甲刺進掌心。「我才剛把他下葬啊，看在老天的份上！」有那麼幾分之一秒，朵麗想到哈利這麼快就被費雪兄弟那種低等人取而代之，悲傷之情不禁再度浮現。

巴瑟立刻看出了她的悲傷，因為他也有同感。罪惡感讓他的表情軟化下來。「我之後會再過來。」

「我不要任何人來！誰都不要！出去！」

「沒事的，朵麗，別擔心。只要妳別去找其他人就好，好嗎？費雪兄弟會不高興的。我之後再來。」

「**出去，走啊，快出去，巴瑟！**」她大喊大叫，把杯子扔向他。他及時閃開，杯子砸碎在門上。他舉手投降，轉身趕忙撤退。

前門砰然關上，朵麗就朝唱機走去。當凱薩琳·費莉亞沉渾美麗的嗓音充溢室內，朵麗感覺自己的怒火平息了。她跟著唱片一起唱：「如果沒有你，人生有何意義？假如你死去……？」忽然，她想起艾迪在葬禮前交給她的包裹。她翻著手提包，把裡面的東西倒在地板上，亂成一片。朵麗雙膝跪地，翻找到那張包著鑰匙串的紙條，希望那是哈利留下的訊息。她迅速打開紙條，立刻認出了他整齊的筆跡。

銀行保險箱　H. R.史密斯
密碼：亨格福德（Hungerford）
以H. R.史密斯夫人之名義登記

底下還寫了其他內容。

親愛的小朵，

記得妳跟我一起去銀行登記保險箱的那天嗎？現在東西全歸妳了。這是利物浦街附近倉庫的鑰匙，妳在那裡會有其他發現，但妳得先甩掉他們。

哈利

朵麗跪在奶油色厚地毯上，身邊緊靠著小狼，那張紙被她揣在胸口。她讀了一遍又一遍，想要看出紙條是什麼時候寫的。上面沒有日期，也沒有表達愛意的語句，只有簡單的指示。銀行保險箱裡放的就是帳簿，她很確定。她始終都知道帳簿的存在，因為哈利總是在記帳。他的母親教他，如果沒有客戶——不管是罪犯或良民——的信任，做什麼生意都會失敗。她向他示範怎麼記帳，記錄名字、日期、交易的內容，不論合法或非法的都要記，並且堅持要他把帳簿藏在安全的地方。如果有人背叛了他，帳簿就會成為他用以反制對方的保險。

朵麗把短箋的內容默背起來，然後燒掉它，並把鑰匙掛到自己的鑰匙圈上。哈利會為她感到驕傲的。她抱著小狼上樓時，一遍遍兀自重複唸著密碼：「亨格福德、亨格福德、亨格福德。」這個地名很好記，銀行登記人的名字也很簡單：哈利的姓名縮寫，然後是「史密斯」還有「夫人」。

她準備上床睡覺，心裡想著費雪兄弟會願意出多少錢來弄到帳簿。她梳梳頭髮，然後走向臥室窗戶。一輛沒有標示的警車停在離前門稍遠的地方，等待著、監視著。「混蛋，」她暗自低語，把窗簾拉上。

第三章

這一群警察在朵麗・勞林斯的房子裡已經待了快兩天，進行地毯式搜索，每一吋都不放過。他們甚至剝掉嬰兒房裡的小床的床單，用小刀割開迷你床墊。他們還把我們想成禽獸呢，她一面忍住淚水一面暗想。這個屬於他們早夭孩子的嬰兒房，原本保持得完完整整、聖潔無瑕，紀念她和哈利失去的小兒子，現在卻被玷污得髒兮兮。她感覺像是又再一次失去了她的寶貝，但儘管他們漠不關心的態度使她受傷甚深，她並沒有顯露出來。

警察搜完屋內以後，就往外頭去，把每樣東西都弄得天翻地覆。花園被挖開，花盆被倒空，泥土也被仔細篩濾過，但他們還是一無所獲，連一張乾洗收據都沒有。

客廳裡，哈利書桌的抽屜全都被倒在地上，每封信、每幀相框也都被人拆開。朵麗旁觀著他們糟蹋她美麗的房子。她沒有說話，只是看著，全身因怒意而緊繃。她知道他們什麼都不會找到。哈利太聰明了，警察不是他的對手。安德魯斯警員坐在她上下顛倒的沙發，拆解一個他從壁爐上拿走的相框，朵麗見狀不禁爆發了。

「別碰那東西，你這混蛋！」她伸手去抓。

安德魯斯看向站在一旁、正讀著朵麗私人信件的富勒。朵麗也轉向他。

「叫他別拿那張照片。那是我們最後一張合照，結婚紀念日拍的。」

富勒繼續讀信。「拿回局裡，」他對安德魯斯說，看也不看朵麗一眼，「我們需要勞林斯的近照，要拿給這樁搶案、還有倫敦市內所有未偵破搶案的受害者看。」

朵麗受夠了。她穿過滿布碎片殘骸的客廳，朝電話走去。

「這是惡意騷擾！」她對富勒大吼，「我要跟你們的局長說。他叫什麼名字？」沒有回應，「我要你們付出代價！而且我要把我先生的手錶拿回來……你們聽見了嗎？那是我買給他的，我要把它拿回來。我就只有他這麼一件遺物了。」

富勒依然對朵麗置之不理，讓她的怒火更加沸騰。她拿起話筒，「你們局長是誰？把他的名字告訴我！」

富勒終於看著她，「喬治·瑞尼克警督，」他奸笑著說。

朵麗將話筒放回原處，彷彿手被它燙著了。她只有一次見過哈利焦心煩惱，就是為了喬治·瑞尼克警督。當時瑞尼克為了證明哈利涉入一起保全車搶案，到這間房子來向朵麗問話。瑞尼克恐嚇說，不管朵麗怎麼說謊掩飾，他總有一天要送哈利·勞林斯進牢裡關一輩子。朵麗警告哈利要把瑞尼克處理掉。「如果瑞尼克自己出了紕漏，」她隨意說，「那不就好玩了嗎？想想看，要是大家都認為他收賄、媒體也抓到線索呢？」

接下來的星期天，哈利在早餐時丟了一份《世界新聞報》在桌上。頭版將瑞尼克的職業前途徹底毀滅。哈利對著妻子微笑，開了一瓶香檳，乾杯慶賀他下台一鞠躬。

但現在看來，瑞尼克又回來追哈利的案子了，而且下定決心要毀掉他的名譽，因為他再也無法為自己辯護、或是保護她了。

「我先生死了，」朵麗對富勒說，「你們還嫌不夠嗎？」

＊

喬治．瑞尼克警督矮短的身軀重重踏過警局的走廊，嘴裡叼著總是少不了的香菸，外套前襟敞開，破舊的帽子戴在腦後。瑞尼克脅下夾著一個厚重的檔案夾，經過主要警員辦公區時，他大把推開門，馬不停蹄地吼叫著發號施令。

「富勒，立刻來我辦公室，報告帶著。安德魯斯，給我弄點咖啡來！愛麗絲，我今天就要把那些鑑識報告拿回來！」瑞尼克根本沒有確切看到任何一個他吼叫的對象——但他知道他們就在那裡，而且知道他會得償所願。他抵達自己的辦公室，拿出鑰匙、打開門，進去之後一腳把門踢得關上，讓原本就已龜裂的玻璃震動顫抖。

愛麗絲衝出她的辦公室，懷裡抱著上司要的鑑識報告，同時安德魯斯和富勒在走廊上撞個正著。

「咖啡機壞了！」她說。

安德魯臉上血色全失。瑞尼克可不會善罷干休。他沿著走廊七手八腳地跑去找另一台咖啡機。

已經早上九點半了，富勒從九點鐘就開始等候命令。他現在躁動不安，把已經直挺挺的領帶又拉直一次，然後敲敲瑞尼克的門。

「進來！」瑞尼克低吼道。

瑞尼克的辦公室一如往常地處於混亂狀態。所有能擺放東西的台面上都擠著喝過的咖啡杯、文件和塞滿菸頭的菸灰缸，連地板上都有一落落文件成排堆積。檔案櫃的抽屜是開的，因為裝得太滿而闔不上。瑞尼克站在這一團混沌的中心點，抽著今天的第十根菸，大力地咳嗽，同時閱讀著一份檔案。

愛麗絲開始整理他桌上混亂的雜物。她動作迅速，把菸灰和菸頭倒進垃圾桶，撿拾滿地的廢紙團。有她每天為瑞尼克雜亂的生活重整秩序，他才能見樹又見林。要是少了她，他就會被檔案和菸灰淹沒，並且把周遭每個人惹得比現在還氣。愛麗絲跟著瑞尼克很久了，知道他經歷了什麼樣的折磨。他接受調查期間的每一刻，愛麗絲都在他身邊，她看過他在深夜裡的脆弱時刻，完全了解他因為被勞林斯陷害到只能做文書工作而失去了什麼。最重要的是，他失去了身為警察的威信和尊嚴——不管他多努力，都無法恢復。局裡大多數人都覺得，愛麗絲能每天應付瑞尼克的起伏情緒和糟糕習慣，簡直是天使一般的人，但她熱愛為他工作。儘管他在一眨眼間從模範人物變成家門恥辱，人人都忘了他初入警界那幾年的輝煌成就，她卻沒有忘記。她會永遠對他忠心耿耿。他也只會對她一個人說「請」和「謝謝」。

「愛麗絲正要把我的垃圾拿去焚化爐燒掉，富勒，」瑞尼克說，「我不讓清潔工進來，免得有東西不見，或是被閒雜人等看到，或是落進了錯誤的人手中。」富勒臉紅了，心裡懷疑瑞尼克是否在暗示什麼。

愛麗絲正把桌上放電話的空間清出來，電話就響了。

「什麼？」瑞尼克吼道。他聽著，臉色逐漸變紅，然後用力摔下電話。「管犯罪紀錄的，」他啐道，「在大發脾氣，因為我『未經同意擅取檔案而且沒有填寫正式表單。』」瑞尼克朝富勒丟去一張皺巴巴的紙，「把那個填一填，拿回去給那些他媽的王八蛋！然後把其他的小鬼叫進來！」

富勒離開辦公室去召集瑞尼克的其他手下，安德魯斯剛好帶著咖啡抵達。瑞尼克拿了一杯，又點了一根菸，開始他的日常行程：把剛清空的菸灰缸再度填滿。幾秒之內，富勒就和霍克斯與利奇蒙兩位警探一起回來。當大家坐定，富勒將紀錄調閱表單填好，遞給愛麗絲。她會親自去那個部門跑一趟，把事情擺平，一如往常。

瑞尼克拉出椅子，在他的「小鬼們」面前噗通坐下，把一個檔案夾裡的內容物攤放在整潔的桌面上。接著，他打開鑑識報告裡的一個信封，抽出一疊大幀的彩色照片，照片上是那場劫案的屍體，毀壞殘缺得令人驚恐，臉部燒毀且扭曲。最慘的一張拍到了哈利．勞林斯已成焦炭的遺骸，除了憑手上戴的錶之外，幾乎辨認不出是人體。

「她就不用幫他火化了，是不是呀？」瑞尼克說笑著，把照片攤在桌上。他靠回椅背時，注意到安德魯斯看起來震驚不已。富勒仍是平常那一副傲慢自大、不慌不忙的表情。富勒是個好警察，但是他身上就是有些什麼讓瑞尼克心生戒備，就連現在，他坐在那裡的樣子，都像是屁股下面放了塊烙鐵。至於安德魯斯，他就是個白癡。他正倚著一張桌子的桌角，因為他找不到椅子坐。霍克斯和利奇蒙他認識久了，他們都是善良、勤勞的警察，但沒什麼令人激奮的特質。自從停職處分結束、他回到工作崗位之後，上面就不太樂意應允他選用員警的要求，所以他得知足。

瑞尼克將椅子向前推，打開昨晚的報告速速掃視。他又點了一根菸，深深吸了一口，將煙霧吐向富勒。他用手敲敲那份報告，挑出一張勞林斯前臂和腕錶的放大照片。「富勒，你覺得我們花太多時間在勞林斯這檔事上了。對嗎？你是這樣想的嗎？」

富勒惱怒起來，看向安德魯斯尋求支持。瑞尼克瞬間就開始針對他。

「哎，富勒，我是在跟你講話，不是他！」他站起來，「你覺得我在浪費你的時間，對不對，富勒？啊，我告訴你，你這小心眼的……」瑞尼克在髒話脫口而出前制止了自己，將握緊的拳頭靠在桌上，藉以平抑怒氣，「我們找到了世紀大奇案，就在眼前，如果你看不出來，那你真是比我想的還要笨，」富勒翻翻白眼，瑞尼克大為爆怒，「你是不是想說『又來了』？你們到職沒幾分鐘就都聽說了對不對？『就是他，那個被陷害的可憐蟲！』那根本就像是割了我的老二，你說說是誰幹的好事，哼？」

富勒不喜歡當瑞尼克發怒的對象。「顯然是哈利．勞林斯的幫派裡某個人，長官，」他透過氣得繃緊的雙唇說。

「沒錯，而且不是哈利．勞林斯的幫派裡隨隨便便哪個人。是勞林斯本人陷害我的！現在輪到我反將一軍，把他清理得乾乾淨淨了。」

富勒直視著瑞尼克怒火騰騰的雙眼。「可能會有點困難，因為那傢伙死了，」房間裡的寂靜，還有瑞尼克和富勒彼此瞪視的目光，似乎無窮無盡。在富勒看來，瑞尼克就是個過氣的廢物。富勒是大有升遷希望的模範生，他得知自己被調派去瑞尼克警督手下工作時，覺得彷彿中了一箭。這個人的一切都讓他惱怒煩躁：他骯髒磨損的鞋子、帶著污點的襯衫、從未消散的體臭、他抽的香菸，和被菸染黃的手指……。富勒決定要努力找出他身上任何可疑的地方。應該不難：大家都知道這胖子的往事。畢竟壞事傳千里，富勒如此想。

瑞尼克的手掐進口袋深處，彷彿在阻止自己暴打這個桀驁不馴的下屬一頓。他再次開口說話時，態度平和而沉靜。「我說的不是勞林斯那個人，我說的是他的體系。他的帳簿……我很清楚你根本不相信那東西的存在，富勒。」

瑞尼克在桌子後方來回踱步，說話飛快，吐出字句的同時也把菸一口口吸進肺裡，再透過嘴巴和鼻孔排出來。

瑞尼克把一份又一份搶劫懸案的檔案摔到桌上。「A3公路搶案、尤斯頓分道搶案、布萊克沃隧道搶案，」他粗短的手指一一指向每份落在桌上的檔案，「瞧瞧嫌疑車輛的布局，富勒，每樁案子都一模一樣，而且每次搶匪都成功脫身。我們什麼線索都找不到，該死的一條也沒有。」一陣咳嗽打斷了瑞尼克的三段式演說，使他的面頰抖動，一股暗紫色從他脖子往上湧，「而且，你根本可以拿性命打賭，這每一件案子，都是哈利．勞林斯主使的！你們知道我為什麼這樣想嗎？」瑞尼克停頓一下，目光如匕首般刺向富勒，等待那個自大的渾球又說出什麼自作聰明的話。富勒明智地選擇什麼都不說。「怎麼不講話啦，富勒？」瑞尼克嘲弄道，「我來幫你講。我認為哈利．勞林斯是這些搶劫懸案的幕後主謀，因為犯案手法都跟把他炸飛的這件案子他媽的一模一樣！而且，我也認為這些搶案的細節都記錄在他的帳簿裡，」富勒貪婪的眼神從桌上凌亂的檔案轉向瑞尼克通紅冒汗的臉。瑞尼克微笑了，「沒錯，十幾件刑案，就要破了。這要是寫在你那該死的、光鮮亮麗的履歷上，看起來會怎麼樣啊？」

瑞尼克搖搖擺擺地走向蓋著一塊布的白板。他的手下像一群學生般，趕忙聚集到他周圍。「我們只要解決一樁案子，其他也就全部破了，」瑞尼克宣告，他像魔術師一樣拉開蓋布，展露出河岸街地下道的失敗搶案的精細圖解和犯罪現場照片。瑞尼克用紅色白板筆圈起一台麵包車。「一名證人看到這台車出現在運鈔車前面，」他接著圈出搶匪乘坐的福特休旅車，「這是爆炸的那台休旅車，車上的三個人都死了。」他用手指戳戳那台被圈起來的麵包車，高聲做出結論。「每一件搶案中，」瑞尼克指向他桌上散亂的檔案，「他們用的都是相同的布局：四個人。最前方的單人駕駛，就是我們要找的人。他是我們連結其他線索的關鍵。」

瑞尼克感覺到富勒戒備的眼神落在他身上，突然想飆他一頓，但是控制住了衝動，站到一旁讓其他警員吸收那些犯罪現場照片的資訊。他喝著安德魯斯弄來的剩餘咖啡，凝視富勒在刑事偵察科統一派發的小本子裡寫下大量筆記，沒注意到咖啡滴下他的襯衫前襟。

「我們怎麼還沒找到那個司機呢，富勒？或是那台麵包車？要在西區追蹤那個大小的車輛總不難吧？」瑞尼克說。他享受地看著富勒的嘴巴因憤怒而抽動。

富勒知道瑞尼克想激怒他。他拚命隱藏自己的怨恨。「小鬼們日以繼夜地在找，」他說，「但事實上我們只從一位證人得到車子外觀的描述。那台車甚至可能不是麵包車——任何大型的白色貨車都有可能。而且，它可能根本和搶案沒有關係。」

「你剛才沒聽見我講的作案手法嗎？而且，如果你肯花時間看看這件未遂搶案的供述內容，你就會看到一名在當時開在另一條車道上的證人，指出運鈔車前面的白色大型車輛突然停下來。你現在覺得這是怎麼回事，富勒？」

「嗯，也許那台麵包車前面的車子突然停了，於是——」

瑞尼克打斷他，「那台麵包車的駕駛是我們的線索，唯一的線索——那個逃走的傢伙！聽好了，富勒，那個駕駛是大局的一部分。他蓄意突然停車，把運鈔車擋住。」

富勒不打算跟他爭，「如果你這樣認為的話……長官。」

瑞尼克察覺到富勒說出「長官」之前的輕微停頓。他姑且放過，但皺了皺眉頭。「我的直覺這麼認為，富勒。那台麵包車的駕駛知道一切、認識牽涉搶案的所有人，甚至連後備團隊也認識。有傳言說哈利．勞林斯把他犯下的案子細節全都記在帳簿裡。如果傳言是真的，那麼不管把車開走的是誰，他一定都知道帳簿的事，可能還知道帳簿放在哪裡。我們會找到帳簿，這樣天曉得一次可以偵破多少件搶案，逮捕一大堆人。我要每個跟勞林斯那王八蛋打過交道的人都接受問話，還有任何接近他太太的人。我要對勞林斯的寡婦全天候監視。立刻去安排，富勒。」

「另外兩位寡婦呢？」富勒問。

瑞尼克捕捉到富勒右邊嘴角的一下抽動，但選擇無視。「她們最多也就只值得追蹤個兩三天。我不認為她們會知道什麼有用的訊息。」

「那，勞林斯的古董店呢？」

「管它去死！那家店只是掩護，用來幫搶案籌資、洗錢，帳目一定乾淨到不行。我要的是他非法事業的帳簿！」

瑞尼克大步走向辦公室的門，離開時還放了個響屁，心裡想像著富勒那假正經的臉抽搐的樣子。瑞尼克放聲大笑，沿著走廊邁步而去，其他人為了他閉氣一會兒之後，全都衝出他的辦公室。

在刑事偵察科的總辦公室裡，富勒抓住安德魯斯。「你知道勞林斯還活著的時候，一天牢也沒坐過，也沒被起訴過任何罪名嗎？我們只能確定，他有一份合法事業。如果他就是那些武裝搶案幕後的主謀，那麼錢在哪裡？我們搜過勞林斯的房子，我們拿到他跟他太太的個人銀行帳戶資料，但是沒有證據能證明他的嫌疑，一點也沒有。」

安德魯斯點頭。「也許關於那個麵包車駕駛的事，瑞尼克說錯了。我們已經跟麵包師傅、麵包店和超市問了好多問題，卻還沒追蹤到那台車或駕駛，實在很奇怪。」

「他當然說錯了，該死的！」富勒爆發道，「但我們要向他證明——所以，叫霍克斯繼續查，你跟利奇蒙去勞林斯家外面蹲點。看看那位寡婦想要幹嘛。」

第四章

在主臥室的蕾絲窗簾後，朵麗最後一次在梳妝台的鏡子裡檢查自己的儀容。她完美無瑕的外表下，隱藏著許多種不同的情緒，全都被她努力控制，以便完成她必須做的事。外面街上，那輛無標示的警車裡坐著的警察，不可能像她看他們一樣清楚看到她，但她現在更需要甩掉他們，才能前往斯隆街。哈利的保險箱在那裡等著她。她痛恨他們不斷侵門踏戶，痛恨他們自以為是地相信她在「脆弱狀態」中會有所失誤，而讓他們抓到把柄、毀掉哈利的名聲和信譽。但事實上，他們的出現導致的是完全相反的效果：雖然朵麗的內心已是槁木死灰，哈利的行動指示卻重新給予她動力。遵照著那些指示，她就能讓他繼續活在她心中。

朵麗充滿信心地踏上她的固定行程，前往聖約翰伍德路的蜜拉美髮沙龍。她瞟一眼後照鏡，確定了房子外面那輛沒有標示的警車仍然跟隨著她。她將賓士停在沙龍旁邊，沿路走去，此時她認出了安德魯斯警員，被兩個爭執著誰先看到免費停車位的女人夾在中間。

蜜拉的沙龍走精品路線，有一群忠實且闊氣的常客。店裡的風格舒適得「像走進另一個家」，朵麗很喜歡每兩週就來這裡好好享受一下。室內裝潢簡單而優雅，鑲了大鏡面的牆壁讓人不用回頭也能閒話家常。蜜拉本人在花俏豔麗的外表下，是個精明幹練的生意人，朵麗十分樂意為她的服務付出高於行情的價碼。蜜拉知道怎樣用茶、咖啡、餅乾和美酒將先剪髮後吹乾的程序變成愉快的午間活動——她贏得了客人的忠誠度，也相應地對客人報以忠誠。

這一天，蜜拉一如往常地在門口迎接朵麗時，朵麗直接切入重點。

「妳可以幫我個忙嗎？」她將狗兒小狼遞過去，「幫我照顧牠一個小時。」

「您要染的頭髮怎麼辦呢，勞林斯太太？」蜜拉問。

朵麗微笑，在小狼頭上親了一下。「別擔心。我會付妳錢。」說著，她從手提包裡拿出一條頭巾，走後門溜了出去。

走到巷弄盡頭，朵麗在大街上招了一台計程車。安德魯斯警員仍在試圖找尋可以清楚看見蜜拉美髮沙龍的車位。

*

通往保險箱的走廊長得彷彿沒有盡頭，周遭的每雙眼睛似乎都聚焦在朵麗身上。她緊張不安、又有一股奇異的亢奮，她發現自己幾乎是大搖大擺地走過大理石地面，眼睛盯著對面那個西裝筆挺的男人，他在另一邊等著她。她必須說服他——也說服自己——，她屬於這個充滿上鎖的祕密的世界。人會放進保險箱裡保存的東西，就只有祕密。

朵麗先前只和哈利來過這家銀行一次。那一次，年輕的行員向她問資料時，她的喉嚨底部緊張得發癢。她慌得差點誤簽下自己真正的姓氏。

「這邊請，**史密斯夫人**，」行員說。朵麗偵測到他說出那個姓氏時刻意的加重強調。走到電梯旁，他遞給她一把鑰匙，按了往地下室的鈕。

電梯門打開時，迎來一名警衛，帶領她通過一共四道可上鎖的門前往金庫，並在通過之後將門一一鎖上。最後一扇門內側還有一道柵門，需要另外解鎖。外門打開之後，警衛正在找鑰匙打開內側的柵門，朵麗想起了哈利是多麼高明地避免了牢獄之災。他如此聰明，他們是如此幸運，才能享受他們擁有的那種生活。有那麼幾分之一秒，悲痛從她腹部深處一湧而上，在她喉嚨中某個部位停下來。她感覺很不舒服。快點，她暗自想著。我得坐下來。

警衛送她進了金庫，給她看桌上的響鈴，等她準備好要離開了，就可以按鈴叫他回來。朵麗等他離開金庫，才拿出艾迪給她的鑰匙。她將鑰匙插進牆上附有編號的保險箱，轉了一下。裡面是個沉重而堅固的箱子。

十分鐘後，箱子的內容物攤在她面前的桌上。她沒時間去數那一大疊、一大疊的鈔票，但總額想必有上萬英鎊之多。她也沒去碰鈔票堆下藏的點三八左輪手槍。令她大感興趣的是哈利的那些皮面帳簿。

帳簿用厚重的褐色皮革封面裝訂，就像她在狄更斯電視劇裡看到的那種。每一頁都字跡工整，載有日期，標示清楚，記錄的時間幾乎涵蓋了他們婚後的整整二十年。她翻閱的時候，發現其中記錄的許多人都已經死了，但讓她愕然且驚奇的，是最近的那本帳簿。一頁接著一頁寫滿了一大堆人的名字，還有支付給他們的款項金額，以及藏在這裡、那裡、其他許多地方的錢。帳簿後面則滿是黏貼整齊的剪報，有點像電影明星的影評剪貼簿。只不過這些剪報是關於許多起武裝搶案的詳細報導，顯然都是哈利犯下的，在報導旁邊還記了些名字，朵麗懷疑那些就是每起搶案中涉案的人員。難怪費雪兄弟想要這些帳簿！他們可以遠遠甩開競爭者，並且拿到哈利的舊案子存下來的大筆銀子。

朵麗微微顫抖。她過去都不清楚，哈利原來籌劃和進行了那麼多罪案。看了日期，她發現大部分的搶案都發生在她第三次流產之後，接著有一段空白，直到她生下死產的兒子之後才又繼續。這讓她深覺受傷，但她能夠理解。對深受抑鬱所苦的朵麗而言，那間原封不動的嬰兒房是她的庇護所，但哈利一步也不曾踏進過那間矢車菊藍的美麗小房間。她知道他靠著埋頭工作來忘卻私人生活中的創傷，但她當時以為他出門是去參加古董拍賣會。他沒有真的說謊，但他默默任由她誤解他投入的「工作」是什麼性質。

朵麗繼續翻閱最後一本帳簿——然後停下動作，震驚崩潰。哈利那整齊得無可挑剔的筆跡，寫的是那場讓他喪命的搶案的詳細計畫。朵麗看到計畫中所需的槍枝數量、預計使用的車輛，還有人名和聯絡電話：喬．皮瑞里、泰瑞．米勒，和保全公司的內應。朵麗對皮瑞里和米勒這兩個名字都有印象。他們出席過某個場合，帶著各自的太太同行——現在她們也是寡婦了。有那麼一秒，朵麗想著那兩名女子現在會是在做些什麼，她下意識地讓自己露出了笑容。嗯，總之，她們做的事一定跟我現在不一樣，她心想。

這個縝密精細的搶劫計畫，加上附圖和指示，看起來就像一齣戲的劇本。她不太能夠相信，一個連把髒衣服從臥室地板上撿起來都不情願的男人，要搶劫武裝運鈔車時，就可以這麼有條有理……但洗衣服的確不是什麼攸關生死的大事。忽然，她想起哈利燒黑的腕錶。她一陣作嘔，慢慢闔上了帳簿。幾秒後，她又把它打開，改而快速往後翻頁，想看看哈利對他們的未來有何計畫，她急切地想要找出她深愛的男人藏起的所有祕密。

「我的老天，」她一面讀著哈利寫下的字句，一面悄聲對他說，「你的犯罪計畫竟然排到一九八六年去了！」朵麗吸收著他的計畫，看了看錶。她已經從美髮店離開了一個小時，她知道她得走了。

搭計程車回蜜拉的沙龍途中，朵麗在小開本的黑色GUCCI記事本裡寫下了密密麻麻的筆記，記錄了帳簿裡關於那場未遂搶案的內容。她用的是她個人的速記代號，以免那些監視她的警察忽然來個突襲檢查。

朵麗循著原路溜回蜜拉的沙龍。從沙龍裡，她看到其中一個警探正在朝前門接近。她迅速思考，脫掉大衣，抓了本雜誌，坐到烘罩下方，在此同時那個警察正好走進來。朵麗對他甜甜微笑，他一臉困窘地走出去，她拿出記事本，重新讀過她寫的筆記。

第五章

厄尼．費雪處於盛怒之中，小時候的他曾因為這副壞脾氣被關進壁櫥。他嚴酷的藍眼睛閃著怒火，繞著他碩大無朋的辦公桌走動時，氣得薄唇邊還浮出一點唾沫。他穿著淺灰色西裝、完美無缺的灰色手工訂製鞋，灰藍色的絲質領帶現在只半掛在他的脖子上。他拉出其中一個辦公桌抽屜，然後把它扔到房間另一頭。

厄尼才剛裝潢過蘇活區伯維克街上的辦公室，天鵝絨壁紙和絨毛地毯這下和斯諾克撞球桌的綠色可匹配了。他還訂了新家具：兩張沉重的棕色真皮沙發、一排桃花心木書架，和成套的卡普里獸腳造型咖啡桌。壁爐裡的瓦斯管路供火有一下沒一下，還等著連上天然氣供應系統。吊燈尚未裝好，搖搖欲墜地放在咖啡桌的邊緣，而一整組堆在旁邊地板的狩獵風景畫，還等著掛上綠色的牆面。厄尼很努力要做得有品味，他已經創造出一個可怕又陰沉的空間。他甚至有一間浴室，配有暗綠色浴缸、綠色洗手台和金色水龍頭。他本來想要的那種浴盆因為空間不夠只好捨棄。厄尼已經搬進了這個新世界：新辦公室、新地盤——只要勞林斯的帳簿到手，就沒有什麼能阻止得了他。

浴室馬桶傳來沖水聲，厄尼的弟弟東尼走出來，一邊拉拉鍊一邊整理褲襠。他上完廁所從來不洗手。

「誰讓你做這個的？」厄尼指著他的辦公桌問。

「做什麼？」

厄尼一掌拍在辦公桌上。「我說我要做法式拋光！這該死的可是古董東西。哪個笨手笨腳的混帳竟然塗一層該死的亮光漆了事！」

唾液從厄尼的口中噴出，只見他用一條皺巴巴的絲質手帕輕輕拍掉。他不斷用力拍桌發洩怒氣。接著，他從口袋拿出一枝鋼珠筆，像刀一般握著，在桌面留下一道深深的刻痕。

東尼聳聳肩，不為厄尼的怒氣所動搖。「這工錢只花了一百英鎊。」他說：「你該感激了！」

厄尼拉出另一個抽屜，再朝著東尼丟過去，只差幾吋就要砸到東尼的頭。東尼不吃這套。連厄尼真的發大火的時候他也不受影響。這頓脾氣一下就結束了。真要擔心或者注意的，是他哥哥對他微笑的時候，那種緊抿著薄唇的奇怪笑容。現在，他的牙齒像驢子一樣上上下下撞得很響。東尼在巴瑟進來的同時離開房間。

厄尼恢復自制，手來回撫著亮光漆桌面。「巴瑟，看看這個。這是有鑲嵌圖案的桌子，結果有些白癡卻……」他在二度發火前阻止自己繼續說下去。「我弟一點品味都沒有。看不見美麗的事物。」巴瑟跟東尼一樣對他的怒氣無感，這是當然的，但他至少還懂點情理，知道要表現出難過的樣子。厄尼坐回鉚釘皮椅，雙手交疊在腦後。

「巴瑟，所以你帶了什麼消息給我？」他問。

「沒有很多。費雪先生。我跟她說，你願意為勞林斯的帳本付個好價錢，但她甚至沒有退縮的樣子。要我說的話，她根本不知道東西在哪裡。」

「我沒有問你！」厄尼狠厲地說。東尼悄悄地溜回房間，想看是否一切都好。

「費雪先生，如果你能多給我點時間，我會再試一次看看。她現在還是非常沮喪。等她冷靜下來會比較好談。」東尼站得離巴瑟右後方非常近，當他在聽巴瑟微弱的藉口時，其實都盯著對方的耳朵看。他急於打斷巴瑟的話，想欺負一下這個沒用又可憐的男人。巴瑟彎腰低著頭地站著，尷尬地挪動雙腳。

「就這樣？」東尼問的時候又更接近巴瑟。

厄尼抬起一隻手來，不過就搖這麼一下，就足以讓東尼保持安靜。然後他頭一偏。東尼本來拒絕讓步，但他看到了那緊繃又討人厭的笑容時，覺得這不是個好主意，決定離開房間。

巴瑟不斷在兩腳之間變換身體重心。他怕透了厄尼，為此更恨透了自己，但這下流的小暴君真是讓他嚇得不輕。他總是搞得身邊的人手足無措。東尼就不同了。他就是個色胚，見了人就要對方斷手斷腳，必要的話他的拳頭也動得很快。有時東尼下手很瘋——但至少你會看到他揮拳頭過來。但厄尼盯人的樣子比什麼都要恐怖。

「巴瑟啊。時間，就是我現在缺的。」厄尼說。「你確實了解帳簿裡到底有什麼，對嗎？」

「我懂。我懂的，費雪先生。我會為你盡可能做到最好。」

「你再好對我來說都只是狗屎。你跟朵麗．勞林斯那些沒用的廢話，到底是什麼時候講的？幾天前我就叫你去了。」

巴瑟找理由時把話說得結結巴巴。「費雪先生。我不想空手而歸。我試著想辦法跟她合作，你也看到了。我不是什麼方法都沒想，還想著最好來交代一番。我直接告訴她……『妳要是找了別人，費雪先生會非常不滿』，後來她也沒有做什麼蠢事，說實話，她不會的。」

厄尼在兩人之間豎起一根手指，巴瑟又安靜了，活像是被主人狠狠凌虐的狗。

「一點小事就讓你不高興了是嗎？你工作太多了嗎？還是你不能勝任？還是要東尼對朵麗·勞林斯出手，你要嗎？啊？」

巴瑟知道如果是東尼負責跟朵麗談的話會發生什麼事。「不，不要這樣。費雪先生。讓我跟她再談一次。拜託！」

厄尼拿下眼鏡，慢條斯理地擦著鏡片。「你跟我要更多時間，我也打算再給你一點機會。你有兩週的時間，小子，兩週。如果你回來的時候沒帶著帳簿，我就會要東尼去見那個寡婦。你知道東尼多喜歡女人，對吧？」

電話鈴聲響了。厄尼接起話筒，馬上就變得扭捏作態。「哈囉，卡洛斯。我很好，親愛的。等我一下——巴瑟，還不快滾。記住：如果有人的名字確實在帳簿上，那混蛋該怎麼處理，你知道的。在我叫東尼進來之前，給我滾出去。」

巴瑟匆匆穿過辦公室，他慢吞吞又糊成一團的腦子想著厄尼剛剛說的話。他是對的。拿到帳簿也是他的利益所在。他可是為了哈利在搶案裡當了好幾次「鍛工」。巴瑟決定他最好晚上再去看看朵麗，不論她是否樂意。他安靜地關上厄尼辦公室的門，下樓梯進到俱樂部。這裡白天跟晚上一樣黑暗又骯髒，難聞的菸味、雪茄味跟啤酒味緊緊附著在紅色天鵝絨簾幕上頭，味道太過刺激而且令人作嘔。

東尼．費雪徘徊在樓梯下方。他想跟可憐的老巴瑟找點樂子。「亞瑟．寧谷斯的『鑑寶路秀』冷掉了，對嗎？」巴瑟緊張地迴避東尼。東尼擋在他前頭，以拳擊姿勢揮出一拳。「上吧，巴瑟……拿出男子氣概來！」

巴瑟沒勁地舉起拳頭，東尼擊出一拳，重重打在腰下。他垮下身子，抱著肚子喘不過氣來。

東尼威嚇意味濃厚地傾身向著他。「你輸慘了，我的太陽。」他放膽大笑，接著走上台階。巴瑟覺得他快要吐了。

第六章

在黑暗的臥室中，朵麗再一次站在薄紗簾後面，看到那傢伙正盯著她。一路跟著她到美髮沙龍那邊的跟監警車就停在不遠處。她兀自微笑一下，看向房間對面的小狼，牠在床上蜷成一團看著她。「就這樣停在街燈下也太招搖，」她對狗狗輕聲細語地說：「我們都看得到他那張無聊的蠢臉了，你說是吧？」一個便衣警察下車走掉，留安德魯斯一人就這樣陷在乘客座上不動。朵麗斂起笑容，下了樓，狗跟在她腳邊。

朵麗離開房子時，安德魯斯警員拚命要鎖定她的行蹤。朵麗披著外套就出門，還沒帶手提包，顯然只是要遛狗。安德魯斯伸了個懶腰，鬆懈了戒備。在他前方，可以看到朵麗在人行道上溜達，小狗在每棵樹、每道牆、每支街燈旁邊停下要抬腳尿尿時，她就一再地停下來。朵麗快走到街角時，他視線跟著轉到另一邊。朵麗雙手叉腰站在那裡，背對安德魯斯。她拍著手叫道：「來這邊！小狼——來這邊！」

安德魯斯自顧自地笑了。朵麗發號施令的聲音畢竟跟電視上的狗兒訓練師芭芭拉．伍德豪斯完全不像。「如果妳是犯罪大師的老婆，」他自言自語，「我就是猴子的叔叔了。」

朵麗跟著狗兒走到街角。安德魯斯很快地想過要下車跟著走，但這天太冷了，而且她只是要去找狗。然而一分鐘後她仍沒有回來，他警覺心大作，下車就往最後看到朵麗的地方跑去。

「老天！」他緊咬著牙關擠出這句話。朵麗跟小狼都不見蹤影。他往車子方向回跑時，利奇蒙警員帶著兩個起司漢堡跟兩杯奶昔回來。

「誰？」然後利奇蒙反應過來，開始竊笑。「可別告訴我，你把一個老女人跟一條狗給看丟了？」

「你見到她了嗎？」

「你覺得，在我們兩個之間，瑞尼克介意的是監視她的那個人，還是偷空吃漢堡的那個？」

利奇蒙明白了意思，忙把罪證漢堡跟飲料都丟進一旁的花園，再跳進車子裡。「我來開車，」他說：「我們會找到她的。」

＊

朵麗和小狼混入巴納街盡頭參加單身派對的群眾裡，之後再叫了一台計程車到利物浦街站。當計程車往南邊開時，利奇蒙的跟監車則往另一個方向駛去，在臨近區域巡迴。朵麗微笑著撫摸小狼，牠縮成球窩在她身邊。她可以感受到腎上腺素遍布全身。她喜歡這樣，這讓她和哈利感覺很靠近。

計程車司機從後照鏡中看到，她的視線在利奇蒙的警車駛過時緊緊跟隨。後座的人他看得夠多了，知道朵麗要不是不法之徒，就是背著丈夫和小情人約會完之後，正在回家路上——朵麗的年紀讓他認為她是涉入犯罪。

朵麗沒有發覺前座的視線，開始自言自語：「小狼，我們秀給他看了，對吧，親愛的？是的，我們做到了。我們表現得很好！」

在利物浦街站，朵麗付了整數，為求付款迅速，現金她已經先放在口袋。事前準備就是一切，就從這種小地方開始。她快速掃視周圍確認自己沒有被跟蹤，帶著小狼下到後街，到車站後的大拱道。這裡有一整排的庫房，大部分都是給英國鐵路局做倉儲用途，其他則是出租給修車廠和汽車年檢站。

小巷很昏暗，沒有外部光源，還很冷，每棟建物都遮蔽掉隔壁棟的自然日照。朵麗緩慢地在拱門道下沿路前進。她趕不了時間，看不見腳下可能踩到什麼，眼睛也得適應黑暗。她在找十五號。有些拱門連門板也沒有，看進這些大型洞穴只見裡面滴著水、濕濕冷冷的，霉味聞起來像地窖。老舊破爛的鏽鐵破車像昔日的鬼魂，沉默地佇立著，擋風玻璃碎裂，輪子也沒了，車門就這樣開著。她經過一輛又一輛的報廢車，身上弄得越來越髒，褲襪還被一支斷裂的舊保險桿刮破。在一座空著沒用的拱門下，一群酒鬼爛醉如泥，在垃圾桶裡克難地生了火，便賴著不動。她走過時，他們對她的存在毫無反應。

最後，朵麗在一扇綠色拉門前停下腳步。她從大衣口袋中拿出哈利留給她的鑰匙串，試了其中一支。門忽然朝她打開一兩吋時，裡面有一隻狗猛地發出既駭人又高頻率的咆哮聲，她嚇得幾乎要把小狼給丟下去。小狼開始狂叫，惹得門後的狗也更激動好鬥。朵麗用手覆住小狼的嘴巴。狗發狂失控地往門口衝時，她可以聽到鎖鏈鏗鏘作響。她往上看，這才發現她是在十三號。她趕緊往下個拱門前進，希望那隻狗沒有引人注意。

一個褪色又髒污的號碼「十五」就刻在庫房大木門中間開的漆面小門上，這就是哈利的祕密基地。朵麗選了一支鑰匙試，然後又試了另一支，小門才打開。

巨大而宛如洞穴的空間安靜得詭異，直到上頭傳來火車駛過的轟隆聲，滿室迴響。朵麗進來後便關上門，把小狼放下，打開一支口袋型小手電筒。

就著細微的光線，她慢慢沿著邊緣走，而小狼聞著廢棄的車子、搖著尾巴，她確定牠一定是聞到哈利的味道，看起來牠對能再見到主人很是興奮。小狼抬頭看著她的樣子就像在問：「所以，他在哪？」她的心向下一沉，再一次感受到她失去了哈利。

這是「男人」的地盤，距離他們在波特斯巴那窗明几淨的家，彷彿有百萬哩遠。當她想像哈利的手下簇擁著他、對他言聽計從時，她幾乎可以聞到汗味、粗重的勞動和睾固酮。時間彷彿過了很久很久，朵麗無法動彈。她過去對這座庫房一無所知，害怕她會在黑暗深處找到些什麼。朵麗一直知道，她總有一天會找到哈利的某些祕密，但她總以為那個祕密會是個年輕的愛人。他是如此令人難以置信地英俊，而就算是全世界最高尚的男人，也無法對奉承諂媚無動於衷。但這個庫房……可真的是必須守口如瓶的天大祕密。

她前進時，眼睛只注意到最遠處的昏暗角落，沒有看到腳下滿是一窪窪的厚重淤泥、泛著油光的髒水坑，她發誓可以感覺到這棕色髒水已滲進了鞋子。她往下看著已經毀掉的鞋，還有坐在水坑中央的小狼，晃著尾巴。牠的小腳就像穿了油黑色的襪子。

朵麗走到庫房後面，面對著一組大型木門，上面也有一道小一點的安全開關門。打開門後，朵麗點亮上方的日光燈管。燈管閃著亮了起來，她很驚訝這間附屬建物比庫房其他部分來得乾淨很多。一組舊船殘骸已經堆到牆角放好，房間正中間是一輛蓋著防水帆布的中型貨車。當她拉掉防水帆布時，手一滑，不由得眉頭一皺，原來是弄斷了一片指甲。小狼衝到貨車下面，開始發狂地挖土——朵麗則在牠後面跪下，害褲襪又扯裂了，她看著牠正在挖掘的地方。

鬆動的水泥地下方蓋著木板條，移開之後，朵麗發現了一個兩英尺深、一英尺寬的洞，下面有一堆包著棕色粗麻布的東西。她把包裹拖出來，打開發現是兩支槍管鋸短的散彈槍。在哈利保險箱中所發現的手槍，讓朵麗第一次確知哈利會用槍，但這並不使她震驚。當時，想到哈利走了之後，還留給她足以自衛的武器，便讓她脈搏加速。但這些槍，這些槍可不一樣。這些槍不是用來自衛，這是武裝搶劫用的，就是這點不同。朵麗覺得這是自從哈利死後，她離他最近的一刻。他給了她這裡的鑰匙，而且終於同意讓她知道一切。現在朵麗要拿這一切訊息怎麼辦，完全取決於她一個人了。

朵麗沒去碰散彈槍，她把槍包起來放回洞裡。她慢慢站起來。都在這兒了。她一面想一面環顧四周。所有哈利搶劫會用到的裝備——房車、貨車、切削工具、手套、散彈槍。現在這些都是她的了。朵麗把手伸進她沾上油污的大衣口袋裡，拿出記事本，翻到她離開銀行後做的速記。哈利為下一樁搶案做的所有準備，都在帳簿裡、她的記事本裡和這間庫房裡。她按按原子筆，她的註記旁邊畫了一個大而粗的勾。「2 S-O」，代表兩把鋸短槍管的散彈槍。她對著這個勾微笑時，幾乎可以感覺到哈利對她微笑。「這才是我的女孩」，他會這麼說。

朵麗走過洞穴般的溼冷倉庫。這裡可真大。她朝前走到最遠處的一個小房間，看起來就像律師辦公室的老舊隔間。曾經漆亮的木頭現在斑剝不堪，破碎的窗戶也結滿了蜘蛛網、滿布塵埃。她轉開骯髒的門把，進到裡面。她低頭看看自己的手，油膩的指紋沾印在跟她自己的手指幾乎重疊的位置。她想像這是哈利的指尖觸碰著她。

這間辦公室很簡陋，一個水槽、一個卡樂牌小瓦斯爐、一張書桌、一組不成對的木椅，牆上有無數性感女郎的照片。用過沒洗的馬克杯、和咬過的發霉餅乾，在在告訴朵麗，這就是哈利和他的團隊計劃那場嚴重出錯的搶案的地方。朵麗撿起髒馬克杯拿去髒水槽。她轉開水龍頭，水管裡的壓力製造出敲擊聲，試著把水擠進管路。忽然一股鐵鏽色的液體噴灑而出，濺到瓷杯跟她的大衣上，害她往後驚跳。她把馬克杯都丟進水槽裡，碰碎了兩個杯子，第三個杯子則被撞斷了把手——三個馬克杯都摔壞了：哈利的，泰瑞的，還有喬的。朵麗忍了好久、瀕臨潰堤的眼淚一湧而上，在哈利隱密的辦公室裡，她終於允許淚水流下來。這股席捲而來的放鬆感讓她頭重腳輕，虛弱無力，她緊抓水槽以求支撐。她對抗著情緒，但沒有用，閘門一開便無法再關上。失去哈利的悲慘傷痛放光了她的力氣，她抓著冰冷的陶瓷水槽，拚命讓自己站直。低著頭時，她看到小狼就坐在她泥濘又油膩的腳邊。她突然想起有那麼一段時間，巴瑟處於無比的低潮，生活慘澹，是哈利把他拉出來的。「我看到的就只有狗屎。」巴瑟在酒醉中對哈利說，「不管我怎麼看，看到的都是狗屎。」哈利提起巴瑟的頭，然後回答：「那就往上看吧，巴瑟，我的老友。你要是低著頭，當然只看得到狗屎。往上看吧。」當然哈利跟巴瑟從來算不上什麼朋友，但他總是知道該說什麼話才對。

當朵麗最後終於抬起頭，眼淚已經停了，而且小狼也站起來，等著她的下一步行動。她看了這三個破馬克杯最後一眼，抱起她的小狗，抱得緊緊的，絲毫不管牠的毛髒污泥濘又油膩。

「好了，寶貝，」她悄聲低語。「媽咪沒事了。都沒事了。」

第七章

琳達到花街上的聖堂水療中心的時候是十點整。她立刻就察覺，自己最好的衣服，即使在接到朵麗的電話後特別熨整過，都遠比不上其他女人輕飄飄經過時穿的時髦衣著。她們可能一輩子都不用工作，她心裡這麼想著，正準備走出去的時候，趾高氣昂的櫃台接待員問她是不是會員邀請的客人。她一報出勞林斯太太的名字，馬上就得到竭誠歡迎。

在例行導覽途中，琳達不知道要看哪裡好。她以前從來沒有看過那麼多半裸的女人，她並不喜歡這個景象。最糟的莫過於更衣室：每個人都脫光光，當成是在自己家一樣蹓達。事實上，琳達連在家裡也不會裸體走來走去，以免窗戶清潔工從她的紗窗看進來，或者法警正好來敲門就糟了。

餐飲吧的價錢高得過分，她只想去對面咖啡館外帶培根三明治和咖啡，但服務員告訴她只要報上勞林斯太太的名字，什麼東西都能記在她帳上。琳達聳聳肩，她還無法習慣不勞而獲。

「繼續吧。」她說，並指著一個三明治。起司口味應該就行了。

有了三明治在手，琳達便被領回可怕的更衣室，她被丟在那裡自生自滅。她站在那兒，衣服穿好好的，覺得自己像個白癡，只好努力不要盯著所有經過的光屁股和奶子看。她沒有辦法應付這場面太久，頭低低的就溜出去了。

琳達在健身房四處閒晃時，看了一下健身腳踏車區。一開始她幾乎認不出雪莉，她看得很仔細，看得眼睛都累了，但那就是她沒錯。琳達要過去時，卻被一個服務員攔下來，跟她說沒有穿著運動服裝便不能進出運動區域。

「喂！」琳達對著雪莉喊叫。「妳餓不餓啊？」

雪莉轉過頭來，認出琳達後便停止踩踏板。琳達匆忙地經過服務員。兩人沒有擁抱，好像都不知道那樣做對不對，琳達只好說：「好久不見了，對不對？」

很快地，她們確認上一次交談是大約兩年前、在某個地方的雞尾酒派對上。因為酒類免費供應的緣故，琳達的記憶沒有雪莉那麼清楚，不過雪莉填補了她記憶的空白。她們都知道的是，那場雞尾酒派對由哈利．勞林斯舉辦——還有，這回是朵麗．勞林斯突如其來打電話給她們，要她們來這裡跟她碰面。

雪莉和琳達都不確定她們被找來的原因，但她們都希望這跟錢有關。除此之外，她們也想不出還能是什麼。

「嗯，不管怎樣，」雪莉說，「我打算趁有時間的時候享受一下SPA，來吧！」她帶頭往更衣室去，後頭跟著害羞的琳達。

雪莉很快就把自己裹在館內提供的白色鬆軟毛巾裡，琳達試著表現得一派輕鬆卻失敗了，她專注在她缺角的指甲上，避免和任何人眼神接觸。雪莉遞給她一條毛巾。「放輕鬆——這可是朵麗付的錢。」她好意地說。

琳達都忘記了雪莉有多漂亮，她是如此從容優雅、有女人味。就算只披著一條浴巾，她依舊看起來身材姣好，妝容和髮型完美無瑕。琳達不想讓雪莉知道她有多麼不安，於是她決定說個笑話。

「我不想赤身露體讓這些人看得發瘋，雪雪。」

「這裡只有女人好嗎。」

琳達洩氣地從雪莉手中搶下毛巾。「好吧，但我不要脫胸罩跟內褲。可能會被偷走耶！」她惱怒地說著，把自己胡亂塞進一間小隔間裡，求得一點隱私。琳達彎腰脫鞋時，卻看到雪莉在外頭坐下、往裡面看。「該死！」琳達悅耳的聲音在更衣室裡迴響。「這見鬼的門只有兩呎高，是有啥意義！」當琳達後退站直身子，她的頭和肩膀都在門板的上方，而雪莉止不住吃吃竊笑。「這根本像是躲在一張郵票後面換衣服。我還不如出去跟妳一起。」琳達乾脆兩隻手臂都伸到門外，這是她們聽聞噩耗以後第一次開懷大笑。

到了十一點，雪莉閉著眼睛，在冒著牛奶色泡泡的按摩浴缸裡享受了一番，而琳達坐在浴缸邊，泡水暖暖腳。她的紅色緞面胸罩露在外面，浴巾滑了下來，而且培根三明治的麵包屑還掉到水裡——但她不在乎。

「好好打一炮就等於運動一小時，妳知道嗎？而且我告訴妳，這就用不著付運動中心會員年費。」琳達自顧自地笑，把最後一口三明治塞到嘴巴裡，在按摩浴缸洗了洗手。「因為妳不能只是躺在那裡享受，妳總是要幹點活。」

「妳就不能講點別的嗎？」

「唉，我現在又沒炮打，可不是嗎？我和喬以前可是幾乎每晚都來呢，」琳達想起丈夫時語調轉沉。「跟妳說，有很多事情需要適應。」

雪莉張開眼睛，瞪著琳達。妳的丈夫在搞砸的銀行搶案裡被炸飛，禁慾一個月難道是最需要適應的事嗎？

到了中午，朵麗仍然沒有出現，琳達開始煩躁了。雪莉全裸躺在日光浴床上，而琳達坐在旁邊啜飲咖啡，吃著一根巧克力棒，咕噥著錢的事情。

「如果她還是沒來，我可就賠了一筆餐費，該死的，我甚至不想吃！我比進來的時候還要胖！什麼天殺的健康水療中心。」

「她會來的。妳小聲點。」雪莉悄聲說。她都要忘了琳達有時多麼令人尷尬，就算沒喝酒也一樣。事實上，雪莉猜測琳達可能偷偷在咖啡裡滴了一滴伏特加，因為她講話越來越大聲了。她還餵旁邊巨大蕨類植物上的籠子裡的鸚鵡吃餅乾兩次。服務員過來請她別這樣，但她都無視。她甚至大聲嘲弄某些女人的身材，叫她們「竹節蟲」。

琳達不是故意要讓雪莉難堪，但她也看得出來事情就是這樣發生了。琳達其實覺得自己和周遭優雅的環境格格不入。她看向四周，這些女人都是自我放縱、高高在上、盛氣凌人又瘦巴巴的婊子，手上的錢多到不知道要怎麼花。正當她想離開的時候，才見到朵麗圍著一條合身的浴巾、包著頭巾走向她們。朵麗對一組服務員點頭表示感謝，走上往日光浴床這一側的台階。

「全能的上帝啊，」琳達對著雪莉哼聲，還用手肘推她一下。「拉娜．托納在倫敦活得好好的——看吧。」

「哈囉，琳達。哈囉，雪莉。抱歉我沒有送花到場，太不合禮數了。」朵麗說的時候帶著微笑。琳達咬著嘴唇不吭聲。朵麗那好像在說「看著媽媽」的聲音，還有提到她們丈夫的喪禮時的輕率態度，立刻就惹惱了她。這不適合作為開場白。琳達比較能接受「妳好嗎？」或者「好久不見。」或「真抱歉我丈夫把妳丈夫害死了！」

「我們去桑拿室吧——那裡不會有人打擾。」朵麗說的同時帶頭走開。雪莉和琳達就像小狼一樣順從地跟在她後頭走——彷彿她們本能地知道，跟著她總是比較有益處。

琳達從來沒有進過桑拿室。她大量流汗，而且開始擔心紅色緞面胸罩的顏色會染到潔白的浴巾上。雪莉常常做桑拿，很快就在最大的平台上躺平下來。

「妳們兩個都好嗎？」朵麗問道，好似這是世界上最無害的問題。但朵麗的任何行為，都不是天真無害的——她知道自己在做什麼，在她與這兩位寡婦分享近來的想法之前，得先了解一下她們的情況。朵麗也還記得兩年前的雞尾酒派對。當時派對上滿是倫敦四面八方來的惡棍。如果要朵麗完全老實說，她不記得雪莉、不記得她當晚有說過任何一個字，而另一方面，琳達倒是非常令人難忘。

「泰瑞完全沒有留現金繳房子的貸款，如果我沒贏得下週的帕丁頓小姐比賽，我就得去找工作了。」雪莉看起來真心為此感到沮喪。她這麼個二十幾歲的女孩，沒有受過教育，又沒有實際的生活技能，過去總是有人照顧著，現在她對如何靠自己活下去毫無概念。

「聽得我的心都淌血了，」琳達諷刺地說。「一次做三份工作就好了啊。喬上次坐牢時我就是這麼活過來的。帕丁頓小姐又是什麼鬼東西？」

「噢，那是選美比賽！」雪莉解釋時整個人都煥發出光采來。「媽媽幫我報名的。我一開始很氣她，因為我才剛失去了泰瑞啊。但第一名的獎金是一千英鎊，加上兩天的馬約卡島假期，而且還可以晉級下一輪英格蘭小姐比賽！」

「我猜接著就是環球小姐——？」朵麗說，她諷刺的語調沒有引起雪莉的注意。

「沒錯。」雪莉大膽作夢，眼睛閃閃發亮。「那可能會開啟我的大事業呢。」

朵麗將注意力轉向琳達，「那妳最近如何？」

「嗯。妳知道喬的。怎麼來就怎麼走的。老天，這裡真的有夠熱。」

朵麗潑了些水在煤炭上，蒸氣增添了琳達的不適。「坐低一點。如果妳站在或躺在比較高的位置，就會更熱。」

噓寒問暖已經結束了。朵麗開始交代她帶兩人來這裡的原因。

「妳們知道費雪兄弟已經拿下哈利的地盤了嗎？」

「我有聽到消息。」琳達氣喘吁吁地說，開始覺得體溫過熱。

「他們有找妳們麻煩嗎？」

「沒有，不是他們。」琳達肯定的說。「豬頭警察來我店裡搜了個遍。他們真的討厭死了，一直在商場晃來晃去。如果他們不走，我就要被炒魷魚了。」

朵麗看著雪莉，揚起了眉毛。

「他們來了四次。」雪莉說。「但我也沒有看到費雪兄弟。」

琳達現在對朵麗的問題毫無興趣。她只是努力讓自己不要熱得融化掉。「老天，這裡燙死了。妳們覺得這是正常的嗎？」

雪莉對很多事情都不是很擅長，但她知道SPA是怎麼一回事。「桑拿的設計就是要逼你出汗，排出體內所有不乾淨的東西。」她解釋道。

「我可以用別的更好的方式——」眼見琳達又要開始鬧，朵麗雙手抱胸，準備插話。

「聽著，我要把事情都告訴妳們。費雪兄弟和警方都在打探消息。」

琳達又要開始講不正經的。「我還以為他們只是煞到我……」她看到一抹倏忽即逝的笑意出現在朵麗的臉上，然後再次消失在緊閉的嘴唇和難以解讀的眼神裡。

「妳們知道哈利是怎麼做事的，」朵麗繼續說，「所有幫他工作過的人，他都有留紀錄。他有名單：線人、賣槍的、莊家。進進出出的現金，都有紀錄跟日期。他用筆記，用帳簿當保險，以免有人告密或是欺騙他。」

「我不知道妳在說什麼，小朵。」琳達說，她熱得頭暈目眩。

「那就好好地聽著！」朵麗忽然激動起來，「別那樣叫我。我不喜歡。費雪兄弟要哈利的帳簿。」

「為什麼？」雪莉問。

「我猜他們的名字，跟有問題的交易都在裡頭，他們也怕如果警方把帳簿拿到手，他們就會惹上大麻煩。」

「那帳簿在誰那裡？」雪莉並不是桑拿室裡腦筋最靈光的女孩，朵麗很驚訝她問了這麼明智的問題。

「在我這裡。」朵麗冷靜回答。她開始解釋，說得緩慢又從容不迫，清楚強調每個可能會讓另外兩人聽不懂的字眼。雪莉顯然被朵麗的話吊住了，而琳達把頭往後仰，閉眼睛聽著，仍然不時因著難以忍受的熱氣而小喘。「哈利常說如果他出了事情，他要我好好的。他要他的團隊繼承事業，照顧我們所有人。有一次他開玩笑說，如果他死了，只要他的團隊有帳簿，沒有他也能做事。但喬和泰瑞都跟著他走了，所以現在全看我要怎麼做了。我要照顧大家。我要照顧我們所有人。這就是哈利要的。」

朵麗身上一滴汗也沒有，她看著雪莉專注的臉。她不太確定雪莉是否聽懂她在說什麼，但至少她有在聽。然後琳達直挺挺地坐了起來。

「我熱得受不了了，我要倒下了！」她說。

朵麗盯著琳達，臉上浮現一點怒容。她講得掏心掏肺，但琳達甚至連聽都不好好聽。她站起來，把圍在身上的毛巾收拾好，接著在她做出蠢事之前——比如把琳達的頭往桑拿的炭堆撞——就先衝了出去。

「我做錯什麼了嗎？」琳達問雪莉。但雪莉的表情看起來跟朵麗一樣生氣。

「妳看不出她很難過嗎？」雪莉說。「這對她來說一定很難受，甚至比我們的狀況還要糟糕。她老公被炸成碎片，整個面目全非。他們都結婚二十年了耶。」

琳達從凳子上跳起來。「所以我就不難過了嗎？我不表現出來，不代表我沒感覺。」

雪莉試著讓琳達冷靜下來，但她一點也不領情，還來回踱步，說要給朵麗一點顏色瞧瞧。她本可以跟在朵麗後面離開桑拿室，所以雪莉覺得她只是在虛張聲勢——接著琳達忽然住口，整個人縮在位子上，抱緊雙膝，把臉埋在雙手裡。她說話的聲音悶悶的。

「我早上洗了個澡，然後肥皂泡跑到眼睛裡。我想從門上掛鉤抓條毛巾來擦，結果我拿到了他的浴袍……」琳達崩潰地哭泣。

雪莉嘴巴抽搐了一下，感覺到眼淚一湧而上，下一刻，想到她公寓裡所有讓她回憶起泰瑞的東西，她也哭了起來。

朵麗回到桑拿室時，她發現這兩個人抱在一起哭成一團。朵麗試著控制自己，但沒多久也哭了出來。這是朵麗第一次在外人面前好好哭上一次，但她不在乎。跟另外兩個寡婦傾訴自己哀痛的感覺並不壞，她不會難為情，也用不著擔心她們因此覺得她軟弱。她本能地相信她們，這對朵麗來說至關重要。信任，這就是她所需要的。

她們之間的衝突緩和下來，朵麗準備再次開口。

「我找妳們來這裡的時候，還不確定有多少事可以講，但現在我知道了。關於哈利的帳簿，我們有兩個選項——」

「我們？」琳達插嘴道。看見朵麗微微的笑容，她安靜下來，準備開始聽。

「哈利通常會提前好幾個月準備計畫，通通寫下來。如果費雪兄弟把帳簿拿到手，他們就能全盤掌握，就像哈利一樣。所以，選項一就是我們把帳簿賣給費雪兄弟，他們從所得中分一定比例的酬勞給我們。或者選項二，如果我們不賣——」朵麗在雪莉和琳達靠得更近時，深吸了一口氣。「我們就要執行哈利安排的下一個大計畫。」

琳達開始歇斯底里地狂笑。雪莉嘴巴張得開開地坐著。

「妳開玩笑的吧？」琳達結巴地說。

「如果妳們不想做，那也沒關係。但我沒辦法一個人幹這票，所以我得賣掉帳簿，費雪兄弟是專門出賣人的下流惡棍，想也不用想，他們一定會對我設局。」

「我們不可能去武裝搶劫的，朵麗。」雪莉悄聲說。

「我們可以的。我們可以完成我們男人開啟的計畫。這是一個好計畫啊，如果沒用上炸藥，一定會成功的。」

琳達和雪莉面面相覷，不知如何回答。朵麗瘋了嗎？悲傷是否把她逼得崩潰了？

朵麗繼續說下去，說得既慢又冷靜。「我大可以不徵得妳們同意，就賣掉這帳簿，而且不用三個人來拆帳，但是我要對妳們公平，就像哈利對喬和泰瑞做的那樣……而且這個計畫是很棒的。」朵麗使出殺手鐧。「如果妳們不想做，我可以理解。我會盡力從費雪兄弟那裡拿個幾千塊，然後他們就可以照哈利計劃的去做，把百萬英鎊賺進口袋。」

「一百萬英鎊？」雪莉伸手把嘴巴遮住前，忍不住叫出聲來。

琳達有著街頭智慧，反應又敏捷，知道如果某件事聽起來太好、好到不像真的，它很可能就是假的沒錯。她跟喬結婚夠久了，足以讓她曉得這百萬英鎊的案子可能非常危險。她微笑了，然後搖搖頭。「勞林斯太太，拜託喔，妳是把我們當成哪種人了……搶匪嗎？」

「差得遠呢。」朵麗說。「琳達，我們的相似之處遠多於不同點。我知道妳現在心裡是怎麼想的，但我知道如何做得更好。最後一票案子。為了我們的男人，沒錯。但更是為了我們。這是帶妳離開在遊樂場艱難奮鬥的門票，妳那樣賺的根本不及妳真正該得的一半。至於妳——」朵麗說，還看著雪莉。「妳這輩子都不用想著工作賺錢了。」

慌亂的雪莉忽然開口。「我不要離開倫敦。」

「妳大可不用離開，親愛的。沒有人會知道是我們幹的。我完全知道該怎麼做。」

朵麗可以看出雪莉和琳達動搖了，所以要再推她們一把，往她要的答案更近一點。「妳們想，妳的泰瑞、還有妳的喬，真的沒給妳們留下任何東西嗎？並不是的。他們把妳們留給了我。我，帳簿，還有下一個計畫。我們知道他們是怎麼做的。我們知道他們為什麼這樣做。哈利讓我找到他的帳本，只有一個原因——原因就是我們。他不要我們孤苦無依，也不要我們陷入困境。小姐們，我們值得。」朵麗站起來身來。「只要花時間想一想。要是我不相信我們能做到這件事，我就不會建議大家一起去做。而且這票現金到手之前，我還會負責妳們所有支出。」

琳達和雪莉張著嘴巴坐在那裡，啞口無言。她們在心中對兩個選項秤斤論兩時，朵麗幾乎可以聽到齒輪運轉的聲音。

「兩天之內，我會再跟妳們聯絡。」她說。「不要試著聯繫我。我被警察監視了，他們可能也會竊聽電話。就是因為他們，我才沒辦法跟妳們同時出現。我們在一起時不能被人看到，所以最好各自離開，而且起碼得等到我離開二十分鐘後再走。」

然後她就走了。

琳達和雪莉以同樣的姿勢坐著，臉部表情同樣空洞，可能就這樣過了十分鐘。然後琳達說話了。

「她瘋了。」

「我們應該跟人說嗎？」

「沒人會相信我們的。」

第八章

朵麗已經開了很久的車，去了一趟白城又再開回來，試著甩掉便衣警察的無標示警車，但他們仍跟在她車尾巴後面。「該死！」她再看了一次後視鏡，忍不住大罵出聲。不管她拐了幾個彎、轉進幾條小路，都沒辦法甩掉他們。SPA日後又過了好幾天，她試著聯絡琳達和雪莉，兩人都同意碰面，想知道更多。現在她們三人計劃要見面。朵麗並不想遲到——但她能怎樣？除非她百分之百確定沒被跟蹤，否則絕對不能冒險碰面，也不能用任何方式聯絡其他寡婦。

朵麗想起她曾看過一部電影，然後兀自微笑起來，她心想同一招也許對她也有用，也許。她開始加速，繞著牧羊人林圓環開快車，接著往諾丁丘門站，直向貝斯沃特路往大理石拱門前去。他們還在，仍然跟在後面。她在車流中穿來穿去，然後往海德公園右轉，保持在內車道。她看著後視鏡，警察就跟在她四台車後面。她超過內側一輛載滿貨的大車，接著緊追到大車前方，又急轉開進多徹斯特酒店乘車口。她在幾秒內抱著小狼下了車，給了門僮鑰匙和十鎊紙鈔。

「親愛的，幫我停個車。一個小時左右，吃完晚餐後就回來。」然後她匆匆走進多徹斯特酒店。

門僮走向那台賓士，坐上駕駛座，正要啟動引擎時，他看到後面那台車的水箱護罩閃著藍光。安德魯斯警員跳下那台還在移動的警車，跑向賓士，拉開車門，抓住他的領子。「她上哪去了？走哪條路？」門僮嚇壞了，只能指著酒店門口的方向。

安德魯斯跑進大廳，緊張忙亂地環視周遭，但朵麗不見蹤影。沒有人注意到她，甚至連櫃台接待員也一樣。他才被瑞尼克狠狠訓斥過，後者還在漢堡事件的氣頭上。

安德魯斯回到車上，甩上車門，找了一個停車位。他無比希望朵麗就在飯店裡的某處，所以他決定就待在她車旁邊等。他也只能這麼做了。

*

琳達提早十五分鐘到了利物浦街車站的拱門。這裡真的很冷，她快被凍僵了。她事前不曉得這個地方會這麼暗，沒有帶手電筒，根本很難找到十五號倉庫。朵麗打來時她並不感到驚訝，同意跟她還有雪莉再次見面，是很簡單的決定。最近還能有什麼事能讓她心跳加速？自從喬過世之後，琳達的生活過得很糟糕，糟糕透頂。她無法習慣空了一半的床，來店裡的人讓她噁心，警察把她看作鞋上的一坨屎。除此之外，日子無聊得要命，琳達最討厭無聊了。不管朵麗想要她做什麼，她都很高興能參上一腳，不時跟雪雪聊聊，而且也許能從朵麗手上拿到一點錢。

她走近其中一個庫房，仔細端詳大木門之間的裂縫，當她看到一隻大型德國牧羊犬向她猛撲過來時，被牠的咆哮和嘶吼聲嚇得半死。她快速跑向另一扇門，正要抬起拳頭敲門時——

「妳來早了。」朵麗在她背後說。

「我不確定這裡是哪裡，而且我不喜歡遲到。」

寒冷的天氣讓琳達心情不佳，朵麗很快就感覺到了。幸運的是，朵麗甩掉安德魯斯警員，再搭計程車輕鬆來到這裡，心情愉快得很。她開門鎖的時候對著琳達微笑。「這樣子很好。」

進到庫房裡，朵麗淡定地點了根菸，而琳達左右交替單腳踏步，想要暖暖身子，她真想喝杯茶，但朵麗就只是坐在一個大貨箱上，拿出她的黑皮革記事本，複習自己寫的重點，並且等待雪莉的到來。琳達很不擅長應付這種靜默中的惱火情緒，終於，她悶悶不樂的咕噥聲讓朵麗說話了。

「茶壺在後面，親愛的。我要黑咖啡，不加糖。去取暖一下吧。」

琳達垮著臉，走進隔間，那裡現在有了三個新的馬克杯、一個新的茶壺，還有一包未開封的卡士達醬在等著她。「來嘛，把計畫告訴我。」她呼喚朵麗。

「我們要等雪雪來。」朵麗說話的時候甚至頭也沒抬。「今晚是她的什麼帕丁頓小姐比賽，她再二十分鐘就到。」

「妳應該要告訴我的！」琳達一邊泡茶一邊喊著。

「為什麼？妳本來在做什麼大事嗎？」這話真傷人。朵麗完全曉得，琳達根本也沒什麼要緊的事。

「琳達，我們是同一個團隊。我們要等雪莉來。」

*

雪莉跟媽媽一起坐在計程車上，她感覺到有一邊的假睫毛快要掉了，卻沒有力氣動手調整。她穿了一件豔驚四座、閃閃發光的黑色晚禮服，足蹬高跟鞋，全身都擦了古銅色美膚霜，還抹了厚得要命的髮膠。她肩膀上還戴著帕丁頓小姐的選賽號碼。她看起來就像百萬獎金一樣光鮮美豔——撇開她臉上哭花的妝不談。

車裡一陣詭異的靜默。終究奧黛麗先開口了。

「親愛的，我不是在說妳耍手段。」她小聲地說，希望司機不要聽到，「我只是想知道妳哪來的禮服錢。」雪莉往計程車窗外看，忍著不要哭出來。

雪莉在整場選美賽上都不是很專心，即便她是全場最美的女孩，照理說輕易就能奪冠。奧黛麗非常自豪，覺得獎牌一定會「入袋」，但接著當她看到雪莉脫掉大衣，現出她那身新衣服時，奧黛麗對此下了個糟糕的評論，說自己女兒是不是去賣身了，事情就此開始走下坡。奧黛麗試著彌補，在雪莉排隊上台時給她一個大大的擁抱。「妳一站出來就會豔驚全場，我親愛的好孩子。妳真是美麗又可愛，而且一定會是大贏家。」然後她說了這個晚上第二蠢的話。「泰瑞和我會在前排中間看著的。」她本來是要說「葛瑞格」，但說出口的卻是「泰瑞」。當奧黛麗看見雪莉眼睛睜大、下唇顫抖時，可以的話她真想踹自己一腳。她起先要跟女兒道歉，但主持人佛萊迪沒給她機會，偏偏在此時叫雪莉的名字，舞台總管便把她帶上台。

雪莉踏到鎂光燈下時，心思已經飄遠了，當佛萊迪問起她的興趣，她也只能含糊回答她喜歡像是蔬菜和書之類的東西。

奧黛麗應該要為今晚的慘敗負起全責。雪莉隨她去，事實上有其他事情佔據了雪莉的心思。當計程車司機放奧黛麗下車，繼續往利物浦街車站去時，雪莉靜下心來，回想一個禮拜前的事。

她當時在攝政公園女廁裡等了半個多小時，直到朵麗輕快走下台階，開始冷靜地在破碎的鏡子前補妝。

「妳甩掉他們了？」雪莉問，她指的是始終跟著朵麗的警察。

「不。」朵麗咧開嘴補口紅時說：「安德魯斯警員就在外面，看著小狼。」

朵麗收起化妝品，遞給雪莉一個裝滿的信封，雪莉還在努力搞清楚朵麗是不是開她玩笑。

「這些夠妳付幾個月房貸和其他開銷的了。每個月妳都可以領一筆錢。我們下個禮拜四，帕丁頓小姐選美賽之後會再見一次，細節都在信封裡。」

「朵麗……」雪莉試著開口。「我不確定我能不能應付。到時候會有狙擊手，對不對？」

「沒關係。聽好，如果妳不來，我們就會知道妳沒有辦法加入，好嗎？」

雪莉抓緊信封，感覺到裡面的厚厚一疊紙鈔。

「只是那樣妳就得還我錢，沒關係，好嗎，親愛的？」朵麗給她一個了然於心的笑容。然後她就走了。

當雪莉最後終於敢從女廁出來時，她只瞥見遠處一個男人走向他的車子，瞪著朵麗帶小狼走掉的反方向。真是有勇無謀，她暗自想著。他想必不會把這寫進每日勤務報告裡吧！

＊

琳達和朵麗聽到倉庫大門外的敲門聲時，琳達已經在喝她的第二杯茶。雪莉跌跌撞撞地進來，細跟的高跟鞋叩叩踩過不平整的地板，行李箱鏗鏗鏘鏘撞到了一堆東西，她為自己的遲到致歉。

「老天，妳是怎麼了啊？」琳達說。「朵麗，妳看看她。打扮得花枝招展的。還有，妳假睫毛戴歪了吧？」

雪莉丟下行李箱，結果它落在一攤油窪上，濺起的油污弄髒了她新打理好的小麥色美腿。她往後跳時，又折斷了一隻鞋跟，她往後踉蹌跌坐在倉庫裡最髒的引擎車蓋上。眼淚一湧而上。

「我只得了第八名。我把自己搞得像個蠢蛋似的，又對我媽發脾氣。」

琳達再次說話，但這次語氣柔和了些。「第八名也不錯啊，雪雪。這次有多少人來比賽？」

「十個……」雪莉悲傷虛弱地說，琳達猛地轉過身去藏住笑容。

雪莉站直了身子，要把後背弄乾淨。她看著自己滿是油污的手，只能想像茶色大衣後面那塊會是什麼慘狀。這下她的眼淚又來了，她說：「我本來不會來的。」

「有人看到妳了嗎？」朵麗問，能看到雪莉就讓她暗自鬆了一口氣。她需要將事態導回正軌。

「沒有。我照妳的指示，從車站出來的。」

「妳有看到誰嗎？」

「當然有！這該死的車站人多得要命，又都在往外走！」雪莉厲聲說道，接著又制止了自己。

朵麗坐到雪莉身旁，拍拍揉揉她的頭，就像她對小狼做的那樣。她叫琳達再去泡些咖啡。

「我在這裡待了大半個晚上，結果到目前為止都在當女服務生。」琳達抱怨，氣呼呼地跺著腳走了。

十分鐘後，三個女人圍著板條箱坐下來，擺好茶、咖啡和餅乾，看著地圖和朵麗先前給她們的示意圖。琳達小口吃著卡士達醬餅乾，雪莉則一面把斷掉的指甲咬成某種尚可接受的形狀，一面把朵麗吐出的煙掮離她的臉。朵麗弓身在記事本上振筆疾書，寫下一大堆筆記——她們需要買的東西、待辦事項還有該學的事情。

「我們主要的問題，是從這裡出發時要背的重物——」朵麗在河岸街地下道圖上畫了一條平滑的直線。「要一路背到這裡。這是我們的逃亡車停的地方。大概要跑五十碼。」

朵麗抬頭看琳達用下排牙齒刮掉餅乾的卡士達醬。「妳有在聽嗎？」她問。

琳達很有自信地重述朵麗講過的所有重點。「麵包車在地下道先停到運鈔車正前面。休旅車從後面擋住它。槍手控制車子。槍手逼守衛開門。然後背包就會裝了滿滿的錢。」

「很多很多的錢。」雪莉更正。

「很多很多的錢。」琳達重複她的話。「再跑五十碼到逃亡車那裡。」她顯然對自己很得意。

這個不聽話的丫頭。朵麗想。在大日子來之前,她得馴服這傢伙,但現在就隨她去吧。

「我們得有一個人學會用鏈鋸,那工具非常笨重。」朵麗繼續說。

「我手臂沒什麼力氣。」雪莉說。「但我的腿還行,所以我不擔心錢的重量。」

「妳有扛過一百萬紙鈔的三分之一重量嗎?」朵麗口氣很差。

雪莉變得很安靜。她太累了,以至於無法思考這神話般的三十三萬紙幣有多重,所以她決定改變話題。「如果車裡的人追在後面找我們麻煩,會怎樣?」

琳達插嘴。「妳有沒有在聽啊?我剛剛不是說『槍手逼守衛開門』?那就是我要負責的。別擔心妳那漂亮的小腦袋。在我的看守之下,不會有什麼路見不平的英雄。」琳達又拿了一塊卡士達醬餅乾。「來一場爆炸如何?」

朵麗看著琳達——一個深長又冰冷的眼神,說明了一切。如果眼神能殺人,琳達想,她可能就死在地板上了。

「朵麗,對不起。」她說,一隻手伸到板條箱對面試圖表示安慰。

朵麗挪開她的手,決定改變話題。「我很快就會跟保全那邊的聯絡人會面。我們從帳簿中知道，運鈔車經常通過地下道，但確切時間和路徑卻非常多變。他們每個月都會載一次額外現金——從現在算起的四個月後，我們就要把那筆錢搶到手。這些資訊可以讓我們確認實際日期，還有路線圖——我們每一分鐘都要好好準備。」

朵麗彎腰去拿包包時，琳達和雪莉彼此交換了眼神。兩個月，四個月，六個月——朵麗真的覺得她們能搞得成武裝搶劫？

朵麗再次坐直，手上多了兩個大型的棕色信封。「妳們各自去弄一台車來。」她指示道，並把信封給她們。「要付現，而且確認車子都報了稅，也有通過汽車安全檢測，然後事情結束之後，我們再來把車拆了。」

琳達打開她的信封，用力吞了一大口口水，眼睛閃閃發亮。她整個人激動起來——這裡面可是兩千英鎊啊！她像柴郡貓一樣咧齒而笑，朵麗又再遞給她一組倉庫鑰匙，會議即將就此結束。

「從現在開始，這裡就是總部。妳們出入的時候都要小心。」朵麗拿了另一組鑰匙給雪莉。「現在是妳該做決定了，親愛的。」朵麗說。「妳要加入還是退出？」

雪莉抓緊滿是現金的信封，看著急切點著頭的琳達——於是拿了鑰匙。

朵麗站了起來，很滿意今晚的進展。「今天就到此為止。」她說。「頭一條規則就是，妳們兩個不能打電話給我，有需要時我再聯絡妳們。信封裡還有妳們每個人該完成的事項清單。我們會按步驟進行。第一步是先搞定車子。然後雪莉，妳要找來清單上列出的所有服裝配備。」

朵麗沒有要等待確認的意思。她並不需要。她們已經收了她的錢，也拿了她的鑰匙。她知道，她們現在是一個團隊了，而她負責管事。她們會照著她的話去做，就像喬和泰瑞總是照哈利說的去做一樣。

「妳們負責把門鎖了。不要一起離開，跟上次SPA中心一樣。」然後她就走了，小狼快步跟在她的高跟鞋邊。

琳達和雪莉依舊坐在板條箱旁，裝了錢的信封就放在眼前。她們聽著朵麗的腳步回聲出了庫房，聽到那隻德國牧羊犬瘋癲亂吠，接著什麼都沒有了。

是雪莉先打破沉默。

「妳會怕嗎，琳達？」

「如果我相信這都是來真的，那我就要尿褲子了，親愛的。」琳達笑著說，把自己那份信封裡的錢拿出來點算。

雪莉同意，但她是真心關心朵麗。「她不太好，對吧？」

「一點都不好！唉，我不知道她為何要這樣做，雪雪，但看起來這對她很有幫助，讓她感覺好一點。我得承認，談談這個計畫也讓我覺得像是活過來了，整個身子都在發麻。」

「所以妳打算照這個計畫走囉？」

「我不裝清高。我需要現金。喬沒有留一毛錢給我，我知道泰瑞也是這樣對妳。朵麗總有一天會恢復理智，而我們就會回去過尋常日子，但現在，我會繼續收錢，朵麗在我們陪伴之下，就能活在她那小小的幻想世界裡。」琳達看得出來，雪莉無法如此輕鬆看待這回事。「我們是在幫她，雪雪。我們看著她，給她一個目標……確保她最後不會哪天頭戴交通錐、全裸躺在特拉法加廣場上。」琳達伸手橫過板條箱，把手放在雪莉的手上。

雪莉低頭看向琳達要安撫人的手，注意到她已經沒戴婚戒了。然後她看到自己纖長的手指發著抖，上面的金色婚戒閃耀著光芒。她並不覺得興高采烈，或者像琳達說的那樣「整個身子都在發麻」。如果一切都只是朵麗哀悼亡夫的過程的一部分，雪莉會非常、非常有罪惡感。如果她們三個寡婦真要聯手完成亡夫留下的搶案，她會嚇得魂飛魄散。但手下按著的信封裡，裝的可是保命錢。若沒有這筆錢，她會失掉房子和家裡的所有東西。

「來吧。」琳達說，一邊扶雪莉起來站好。「我們回家吧。」

*

朵麗在街上走向多徹斯特酒店時，可以看到安德魯斯待在車外。他的每一步都如同她所預料，他就是個無名小卒，沒別的了。她經過他的車窗時，忍不住要給他一個小小的微笑。她給了開賓士來的門僮小費，接著便心滿意足地駕車駛離。

回到家，朵麗從外面鎖上車庫，讓小狼進屋過夜前先在前院尿尿。通常她會從車庫裡連接主屋的門進廚房，但這次她難以抗拒玩弄安德魯斯的欲望。他已經在屋外平常的位置停車。她拿出前門鑰匙、開門進屋時，還一邊微笑想著自己已經多麼擅長擺脫警察跟蹤。可是，打開前門時，笑容變成了驚愕，一陣顫慄從頭到腳跑遍全身。看到面前一團混亂，她眼中只有憤怒。門廳的地毯被掀起，花瓶和小雕像都撞倒了，沙發裡的填充物被割開，植物盆栽被挖得底朝天，泥土撒在外面。

注意到光源來自客廳敞開的門，她緩慢安靜地接近，躡手躡腳經過一地破碎殘骸。朵麗聽到唱片在唱盤上刮擦的聲音時，整個人無法動彈，接著怪異詭譎的寂靜被音樂打破，填滿了整個房間。「如果沒有你，人生有何意義？假如你死去……？」她緩緩推開門，然後手遮住了嘴巴——客廳整個毀了，她漂亮的沙發裂開散出填充物，畫都給砸了。她只能直覺想到是警察把屋子掀得翻天覆地——成了這副模樣！怒火吞沒她，她在門上一踹，門猛地旋開、碰一聲撞上後面的櫃子。

巴瑟．戴維斯驚跳一下，失手弄掉了哈利的照片相框。他的西裝和頭髮都覆了一層沙發填充物的碎末，樣了太過可笑，看得朵麗當下就不再害怕了。朵麗不發一語走過房間，把唱盤上的唱針移開。小狼嗚嗚叫著，不知道該做什麼，只好繞著房間跑，跟那些被割裂的抱枕糾在一塊。

「這不是我幹的，小朵，我說的是實話。」巴瑟緊張地哀哭道。

朵麗轉向他狂吼。「你敢這樣叫我！」

巴瑟懇求朵麗聽他說時，眼淚都要掉出來了。「我什麼都沒辦法做。我沒辦法阻止他。如果妳也在場的話，朵麗，他也會這樣對妳。我好高興妳不在家。我真的很高興妳那時出門了！」

「是誰？」朵麗緊咬著牙說。

「東尼，東尼．費雪。他認為妳知道哈利的帳簿藏在哪裡。」

「你就站在一旁，讓他這樣搞？看看他對我的屋子做了什麼好事！」

巴瑟繞著她轉，幾乎羞愧得要哭出來，一次又一次地說他沒有出手破壞。「我是想要幫妳忙，小妹。我是真的很擔心妳。他們不打算付錢了。他們就是要那些帳簿。」

朵麗坐到開腸破肚的天鵝絨沙發上，小狼跳上來到她身邊。「我不是告訴過你了！我不知道帳簿在哪。我跟你說了，我也這樣告訴警方。」

「但他們不相信妳。不過我相信妳，朵麗，我相信妳真的不知道。但帳簿一定還在某個地方，對吧？所以，我跟妳也許可以四處找一下？而且東尼．費雪接著還要去拜訪其他寡婦啊。」

朵麗的心揪緊了。「該死的，他為什麼要這樣？如果我什麼都不知道，她們也不會知道，不是嗎？」

「東尼不是這樣想的，朵麗。他只是要傷害別人，直到他要的東西到手。」

朵麗雙手捧臉坐著，絕望地試著思考東尼可不可能知道她和雪莉與琳達的會議。她總是極度小心，但她還是擔心有個萬一。

巴瑟蹲在她前面，像一隻巨猿般拍拍她的膝蓋，眼睛眨個不停。她真想揍他。她不能沒有計畫就對費雪兄弟動手，而且她也沒人可以求助。她需要時間，她需要有人讓費雪兄弟離其他寡婦遠遠的。她的腦子迅速運轉。

「東尼怎麼進我房子的？」朵麗追問。

巴瑟笑了開來，從外套口袋掏出一張舊塑膠卡，拿給她看。

朵麗盯著他。「你知道警察還在監視我吧？」

「妳不會讓我惹上麻煩的，對不對，小朵？」巴瑟顯然很緊張。他並不知道。朵麗會害他以私闖民宅跟毀損物品罪被逮捕嗎？

「不要叫我小朵！我想就算沒有我，你也惹了夠多的麻煩，不是嗎？為費雪兄弟工作，可真是危險的一步啊，巴瑟。你看看，他們不怎麼聰明，比不上我的哈利。我的意思是，如果警察翻遍我的房子也找不到帳簿，那東尼・費雪怎麼會以為他就有辦法？」

巴瑟蹲在那兒，看著朵麗、等待指示。他可憐的腦子沒有辦法同時進行說跟想兩個動作。

「現在離我遠一點，巴瑟。早上再過來，幫我整理屋子，我們到時再看有什麼地方是警察跟東尼忽略掉的。」

巴瑟的眼睛睜大，他的臉亮了起來，像是個小孩，剛得到世界上最大球的冰淇淋。「我會的！」他站起來時滿臉發光。「我九點到，可以嗎？」

「七點。」

「對，七點更好。我會七點到。我應該晚上向費雪兄弟報告，我會告訴他們妳很合作，然後明天我們再好好檢查，一切都會順利的。」

朵麗簡直不敢相信巴瑟這麼癡傻。她看著他小跑步出了前門，還帶著小跳步。接著，她幫屋裡每扇門上門上鎖，再稍微清理一下廚房。冰箱裡的所有食物都掉到地上解凍了，她美麗的瓷器和餐具也摔得粉碎、散落一地。今晚她真的沒力氣善後，所以只泡了咖啡，回到亂七八糟的客廳，坐到破沙發上。

朵麗知道她得開始照著哈利的方式思考，但當她環視房間，看著哈利買給她的一系列義大利卡波提蒙特瓷像摔得粉碎，這還真是困難。她看著小狼。「哈利會怎麼做？啊，親愛的？爹地會怎麼做？」

她想到外面的警車，動念要打給瑞尼克，跟他說他的白癡手下選擇跟蹤她到多徹斯特酒店，而不阻止東尼·費雪和巴瑟·戴維斯長驅直入、破壞她漂亮的房子。她走到窗戶邊，從天鵝絨簾幕間撥開一小縫向外望。「都是白癡！」她悶聲地說。「你們就這樣看著巴瑟·戴維斯離開我的房子，心裡想都沒想他是用什麼方式、在什麼時候進來的。」

朵麗轉而環視客廳。在這一片混亂當中，巴瑟弄掉的哈利那張相框毀損的照片，顯得格外醒目。一開始，看著哈利英俊的臉透過碎裂的玻璃對她微笑，她就覺得一陣悲傷，但接著，她感覺到他試著對她說些什麼。

「怎麼辦，哈利？我該怎麼做？」朵麗跪在地板上，撿起破碎的相框，輕柔地說。她盯著他的臉，用整副靈魂跟心在低語。「我愛你。我是如此愛你。上帝啊，哈利，我仍然愛你。你絕不會讓費雪家那對王八蛋這樣對我們的。」

接著，就好像哈利忽然出現，站在她身邊一樣，她忽然覺得被撫慰了。他指引她度過接下來的幾個月、度過搶劫案，她確信。畢竟她是為了哈利而那麼做的。她真心相信，他現在看顧著她，不會讓事情出差錯。

那個晚上，小狼蜷縮在哈利枕頭上，就在朵麗身旁，自從噩耗傳來以後，這是她睡得最好的一夜。

第九章

朵麗早上六點就起床，要來打掃整理。起先，她不知道該從哪裡下手。通常，她會用吸塵器清一圈，但今早她甚至看不見被殘骸碎片覆蓋的地毯。

巴瑟從車道緩緩漫步過來的時候，她穿著最舊的衣服、圍裙和頭巾，正把另一個裝滿破碎回憶的垃圾袋拿到外面去丟。七點顯然對巴瑟來說太早了。他像個殭屍般拖著腳步經過她，不過他對尋找哈利的帳簿一事，仍表現出足夠程度的熱中。

這條街上的第二個殭屍，就是那個疲憊不堪的年輕警察，置身於相隔六棟房子遠的警車裡。「你完全沒在注意吧？」朵麗低頭看著小狼。「蠢警察。」

起居室裡的巴瑟正在理解情況。

「我應該先做什麼？」他問。他做起家事並不輕鬆上手，特別是房子給人掀亂一次之後。

「好吧。」朵麗說。「丟掉所有修不好的東西，但沙發靠墊跟窗簾要裝起來，這都還可以修。然後，等你清理到能看得見地毯，吸塵器就在樓梯下的碗櫥那裡。」

「遵命，朵麗。」巴瑟笑逐顏開。得到這連白癡都能懂的指示，他開心了許多。「我們很快就會讓這裡煥然一新。」

朵麗看著巴瑟將她剩下幾個碎掉的卡波提蒙特瓷像裝進袋子。破壞程度沒有比她原先所想的嚴重，而且幾乎都在樓下。只要清走所有東西就沒事了，她的沙發應該可以修好，地毯被人用帶著後院泥土、草根的腳踐踏過，但她一定可以刷洗乾淨。傷她最深的就是這種入侵破壞的行為。警方，還有費雪兄弟，他們每個人都自以為可以對她輕蔑以待，不用付出任何代價。

樓上的床單都拆了下來，第三批衣服已經開始洗了。當她開始收拾地板上散落的衣服時，巴瑟出現在房門口。

「有找到任何東西嗎？」他問，平時愚蠢的大大笑容又出現在他臉上。他表現得像她最好的朋友，彷彿什麼事都沒發生過，彷彿不是他在一開始把這裡搞得亂七八糟。

「讓我先挽救目前能留下來的東西好嗎，巴瑟？我現在是見樹不見林啊。」

「抱歉，朵麗。」

「等東西都收拾好，我們再來一一檢查每個角落和縫隙，你用不著擔心。」她給他一個令人安心的笑容，巴瑟便呆呆地下樓去。他一走，朵麗的笑容立刻消失。朵麗知道，在收拾和整理上他是一點用也沒有，但她也知道她需要讓他服服貼貼。她有個計畫，而巴瑟在計畫中頗具分量。

*

拍賣會開始前許久，琳達就到了會場。她一面瀏覽拍賣手冊，一面走在成排待售的車子旁，仔細看著一台又一台車，不確定她要的是哪種。她對車子略懂一點……好的引擎看起來長怎樣，聲音該怎樣，新買的車該做什麼安全檢查，以及如何不用鑰匙接線發動。喬曾教過她一些引擎蓋下面的構造和活動——還有後座的……

最後，她喜歡上一台二手紅色福特卡普里，要去跟車商攀談。他很熱心，顯然覺得她就是個性感小妞，容易上鉤，不但對他的爛笑話吃吃傻笑，還讓他伸手摟著她。他同意幫忙看一下引擎。琳達蹭著他，燦然微笑。她忙著搞懂這台車的性能，完全沒有注意到厄尼．費雪開著一台銀色捷豹來了。

厄尼帶著一只皮革公事包，匆忙穿過一堆迷宮般的汽車，直朝拍賣會會場過去。他停下腳步，看到卡洛斯就靠在他先前出價預定的那台勞斯萊斯引擎蓋上。厄尼拉直自己的絲質領帶。「可真美的小傢伙……」他輕聲說，還眨眨眼睛。

卡洛斯喜歡厄尼明顯表達關愛，這讓他覺得自己是特別的，而且像厄尼這樣的男人不會覺得人生中有多少人算得上特別。

卡洛斯的西裝很好看。這男孩學得真快，厄尼想著，用他的冰藍眼睛打量對方。厄尼不喜歡粗獷型的，他喜歡男孩子乾乾淨淨、要有點水準，儘管卡洛斯是有點野。他注意到或許卡洛斯戴的金項鍊太多了。晚點等他們獨處時，再跟他說。

卡洛斯開始讚美這台里程數尚低的勞斯萊斯，是他見過最好的。只需要補個漆、引擎調整一下，就完美了。卡洛斯掀開引擎蓋，整個人彎腰埋在引擎裡。厄尼搞不了引擎，但他也有樣學樣，好讓他能傾身貼住卡洛斯的身體。他注意到卡洛斯下工夫清過了指甲，太好了，這小子能成大事。他越來越喜歡他了。

厄尼遞出公事包，撫摸卡洛斯的臉頰。「這裡面的錢夠買勞斯萊斯了。」

「你要我出多高？」

「一切都談好了，卡洛斯，親愛的。最終出價不會比預定價高。他們知道是我要買的。不會有其他出價者。」

厄尼是對的：在拍賣會上，一眨眼勞斯萊斯就拍板定案了。卡洛斯出價，得標，付現，三十分鐘內他們就啟程去高檔餐廳吃午餐。

琳達則在過分熱情的車商幫忙之下，用了個好價錢標到那台卡普里。她在數現金時，他帶著猥瑣的笑容靠近。他的手還伸進了琳達的大衣底下。她冰冷地狠瞪他一眼。

「滾開，不然我就要尖叫了。」她嘶聲說道。

他明白接收到了訊息。當她拿著鑰匙走向新車時，還可以聽到他咕噥：「該死的婊子！」

＊

雪莉的弟弟葛瑞格堅稱自己的行為完全合法，他給她找來的這輛車不是偷的，但她還是不安心，即便車的價錢很好，她也很喜歡。已經在喝第五杯茶的奧黛麗插嘴說，葛瑞格一定是被騙了，因為二手車雜誌上說，這台車的價錢是葛瑞格所付金額的兩倍。奧黛麗和葛瑞格正要為此爭論時，雪莉把一筆錢丟在廚房桌上。他們立刻安靜。奧黛麗倒抽一口氣，要喝茶時嘴巴沒對好，茶液從下頷流下。葛瑞格伸手去抓那堆鈔票，但雪莉快了一步，抽出她欠他的七百五十鎊。葛瑞格交出鑰匙和維修手冊，趁其他人來抓他之前趕快跑了。

雪莉知道她媽媽在想什麼。「錢是在泰瑞一個公事包裡找到的。」雪莉說謊。「還是妳覺得我不到一個禮拜就能賺一千英鎊？」

「一千英鎊？」奧黛麗尖叫道。雪莉真的沒有說謊的天分。「在公事包裡？警察沒有看到嗎？」

雪莉堅持立場。「對！錢就藏在公事包的夾層裡，他們忙著跟我調情，才沒有注意到。」

「那妳是什麼時候找到這一千英鎊的？妳為什麼不告訴我？」

「這跟妳沒關係，媽！」雪莉大發脾氣。

「我們現在手頭都很緊，ㄚ頭！妳給我的那台洗碗機，可不會自己走路到我家，我得叫一台廂型車來載。又不是不用花錢！我只是說我想知道一下狀況。我畢竟是妳媽。」

雪莉從那疊錢裡拿出五十英鎊，交給奧黛麗。「真抱歉我那台洗碗機害妳破費了，媽。我真心抱歉。」她說得很諷刺。

假如奧黛麗這個人的品格好些，她就應該當下走開，讓雪莉尷尬，想說自己居然以為媽媽如此輕易就能收買。但這是沒有的事，她收下了那五十英鎊。

「我們開車去酒吧兜兜風吧。」她建議。「妳請客啊，雪莉。」

*

這台小休旅車一開始發不動，第二次也是，但第三次時終於起動了，接著胡亂噴氣、震動顛簸地上路了。雪莉敢說煞車有點緊，雨刷掉下來的時候她更是咒罵出聲。

「葛瑞格最好把它修好，不然我就要他好看。」她憤怒不已。

「那可能是因為妳的駕駛技術，親愛的。」奧黛麗提醒。

「泰瑞教過我怎麼開，我考一次就過了。」雪莉激動地回答。

開過一個街區之後，雪莉發現這台車也沒那麼爛。她把媽媽放在酒吧門口，說她想試開久一點。她會同意買這台，是因為後面空間很大，可以藏匿搶劫用的所有裝備，而且車身顏色低調，之後開到車流裡也不至於醒目。如果她可以選的話，就要選金絲雀黃的車子——等到一百萬英鎊的三分之一輕鬆到手之後就可以買了。雪莉對自己笑了——竟然基於搶劫的考量來買車！

雪莉慢慢往前開時，她感覺比較像過去的那個自己了。她的心思轉移到做頭髮上，也許她應該去挑染，或者染得更金一點，還是去按摩好呢……

*

琳達腳踩在她那台卡普里的油門上，看著儀表板的時速不斷增加……七十……七十五……

八十。這感覺非常刺激，她快速瞄了一下後視鏡，沒有人在後面，於是又踩得更用力了些……八十五……九十。這車買得好，當她這麼想時，忽然前面引擎冒出了一陣輕煙，接著煙霧開始瀰漫擋風玻璃，琳達根本看不到路。她把車開到路邊下車，怒踢前輪，咒罵連連。

靠著冒煙車輛的引擎蓋時，她不由自主地笑了。「天殺的，我到底做了什麼？」她大聲的說出來。在朵麗的清單上，琳達的任務就是要學會基本的汽車維修——現在，才剛買了這台便宜爛貨卡普里，她就被困在路邊。

車輛一台台開過，男人們按著喇叭，但沒有停車相助。琳達不在意。她坐在那兒的時候，只覺得自己不可思議地強大——她口袋有的是錢，而且還有一台新買的二手車。她會去學修車——正如朵麗所要求的。她要打給吉諾，問他的修車工酒友的名字。她會實際邊做邊學，不靠讀書。她會學得又快又好。不是為了朵麗那個愚蠢的、畫餅充飢的搶劫夢，而是為了她自己。琳達不記得她上一回好好做成一件事是什麼時候了——但一切都會改變的。

第十章

巴瑟坐在朵麗新清理好的餐桌前，像一整週都沒吃東西一樣，拚命把蛋和培根往嘴裡塞。他拿一片麵包抹乾淨盤子，再送進嘴裡，唏哩呼嚕灌茶把麵包沖下去，這才往後一坐，把盤子推向前。

朵麗拿著幾件哈利的舊西裝外套進廚房。「站起來。」她命令。巴瑟跳了起來，以為她要命令他繼續工作。當他看到朵麗拿著一件哈利的外套，還拉著袖子滑進他手臂時，整個人難以承受，有那麼一秒，他得強忍著眼淚。

朵麗幫他把外套穿上，出於直覺地彈了彈肩膀，拉直背部衣料——就像她為哈利做了上千次的動作一樣。巴瑟的體型跟哈利差不多，不過他的肚子大了點，外套看起來有點緊，但他覺得自己的樣子真是貴氣逼人。

「啊，純羊毛，真好，確實料子很好。」他雙手摩挲著袖子衣料，對朵麗這麼說。

朵麗看著巴瑟身上穿著她亡夫的貴重衣服，臉上毫無表情。「如果你要的話，這裡還有幾件衣服、兩條長褲。」她說，好像這對她已經無關緊要。

巴瑟停頓住。「我會好好珍惜的。」他拙嘴笨舌的說。

「我很抱歉不能把他最好的東西給你，巴瑟。」

哈利最好的衣服是她現在不可能捨棄的，全都洗淨熨整，掛在他的衣櫃裡。朵麗甚至擦亮了哈利的鞋子，也都放在哈利的衣櫃裡，彷彿他只是出差不在。

朵麗的情緒即將湧現，她去燒水，要再煮一壺茶，重新控制住自己，做好該做的事。巴瑟狼吞虎嚥著他那份簡便晚餐時，朵麗在整理嬰兒房。東尼．費雪把嬰兒服在藍色小房間丟得到處都是，還踩得都是泥巴。嬰兒床被掀翻過去，小小的新生兒尿布撕爛了，照片相框也都摔得粉碎。大部分的破壞行為都沒有理由，這只是純然邪惡的表現，想到費雪兄弟接管了哈利的地盤，朵麗的血液就狂怒沸騰。站在嬰兒房裡，她決定了兩件事。第一，她要打包嬰兒房裡所有的東西，這個下午就捐去給修道院，提供給貧困弱勢的棄嬰和孤兒使用。生下死產的兒子以後，朵麗從信仰中得到莫大的撫慰。修道院的門永遠為她而開，只要她想，不管白天或晚上都能來去自如。有幾個禮拜，她甚至天天都去。隨著痛楚減輕，她也越來越少到訪，但她已經喜歡上修道院的那份簡單樸實，跟她與哈利的忙碌生活截然不同。她花很多時間陪孩子們畫畫和玩遊戲，他們只想要從她身上得到關愛，而她有很多的愛可以給予。相應地，這些孩子也都很愛朵麗。在失去寶寶的前幾個月，要是沒有這些修道院的朋友，朵麗會陷入嚴重的憂鬱。她欠他們這麼多，他們卻從未要求回報。所以現在，她要整理嬰兒房，趁她下午例行去每週探訪時，把東西都送給他們，以幫助生者取代紀念死者。這會讓她倍感解脫，也能使她不受阻礙地往前走。朵麗只從兒子的嬰兒用品中留下一樣玩具——一隻小小的白色貴賓犬娃娃。

朵麗決定的第二件事，就是執行計畫，甩掉費雪兄弟……

巴瑟坐在餐桌前欣賞他那新入手的西裝外套，等著新泡的茶。朵麗把茶壺放到桌上，倒了兩杯。巴瑟給茶加了三匙滿滿的糖，此時朵麗認為他應該已經準備好，可以聽她排演了一整晚的發言。

「巴瑟，我有事要告訴你。這跟帳簿有關，我跟你說謊了。我確實知道帳簿在哪裡。」

巴瑟目瞪口呆。

「事情是這樣的，」朵麗繼續說，對她廚房裡的這名肌肉蠢漢佯作關心。「是這樣的……哈利死前告訴我說，你的名字列在帳簿上的一長串名單裡頭。這可會讓你惹上很多麻煩——如果警察拿到帳簿的話，你甚至就得坐牢。」

巴瑟感到一股寒意順著脊椎而下。他無言以對，只能讓朵麗繼續說。

「我查出哈利搶劫時一定會用四個人，一個在前面，三個在後面。這是唯一合理的推論。我知道這點，而且警察也知道。」朵麗知道她無需對巴瑟解釋更多。「三個人死了，但第四個人一定還在什麼地方。我想，他要不是拿走了帳簿，就是知道帳簿在哪裡。」朵麗停下來，喝了一口茶，好讓巴瑟的小腦袋去想該問什麼問題才對。她不想要一次就告訴他所有事情，免得聽起來像事先計劃好的。終於，巴瑟說話了。

「妳覺得這第四個人是誰，朵麗？」

朵麗遲疑一會兒，假裝在苦思著下一句話。「你一定不能說出去，巴瑟。如果我告訴你，就只能有我們兩個知道。你聽懂了嗎？你要是知道我知道的事情，可能對你很危險。」

「我發誓，妳可以相信我。」

「第四個人，這個從搶案現場逃脫的人……就是我的哈利。」

朵麗再次停頓，讓巴瑟消化她說的話。要讓他相信她，這非常重要。「他沒有死，巴瑟。我埋葬的是另一個幫派成員。我當時真心相信那是哈利，但我現在知道並不是。」

「怎麼會……妳怎麼知道？」巴瑟問，顯然在發抖。

「因為我看到他還活得好好的。哈利現在躲著不能見人，但他要你回他手下工作，就像以前一樣。」

巴瑟自動坐得直挺，像個陸軍一等兵剛得知自己成為祕密任務的人選。他臉上的恐懼換成為不由自主的燦爛微笑。他真好騙。朵麗想，這幾乎有點殘忍了。

「你現在該做的事，就是幫他留心費雪兄弟。可是巴瑟，安全為上，哈利不要你為他冒任何險。在他準備好回來掌握一切之前，你就是他的耳目。你要跟我報告，我再報告給哈利。巴瑟，不能讓任何人知道他還活著……你可以答應我嗎？」

巴瑟拍著大腿，笑得很響。「我答應，朵麗！老哈利，真是太聰明了，他當然有辦法逃了。他這一齣太精彩了！」他不斷搖著頭。「這轉折真叫人意想不到！」

朵麗緊握著巴瑟的手，讓他重新專心注意她。「說出來，巴瑟，一旦出了這房子，你就要閉上嘴。我需要你站在我這邊，在哈利這邊。」

巴瑟用力回握朵麗的手，大力到她都要痛得哭出來。他直直地看著她，真誠地說道。「我永遠都會站在妳和哈利這邊，妳是知道的。我用我的性命發誓，朵麗，我不會跟任何一個人說一個字。」

「看看你的口袋。」朵麗悄聲說道。

巴瑟在新外套口袋裡摸索，拉出來一看是個信封。

「哈利給了你兩千。這還只是前菜。」

巴瑟沒有開信封去看，他不需要。只要朵麗說裡頭有兩千，那就會是兩千。「我回來工作了。」他悄悄地說。

*

朵麗看著巴瑟昂首闊步地走過車道。他拉直新外套，對著仍停在路邊的警探點頭時，模樣十分自滿。

回到整潔許多的客廳，朵麗頹然躺在割裂的沙發上，小狼迅速前來陪伴。「哈囉，親愛的。」她說，摸摸小狗翻過來的肚子。她往後靠著頭，思考一下她現在走到哪一步了。

朵麗推想，巴瑟不到兩天就會跟某個人爆料說哈利還活著。尤其口袋裡那筆誘人的大錢會讓他放肆喝得爛醉。一旦謠言傳開，費雪兄弟很快就會知道，她希望他們高度警戒、害怕遭到報復，離她和其他兩位寡婦遠一點。

「還是有好多事要做啊，我的愛。」她對小狼說。她摸摸牠。站起身，走向寫字桌。

朵麗打開她的記事本，開始寫下更多加密筆記。她需要回銀行，再次確認帳簿內容。她的搶劫計畫現在需要第四個人，她希望帳本裡頭有個誰的名字能讓她完全相信——這可能有點冒險，就她所知，如果第四個人是個男的，她不只得遊說他加入，還得設法讓他聽從她的命令。清單上的第二件事，就是找出哈利搶劫銀行失敗時逃掉的第四個人。如果費雪兄弟先找到他，他們就會知道她謊稱哈利還活著，又會來纏著她。她祈禱不管是誰，最好都逃到國外，沒打算要回來了。最後，她必須讓雪莉和琳達知道，她都對巴瑟說了些什麼。她們需要跟上她的計畫，才能保持警覺、注意安全。

朵麗看著對面的小狼，牠已經在沙發的一道裂縫上躺好，蜷縮在填充物裡。還是有好多事得做，這房子才會變回一個家的樣子——但可以先保持這樣。現在主要該做的事，是照著預定時間前往修道院，如此一來監視的警探才不會起疑。她已經習慣隱匿行蹤，但她知道得非常小心，如果她要讓警察相信她的生活照常進行，還是得讓警察毫無阻礙地跟蹤她。要安排好每一件事非常困難，但她從這刺激中得到了某種額外的能量——她敢於再次擁抱活著的感覺。她轉頭對著照片裡的哈利和自己笑了，巴瑟已經整理過壁爐，把照片放回壁爐上方，按日期順序排列。她幾乎可以感覺到哈利跟她一起，當她閉上眼睛，就可以把他看得更清楚，她的身體渴望擁抱他。

她回想搶案兩天前的夜晚，哈利走進臥房時，她直覺知道一定有某件事出了大錯。她總是可以看出哈利做了不好的交易，或是更糟，想要鋌而走險。他在屋裡走來走去，進進出出，坐下，又站起來，泡咖啡，看錶。朵麗知道她最好安靜，不要問問題。他準備好的時候，就會告訴她心裡煩什麼。

哈利已經好幾個月沒跟她做愛了，但前一天晚上他悄悄鑽上床，他欲求不滿地、熱情粗暴地待她——她不介意會痛，她喜愛他的撫觸、他的氣味，還有他的力量。

事後，她像抱孩子一樣把他抱在懷裡。他後來起身去另外一間空房，她微笑著躺了好幾個小時。即使結婚二十年了，他仍然能讓她從身體深處顫抖。她對他壯碩緊實的身材很自豪。他身上沒有一寸贅肉。他沐浴或刮鬍時，她總愛偷看他肌肉繃緊和放鬆的樣子。

朵麗做著白日夢時，她很慶幸他們共度了那一晚。自從他去世之後，這在她狂亂的生活中至關重要。他們如此深愛對方，她回想起他一次次看向那只他珍愛的手錶，痛楚便又淹沒了她。哈利隔天醒得很早，送了一杯茶來，溫柔地吻醒她。

「再見，甜心。」他說。「我晚點回來。」

但沒有「晚點」了。哈利再也沒有回家，警察至今仍拒絕歸還他心愛的手錶。

＊

琳達站在修車技工位於馬房區的車庫敞開的門前。義大利男人她看得夠多了，她知道那個全身油膩膩、髒兮兮的年輕人不是卡洛斯，吉諾的那個酒友。這小子胸膛都挺出來，就是想要吸引她，她不屑地瞥他一眼，告訴他她是追不起的。「卡洛斯。這裡有個女的要找你！」他喊過之後，又回去擦亮那台好看的捷豹。

卡洛斯本來待在小間的活動式辦公室裡，跟厄尼．費雪講電話，安排領捷豹的時間。他從窗戶看出去，認不出琳達，於是一隻手遮著話筒，回喊說他一分鐘內就出去。

琳達眼角看著卡洛斯從角落出現，她喜歡他伸手把那頭濃密的黑色捲髮梳攏又撥亂。他穿著舊的咖啡色連身工作服，轉身時腰都要露了出來，還在講著電話，琳達可是將他好好的看了個夠。她一個細節都沒遺漏。這天菜有著深色大眼睛、身材絕佳，而且帶著短短的鬍渣。他真是粗獷英俊，而且非常性感。他都還沒跟琳達說到話，她就決定要把他佔為己有。

卡洛斯終於走出來的時候，琳達向他介紹自己是琳達．皮瑞里小姐，語氣明目張膽地挑逗他，問他能不能幫忙看一下她那台新的卡普里。

「抱歉了，親愛的。」卡洛斯不屑一顧。「我們只接公司車跟長期客戶的車。」他置之不理，找了一台檢查用的平台車，躺上去，滑到用修車坡道架高的捷豹車底下，做最後一次快速檢查。

琳達往他靠近，蹲下身來，確保她的裙子拉到膝蓋上。她知道卡洛斯可以看到她兩腿間，她還慢慢張開腿。「喂，卡洛斯。」她說。「其實，我想要學更多有關車子的事，想知道怎麼做檢修，這樣我就可以自己來。我會付錢請你教我……」

卡洛斯把自己從車下推出來時，可以看到她紅色的襯褲。他躺在推車上，由下朝上看著她。她有點放蕩，還有些跋扈，但某些地方他還滿喜歡的。他還不知道他是在做什麼，就聽到自己跟她說進捷豹來，他帶她跑一圈。他調低修車坡道，讓她進駕駛座，她咧齒而笑。他不由自主也回以一笑——還真是一隻淘氣的小母牛！

琳達繫好安全帶，但卡洛斯沒費神去繫，飛車開在M4高速公路上。她知道他想要嚇得她花容失色，但這可得要時速一百二十英里才行，況且他顯然是個好駕駛。

卡洛斯換檔時，手一直輕輕掃過琳達的大腿，而她沒有要挪開的意思。他沒有喬那麼高大，喬有六呎三。卡洛斯據她猜應該有五呎九，但他長得帥，而且看起來人滿好的。她也很喜歡他身上不知道什麼古龍水的隱約香味，在他急轉彎時朝她傾身過來，她就聞得更清楚了……是的，她絕對要試上一試！

回到車庫，卡洛斯發現他自己開著卡普里去路檢，接著就開始教琳達怎麼做基本維修。他說她買了輛好車，只需要小修一下就成了。冷卻器破了一個洞，他修了。他也清理了火星塞、分電器接點、空氣過濾器、分電臂，再解釋給琳達聽，讓她自己做看看。

她緊靠在他手邊，弄得都是油。她逗得他笑了，因為她想方設法盡量學會這一小時內他教的東西。她甚至堅持跟他一起躺推車滑到車底下。叫也叫不出去。他知道她在調情，但同時她又真對卡普里引擎有興趣。

四個小時後他們還在那裡，卡普里引擎也一起，就像卡洛斯說的，「現在就像貓咪一樣呼嚕呼嚕叫」。當卡洛斯手抹除油污劑，用破布擦掉之後，仍可以看到琳達露在卡普里車外的腿。她有一雙性感完美的腿。她的裙子下襬塞在內褲裡，應該是紅色的絲緞質料，而且她沒有穿褲襪。當她慢慢滑出來時，他就這樣低著頭看著她張開的腿。

琳達抬頭往上看，經過非常引人注目的胯部，直勾勾地看著他深棕色的雙眼。「我欠你多少呢？」她問。

「妳指錢還是其他別的？」他們兩個都笑了，然後卡洛斯扶她站起來。

這次換琳達開車，卡洛斯變成乘客。當卡普里朝白城方向疾速開過高架道路，他注意著冷卻器溫度儀表，接著當琳達換到最高排檔，他點頭示意她踩油門。車子嘶吼著加速行駛——九十五，一百，一百一……琳達的視線掃向他，但他現在對她的腿比較有興趣，而非車速。

琳達真希望自己事前花點力氣整理公寓。卡洛斯在浴室裡的時候，她悄悄進臥房，在甩直羽絨被之前，先把髒衣服都清掉。她拉上臥房窗簾，走進小起居室，倒了兩杯白蘭地。她拿了一杯到浴室，卡洛斯沒穿衣服，正在用喬的刮鬍刀刮鬍子。他有一副誘人可口、線條漂亮的好身材，琳達把玻璃杯放在浴缸邊上時，手故意擦過他身側。他沒反應、沒說話，她覺得一陣惱火，又走了出去。

琳達一口飲盡杯中物，然後又倒了一杯烈酒。她不確定接下來該怎麼做，她已經盡可能給他各種「上吧」的暗示了，目前他卻沒有顯示出任何要剝她衣服的跡象。她聽到一個聲音，轉身，看到卡洛斯穿著褲子，斜靠在起居室門邊，手裡還端著他的白蘭地。他現在還比先前更好看。他舉起白蘭地，喝掉飲料的同時，琳達聽到浴室水還在流。老天，他真是把這裡當自己家。他一聲不吭回浴室之前，又給自己倒了一杯白蘭地。

琳達讓卡洛斯等了一下，才跟著他進去浴室。他站在那裡端詳著幾種浴鹽。

「妳喜歡哪一種？這個還是那個？」

琳達聳聳肩。如果真要她說的話，她才不在乎浴鹽。他選了一種最喜歡的浴鹽，倒到浴缸裡，然後靠近她。

「你到底要不要睡我？」琳達不耐煩地問。卡洛斯沒說話，但開始脫她的上衣。

終於，她心想，在他試著幫她左扭右擺地脫裙子時，把他拉得更近。老天，他讓她全身發熱！她開始想拉著他出浴室，但他不跟。接著，一個字也沒說的情況下，他忽然把她抱起來，直接丟進浴缸裡，衣服都還沒脫。他笑出聲來，匆匆脫下內褲，踏進浴缸跟她一起。琳達可以看出他身上一條穿比基尼泳褲留下的細長白線。他真是極品。

*

瑞尼克警督跟安德魯斯、富勒兩人開在去陽光麵包工廠的路上。他們在跟進一條線索，也許終於可以追蹤到搶案中用的麵包車了。瑞尼克看上去嚴肅而專注，因為他們總算有實際的線索可查了。少了白我防衛的虛張聲勢，富勒第一次隱約看見他瘋狂困頓的表面下是個什麼樣的警察。但他還是恨透了這頭惹人厭的肥豬。

富勒開著這台刑事偵察科的無標誌警車，開得跟沒嫁人的老姑娘一樣羞澀。瑞尼克的不耐捲土重來。「你該死的給我去踩油門，富勒，看在老天的份上！」他吼叫。「給它打藍燈還有兩短音警笛！我們現在可是在查倫敦最大宗犯罪案件，不是該死的要去野餐！」

在麵包工廠時，一位制服警員站在嫌疑卡車旁邊看守著，鑑識科的瓦利．提瑟林頓已經在車子內部撒粉採集指紋，他的另一名同事則是在收集纖維樣本。瑞尼克靠近的時候，瓦利抬起頭看。「他還以為他是在演山姆．佩金帕的電影！」

「好了！」瑞尼克對著陽光麵包工廠的經理大吼。「我要一間審訊用的辦公室。」

經理顯然是被惹惱了。「這會妨礙我們多久呢？」他抱怨道。「你到底是要訊問誰？」

「每個司機，每個技工，每個工廠工人，還有使用這個車庫的訪客，你也包括在內。所有跟這台麵包車有關係的人。安德魯斯警員會負責採集你們每個人的指紋，以排除嫌疑。」瑞尼克大搖大擺地走開。

在經理的臉都要漲成粉紅色時，富勒挺身而出。「先生，這個案子非常重大，我們很感激你的協助。我們越快完成，就越快走人。」

＊

瑞尼克環顧女士衣帽間，雙手叉腰，接著吸了好大一口菸。他想輕鬆帶過他沒得到當初要求的辦公室一事。「如果我們夠幸運的話，她們下班要在這裡換工作服時，我們還會在這裡，嗯，安德魯斯？你可能還會在這找到太太呢。」

安德魯斯默不作聲，黑色的指紋墨水已經染滿他的襯衫袖子。

「看看你！」瑞尼克呲牙裂嘴地。「天殺的，你早上都是怎麼穿衣服的？你真的知道怎麼採指紋嗎？」

「是的，長官。」安德魯斯囁嚅道。

「我就問問，因為你天殺的連一個遛貴賓狗的老女人都會跟丟！」瑞尼克逼近安德魯斯，這個肥胖男子的體臭幾乎薰得他要吐了。「前台接到一個退休老人的電話，說兩個年輕的小混混把漢堡跟奶昔丟在她前院裡。」安德魯斯不安地扭動。「再有一次意外，我就用鞋釘把你踩出好幾個洞。懂嗎？」

「是的，長官。」安德魯斯說，試著不要吸氣。

瑞尼克一走開，富勒便點頭對安德魯斯表示同情。他們都知道瑞尼克只是在找人出氣，因為得用女士衣帽間做審訊室，讓他丟臉了。

*

朵麗的計程車在原地等著，她下車去琳達的地下室公寓。她不斷按門鈴，直到臥房窗簾開了一個縫，琳達偷偷往外看。

臥房裡的琳達一看到朵麗，就驚慌得昏頭轉向。她看著卡洛斯線條優美、汗水淋漓的軀體，感覺像是未成年小孩被媽媽抓包。「你要保持安靜。」她悄聲說，抓起上層的被單蔽體。

朵麗甚至沒等到琳達完全打開前門就進來了。

「妳該死的怎麼沒接我電話？」朵麗質問。「穿上衣服。我得跟妳還有雪莉在倉庫開緊急會議，就是現在。」

臥房裡傳來某種移動的聲響，朵麗僵住了，盯著臥房的門。她看向琳達時一臉驚訝和憤怒。驚訝是想著喬死掉才多久琳達就跟別的男人在一起，憤怒的則是害怕愚蠢、長舌而且嗜酒的琳達可能在枕邊把她們搶劫計畫的細節說出去了。

「妳家裡面有人？」朵麗咬牙切齒地說。

琳達別無選擇。「朵麗，他沒什麼。他是幫忙我修新車的技工，就這樣。」

朵麗用力攫住琳達的手腕，一把抓過來，在她耳邊低語。「他看到我了嗎？天殺的他有沒有看到我，妳這個愚蠢的小蕩婦？」朵麗加倍扭緊手上的力道，憤怒發抖著。「給妳五分鐘。我就在計程車裡。」然後朵麗就摔上門走了。

琳達覺得骯髒又羞愧，一邊哭泣一邊著裝。

「發生什麼事了？」卡洛斯問，試著要安慰她。「那是誰？」他追問。「誰嚇著妳了？我可以幫忙。」

「我沒有被嚇著！」琳達大聲叫道，把他推開。「那是誰也不關你的事。離開就是了。我也得走了。我現在就得走。」

「妳有男朋友了。」卡洛斯生氣地下了結論。「妳為了教訓他才跟我睡，是嗎？」琳達受傷的眼神告訴他猜錯了，他穿衣時也道了歉，但這實在太微不足道，也太遲了。

琳達眼中含淚，拿出五十英鎊要給他。「謝謝你幫我車子的事。你可以走了。」

「琳達，琳達，拜託，我不是這個意思。我不要妳的錢。」卡洛斯合起琳達拿錢的手，溫柔地摟著她，再次道歉。

琳達望進他的雙眼，用力吻他。「我真的得走了。你自己出去吧。」話還沒說完，她就出了家門。

卡洛斯穿好衣服後，注意到床邊小桌有個面朝下的相框，於是拿了起來。卡洛斯並不認識喬．皮瑞里，但這個人顯然對琳達來說很重要。也許她有男朋友了，或者有丈夫了，他想著。他把相框放回去，在要走出去時停下腳步，低頭看著門廳的電話。他拿了一枝筆，把琳達的電話號碼寫在一邊手背上。

他要問吉諾更多關於琳達的事情。

*

朵麗弓著背坐在計程車裡的角落，看向車窗外。往倉庫的一路上，她都沒有跟琳達說一個字。

琳達處於混亂之中，每種情緒都寫在她臉上，就像一個任性的孩子知道自己做錯了事。這該死的是干她什麼事？她暗自想著。我要是想要炮友，我就會去找，朵麗一點也管不著。但同時，她又有著強烈的罪惡感。琳達在靜默中天人交戰，但接著她意識到，實際上她感受到的是一種壓倒性的強烈感覺，她只能形容為快樂。她很喜歡卡洛斯，而當她翹起腿遠離朵麗時，她可以感覺到自己內裡仍然因為他而濕潤。她斜眼看著朵麗。妳上次高潮又是什麼時候？她好奇著。一定至少是二十年前的事了吧。像哈利這樣的風流男子怎麼會看朵麗一眼？以一個老男人來說，他長得很好看，雖然有時他也是卑鄙的混蛋。她當下決定，再也不要吞忍朵麗任何的言語羞辱或者火爆動粗，不管是關於卡洛斯，還是其他的事情。從現在開始她會盡力而為……她只希望自己該死的別再那麼有罪惡感。

*

在倉庫裡，雪莉感覺氣氛沉重緊繃。琳達異常安靜，坐在那裡垂著頭，抖著一隻腳，臉色陰沉。她一個字也沒有跟朵麗說，而朵麗絕對是在跟她冷戰。

雪莉決定要打破這冷冰冰的僵局。她穿著一件先前朵麗交代她為了搶案買的連身褲，走來走去好像在伸展台上一樣炫耀。「是打折的喔。」雪莉笑容洋溢。「我還幫大家買了可愛的膠底帆布鞋，非常好穿，適合跑步。」

「喔，我之前就想買類似這種的。」琳達說。朵麗哼了一口氣。

「而且我還照妳說的，買了滑雪面罩。」雪莉在購物袋裡翻找。「一個黑色，一個藍色，一個紅色，這樣我們就知道誰是誰了。我買了紅色的給妳，琳達，因為妳是黑髮。」

「多謝了，雪雪。這一定很適合冬天在遊樂場用。門打開的時候隔間裡真的有夠冷。」

朵麗看看琳達，再看向雪莉。她真不敢相信這兩個人有多蠢。「紅色？！什麼樣的搶匪會戴紅色面罩啊？而且妳穿的連身工作服也太小了。」

「這很合身。」雪莉手中拿著黑色滑雪面罩轉了一圈，撫過她姣好身材上的那層緊身連身褲質料。

「我說的是工作服！寬大、髒兮兮、鬆垮垮的工作服。我們應該要看起來像男的。我都可以看出妳的曲線了，而且看看妳天殺的腳踝。」

人家常跟雪莉說她的腳踝是她全身最美的部位之一。「怎麼了嗎？」她哀叫道，低頭看著腳。

「我看得清清楚楚！」朵麗吼回去。「妳甚至還做了修改好凸顯胸圍，多餘的拉鍊該死的到處都是。是幹嘛用的？只是任性嗎？我告訴過妳……純黑色工作服，至少要大三到四個尺寸，我們必須掩飾。我們必須把自己的衣服穿在裡面，而且還要能快速脫下來。這些衣服沒用，絕對沒用。」

雪莉知道她做錯了，就像琳達一樣，但琳達選擇生悶氣，雪莉則是立刻試著彌補。她拿起那個剛買的大號滑雪面罩，戴起來拉過整張臉。「朵麗，妳看！那妳覺得這個如何？這是黑的，而且大到可以把頭髮都藏起來。」

朵麗猛力把面罩從雪莉臉上扯下來，還扯到一小撮頭髮。「眼睛的洞太大了，而且我不要有嘴巴的洞。我都可以看到妳的口紅還有古銅膚色噴霧的顏色了。」

雪莉低頭看著地板。她知道朵麗講的都對，但她花了兩天的時間到處找這些裝備，她去了哈洛鎮、溫莎鎮，甚至還上到M1高速公路。雪莉脫下連身褲……二十五英鎊放水流，她想。喔，三件總共七十五英鎊。

朵麗發著脾氣時，琳達全程都站在廚房門邊咬指甲。雖然雪莉的購物之旅顯然就是浪費時間，但這回是琳達先惹朵麗不高興的，她為此覺得很愧疚。但即便如此，也沒有愧疚到要去為雪莉解圍的程度。她決定應該要來泡點茶。

朵麗看出她傷到雪莉了，決定收回她的話。「如果妳把面罩上嘴巴的洞全都縫起來，把眼睛的洞縫小一點，那就可以了，雪莉。把其他兩個都染成黑色的，我們就有一部分的裝備了。但是連身褲恐怕真的不行。我們需要我說的那種工作褲。只要一買到對的尺寸，就把標籤剪下來燒掉，到時我們丟掉衣服後，就不會查到我們身上。」

雪莉知道這就是朵麗道歉的方式。「那膠底帆布鞋該怎麼辦呢？」她問。

「都染成黑色的就結了。」朵麗點了一根菸。「過來坐下，妳們兩個都是。我不是叫妳們來這裡討論連身褲跟膠底帆布鞋的。」朵麗話才剛說完，開水壺就跳了起來，琳達正要倒熱水進茶壺。「過來！」朵麗大聲命令。

琳達連忙加入坐在板條箱上的雪莉和朵麗，她被小狼絆了一下，踢了牠的背側要牠別擋路。朵麗給她一個危險的眼神，呼喚小狼過來跟她一起坐。她打開包包，拿出她的記事本。

「我們遇到問題了。」她說。「我一個一個講……但最重要的事是，我一直在想我在帳簿裡讀到的東西，我認為哈利在搶劫時用了四個人，不只三個。」

「四個人？」琳達重複道。她和雪莉看起來一樣困惑。

「四個人，而且其中有一個跑了。丟下喬、泰瑞和哈利自生自滅。」琳達和雪莉被朵麗說的事情嚇得目瞪口呆。朵麗繼續說。「這第四個人一定是在外面接應的，負責開車。他應該是把貨車開到前面去。但現在文件裡沒有他的資料，一點都沒有。這代表警方也還沒找到他……但我很懷疑……或者他們正在追捕他。」

「可不是只有警察想抓他！」琳達大叫著跳了起來，整張臉憤怒地漲紅。「這個混球！」

「琳達。」朵麗溫柔地說，試著勸她冷靜下來。

「不！我有權利說話！如果他讓我的喬活活燒死……如果他能救他卻沒出手，我要殺死他！朵麗，我發誓我一定會。」

朵麗再次試著讓琳達冷靜。她是一頭熱，畢竟，她只是用她唯一知道的方式表達。

琳達毫不領情。「我要殺了他！妳也許不在乎妳男人，朵麗．勞林斯，但我——」

朵麗站起來轉向琳達，速度之快，讓琳達話都來不及說完。重重一巴掌打在琳達臉上，打得她歪向一邊。

「妳不准說我不在乎！」朵麗咆哮道。「我就看到妳今天下午是有多在乎，別再給我歇斯底里，坐下，還有閉嘴！」

琳達慢慢坐回原位，捧著刺痛的臉頰，試著忍住悲傷、痛苦和尷尬交雜的淚水。

雪莉愣在原地發抖。老天，朵麗脾氣真大！她從來沒看過她像這樣大發雷霆，幾乎難以置信。但現在朵麗坐回去抽菸，核對她的筆記，好像什麼事都沒發生過一樣。

琳達垂著黑色頭髮低低的說。「為什麼總是我錯？」她抖著聲音問。

朵麗回答之前，先吸了一大口菸。「因為妳二十六歲，而我四十六歲，還有，錢是我出的。」她看向嚇得臉色發白的雪莉。「去把茶泡完，可以嗎，雪雪？」她問。雪莉一言不發地進去廚房。

朵麗看著琳達紅通通的臉頰，上面還有她四個手指印，清晰可見。「我很抱歉。」她說。

「我不該那樣做的。」琳達站起身來，在朵麗說出什麼讓兩人都後悔的話之前挪了位子。朵麗不在乎琳達的情緒，繼續作業，彷彿她簡短的道歉似乎就已解決了所有問題。「不過，妳知道那代表什麼意思吧？這代表我們必須再找個人。」

「不能是男人。」雪莉突然從廚房冒出來。「如果我們找了個男的，半個倫敦都會知道我們要做什麼。」

「可以的話不要男人，不。帳簿上我認識的人沒一個可以信任，所以我得想一想。但我們可能要倒推一個日期，給我們時間去找適合的女人。」

「老天！」琳達不耐煩地說。「如果我們需要的就只是個女人，我找得到。」

「我來找人。」朵麗不容質疑地說。沒人有辦法做出那麼重要的決定。

「妳是老大。」琳達哼了一口氣。

「要是不喜歡這樣的話，妳自己知道該怎麼辦！妳可以回床上跟那個男妓搞啊！我打賭他是個好對象吧，就算不是的話，妳很快也找得到別人。」

從廚房走出來的雪莉完全搞不懂朵麗是什麼意思，而且也不敢問。琳達眼睛冒出火來，走向朵麗，顯然逼近爆發點。雪莉快速走到她面前，遞給她一杯茶，琳達只好打住。無法忽視雪莉眼中的懇求，琳達接過茶，再次從朵麗身邊挪開。雪莉在兩人之間坐下。

「妳剛剛說我們有問題了——不只一個。」雪莉說著，揮開朵麗可怕的香菸。

「費雪兄弟來勢洶洶，而且不會善罷甘休。他們已經先對我下手，把我家翻了一遍，下次可能就是對我動手。接下來他們就會去找妳們兩個。」她們彼此吵吵鬧鬧是一回事，但費雪兄弟是完全另一回事了。這消息改變了一切。如果朵麗太惱人，琳達大可以離開朵麗，而且朵麗也會由她去——但另一方面，只要你逆了東尼・費雪的意，他就會把你撕得支離破碎。「費雪兄弟要哈利的帳簿，而且他們不接受『不』這個答案。第四個人，不管是誰——我不覺得他會再次現身。我猜幾週前他就跑了。」朵麗看著琳達，看見她的眼睛因為那個懦夫而充滿恨意，那個人害她的喬死得緩慢又痛苦。她說得很誠懇。「我們會找到他的，琳達，他會得到報應，但現下最好不要有人找到他。」

琳達先移開了視線，在朵麗看到她眼中盈滿的淚水之前，低頭看向骯髒的水泥地。

「我們的確是要去搶劫，但我不要我們有人受傷。」朵麗繼續說。「我們不是強壯的大男人，我們是女人。但我們已經開始像男人一樣想事情。巴瑟・戴維斯現在為費雪兄弟工作，我敢出錢打賭，現在他已經到處去放消息了。等他們聽到他說的話，他們就會罷手。」

朵麗臉上浮現一個自滿的狡黠笑容，兩人等著朵麗繼續說，雪莉驟然想到當初在桑拿室、第一次聽到搶劫計畫的時候。不管朵麗接下來要說什麼，雪莉知道她一定會驚呆。她是對的。

「我跟巴瑟說，第四個人，那個跑掉的人，就是哈利。巴瑟相信哈利還活著，當他告訴費雪兄弟時，他們會相信哈利手上有帳簿。這是現在保護我們最好的方法。哈利是現在唯一有把柄能制住費雪兄弟的人，所以我們需要讓哈利再活一次。」

「妳怎麼確定巴瑟一定會跟他們說？」雪莉問。

「他會說的。他總是這樣，特別是黃湯下肚之後。我給他一套哈利穿過的西裝，還有兩千英鎊，不管他醉或沒醉，他都會覺得自己無人能擋。」朵麗把茶喝完，茶杯遞給雪莉。

「找到新成員之後，我會盡快聯絡妳們。」朵麗打開手提包，拿出一張摺起來的紙，交給琳達。「這是我的電話號碼，妳們可以打來找我——這支電話沒登記在電話簿上，是我免費幫修道院裝的。妳們隨時都可以留訊息，她們會再聯繫我。記起來之後，就燒掉它。」朵麗沒有再多說一個字，把小狼撈起來就走了。

琳達盯著電話號碼有十秒鐘，接著遞給雪莉。「我沒火柴了，妳得吃了它。」

雪莉也注視著電話號碼，接著打算把紙條塞到嘴裡，這時她注意到琳達的表情。

「開玩笑的啦！救命喔，這只是開玩笑啦，雪雪。」

雪莉沒有開玩笑的心情。今天壓力真的很大。

「我有時候真受不了她。」琳達低語。

雪莉並沒有像琳達預期的那樣支持她。「我覺得這感覺是雙向的。」

琳達對雪莉嗤之以鼻。「她沒有資格把我們當小孩看待。我覺得妳連身褲挑得很好。」

「沒有啊，琳達！我全挑錯了，妳也知道的。朵麗有資格生氣。」

「她沒有資格居高臨下對我們說話，或者賞我耳光。她又不是老大。」

「她是啊。」雪莉的聲音很輕，很克制，而且極為嚴肅。「如果這事真的要做……她就是老大。」

＊

到了十點鐘，琳達確確實實醉了，她坐在西區紅燈區遊樂場的隔間，臉上帶著醉醺醺的微笑。但不管她喝得多醉，都不會找錯錢。查理站在門口，過度緊張地注意著隔間裡面，她拿著伏特加酒瓶一口接一口地喝。他擔心要是現在老闆來了怎麼辦，然後看到琳達爛醉如泥，還扯著嗓門大聲唱歌，他可能也要丟工作了。他嘆了氣，接著笑了——如果你打不贏他們，那就加入吧。他把杯中剩下的咖啡倒在街上，看向隔間，從玻璃窗偷看琳達。她過了一會兒才讓眼神聚焦，她注意到查理時，便給了對方一個大大的微笑。

「查理，我的老親親，你好嗎？」查理舉起空馬克杯，朝她的伏特加酒瓶眨了眨眼。「滾開。」趁著找錢給客人的空檔，她偷偷地說。「每個人都想來分一些。」她忽然狂笑不止，接著就這樣垂著頭，開始發出奇怪的酒醉鼾聲。有那麼一下子，查理分不出來她是在哭還是在笑。他正要問她還好嗎，她就猛然抬起頭來，眼神變得嚴厲，說話的時候咬著牙。

「你知道嗎，查理小子？我真他媽的愛死這鬼地方了。我是說，看看這裡。拿著假證件的未成年小鬼被地方的戀童癖纏上……門口那裡有個喝醉的傻瓜……藥頭比毒蟲還多……路邊都是妓女、老鴇和嫖客，我身邊都是頂尖人物啊。對，我真的要出人頭地了，查理，乾杯！」琳達一口飲盡剩下的伏特加。

查理回到門口站崗時，他看到貝拉．歐萊利走進來。琳達說的沒錯：路過的都是娼妓、老鴇和嫖客。貝拉兩種都帶來了。她有著美麗閃耀的黑皮膚、性感的外表，還穿著超殺的黃色緊身緞面上衣、黑色緊身牛仔褲，一側肩膀上掛著一件相襯的外套。腳上的高跟鞋把她高達六呎的身軀撐得更高。貝拉停在遊樂場的正中間，環顧四周，站在她身後一小段距離的皮條客亦然。咸稱油頭的男子先是跟一對中國人談笑，把玩手裡的寬邊紳士帽，他的金戒指在遊樂場的閃光燈下金光閃爍。查理知道他在搞毒品買賣。之前他就跟油頭說過在遊樂場拉生意的事，但這個皮條客剛剛笑了——那是一種帶鼻音的含糊笑聲，應該是吸了太多古柯鹼。油頭的麻煩之處在於，你不知道他是在跟你一起開懷而笑，還是在嘲笑你。他是個下流的混蛋，喜歡騎哈雷機車呼嘯而過，他手下的女孩都怕他怕得要命，除了他的頭牌——貝拉．歐萊利。

貝拉大搖大擺地走過機台，就像經驗老道的搖滾樂手登上舞台，還停下來解決了兩個大聲嚷嚷、對她出言調戲的年輕小子。不管她說了什麼，結果都頗令人滿意。他們都嚇壞了，一再道歉，而且匆忙離開。貝拉看到小隔間裡的琳達，走過去前就對她揚起了笑容。她通過人群時不需要說「借過」，人們自動緊張地為她讓路。

「貝拉！」琳達在小隔間裡大叫。貝拉走到一半，朝她扭動了一下屁股，才停在琳達前面，整個人靠在玻璃上。

琳達和貝拉很久以前就知道彼此的存在。貝拉總是待在她自己的圈子，有能力照顧自己而且不用害怕任何人。琳達不像貝拉，從來沒有為皮條客工作過，她比較算是個體戶，只幫人打手槍或者口交，不做全套，而且那都是在她遇到喬之前的事了。

「妳怎麼能忍受待在這裡？」貝拉問。

「這裡有隔音，伏特加也幫了點忙。」琳達不正經地笑道。「我喜歡妳的頭髮，貝拉。」貝拉新潮的髮型短而服貼，走葛麗絲．瓊斯的造型。她戴了一個金色的頭箍，本身很廉價，就是市場賣的那種，但戴在貝拉身上就彷彿要價百萬，讓她看起來像個非洲公主。「妳這些日子還好嗎？」琳達問。

「老樣子，老樣子。一個晚上跑三個點，中間能排什麼就排什麼。」

「那妳怎麼又回來這一區？」

「妳懂我的。我本來都做得好好的，但有一個晚上我失控了，揍了一個老頭。外國來的混帳，他講的我一個字都聽不懂，手摸東摸西，又付不夠錢，我就叫他滾開。他不聽，我就揍他一拳。我認罪，然後油頭幫我付了罰款。」

「所以妳欠他。」

「欠多了。但我會還他的，再看看我之後想做什麼。」貝拉迅速看了一眼油頭，他正指著貝拉跟其中一個中國男人低聲講話。「看起來我要有客人了。」貝拉表情轉為嚴肅，她移到隔間門前。琳達把門打開，這樣她們才能面對面說話。

「我聽說了喬的事情。我很遺憾。他是個好人，而且你們很配，甜心。只要妳需要我，一點錢或者任何事情，都儘管開口說，我很快就會搬回我的舊公寓，到時離妳很近，就能常去看妳。不過現在，我走國際化。」

「謝了，貝拉，我真心感激。」

油頭對貝拉吹了聲口哨，貝拉舉起她的手。琳達輕輕抓住她的手腕。「妳戒了嗎？」貝拉看起來有點尷尬。「妳說錯人了，親愛的，是我家那老頭。他三個月前嗑過頭了。」接著她補充。「……所以我能體會妳的遭遇。」琳達知道貝拉過去吸過海洛因，她把否認當成是她現在戒掉了的意思。她看起來很清醒。事實上，她看起來豔光四射。貝拉最後一次安慰地捏捏琳達的手，就離開了。

查理出現在琳達身邊。「我可以跟那黑妞來一發。」他抓著自己的卵蛋，偷偷摸摸聞著腋下的味道。琳達嘲笑查理的天真無知。

「是可以，但你之後就起不來了。你最多就只能看著她，讓她賞你一個耳光。」

「反正我也不會真的插她。」查理防衛地說。「她可能會當真給我一巴掌。」他要溜走時還加上一句。「而且她看起來太像男人了。」

琳達看過去，看著貝拉和她的嫖客離開。從背影來看，他們都穿著大衣，留著黑色短髮，看起來真是不可思議地相似。琳達兀自咧嘴而笑，打開抽屜，拿出一瓶新的伏特加。

第十一章

厄尼・費雪倒了兩杯香檳，拿到皮革沙發旁，卡洛斯攤在那裡看雜誌。他湊著對方坐下，手放在人家大腿上。卡洛斯拿著玻璃杯，另一隻手放在沙發後背，無聲地邀請厄尼。兩人舉杯互碰，然後啜飲著香檳。

厄尼衣著考究，穿著一套新的奶油色真絲西裝。他起身，在鏡子裡欣賞自己，再轉身對著卡洛斯笑。「你也想要訂製一套嗎？」他問。「這真的很適合你。」厄尼喜歡裝扮卡洛斯，就像對待沒有自己意見的娃娃和狗。卡洛斯並不在意，事實上他很享受被嬌慣的感覺。他風情萬種地點點頭，啜飲香檳。

葛蘿莉亞跑了進來，沒有等人應門。她盛裝打扮，46C的大胸部都要爆出罩杯了。她靠在門上。「巴瑟在外面等，說想談一談……我該讓他進來嗎？」

厄尼很喜歡葛蘿莉亞。如果他是直男，就會跟她好上一場。他們相處得很好，他可以對她大吼大叫，但她一點也不介意。她就是好女孩葛蘿莉亞，跟他跟了好多年，都在樓下夜總會當招待，有事再上來樓上辦公室，以這行來說有點太老了。她的打字一直都很糟，而且不太會拼字，但她能夠把事情理得井井有條，而且坐在辦公桌前看起來很像樣。

葛蘿莉亞走到香檳那裡，給自己倒了一杯，然後加入厄尼，在他身邊欣賞鏡子裡自己的身材。她覺得卡洛斯真是個帥哥，不知道為什麼他可以忍受厄尼對他毛手毛腳，但她認定原因都是一樣的——為了他們能得到的東西。如果厄尼對她毛手毛腳，她就能得到絲質套裝和好車，那她也不會為此遲疑。對，卡洛斯從厄尼身上得到不少好處，修車廠的生意大有進步。不過，她好奇他可以撐多久。通常厄尼的男孩不會撐超過兩個月。他是個陰晴不定的混帳，但這次，這個卡洛斯，已經要兩個月了，而且他們的感情看起來還是很堅定。如果卡洛斯真的被厄尼甩掉，嗯，那她就可以好好安慰他了。

「我要回家了。」葛蘿莉亞說，仰頭喝盡飲料。「要讓巴瑟進來嗎？」

卡洛斯站起來做勢要走。

「留下來。不過是巴瑟．戴維斯嘛。」厄尼說。「叫他滾進來。」他告訴葛蘿莉亞。

葛蘿莉亞一扭一擺地走出去，換巴瑟進來，他的外表使厄尼有點措手不及。他剪了頭髮，分了線，又把一邊弄平，耳朵都露了出來，但不只是這樣——巴瑟穿了一套幾乎稱得上體面的西裝。

「所以，你有什麼事？」厄尼問，點了一支雪茄。

巴瑟不假思索地說。他去過勞林斯家，得到了一些消息，這值好大一筆錢，但是不能公開說。巴瑟看著卡洛斯，希望他能離開房間。

厄尼點頭示意卡洛斯去取另外一瓶香檳。他一離開，巴瑟沒說一個字就坐下。這真是大驚喜。巴瑟從來不敢對費雪兄弟冒險，但他今天看上去對某件事情非常有自信。厄尼暫且寬恕了巴瑟的失敬。他很好奇這大塊頭有什麼話要說。

「我得到了跟哈利・勞林斯有關的消息，費雪先生。我去找朵麗，挽回了她的信任，她對我透露了。」巴瑟戲劇性地停頓一下，然後丟出震撼彈。「他還活著。哈利・勞林斯還活著。」

厄尼的反應不同於巴瑟的預期。他坐到辦公桌邊，身子往後靠，摘下眼鏡，接下來忽然發出一陣超高頻率的笑聲。然後他抬起眼，用冰冷的眼神看著巴瑟，臉色變得暴戾。「活著！她可真是編了一個好故事，你這個愚蠢的小白癡。」

「是真的，費雪先生。他要我為他工作。他給了我工作，真的。要她把他的西裝外套給我。他要我體面一點。」

「你真是沒用的東西。我還去了他那該死的喪禮，警方也在。她以為她騙得了誰啊？我都看著他們把他埋了！」

「那不是他。」

厄尼站起身來，巴瑟猛地一縮。「那就是他！你搞砸了，巴瑟。你完了，聽到了沒！你有過機會，但你他媽的搞砸了！脫了那套破西裝，回去清理啤酒箱吧——你就只適合這個！還有，以後小心一點，你剛說話的樣子好像這是你地盤，沒人邀請你就敢坐下。你自己給我注意。我現在會處理那個婊子。我會查出哈利・勞林斯到底是死是活。如果有必要的話，我會親手把那混帳挖出來！」

巴瑟站起來，很生氣他就這樣被打發了。厄尼是個自大的無賴，讓巴瑟覺得自己骯髒污穢，而且一無是處。可是——他才不是一無是處。有哈利在背後挺他，他們會把費雪這個小人渣給除掉。「我告訴你，費雪先生。」巴瑟用他想像中冷酷、威脅的語調說話。「東尼把他的房子都給翻了過來，哈利一點都不喜歡這樣。」當巴瑟繼續說下去，眼睛只放在厄尼身上，此時卡洛斯帶著第二瓶香檳回到房間。「哈利非常生氣，我得說。東尼破壞了哈利死掉的孩子的嬰兒房，你可以告訴他，哈利可是對他非常非常生氣。才不是我要小心。哈利在我背後照顧著，我會沒事的。」

厄尼從緊咬的齒縫間低語。「滾。」巴瑟沒多說什麼就離開房間。

厄尼的眼睛都要從頭顱裡跳出來了。卡洛斯站在房間中央，好像是多餘的零件，手裡還拿著香檳。他可以看出厄尼都要氣炸了，所以他放下香檳，伸手去摟厄尼的肩膀。厄尼把卡洛斯推開，然後很快地糾正了自己。「不要現在，親愛的。就這樣。現在不行。」

*

雪莉抵達倉庫時，琳達正坐在其中一個橘色箱子上，看起來很糟，整張臉的妝都糊了。雪莉快速走了過去。要是東尼．費雪已經去找她，而且對她做了糟糕的事該怎麼辦？

「我沒事，我沒事。」琳達說，對著雪莉揮了揮手。「小聲一點。我的頭好痛。」

「那我們為什麼要來這裡？妳知道我們不能提議開會，只有朵麗可以。到底有什麼事情這麼重要，琳達？」

貝拉從辦公室走出來，遞給琳達一杯咖啡。雪莉瞪著她看，嘴巴張得開開的，不知道該說什麼、該往哪裡看。「要茶嗎？」貝拉說。雪莉想不到要從何說起。這個女人是誰？她為什麼在這裡？然後最重要的是，琳達天殺的到底跟她說了什麼！

「這是貝拉。」琳達說，一派輕鬆地喝了一口咖啡。「她就是我們的第四位成員。」

雪莉的嘴巴張得更大了，這讓琳達笑了出來。「不要這樣。雪雪。貝拉的人品跟金子一樣高貴，個性跟釘子一樣硬。她就是我們要的人。我知道妳在想什麼，但朵麗只要認識她就會接受了。如果不接受的話，那就管她去死。貝拉值得過十個她。」琳達用手肘輕輕頂了貝拉一下，想引起她的注意。「她腦子很好，所以事實上，她可能還值一萬個妳呢！」

雪莉終於說話。「她絕對會抓狂的，琳達，妳知道的。」

「貝拉可以拿朵麗的錢辦事，就跟我們一樣。她需要改改運……而且她也是個寡婦，就像我們一樣。朵麗一定很愛這點。」

就在雪莉不敢置信又無比嫌惡地搖著頭時，她們都聽到了小狼對著隔壁門的德國牧羊犬狂吠的聲音，德國牧羊犬也吼了回去。三個女人全都盯著門看，接著雪莉立刻往辦公室逃，還拉著貝拉一起。

「妳要負責處理她。」雪莉厲聲地說。「這下妳要倒楣了。」

琳達用手抱著頭，希望頭痛趕快消失。

朵麗衝進倉庫，把小狼放到地板上，朝雙手抱頭坐著的琳達跑去。「怎麼了？」她關心地問。「妳還好吧?發生了什麼事?」琳達抬起頭時，朵麗聞到了酒臭味，她的關切立刻變成了憤怒。「妳喝醉了!」朵麗呲牙咧嘴地說。「琳達，妳說要開緊急會議，是因為妳把伏特加都喝完了嗎?」

雪莉從廚房和辦公室隔間的門邊往外看。她從來沒有看過朵麗這麼亂糟糟的。她沒有化妝，頭髮該洗了，而且看起來疲倦不堪，垮著一張臉，非常憔悴。這是第一次，雪莉覺得朵麗看起來跟實際年紀相符，甚至比她自己的媽媽還要大。然後，雪莉再次想，**她的確老得可以當我媽了**。

「我才沒醉!我是喝了幾瓶，沒錯，但我可沒醉!」

琳達顯然是醉到沒有發覺朵麗逐漸累積的怒氣。從雪莉站著的地方看，她都可以看到朵麗脖子的靜脈浮起來了。還沒有人來得及說話，貝拉就從雪莉背後走了出來。

貝拉這個人高大、獨特、氣勢威嚴，但朵麗一點也不退縮。貝拉微笑朝著朵麗走過去，張開了雙臂。雪莉早些時候見過朵麗攻擊過琳達的樣子，但現在她不同了——早先，當她賞琳達一巴掌時，就像家長打小孩耳光。現在，朵麗看起來更強硬，甚至可說是很男性化，好像這情況需要她施加額外的力量。她終於開口時，發出的是低沉咆哮。她迅速看了貝拉一眼，接著目光回到琳達身上。

「該死，她是誰?」

琳達借酒壯膽，為她們做介紹。「這是貝拉。」她說。

「她在這裡做什麼？」朵麗拚命試著要控制情緒。

「她想加入。妳說我們需要再一個人，所以我跟她說了，而她──」

「跟她說？妳到底跟她說什麼？」

琳達踉蹌不穩地站起來繼續說。「什麼都說了。她來遊樂場的時候，我什麼都跟她說了，妳看看她，朵麗，她太完美了。」

朵麗打斷琳達。「妳也有份？」她對還站在廚房門邊的雪莉大吼。

「她打電話的時候，我還在床上。別把我扯進來，我跟妳一樣驚訝。」

「閉嘴，了不起小姐，讓我說完！」琳達對雪莉大吼。

「噢，妳最好把話說完，琳達。」朵麗原本雙手叉腰，現在她對著琳達的臉搖搖手指，拚命忍著不要再打她一次。「妳可以帶著東西走人！帶著這個黑妞一起走！」

「讓我解釋。」

「解釋！？解釋妳是怎麼去跟全世界宣傳我們要做什麼嗎？你是打算要帶多少個婊子過來這裡？我要妳滾！」朵麗抓著琳達就要把她往門外推，但這次，藉著酒力，琳達反擊了。

「妳老是把我們當屎一樣，朵麗！妳待妳的狗都比對我還要好！」眼淚一流出來，琳達就控制不住地對著朵麗的臉大吼。「我解決了我們的問題，妳卻這樣給我難看！妳這個該死的賤人。」

貝拉不知從哪裡冒出來，把琳達從朵麗身邊扯開，打了她一巴掌，下手很重。在一陣沉默中，朵麗和貝拉靠得很近，打量著彼此。接著貝拉先開口了。

「你們兩個要貓咪打架，那就去打，但不要說是為了我打。」貝拉低沉的聲音冷靜又克制，她的眼睛閃過一抹沉默的警告意味。「勞林斯太太，她跟我說的所有事情，我都忘了。我對這個沒有興趣。謝謝妳的咖啡。」貝拉拎起她的手提包，開始走向門邊。

琳達看著朵麗。

「等一下。」朵麗的話讓貝拉停下腳步，轉過身來。

「妳在跟我說話嗎，勞林斯太太？」貝拉盯著朵麗的時候，散發出自信的光芒。「因為我有名字，我不叫什麼『黑妞』或者『婊子』。我叫做貝拉。而且我不是硬要來這裡，是有人找我來的。這兩個人也許覺得妳的點子很瘋狂，但我可不。我知道妳想做什麼，而且如果我不覺得自己可以加入計畫，我就不會來這裡。」朵麗專心地聽著，沒有打斷貝拉的注視。「妳覺得外面有多少女孩做得來這個？換句話說好了，妳覺得有多少人想要做？」朵麗仍然一言不發，貝拉繼續往門口走去。「妳繼續幹活吧。」她說。

「停下來。她到底跟妳說了多少？」朵麗問。

「什麼都沒說。」表達完自己的觀點之後，貝拉的語氣很尖酸諷刺。「我記性很差。如果妳要跟我一起走的話，琳達，我陪妳走回家。」

琳達站在朵麗和貝拉之間，像個小孩站在吵架的爸媽身邊。「拜託，朵麗。我只是為了我們好。我真的很抱歉。妳不能就這樣讓她走，朵麗，別為了我這樣。拜託，別讓她走，朵麗，她是對的，我知道她。」

「妳這大嘴巴還跟誰說了，琳達？」

琳達搖著頭。「沒有，我發誓我沒有。」

「妳怎麼想，雪莉？」朵麗問。

雪莉很驚訝居然有人會問她的意見。她不認識貝拉，對琳達背著她們偷偷行事很失望，但她仍然想要相信她。「她看起來很適合。」雪莉想了一下才回答。「而且現在她什麼都知道了，她最好留下。」

「妳結婚了嗎？」朵麗問貝拉。

貝拉回頭走向朵麗、琳達和雪莉。「我沒有家累，勞林斯太太。我只在俱樂部之類的地方勾搭。」

「她有沒有告訴妳，我們會拿槍？」

「有。」

「妳會開車嗎？」

「會。」再一次的，朵麗和貝拉互相瞪視，但這次不是兩個女領袖在爭奪地位。現在兩人的眼中都有著敬意。這次貝拉讓氣氛放鬆下來。

「而且我很會吹口琴。」

朵麗忍住了笑。貝拉是個強壯、剛毅的女子，不屈服於任何人，但又是如此聰明，對團隊來說是一項非常優秀的資產。

琳達和雪莉緊抱彼此，等著朵麗下決定。

「好吧，貝拉。」朵麗這才終於說：「……我的名字叫做朵麗。」

第十二章

鑑識科告訴瑞尼克警督，那台麵包車的後保險桿改裝過，加上一條堅硬的高強度金屬，足以倒車衝撞運鈔車，保險桿上也還有運鈔車的烤漆殘跡。這絕對就是那場失敗搶案中的麵包車。

警方在陽光麵包工廠審訊了五天，工廠裡的每名男女員工都採了指紋，用來比對麵包車上找到的證據。這過程非常冗長、單調乏味，但瑞尼克決心已定。

目前所採到的指紋顯示沒有人有犯罪紀錄，而且麵包車上的指紋都是麵包工廠員工的。但一定有人給勞林斯這個車庫跟麵包車的鑰匙。一定有人不老實。搶案發生的那個星期，車隊經理得到通知說這輛車在維修廠送修，所以瑞尼克從兩個維修技工開始下手。兩人都否認涉案，當然，而且也都認不出哈利．勞林斯、泰瑞．米勒和喬．皮瑞里任一人的照片。瑞尼克堅稱，他們兩個之中，一定有一個說謊。

「你可以從他們的眼神裡看出來，富勒，還有肢體語言。他不會是首謀，他一定手頭很緊、膽小懦弱，收了幾百塊錢，搶劫失敗了之後，就嚇得屁滾尿流。」

「在我看來，」富勒爭辯道，他對瑞尼克所謂的「直覺」很厭倦。「他只要閉上嘴就沒事了，他也看到勞林斯一黨人都死了，沒人能把他供出來。」

「搶案裡有第四個人，富勒。第四個人可以陷害所有人，因為他拿到了帳簿。不，一定就是這兩個技工其中一人，我一定要找出是哪一個。」

唐諾．法蘭克斯就坐在瑞尼克面前，手中絞扯著油膩膩的破布。他看起來確實為了某種原因而緊張不已。瑞尼克任憑法蘭克斯冒冷汗，經過了一段他認為最適當的等待時間，正要開始訊問時，電話就響了。

「什麼？」瑞尼克對著話筒大吼，接著他的臉迅速緩和，放低了音量。「好的，愛麗絲，謝謝妳。是，我會四點回去。我會的，愛麗絲，我會的。」瑞尼克掛掉電話。「隨時注意時間，富勒。」他命令道。「我得四點回局裡。」

法蘭克斯的訊問才剛開始幾分鐘，瑞尼克就發現他之所以緊張，不是因為他當了勞林斯的接應，而是他上班混水摸魚。他和另外一個技工會一起打卡，然後其中一人溜班去酒吧混一天。「長官，求你不要告訴任何人。」法蘭克斯囁嚅道。「我們的工作一直都有做好。只是工作量不夠兩個人做，我們也都不能失去這份工作，你懂的。」

「也都不能？」瑞尼克瞇起雙眼，他感覺到有什麼重大線索要出現了。

「長官，我們以前有三個人。雷恩三個月前被炒了。我和鮑伯是戰戰兢兢啊。請不要告訴別人。」

「閉嘴，別發牢騷。」瑞尼克命令道。「我才不管你跟鮑伯兩個蠢蛋怎麼騙老闆，但如果你不好好交代那個好伙伴雷恩的事，我該死的會讓你們老闆什麼事情都知道。」

法蘭克斯告訴瑞尼克，雷恩．格列佛被懷疑行竊，法蘭克斯一點也不相信，他覺得那只是開除員工最快的方法。瑞尼克繼續追問，發現每個技工都有一組工廠的鑰匙，以便趁工作量少的時候可以溜去酒吧。所以，如果沒有人知道格列佛一開始打了工廠鑰匙，那他現在可能仍然持有鑰匙，這表示他可以輕鬆幫助勞林斯偷到麵包車。瑞尼克下令要找雷恩．格列佛，加以逮捕。好幾週以來，他第一次覺得他們有進展了。事實上，他幾乎稱得上愉快，還賭了十英鎊說雷恩．格列佛知道第四個人的身分。

在格列佛家中，他的妻子說他已經不住這裡了，但她頗不情願讓他們進門，這態度讓瑞尼克猜她在說謊。她不斷地說麵包工廠把她的雷恩當成狗一樣踐踏，事實上待遇比狗還糟呢。

「他為他們工作了十五年，然後——就這樣沒了，完了。他們編了什麼爛理由，說他偷錢，但你要是真覺得人家偷了東西，不會塞給他兩百鎊叫他不要聲張地走吧？哼，你會嗎？」

瑞尼克懷疑雷恩．格列佛已經跑路，而她在保護他，這麼一來問她丈夫在哪也沒有意義。他離開前，決定給格列佛太太看嫌疑犯的照片。瑞尼克很驚訝地發現她認得喬．皮瑞里。

「對，他來過這裡。」她單純地說。「他跟我丈夫有些生意往來，然後他——」她指著勞林斯的照片。「在外面等他。我從廚房窗戶看到他坐在深灰色的賓士車裡。」

瑞尼克感到體內一陣翻騰。格列佛太太似乎對丈夫的犯罪活動一無所知。他等不及要逮到雷恩．格列佛。

「那麼妳丈夫現在在哪裡？」他問。

格列佛太太哭了出來，指著餐廳。

瑞尼克很驚訝，他走過去，接著推開通往餐廳的門。

「雷恩，你被抓到了！」他吼道，然後驚駭地停了下來。桌上放著一具棺材。

「他得了咽喉癌。」格列佛太太在他身後解釋。她淚如雨下。「幸好結束得很快，他沒有受苦太久。」

*

他們又回到原點。一到外面，富勒就無法克制自己。「雷恩，你被抓到了。」富勒嘲弄地模仿他，還加上一句。「這真是非常經典……絕對經典。」

他們上車時，安德魯斯告訴瑞尼克，愛麗絲呼叫了兩次。一次是說某個線人「綠牙」跑來找他，第二次是說總督察桑德斯要知道他到底在哪裡。

「噢天殺的。」瑞尼克對富勒大吼。「我告訴過你要四點帶我回警局！」

「有什麼大事嗎？」富勒發動引擎時問，心裡完全知道瑞尼克安排會議時間，不盡然是為了檢討案件，而是為了他升遷的機會。就像小隊裡其他人一樣，富勒認為瑞尼克升遷的希望，同往常一樣，非常之低。現在機會更渺茫了，因為他錯過了會議。富勒看著後照鏡，對安德魯斯眨眨眼。

瑞尼克命令富勒開到勞林斯家，好跟值班監視的警察說話。富勒慢慢開過朵麗的房子，窗簾都拉了下來，屋裡黑漆漆的。他停在無標示的跟監車旁邊，瑞尼克下了車。瑞尼克敲敲霍克的車窗，他嚇到差點把車頂撞穿了。沒有什麼事情好報告的，沒有活動，沒有異狀……除了一台載家具的貨車開來勞林斯家，載走一個嬰兒搖籃、床具和其他育嬰用品。貨車被前面警車攔下來檢查，但沒有找到任何可疑物品。

「載我回警局。」瑞尼克命令。「最好希望綠牙帶了比你們這些廢物更有用的東西給我。」

＊

厄尼．費雪離東尼的臉只有幾吋遠，不疾不徐地說話。東尼知道他最好乖乖地聽。

「這工作很簡單。你用一萬兩千英鎊買進價值兩萬的酒，再帶回來。不用動手。不用跟你交易對象的老婆上床。你腦袋裡是裝了什麼，小子？」厄尼質問，戳著東尼的太陽穴。「到底是什麼讓你一天到晚做蠢事？」

東尼沒有驚慌失措。「她是個漂亮的小金髮妞，奶子又大，我摸她時她也沒抱怨啊。」他整張臉慢慢露出微笑。「她那豬頭醜老公才抱怨呢！你真該看看那頭北方肥豬怎麼倒地的。一拳下去他就倒了。」

「然後呢？」厄尼問。

東尼聳聳肩。「這個嘛，對，我在出停車場的路上撞壞了捷豹，但好消息是，我開它去撞了那頭肥豬的寶馬。卡洛斯會修好捷豹的，沒問題的。啊，厄尼，」他繼續說，興奮得忘形了。「警察就在我車尾巴後面，鳴警笛，亮藍色警燈，全套待遇——我成功甩掉他們。沒有人受傷，載酒的廂型車平安回到倫敦，而且我還打了一炮——還有什麼好擔心的？」

「要擔心的就是曼徹斯特那夥人可能不會再跟我們做生意。」厄尼開始勃然大怒。「這可是很值得擔心——他們是很好的客戶！」

東尼坐進皮製旋轉椅，當這裡是自己家。「去他的曼徹斯特廢物！你用不著擔心那些小鼻子小眼睛的北方人生意，親愛的，你應該擔心家門口的勞林斯那條大事。」

「你以為我不知道？」厄尼吼了回去。「不然我為什麼要叫你去曼徹斯特？我用不著你在這邊脫序演出，東尼。我需要冷靜。我需要策略和智慧。」

東尼傾身向前，忽然嚴肅起來。「如果警方拿到那些帳簿，厄尼，你跟我就要進去關至少十五年。我們跟這個狗娘養的勞林斯幹了三筆大票的洗錢生意，你想也知道，我們洗的每一分錢他都有記下來。」

「你用不著提醒我！」厄尼怒斥。

「你看——小心謹慎是沒用的。」東尼說著同時站了起來。「我會接替巴瑟的工作。我會讓那些寡婦把我們要的東西告訴我們。」

厄尼不尋常地沉默。

「有什麼問題嗎？」東尼問。

「巴瑟從朵麗那裡問到一條消息。」厄尼說。「她告訴他哈利．勞林斯還活著。」

東尼目瞪口呆了一秒，然後他就笑了出來。「看在老天的份上，這他媽的太可笑了。她去指認他的屍體，把他都給埋了，別跟我扯這種狗屁。」

厄尼看起來煩躁不安。他坐回到辦公桌後面，摘下眼鏡。「我們還不知道這是否只是狗屁。」

東尼嘆氣。「這就是狗屁。老哥。你知道的。這個留給我來處理。我會搞定。你不要擔心這種事。我會找到巴瑟跟朵麗．勞林斯，讓他們把實話吐出來。」

「不要做得太過火。」厄尼說。他緊張地擦著眼境。「我們的生意進行得不錯。去跟巴瑟談，也去跟朵麗談，問幾個問題就好。不要對人動手動腳，也不要靠近另外兩個寡婦。皮瑞里跟另外那個一點動靜也沒，所以你離她們遠點。」

「雪莉。」東尼說。「她的名字叫做雪莉。」他都要流口水了。「可愛的小東西。」

「就是她。」厄尼說。「碰都別碰她們，東尼，你聽到了沒？」

門打開，卡洛斯走了進來。東尼立刻找他麻煩。

「你最好敲門，你這個娘娘腔……懂了沒？進來前要敲門啊。」

「我是來牽捷豹去修的……又來了。你開車要小心點，東尼。」

東尼大步走向卡洛斯，厄尼大聲命令：「冷靜！」東尼就停在半路上，離卡洛斯幾步遠而已，卡洛斯回瞪，相信厄尼會保護他。但厄尼在沙發方向這邊打了個響指，卡洛斯就安分地過去了。

厄尼走向東尼。「小心點。」厄尼低聲說。「這有很多風險。」

「聽我說，乖乖。」他的弟弟說。「相信我，哈利．勞林斯死了。我們不用擔心他。我們唯一要掌握的就是帳簿，如果照我的方法來，早就到手了。第一，我會去拜訪艾迪．勞林斯，他那個堂弟，接著我會去跟勞林斯的寡婦談談，再來我會把巴瑟那個白癡給帶回來這裡，我們就可以配著一壺好茶，互相核對狀況。」

東尼朝著卡洛斯發出一聲嘲諷的親吻聲，重重踏步走出房間。

卡洛斯看著厄尼。「有麻煩？」他問，打開一瓶香檳。

「你不需要擔心，親愛的。」厄尼站到卡洛斯身後，這個位置讓他可以撫摸對方的美臀。厄尼比卡洛斯矮了一點，必須稍微抬起下巴，才能靠在卡洛斯肌肉發達的寬肩上。「只是有幾件麻煩小事得打理。」厄尼說。「勞林斯、米勒和皮瑞利搞砸的事，留了個尾巴。」

卡洛斯認得皮瑞里這個名字，但他沒有對厄尼說什麼，繼續倒著香檳。厄尼想要改善氣氛，決定換個話題，便點頭示意卡洛斯去打開沙發上那個用薄紙包好的巨大箱子。裡面是摺得整整齊齊的白色真絲西裝。卡洛斯拿了起來，微笑著。

「我很喜歡。」他說，燦笑得露出了潔白的牙齒。「皮瑞里……」他隨意補上一句。「我以前好像在哪裡聽過這名字？」

厄尼又擺又弄，把外套放在卡洛斯身上比著。「對，那傢伙強硬得很。他老婆在蘇活區的遊樂場做收銀——是個貨真價實的婊子。不過喬倒是很有肩膀。」他退後一步，欣賞他身上這件合身的西裝外套。

卡洛斯想著琳達床邊那幅正面朝下的裝框照片。他只說：「我真的很喜歡這套西裝，厄尼。」

*

艾迪．勞林斯正坐在骯髒又潮濕的辦公室裡，腳翹在桌上。這間辦公室是坎伯威爾一處汽車報廢場裡的老舊簡陋木屋。有些地方疊了三、四層高的報廢車。艾迪大部分的時間都在辦公室往外盯著那些車、做白日夢，想著等他賺夠了錢就要買一台天藍色的勞斯萊斯。哈利多年前承諾過他要買一台昂貴、最頂級的輾壓車，讓作業效率更好。但從沒實現。

艾迪正在跟埃普索姆一座小型賭馬投注站的朋友講電話，他已經接到海達克三一五號的內線消息，下注五鎊。儘管講到賭博，他還算是小心的那種人，但他會為露下面給他看的風塵女子花上一百英鎊。他認識的大多數女人，他一邊想一邊翻報紙對其他好馬做記號，那些小馬子最後都跟他下注的馬一樣不值錢。

就在他講電話聊天時，艾迪聽到一台車開近辦公室外。他一看到是誰就愣住了，胃裡一陣翻攪。他把腳從桌上挪下，掛掉電話，努力表現得若無其事，打開抽屜，取出一瓶蘇格蘭威士忌。

「東尼，你好嗎？剛好來點午後小酒。你要不要來一杯？」艾迪匆忙去開檔案櫃，要拿玻璃杯出來，同時透過灰塵滿布的窗戶瞥了一眼外面那台恐怖的綠色福特千里馬。至少東尼・費雪是自己一個人來的。

一串瞎扯從艾迪的嘴巴傾瀉而出。「這裡生意清淡，」他含糊不清地說。「現在報廢場生意賺不了多少了。你最近好嗎，東尼？你和你哥經營的那間好俱樂部，真是好地方。」艾迪開始倒酒給東尼。

「你親戚哈利的帳簿，你知道多少呀，艾迪？」東尼親切地問。

艾迪的準頭偏了，完全沒對到玻璃杯。東尼・費雪對自己的工作非常擅長，事實上，他在許多方面都是艾迪想要效仿的對象。肌肉賁張的硬漢，身穿時髦的衣裝，指甲也都精心修剪，耳朵上還戴著鑽石耳釘。東尼坐在艾迪對面，翹起腳，手擦過大腿時，順帶展示擦得光亮的GUCCI皮鞋。是厄尼教他如何表現出格調，雖然他可不敢苟同那只鑽石耳釘。東尼認為他那樣看起來很性感，對有些女人而言的確是，但對其餘人來說，他賊溜溜的眼睛破壞了形象。

東尼・費雪從不跟人正眼對看，他說話時，總是盯著人家的額頭。現在他緩緩凝視這間髒亂的小屋，知道這樣在艾迪身上會起到什麼效果。帶給別人恐懼總讓東尼甚感受用。

「你認識巴瑟・戴維斯那老傢伙，對嗎？」東尼問，好像這是世界上最自然不過的問題。

「對。」艾迪囁嚅著說。「他現在為你工作。有點算是做慈善吧。喪禮過後我就沒看過他了。」

「是喔。他那張大嘴巴到處講你那親戚的事。昭告天下說哈利・勞林斯還活得好好的。你我都知道這不可能是真的，對吧？」

「還活著？」艾迪看起來很驚訝。「哈利沒活成，東尼——我是說，我是他的家人，他在告訴該死的巴瑟．戴維斯之前總會先告訴我吧。」

東尼露出令人安心的微笑，艾迪顯然也放鬆了一些。東尼拿出手帕，傾身向桌子，朝他那杯威士忌伸手。一瞬間，他的手離開酒杯的方向，反而抓著艾迪的頭髮，把他拉過桌子，再把手帕塞到他嘴巴裡。他把艾迪拖下桌，重重摔到牆上，朝他的臉揍。幾秒鐘內，事情就結束了。頭昏眼花、半失去意識的艾迪背靠著牆滑到地上。東尼蹲下，拿掉手帕，輕柔地擦拭艾迪鼻子流的血。他的頭靠得很近，威嚇地低語。「現在，告訴我，你對哈利．勞林斯的帳簿知道多少。」

艾迪淚眼模糊地跟東尼懇求道，「我對帳簿一無所知，東尼，我發誓我真的不知道。」

「但你是家人。」東尼嘲諷。「他在告訴該死的巴瑟．戴維斯之前，總會先告訴你吧，如果巴瑟．戴維斯知道，就能合理推斷你也知道。」

「我不知道！我拿我的命發誓，哈利從來沒有告訴過我任何事。我以前只是在自吹自擂，東尼，你知道這是怎麼一回事。哈利什麼都有，但我只有……這個狗屎地方。我跟哈利不親，他甚至不太喜歡我。他真的什麼都沒有跟我說，我發誓。」

東尼伸起一隻手抓抓前額，艾迪畏縮得太厲害了，幾乎要倒在地上。

「求你別再打我了。」他尖叫道。

「安靜點，娘炮。」東尼加重威脅時，艾迪高舉雙手護著臉，以點頭或搖頭做回應。

「哈利什麼都有，是嗎？」東尼質問。「那好，現在他的都是我的了，懂嗎？我跟我哥。不管哈利是活還是死，都對我們沒有差別，因為他什麼都不是了。你又比他更不如，同意嗎？」東尼輕輕地把手放在艾迪的一邊臉上。「所以你最好把耳朵好好貼在地上……」東尼把艾迪的臉用力朝纖維板地面拍下去。「……如果你聽到什麼巴瑟．戴維斯的消息，或者跟哈利的帳本有關的事，你都要讓我知道。」東尼在艾迪的顴骨上用勁拍了好幾次，這才起身。

艾迪動也不敢動。他躺在髒兮兮的地板上，無聲地哭泣，眼睛緊閉，等著靴子來踩他的臉。他聽到東尼的車啟動離開的聲音時，才敢張開眼睛。他艱難地站起來，抱著疼痛不已的頭，扶著被打斷的鼻子，看向窗外以確定東尼真的離開了。接著他拿起了話筒。

*

波特貝羅路上一間凌亂的公寓小套房裡，比爾．格蘭特接了電話。比爾聽著艾迪說話，他嗓音發抖又拔得老高，把剛剛發生的所有事情都說了出來。但到後來，比爾聽不下去了。

「閉上你的笨嘴，艾迪。你是跟他說了什麼？」比爾逼問。

「我什麼都沒告訴他。消息都是從巴瑟．戴維斯那邊來的。」艾迪說。

「那他在哪？」

艾迪停頓一下，閉上眼睛思考，他很清楚這樣會害巴瑟陷於險境。比爾．格蘭特比東尼還糟。比爾．格蘭特真的是個殘忍的混球，營生方式就是用任何你想要的方式殺人——緩慢折磨、快速奪命，他都不在乎。他真正的技巧在於他做得比東尼精巧，正因如此，大部分地方都還沒人知道他已經回來了。比爾不會招搖，他知道如何低調行事、保持警惕。他貌不驚人，但老天，他真是個麻煩人物。他孑然一身、一無所有，所以也沒什麼好失去的——這點讓他成為艾迪交手過最危險的人物之一。比爾坐了十二年牢，才剛出獄，但他已經要回來幹活了。比爾重複問問題時，艾迪張開了眼睛。

「巴瑟．戴維斯在哪裡？」

艾迪羞愧地低下頭，告訴自己說，巴瑟的小命遠不及他自己的安危來得重要。

第十三章

三個女人在倉庫裡都很忙碌。雪莉在角落處理剛買的暗藍色工作服，小心翼翼剪掉洗滌標籤扔進垃圾桶，等一下要燒掉。貝拉和琳達正在把一台福特Escort廂型車噴漆成白色。兩人都戴著面罩，因為噴漆有股嗆人的臭味，讓琳達眼睛整圈都紅了。他們身上的暗藍色舊工作服，現在變得跟正在上漆的車子一樣白。

「我不知道妳怎樣，貝拉，但我累壞了。我覺得現在做得夠了。還要等它乾透才能再噴一層新的。」琳達說。

貝拉點頭，繼續完成之前沒漆到的那個部分，之後才拿下面罩。「妳覺得她今天會出現，再給我們錢嗎？」貝拉不太情願這樣問，但她今天晚上放棄了俱樂部輪班而來這裡，她需要知道這麼做到底值不值得。

琳達聳聳肩膀。「我希望如此。這噴漆可不便宜，而且我們待在這裡好幾個小時了。妳覺得呢，雪莉？」

「我花了好幾個小時買這些裝備，也花光了資金，所以我希望她會帶更多錢來。」

貝拉坐在其中一個橘色箱子上，拉掉厚重的橡皮手套。「妳們知道，我們該談談這件事，只有我們三個。琳達，妳說為了錢，我們才加入朵麗，但現在感覺不太像是那麼回事了，對吧？她可能悲傷得半瘋了，不知道她在做什麼，或者她真的在計劃一場轟轟烈烈的搶劫。」

「我同意。」雪莉說。「如果她沒說真話，又為什麼要花錢在我們身上跟所有這些裝備？」

「如果這是真的，我們就會賺進上百萬元……」貝拉說。她看起來很興奮。

「是一百萬。」雪莉糾正。「分成四份。」

貝拉的酸言酸語再度發威。「那好啊，我們忘記這回事，通通回家好了！誰要為了這微不足道的二十五萬英鎊費這麼多工夫？」短短的停頓之後，她們都笑了出來。貝拉繼續說。「我只是想說：朵麗認為一切都計劃好了，而我們要做的就是付諸實行。事實上，我看看我們目前在倉庫裡的成就，覺得整個精神振奮呢。」

雪莉羞怯地對琳達笑了笑，她不能承認，自己簡直不敢細想動手搶劫這件事，每個人分二十五萬英鎊，之後就可以無憂無慮。現在貝拉公開指出來了，這聽起來真不是普通的刺激。一如往常，琳達代表了務實理性的聲音。「如果那個懶婆在這，我們就能直接問她了。實際上，她已經好幾天沒來。我們都在作戲，而且錢用光了。也許她真的什麼都計劃好了，而我們真的要發了——又或者，也許她小小的崩潰症狀結束了，她也忘記要告訴我們。她現在大有可能坐在她家那座象牙塔裡，手邊拿著一瓶威士忌，腿上坐著那隻狗雜種。」

「妳沒有信念，琳達。」貝拉搖搖頭說著。「如果妳給別人機會，他們會給妳驚喜的。」

「啊？好吧，我已經很久都沒有被什麼人驚喜到了。我受夠了，我要回家。」

琳達朝著門走去時，雪莉丟了一根火柴進垃圾桶，要燒掉那些剛從工作服上剪下來的標籤。呼的一聲，忽然一陣火焰向上竄。雪莉尖叫著往後跳，火燒到了她的瀏海。

「老天啊，雪雪！」貝拉喊叫著。「妳剛剛放了什麼？」

「半瓶的松節油！」

她們再次大笑，但琳達舉起手來，這下她們都聽到了隔壁倉庫的德國牧羊犬叫聲。

「她來了。」貝拉說。「我們的頭頭來了。」

琳達離門最近，定點僵住不動。「沒有高跟鞋的聲音，也沒有小狼。」她悄聲說。貝拉和雪莉看向四周，要找地方躲起來，但為時已晚。大門嘎吱打開，一個穿著蠟布大衣、戴鴨舌帽的男人走進來，雪莉尖叫一聲然後閉上嘴，嚇得六神無主，貝拉拿起一根鐵鍬，琳達則大吼：「該死，你是哪位？」

朵麗拿下鴨舌帽。「真高興我反串成功了。」她說，看來對自己非常滿意。「抱歉都沒有跟妳們聯絡。還是有一台天殺的跟監車停在我家前面。他們日夜都在監視我。煮一下熱水，琳達，我要渴死了。我從後院花園籬笆那裡溜出來，跟妳們說，穿著哈利的鞋子做這事真不容易。有夠重的。」

三個女人就瞪視著朵麗取下背上的背包，把小狼從裡頭放出來到地板上。牠直直跑向那台新漆好的廂型車，打算尿在輪胎上。「不！」三個女人同時尖叫，接著放聲大笑。

朵麗無視她們。她們一定都累壞了。她脫掉外套，點了支雪茄，從外套的好幾個口袋裡頭拿出若干本筆記簿。琳達去泡些咖啡來，貝拉去拿鏈鋸，雪莉則是看著小火燒完。

貝拉發動鏈鋸，將之高舉在空中，打破了寂靜。這工具真的非常的重。

「真的很棒，貝拉。」朵麗讚美道。「當你揮著這個走向警衛時，他們絕對不會擋你的路。沒有人會知道你不是男人。雪莉，這些工作服很好，還有琳達——這廂型車的上色也很棒。」

三個女人都笑得像是得到母親稱讚的孩子。沒有人能明白為何她們如此驕傲——但這感覺真的很棒。

鏈鋸的噪音讓他們聽不見有人用力在敲倉庫門，但小狼叫了起來，接著隔壁的德國牧羊犬也再度開始狂吠。貝拉關掉鏈鋸的開關，朵麗指示女孩們安靜。琳達移到地板下那個藏東西的洞，拿出槍，但貝拉擋下她。

「看在老天的份上，琳達，保持冷靜啊。」朵麗悄聲說。「你以為妳是誰……《飛燕金槍》的安妮[2]嗎？」

「我每天每夜都在遊樂場拿槍，我很清楚我在幹嘛。」琳達也小聲回嘴。

「對，但射的是空氣槍子彈，可不是該死的鉛彈彈匣。」

「妳們兩個都閉嘴啦。」雪莉在捶門聲再度響起時嘶聲說。

朵麗蓄勢待發，在她身邊的小狼也準備要在必要時保護她。她關掉燈，然後慢慢打開倉庫大門上的小門，從縫隙往外看。女孩們則聚在附加的辦公室門邊聽著。

2 譯註：音樂劇 Annie Get Your Gun 的女主角，以史實上的傳奇神槍手 Annie Oakley 為藍本。

「我是比爾．格蘭特。」外面的人說。「我是哈利．勞林斯的朋友。我在遠一點的地方有個倉庫。妳是勞林斯太太，對嗎？」

「你有什麼事？」朵麗說，沒有承認她是誰。「我在忙。」

「我能進來嗎？」比爾問。

「不行。」朵麗說。「這門不能打開，不然我的小狗就要跑出去了。」

「那沒關係。」比爾繼續說下去。「我只是在想，哈利的事，妳知道的，很遺憾他過世了，但我想說妳會不會想把這地方出售或是出租？如果妳有這個想法，又能給我優先權就太好了。」

朵麗嗤之以鼻。「多謝你的弔唁。」她僵硬地說。「你何不把你的號碼塞在門底下，等我有時間好好考慮，再打給你？」她摔上門，確定自己把門鎖得牢牢的。

朵麗慢慢走回三人身邊，她皺緊眉頭，抽著不離手的菸。她吐出煙霧。「妳們有誰聽過比爾．格蘭特嗎？」

她們看看彼此，然後聳了聳肩，跟著朵麗回到內部的神聖聚會所，她撿起筆記本，把菸按熄。「我們可能有麻煩了。」她說。「剛剛那人說他是哈利的一個朋友，而且在這一帶有個倉庫。他看見我走進來，過來檢查是否一切都好。」

「為什麼這會是個問題？」貝拉問。

「哈利從來沒有跟人說過這個地方，完全沒有。而且他是用假名承租的。」這段話的涵意發酵之後，室內一陣沉默。

「如果是費雪兄弟派他來的呢？」雪莉尖叫。「我們可能會惹上比原本更多的麻煩！」

琳達試著跟她講理。「東尼．費雪絕不會派人來嚇我們。他會直接動手。」

「但要是他以為他遇上了哈利呢？妳有想過嗎？哈利應該可以嚇跑東尼，對不對，朵麗？」

「等一下。」貝拉插嘴，想要趕上進度。「為什麼東尼．費雪覺得哈利——我們現在是在討論妳家的哈利，對嗎？朵麗？——為什麼東尼．費雪覺得他還活著？」

琳達和雪莉雙雙看著朵麗。

「因為我告訴巴瑟說，哈利活過了搶案，我知道他會跟費雪兄弟說。我要他們離我們遠點。」朵麗平靜地說。

「好吧，如果那傢伙真的是東尼派來的，那這招就不太管用了。」貝拉用她那低沉威嚴的聲音回答。她沒有從朵麗身上移開眼神，她幾乎可以聽到她的大腦運作、仔細思考每個選項的聲音。「妳想是誰派他來的？」

朵麗點起另一根菸。「我不知道。我想他可能是第四個搶匪，但我很確定帳簿裡沒有提到這個人。我明天會再去銀行，重新確認一次。然後我也會再拿些現金給妳們。」

朵麗研究起眼前的筆記本，其他人面面相覷。琳達對貝拉點頭，彷彿在說：「說啊，問她我們是不是真的要幹這票？」但貝拉沒有這樣做。更多的錢就快要到手了，她不想要陰溝裡翻船，這可是她長久以來賺過最容易的一筆錢。

朵麗翻過一頁筆記。「雪雪，妳得去買一些大捆的羊毛混棉紗布，就像醫院用的繃帶，用來變造工作服。」

她實在太累了，抑制不住孩子氣的抱怨。「為什麼我老是要負責買東西？」雪莉問。

「親愛的，因為妳做得很好啊。」朵麗很快回答。「我們也需要用重物裝滿背包，琳達，交給妳了。」

貝拉從堆在倉庫四處的磚頭中撿起一塊。「我們為什麼不來做個健身？」她建議。

琳達抓住機會。「我們可以再去那個水療館，在那裡舉重。」做完一堆苦工，她想要來點享受，而桑拿浴這個點子感覺真是不錯。她恢復規律性行為之後，感覺勇敢多了。

朵麗皺起眉。「我可不是說拿著小東西隨便跑，琳達，我們之後要穿戴重型裝備，還要拿得動這些背包、背起來，快速跑到逃亡車上。」

雪莉盯著朵麗身上穿的男裝。「我們現在不穿我買的那種帆布鞋，改穿靴子了是嗎？」她疑惑地問。

「不，帆布鞋很好。雪雪。」朵麗說。

「我不介意。」在雪莉有膽繼續說下去前，她清了清喉嚨。「假如我們要改穿靴子，那帆布鞋可以讓我留著嗎？它們跟我買的連身褲很搭。妳知道的，就是我們沒打算在搶劫時穿的那套。」

「噢，真的！」琳達急切地應和。

朵麗幾乎不敢相信自己的耳朵。「我們可以回到磚頭上嗎？」她惱火地說。

「抱歉，朵麗。」琳達帶著諂媚的笑容說。她還是希望她們之後哪時能重訪健康水療中心。「妳覺得背包裡到底需要放多少磚塊？」

「老天啊，妳覺得一百萬英鎊分成三袋有多重，就放多重！」朵麗極度惱怒。「妳們現在可以都閉嘴，專心一點嗎？現在我們的搶劫計畫只起了一個頭，所有事情都要練到滾瓜爛熟。」

她拿出一張倫敦近郊的採石場地圖，在工作台上攤開。「哈利做了筆記，說明他如何利用舊採石場演練。這地方很偏遠，而且廢棄了，所以對他們來說很完美。」雪莉的眼睛盈滿淚水，她用手遮住嘴巴，開始哭泣。琳達伸出一隻手臂摟著她。

「對不起。不是什麼大事。請繼續吧，朵麗。」雪莉吸著鼻子說。

「不，說吧，雪雪，如果有什麼問題，要告訴我們。」朵麗堅持。「時間越來越近了，我們都要以最強的狀態面對。什麼事情讓妳這麼難過？」

「我只是想起一件事而已。在那一週之前的……前幾週吧，泰瑞回家時褲子和鞋子都是白色灰塵。妳覺得他就是去了這裡嗎？跟喬和哈利一起練習？」

琳達和朵麗看著彼此。泰瑞確實可能就是在採石場把身上搞髒的。哈利從不會帶著採石場的灰塵回家，當然，但他比泰瑞小心多了。琳達用她的手帕幫雪莉擦眼淚。「我家那個喬沒有沾著白灰回家過，但妳大可拿命打賭，他那個金髮婊子的床上肯定到處都是。」琳達說的時候沒有生氣，她很鎮定。她老早就知道喬不會直接回家到她床上，她知道她現在可以大聲說出來了。這感覺真好。

「我們可以找另外一個地方……」朵麗溫柔地說。

「不，真的沒事。我只是有點犯蠢。」

「雪莉，我們會再找別的地方。」朵麗下了決定。「這是我們的任務，不是他們的。我們要用自己的地方演練。」說著，朵麗開始打包所有東西。「明天停工，好好休息，按步驟來，直到我們都準備好。我會從修道院的安全電話打給妳們。」眾人看著朵麗打包完畢，小狼嗅著她的靴子，顯然被朵麗和哈利混在一起的味道弄糊塗了。

朵麗看著她的女孩們回望她，覺得喉嚨哽住了。跟這三個人在一起，她很開心，她們站在同一陣線，好好地互相照顧。是的，她們會為小事爭吵，但那是出於關心，而非仇視彼此。她開口想這樣說，但又把話吞了回去。

「不要忘記磚塊和背包，琳達！其他的東西我會帶。」然後朵麗就走了。

雪莉吸著鼻子，回去確認垃圾桶裡的火有熄掉。當她往裡頭看時，就只看到一團灰燼，沒有足以辨識的標籤了。真高興終於有事是做對的，她說：「朵麗願意換場地，真是好心，不是嗎？」

「是很好心，雪雪，沒錯。」貝拉同意。「要是她起碼有一次留下來整理，那就更好了。」

貝拉把背包收在一起疊好，以免琳達忘記，然後就去洗馬克杯。

琳達依舊站在倉庫中間，盯著朵麗關上的門。「我真想看看帳簿裡有什麼。」

「我可不。」雪莉說。「我不需要知道任何不需要我知道的事。」

「妳怎麼知道妳需要知道什麼，啊？如果裡面一個字都沒有，一切都是朵麗發瘋呢？這妳就會需要知道了吧，不是嗎？」

「別又來了。」雪莉嘆了口氣，拿起手提包。「我要走啦。再二十分鐘就要播《朱門風雲》了。」

琳達和貝拉目送雪莉離開。她們兩個晚點都要回去工作，先回家也沒什麼意義。

琳達就著新洗好的馬克杯又泡了一杯茶，她無法自制地繼續抱怨。貝拉隨她去，因為她知道這對琳達是好事，讓她可以坦然抒發情緒，雖然長時間跟她相處有點惱人。「她把我們當成粗活女傭使喚。」琳達抱怨。「就算她姓勞林斯，她也沒有權力一直指使我們該怎麼做。如果我們是一個團隊，就該是個平等合作的團隊。我的意思是，如果只有我們得跑來跑去幹活的，這感覺就很不『團隊』。」琳達遞給貝拉一杯熱茶。「妳怎麼想？」

貝拉拿著杯子暖手。「我們不是一個團隊，琳達。她是老大，就是這樣。我可沒法付雪莉的房貸，或者給妳買一台車，或者讓我自己口袋裡有足夠的錢，可以一兩個月不用去賣。妳能做到嗎？」琳達無言以對，貝拉接著說。「而且我也不想看帳本裡的東西，因為如果我們真的要行動，結果砸鍋了，我什麼都不會承認。我知道的越少越好。」

琳達笑了開來，她喜歡貝拉誠實的態度和清晰的遠見。她喝完茶，開始在背包旁邊堆磚塊。

貝拉倚著廚房桌。朵麗有些地方讓她一直覺得不對勁，但她無法確切指出來。她希望朵麗能對她們開誠布公，因為她真的很想搶這一票。天生的警戒性格讓她決定，她會照計畫進行，但也會密切注意朵麗・勞林斯。

*

琳達到遊樂場時只覺筋疲力盡，但當她正要進門，就看到卡洛斯經過。

「你上哪弄得這麼潮？」她叫住他。

卡洛斯見了她很高興，在她跑過來親他時露出笑容。

「我要去見一個傢伙，他做租車生意。他也許會要我去他旗下工作。如果我能讓他答應的話，就會賺大錢了。」

卡洛斯看向琳達剛才跑出來的遊樂場。她一開始很難為情，跟女孩們在倉庫忙了一天後，她看起來糟到不行。他要去談大生意，她卻得阻止骯髒的老人猥褻玩射擊遊戲機的小孩。管它去死，她想，「我就是我這個樣子。」她當街跟他擁吻。

琳達把卡洛斯從頭到腳看了一遍，笑容都咧到了耳朵邊。她真不敢相信卡洛斯是她的了。喬也是個非常帥氣的男人，但他有點粗魯。琳達喜歡粗獷的男人，但卡洛斯有種別的特質，他什麼都有——他很時髦、有男子氣概、有俊美的外表、有壯碩的體格。

「妳遲到了！」查理在琳達身後喊叫。「我都還沒休息到。」

琳達的笑容瞬間消失。「你休息時間不過就是站在街上，在女人經過時盯著人家屁股看。

她們十分鐘後還是會在啦，查理，給我滾開。」

查理對卡洛斯怒目而視。這一定就是她如此開心的原因，他想。這一定就是跟琳達好上的那個男人。他看著她跟卡洛斯約下次見面的時間，跟他吻別，依依不捨地又親又摸。查理曾經追琳達追了很久，但從來沒有被看上一眼。然而卡洛斯看起來就是個娘娘腔，一身白色西裝、一頭大捲毛。查理擠過琳達，到外面的街上去，這樣她別無選擇，只能進去接班。

忙碌的街道對面，巴瑟．戴維斯正吃著一包炸魚薯條。蘇活區這一帶天黑後還很熱鬧，有深夜小吃攤、俱樂部、酒吧和遊樂場。費雪兄弟的俱樂部是頭條焦點，不過這裡還有許多等級低一點的地方，人人都能找到適合自己的服務。這些街道的風格都雜揉混合在一起，有像卡洛斯那樣豔麗的風格，有像查理那樣邋遢、一事無成的樣子，也有像巴瑟那樣的普通雜務工。生意人在這裡跟妓女碰面，罪犯在這裡進行交易，浪蕩男女到處撒野，年紀介於十八歲到八十歲之間的人龍蛇雜處。沒有人會顯得格格不入。

巴瑟看見卡洛斯擁吻琳達，看傻了眼，薯條從他嘴裡掉了出來，這時查理經過他身邊，要去找吃的。「都好嗎，查理？」巴瑟說。「那個剛剛跟你說話的小姐是不是喬．皮瑞里的太太？我碰巧認識她老公。」

查理點點頭，就走開了。他很久沒看到巴瑟了，但他一點也不喜歡他，不想跟他交談。就查理所知，巴瑟是個老是在討飯的酒鬼。他瞥了他一眼，注意到他穿著剪裁良好的西裝。他改頭換面了，看起來十分光鮮，也許終於步上正軌了——查理認為他應該值得招呼一下。「到時見了，巴瑟……如果你需要什麼的話，我就在遊樂場。」

巴瑟笑逐顏開，對查理揮手。「明白啦，查理，我明白啦。」

查理覺得一陣嫉妒，接著生氣起來。哪天你要是淪落到會嫉妒巴瑟．戴維斯，他想，你乾脆把自己一槍打死。在炸物攤前，查理探了探口袋，很快確定自己只買得起小份的薯條和魚肉薯餅。老天，他哪天才能離開這鬼地方！在這冷天氣裡，他的腿簡直是在整他，瘸著腳走的時候好像踩到什麼爛掉的東西。還是孩子的時候，查理就很弱，小兒麻痺症在整間學校就只挑中他，讓他癱了一條腿。他把硬幣緊握在汗濕的手中，把另一隻手放進口袋，輕輕地抓了一下卵蛋。他露齒而笑，寬慰地欣賞著那些經過的女人屁股。

第十四章

瑞尼克旋風似地踏過警局走廊，一心想找人吵架，但沒有人奉陪。在跟綠牙碰面之前，他想和桑德斯調解一下，但整個警局空蕩蕩的，反讓油漆匠和裝潢工人佔領了走廊，似乎還別有居心要擋他的路。這場面真是混亂。瑞尼克不在時，他被移到一間比較小的辦公室，因為主辦公區正在粉刷。他已經看過了規畫圖，知道他最後會得到一間玻璃隔間辦公室。一想到旁人能看到他在裡面來回走動、想事情、抽菸和工作，他就怒不可遏。他極重隱私，信得過的人只有少少幾個——這個坐在金魚缸裡給人看的念頭，讓他氣得血液都要沸騰了。

「愛麗絲——」瑞尼克大喊。「愛麗——」

愛麗絲從門口探出頭來。她搬來了瑞尼克辦公桌上的所有文件，全都整齊裝在箱子裡。最上頭的盒子是販賣機賣的三明治。

「你的檔案櫃在我的辦公室裡，上了鎖，我有鑰匙。在你搬好之前，這些都會收在我辦公桌抽屜裡，然後桑德斯因為油漆味犯了頭痛，就先回家了。他明天會繼續檢討案子，所以你最好空出時間。他說的，不是我說的。」愛麗絲對著三明治點點頭。「起司和火腿口味。我猜你還沒吃飯。」

「謝了，愛麗絲。」瑞尼克說著拿走了三明治，準備離開去見他的線人綠牙。

「今天如何？」愛麗絲跟在後面問。

「我們在麵包工廠找到一個可能幫過勞林斯的人，但我不能訊問他，因為他已經死了。」愛麗絲想不到該說什麼才能讓瑞尼克好過一點，但他通常只是需要一點鼓勵。「嗯，我希望綠牙可以為你帶來好消息。晚安，長官。」她露出一個甜美的微笑，匆忙走了。

*

瑞尼克坐在警車後座，公事包打開來放在大腿上，富勒正開車往攝政公園去。安德魯斯轉頭偷偷看了瑞尼克一眼——那老男人臉上的專注神情真是引人入勝。他速讀報告時，眼睛快速在每一頁游移著，尋找任何能帶領他找到勞林斯帳簿的線索。朵麗・勞林斯的跟監紀錄著實有趣：髮廊、水療中心、銀行、髮廊、修道院、銀行、髮廊……

「安德魯斯。問一下跟監小組，朵麗・勞林斯現在人在哪裡。」

「她在家。五分鐘前，你還在警局時，他們有用無線電通報。」

「你有沒有看到她去了多少次髮廊？沒有？銀行呢？她甩掉你們多少次了，富勒？安德魯斯？」富勒和安德魯斯都沒回話。至少安德魯斯還知道要表現出羞愧的樣子，富勒就只是一臉無聊。「你不覺得她在玩什麼把戲嗎，安德魯斯，或者，你覺不覺得她有什麼盤算？」

「我不知道，長官。」

「不，你當然不知道，你這軟——」瑞尼克今天累到沒力氣再欺負安德魯斯。「還有件事，你也不會知道答案：是她很會閃避警方，還是你們的跟監技巧爛到不行？我猜我們永遠都不會知道了，是吧？」

瑞尼克點了一根菸，深深吸了一口。煙霧瀰漫車內，富勒皺眉，開始搖下車窗。「關上。」瑞尼克咆哮。「後座很冷。」

忽然一個緊急煞車，車子迅速停下。瑞尼克的文件全都掉到地板上，他怒瞪著富勒。

「攝政公園，如您要求的……長官。」富勒說，他深諳如何惹惱瑞尼克。

瑞尼克撿起報告，統統塞進公事包，打開車門。他看了他的「左右手」最後一眼——富勒臉上帶著愚蠢的笑容直視前方，安德魯斯則是在打呵欠。老天，跟他共事的真是一對懶惰的蠢貨，他狠狠摔上門時想道。也許他會在綠牙身上走運。他今天真的需要來點好消息。

瑞尼克按他的路線走進公園，坐到長凳上，吃著三明治，這是他今天吃到的第一樣東西。他盯著樹上微微晃動的枝椏，好像被催眠了。他好疲倦啊。他知道綠牙一定已經看到他來了，等他準備好時，才有可能從藏身處出現，跟他一起坐到長凳上。

果然，富勒和安德魯斯一離開視線範圍，綠牙便悄悄走近瑞尼克，行跡有如電視上穿披風的反派角色。他像隻餓壞的狗，坐下來盯著富勒的三明治看。瑞尼克把他剩下的食物遞過去，等綠牙不再往嘴裡塞食物，才開口說話。

「什麼事這麼重要？」瑞尼克終於問。

「有個謠言，瑞尼克先生，到處傳來傳去。」綠牙含糊地說，還把麵包屑噴得瑞尼克大衣上到處都是。他坐遠些，再點了一根菸。「是關於哈利．勞林斯的謠言。」

「好喔，天殺的最好是。」瑞尼克清掉大衣上的濕起司和麵包。

「如果有人拿到了他的帳簿，那就像是拿到阿拉丁的神燈……你知道我的意思嗎？」

「誰拿到了？」

「他本人。哈利．勞林斯。」

瑞尼克連聲嘖嘖。「難道我大老遠跑來這裡，就是聽你胡說八道嗎？」

「不，他是認真的。」綠牙堅持。

「天殺的，你是怎麼得到這消息的？」瑞尼克憤怒咆哮道。「你又不在哈利．勞林斯的團夥裡，老兄！就算是真的，這種消息根本也不會傳到你這裡！」

「巴瑟．戴維斯在他的地盤上到處撒錢，四處宣揚這件事，他甚至還穿著哈利的行頭。」

瑞尼克瞇起眼睛——巴瑟．戴維斯確實比綠牙更接近勞林斯。他的確有可能聽到什麼消息。

「巴瑟為哈利工作了好多年，他現在到處跟人講，說他又在為哈利工作了。」

瑞尼克把菸踩熄在草地上，準備走開。

「等等！」綠牙大叫著在他身後追趕，抓住了他的手臂。

瑞尼克迅速推開他。「我才不為謠言付錢。還有，不要亂碰我的外套。你看看——你還吐了起司在我身上！你真該付我這該死衣服的乾洗錢。」

綠牙擤著鼻涕，從牙齒縫裡挑出麵包屑。瑞尼克給他五英鎊，然後往回朝車子走去。

*

富勒沿著公園開了三圈，經過主門時慢了下來，他發現瑞尼克在樹後面小便。

「看看他。」富勒噁心地說。「靠這種人給推薦，要我何時才升得上去？」

瑞尼克朝車子走來，在長褲後面抹了抹手，又點了一根菸。安德魯斯笑了出來。

「他現在要把沾尿的屁股放在你乾淨的座位上，對你的臉噴煙。」

但瑞尼克回到車上時非常自制。「綠牙猜測巴瑟．戴維斯最近發得太快了。他在城裡到處說他在為……」他忽然住嘴，想著綠牙剛剛跟他說的。「啊，算了——忘了吧。這應該又是一派胡言。」

「你為什麼會懷疑這條消息？」富勒問。他很高興這條消息是胡說八道，但也急著想知道消息內容是什麼，讓他更新瑞尼克的糗事紀錄。

瑞尼克嘆氣。「他到處跟人亂說，說什麼他在為哈利．勞林斯工作。」

安德魯斯抓抓頭。「什麼？綠牙為哈利．勞林斯工作？」

瑞尼克氣得鼻子噴氣，把菸屁股按熄在窗戶上。「不是綠牙！是巴瑟．戴維斯，你這個蠢蛋！看樣子，巴瑟穿著哈利的高級套裝跟鞋子到處招搖。而且還從某個地方弄了點錢來亂花。」

安德魯斯依舊在抓頭，他揚起眉毛，轉頭看著瑞尼克。「也許巴瑟是為朵麗工作？他有好幾次到朵麗家拜訪。」

瑞尼克目瞪口呆。「好一個愚蠢的推論！」他斥道。

富勒對著安德魯斯皺眉。「一個整天跟髮型師和修女為伍的老女人，怎麼可能雇用像巴瑟・戴維斯這樣的慣犯。」

「你們兩個都閉嘴！富勒，開到蘇活區。我就要來找找巴瑟・戴維斯，如果他在，我們就能把他逮個正著。」

「但現在都要半夜了耶。」富勒驚呼。

「這樣就更有可能找到他了，不是嗎？這些老壞蛋才不會九點就鑽進被窩，哪像你們這種假掰的笨蛋。」

富勒和安德魯斯互相交換了一個眼神，接著富勒便開車前往蘇活區。

＊

巴瑟帶著炸魚薯條回到簡陋的公寓，第三次數起朵麗給他的錢。他在床上把錢整齊疊好，開心得不得了。朵麗告訴他，哈利要保持低調，巴瑟最好也避避風頭，出城待個幾週。朵麗給了巴瑟一間很好的鄉下民宿地址，而且說他走之前還會再給他一些現金。時機到的時候，哈利會在民宿跟他聯絡。巴瑟整個人都栽了——上鉤受騙，深信不疑。

巴瑟從床頭桌上撿起一張褪色、沒有加框的父子合照，盯著看了好一會兒。這小男孩以前會攀在父親的肩上，朝相機揮手。巴瑟抹抹塌扁的鼻子。他的小兒子現在應該都八歲了。他搖搖頭，懊惱自己居然記不得兒子的年紀。他在想能否找到前妻露比的下落，這樣就能看到他可愛的兒子。她會為他感到驕傲，他想，他兒子見了爸爸身上的新西裝跟新鞋，或許也會帶著尊敬的眼光仰望他。

巴瑟小心翼翼地把照片靠著床頭燈放，除了很想念兒子之外，他現在很好，簡直該死的太好了。他搖搖頭、吃吃發笑，想著他的老友兼老闆，哈利．勞林斯，竟然把所有人都騙過了。他塞了一口冷掉的濕軟薯條到嘴巴裡，但口感太糟了，他把口中的食物吐在包裝紙上，揉成一團，丟進已經滿溢的垃圾桶。他環顧這又破又髒的房間。「真是一個狗屎爛地方……」他自言自語道，但接著他又振作了起來。事態即將好轉。哈利．勞林斯會讓他有個體面的地方可以住，也會好好付他薪水。

「我正在往上爬啊，兒子。」巴瑟對著兒子的照片說。「我真想帶你一起。真希望你給我一次機會。」他在一張破舊、磨損的扶手椅上放鬆龐大的身軀，閉上眼睛，想著哈利的事情。他的模樣很清晰，好像他就在這房間裡，直挺挺站在他面前。

巴瑟第一次遇見哈利．勞林斯時，是在貝夫諾格林的約克會館，拳擊之夜的台邊區。巴瑟正要拉起圍繩進場，然後他感覺到有人正拽著他的拳擊袍不放。他看過去，見到一名嘴叼雪茄的年輕男子。

「我是哈利．勞林斯。」他說。「今晚有一千英鎊押在你身上，老傢伙，把他打倒，然後我會帶著兩百英鎊來見你。」

這場激鬥在第三回合結束，哈利遵守了他的承諾。他這人盜亦有道，巴瑟想著，這就是他永遠愛戴他的原因——你知道你是站在哪邊的。

大力的敲門聲打斷了巴瑟的追想，他的眼睛迅速張開。他可以聽到門外氣喘吁吁的聲音。「呃，巴瑟！你在嗎？巴瑟，開門，你有聽到嗎？」

巴瑟保持安靜。那是法蘭，他那位重達十噸的女房東——身形巨大、濃妝豔抹、口氣不佳的法蘭西斯．韋蘭德。他喝酒喝到很茫時，他依稀記得她來到他身邊，而讓人後悔的是，他跟她上床了。他很高興自己記不太得那場性愛，但他還是記得醒來的時候，她就跟他一起睡在床上。他知道她想要再來一次，但他避之惟恐不及，於是對她不理不睬。

敲門聲變得很急促。「巴瑟！我知道你在裡面！你有訪客——快開門！」

巴瑟不情願地拖著身體起來，然後開了門。訪客就藏在法蘭巨大的身軀背後，巴瑟看不到是誰，直到他往前踏一步。巴瑟的臉上亮起了大大的微笑。

「艾迪．勞林斯——老朋友啊！進來吧，進來吧。」

巴瑟把艾迪拖進房間，然後當著法蘭的面，笑著把門關上。他總是對她微笑……他可不想被她趕出去。

巴瑟走到房間角落的狹小廚房空間，拿了水壺煮水。「見到你真開心，艾迪。我恐怕沒有什麼東西可招待的，但我總是有茶。」

「不用，不用，不用。」艾迪堅持。「我們就好好敘舊吧。」他從大衣口袋中變出一罐大麥威士忌，砰地一聲放到桌上。「有玻璃杯嗎？」他問。

巴瑟的眼睛張得更開了。對酒精的渴望瞬間捲土重來，但他回以堅定的微笑。「我戒了這東西，艾迪，已經好幾個月了。你如果要喝的話，我不在意。」巴瑟遞給艾迪一個有缺口的髒馬克杯，他們一起在窗邊的小桌子邊坐下。

「來嘛，巴瑟。就跟我喝一小杯……我們給哈利敬酒。」

巴瑟笑著舉手投降。艾迪一定什麼都知道，他一定知道哈利還活得好好的，而且計畫從費雪兄弟手中奪回地盤。「既然如此，」他說。「我猜一小杯應該可以吧。」他更興奮了：舊日伙伴又重新聚首。

巴瑟拿出第二個馬克杯，放到桌上，艾迪邊說話邊倒酒。他開始抱怨他的太太跟小孩，然後是報廢車的生意，而且一直把巴瑟的杯子倒滿。每次他都給巴瑟倒兩倍分量，自己則只倒一份，大概一個半小時之後，巴瑟就差不多要醉了。

艾迪繼續胡扯，但巴瑟一句話也插不上。他非常想要問哈利的事情，但他猜想等艾迪準備好了就會談到他。艾迪又要幫巴瑟倒酒時，他手擋在馬克杯上。

「我很久沒喝醉了，艾迪。酒精直衝我的腦門。我該停了。」

「別擔心，巴瑟，我的老朋友。」艾迪很好心地說。「我會照顧你的。」巴瑟把馬克杯上的手移開，艾迪把酒一次倒盡。

巴瑟又啜了一口，這時樓層的公用電話開始響了。巴瑟聽而不聞。「一定是打給法蘭的。」他打了一個酒嗝。但電話仍然一直在響。「她真是個懶惰的老屁股。」

樓下的法蘭挪著龐大身軀離開她的扶手椅，搖搖擺擺地走去接電話。「巴瑟！你的電話！」她在樓下對著樓梯上尖叫。甚至艾迪聽到都縮了一下。

已經醉醺醺的巴瑟撞倒了椅子，搖晃地走到門邊。法蘭站在門廳那裡喘氣，巴瑟抓著扶手撐住身體，腳步不穩地下樓。

「我還想你怎麼對我裝聾作啞呢。」她遞話筒給他時說。

巴瑟把法蘭摟在懷裡，緊緊抱著，親得又長又久。

「喔！」她吃吃笑著說。「等你朋友走了之後，我房間裡有琴酒。」她在他耳邊悄聲說。「還有電熱毯暖床……」

法蘭走開時，巴瑟對她揮了揮手，笑得一臉蠢樣，還帶著酒後的色慾盯著她的大屁股看。威士忌就像給他戴了眼鏡一樣，使她看起來真是可愛極了。

「是誰？」巴瑟對著話筒口齒不清地說。一陣停頓後，他喊道。「小朵！妳還好嗎？」

「你喝酒了？」朵麗質問。她打來找巴瑟，只是要確認他是否已經打包好，準備要去她推薦的民宿。

「我喝了一點，朵麗，但用不著擔心，所有事情都在掌控之中。」巴瑟打著酒嗝。「我都打包好了，準備好了。呃……猜猜我在蘇活區看到誰，這一定會讓妳笑出來，我看到喬・皮瑞里的寡婦跟一個叫卡洛斯的義大利小子！她一定很喜歡歐陸男人吧？但猜猜看他是誰，朵麗？他是厄尼．費雪的男寵兼修車工！」巴瑟笑得太大聲以至於沒聽到朵麗的回答。

「哪個卡洛斯？」朵麗厲聲問第二次。她只聽得到巴瑟咳嗽和噴口水的聲音。他這才找回了自己的呼吸。「巴瑟，你是說哪個卡洛斯？」

巴瑟毫無所覺地繼續瞎扯。「這不是棒極了嗎，小朵？那個小賤貨和我們讓厄尼失去了一切，他還不知道！」隨著接下來一陣發自肺腑的笑聲，巴瑟把話筒掉在地板上。他撿起話筒後顫巍巍地站起身時，艾迪已經站在他身後的樓梯上了。「呃朵麗，妳絕對猜不到誰來看我了……」轉瞬之間，艾迪戴著手套用力掛下話筒，切斷通話。巴瑟搖來晃去，跌跌撞撞地轉身過來，但艾迪已經抓住他，把他架起來。

「來吧，沒有時間閒聊了。」艾迪臉上帶著大大的微笑。「我要帶你去西區。這次我招待。」

*

瑞尼克跟富勒停在巴瑟．戴維斯已知的最新住處外面，這是他先前因酒醉妨害秩序被捕，遭判刑六個月時所提供的地址。安德魯斯走下出租房屋的骯髒台階，上了車。

「不在這裡，但女房東給了我們一個蘭僕林的地址，她想他可能現在在那。」

富勒發動車子，瑞尼克拉下帽簷遮住眼睛。「巴瑟．戴維斯是這謎團中的一大片拼圖，你們記著我的話。一片巨大、醜陋又愚蠢的拼圖。他會告訴我們所有想知道的事。」瑞尼克自顧自地微笑，然後他閉上眼睛，幾秒鐘內就開始打鼾。

*

在運動俱樂部裡，巴瑟爛醉如泥，連話都說不清楚。他跟艾迪在吧台邊，周圍簇擁著幾個觀眾，聽著他重溫最後一場拳擊比賽，一五一十交代每個動作。俱樂部的牆上掛滿了退休拳擊手跟摔跤選手的褪色照片，巴瑟也是其中之一。他的聽眾知道他是誰，但他們也知道他的巔峰期早過了，他掛在嘴上的最近一場戰鬥已經至少是二十年前的事。但是他們仍然聽著，有一次或兩次還歡呼、慫恿他。巴瑟回憶起往事非常開心，在空中亂揮手臂、假裝出拳、低頭下潛、側身躲閃。有一次轉身還弄灑了後面一個男人的飲料。一再道歉之後，巴瑟伸手搭著這個小個子男人的肩膀，還在他的光頭上親得一嘴口水。

人群中唯一沒在聽巴瑟說話的就是艾迪。他正盯著酒吧門口。然後他看到了他等的人。一個穿著輕便牛仔褲和飛行外套的男子短暫出現，半隱身在陰影中，對著艾迪點點頭。儘管沒有看見這個男人的臉，但艾迪知道他是誰。他點頭回應，完成交易。

又轉了一圈，巴瑟撞到吧台，一盤髒玻璃杯都送到地上摔碎了。酒保讓巴瑟的這一夜草草收場，叫艾迪把他弄出去，從後巷走。他不要這酒鬼跌跌撞撞走出前門，吐在他的台階上。

艾迪和滿身啤酒的光頭小個子把巴瑟夾在中間，迅速出了逃生門，進到後巷。吵鬧的搖滾樂從街上的酒吧悶悶地傳出來，垃圾和啤酒板條箱堆在門的兩側，一個老流浪漢忙著在其中一個垃圾箱裡翻翻揀揀。

一接觸到夜晚寒冷的空氣，巴瑟就雙膝跪地。艾迪張望巷子，看到一台車頭燈亮了一下。現在他要做的就是把光頭男請走。

「我們去看脫衣舞怎麼樣，啊？」艾迪說，假裝酒醉。「你喜歡露胸露屁股的酒吧，巴瑟？我請客。你也是啊，兄弟……」艾迪轉向光頭男，拍拍自己的口袋。「該死，我把皮夾忘在酒吧裡了。幫我個忙。」他對光頭男說。「你溜進去幫我拿皮夾，我來把他扶起來。」光頭男想著這晚他就要有免費的美女和啤酒，便急切地跑回酒吧裡。

光頭男一離開視線，艾迪就往車子的反方向飛快走遠。巴瑟蹣跚站起，扶著一個垃圾桶，呻吟著說：「等等我，艾迪，等等我！」

那台車按了一次喇叭。巴瑟轉頭看，吃力地望著巷底，看對方是不是他認識的人。忽然，車頭燈開到全亮，巴瑟只得用手遮住眼睛，搖搖晃晃。然後車燈關掉，引擎大聲轟鳴，車子加速衝入巷子，撞飛了垃圾桶和裡面的髒東西。巴瑟依舊被亮光刺得張不開眼，什麼東西都看不清楚，只聽得到引擎加速靠近——但他喝醉的大腦不管用，雙腿也動彈不得。車子猛力撞上他，把他撞飛到半空中，再跌到車上，又摔在地上，發出令人作嘔的重響。廢紙、空瓶子、被雨打濕的箱子和其他垃圾散落在他周圍，而他努力移動，試著要爬起來，去安全的地方。

那台車在巷底用力煞車。透過後視鏡，駕駛看到巴瑟翻過身來，四腳朝天。「老酒鬼命真硬。」他自言自語的同時，急速倒車，再度輾過巴瑟，不只一次，而是兩次，車後面的保險桿都在牆上撞爛了。當車慢慢開離巷子時，撞壞的後車燈一明一滅。

巴瑟躺在狗屎和垃圾堆裡，身受重傷，血流不止。他的呼吸淺而急促，肺部徒勞無功地試著要吸滿空氣。他可以看到明亮的街燈就在頭頂上方，但沒有人看見黑暗巷子裡的他。體內大量的酒精免除了他一部分的劇痛，他吃力地匍匐前進，趁自己在這堆垃圾裡失去意識前，朝著燈亮處爬了幾英尺才倒下。如果有人費神去看，從街上是看得到他的，但就算有人瞥見垃圾堆裡伸出來的一隻手臂，他們也只會認為那是個醉鬼，不予理會。

光頭男搖搖晃晃地出了酒吧，來到後巷裡。「你的皮夾沒在裡面——」但巷子空蕩蕩的。

「一個晚上就這樣泡湯了。」他走回俱樂部時還在抱怨。「你們最好都得淋病。」

第十五章

朵麗在修道院廚房裡，替午餐的馬鈴薯削皮。她慣常的行程是為孩子們的晚餐上菜，但她今天決定早點來幫忙。她充滿了豐沛的能量，需要找個管道釋放。

當天早上七點左右，朵麗將車停進修道院的空地時，她突然想到，貝拉或許現在才下班回家。她努力工作掙來的薪水可能非常微薄，但她是朵麗所認識最堅強的人之一。毫無疑問，琳達八成還在床上——她從來不聽朵麗的勸。至於雪莉嘛……朵麗微笑了。雪莉開始懂得她的思考方式了。

幫孩子們鋪好床以後，朵麗去了育嬰室幫忙餵寶寶。她走進育嬰室，一個男嬰躺在她從自家嬰兒房帶來捐獻的小被子上，這景象讓她驚愕得屏息。她知道她捐的東西在這裡，也很高興這些東西派上用場，但她還是覺得這個景象令她難過。一位修女拿了一罐溫牛奶給朵麗，然後不發一語地離開了。

朵麗慢慢走向她兒子的小被子，往下看著那個躺在被上的棄嬰。被子上的名牌寫著「班恩」。

「哈囉，班恩，」朵麗悄聲說，嬰兒伸伸身子，由於聽到她的聲音而睜開眼。他們對視了片刻，打量彼此，然後判定他們一定會相處愉快。朵麗的心在兩種強烈的情感之間跳躍：為了有人居然會拋棄班恩而悲傷，也由於知道自己原本能成為多麼好的母親而驕傲。失去了親生兒子之後，朵麗在修道院餵過許多嬰兒，但這是她第一次彎身靠近多年前哈利買的那條小被子，抱起這麼一個完美無缺、可愛美好的小男嬰。他滿足地躺在她的臂彎裡，在那一刻，朵麗心中所有關於過往（除了她的過往，還有班恩的）的失落感都消失了，她只專注在此時此地。「我是朵麗，」她一面說，一面用手腕測試牛奶的溫度，「我要來餵你吃早餐喔……」

馬鈴薯已經削皮、切塊，丟進一大鍋水裡煮，朵麗煎炒著絞肉和蔬菜，加上百事圖肉汁粉，然後將食材放進大烤盤。她把馬鈴薯搗成泥，鋪在絞肉上層，然後整盤放進烤箱裡烤到酥脆。

朵麗看著窗外的孩子們在院子裡玩，手裡的起司磨掉了一整塊。院子外面有柵欄，柵欄外面停著一輛沒有標示的警車，車裡是兩個一臉無聊、負責監視的警員，他們看著修道院。「慢慢看吧，小子，」朵麗兀自低語，磨著起司，「因為這事我非做不可……而且還要在瑞尼克的眼皮底下做。」

*

午餐後，朵麗終於離開修道院，她開車去騎士橋，將車停在哈洛德百貨公司的顧客停車場。她從正門走進大樓，經過好幾個櫃位之後，停下來試戴一頂帽子。她轉了幾個不同角度，在鏡子裡察看跟蹤她的警察離她多近。她估算自己剛好有時間從角落的門出去，跑到鬧街上，然後進入地鐵站，趁他還沒搞清楚她到底往哪裡跑的時候。

一進地鐵站，她就買了一份報紙，然後到售票處買一張往河岸街站的來回票。她在售票機的玻璃表面上觀察身後人群的倒影，沒有看見那個在哈洛德百貨跟蹤她的警員，但她還是保持警戒。茫茫人海中任何一張無名的臉孔，都可能是等著逮住她的便衣警察。

朵麗循著彎曲的路線前往銀行，途中多次改變方向，以確保沒有被人跟蹤。她在河岸街上的陸海軍百貨公司外面駐足，瀏覽一下櫥窗，但是比起商品，她對玻璃上的倒影更感興趣。朵麗看著她背後的人群，特別留意有沒有她曾見過的面孔。確定自己安全無虞之後，她朝銀行而去。她必須查查看帳簿裡有沒有提過比爾．格蘭特，而且也得多領些錢給女孩們。

*

雪莉的母親奧黛麗真是凍僵了，她的雙腳麻木，連毛皮滾邊的靴子在這樣的天氣裡都無濟於事。她跺跺腳，朝戴著手套的手吹氣。這一天，寒冷刺骨的天氣導致生意清淡，從十點之後，她一樣東西也沒賣出去。奧黛麗很想喝咖啡，但是又不喜歡因為一直喝而想上廁所，那樣就代表她得拜託隔壁的「蘑菇特選」幫她顧攤，也代表奧黛麗會損失十便士、他賺到十便士，而且之後她還要辛辛苦苦向蔬果商解釋為什麼收入對應到售出量時有短少。

奧黛麗正看著行人打發時間時，看到東尼．費雪開著一輛閃亮亮的好車停下來。她老早就認識東尼了。柯芬園市場還沒遷到九榆樹區新址時，他們兩人的母親一起在那邊工作。奧黛麗上次聽說的消息，是東尼的媽媽找到一份在奧德維奇的大公司打掃的差事。

她看著東尼下車——真是個型男，她心想，穿著很講究，他背上披的那件喀什米爾羊毛外套一定花了他好幾百鎊。她聳聳肩。他可憐的老母在幫人打掃辦公室，他卻穿得像高級男裝雜誌的模特兒，在這裡招搖！她不禁搖頭，整理起一堆紙袋。

她再度抬起視線時，東尼正直直朝她走來。她藏住恐懼，對他微笑。他點頭。他大概又是要來撒野，討顆免費蘋果什麼的。雖然奧黛麗跟東尼認識了一輩子，但她並沒有誤以為這能帶給她特殊待遇。她知道他的名聲。她緊張地摸了摸毛帽，發現蘑菇特選那攤的人迅速瞄了瞄東尼，然後又轉回來看她。

「有什麼問題嗎？」東尼問道，語調算是親切了，那傢伙立刻轉過去背對他們。奧黛麗發現附近其他攤商也都看了東尼一眼，然後就避免跟他眼神接觸。一有麻煩找上門，他們都看得出來。

「蘋果看起來不錯啊，奧黛麗，」東尼帶著燦爛的笑容說。他年輕的時候就很叛逆，現在身上更有一股威脅感，而且令人難以參透。奧黛麗拭淨一顆蘋果，裝進袋子給他，希望他真的就只有這個要求。此時，奧黛麗但願她喝了很多、很多咖啡，跑去廁所，把東尼留給蘑菇特選去對付。

他咬了一口蘋果，看起來頗為愉快。奧黛麗小小鬆了一口氣。但她知道東尼不是專為了一顆蘋果而來的。

「又甜又漂亮，」東尼說，「就像妳家的雪莉，」奧黛麗的笑容瞬間消失，「她現在住哪裡啊？」

奧黛麗完全明白，像東尼．費雪這種人，不會突然出現來閒話家常。他們一定別有所圖，而且要的是你不想給的東西。一想到他對雪莉有企圖，一陣顫抖就沿著她的脊椎直竄而下。

「喬的葬禮過後，我就沒看到她了。上次她跟我說她要去西班牙做模特兒工作，」奧黛麗說得沒什麼說服力。雪莉手頭突然有了不少錢，難道她的寶貝女兒跟費雪兄弟牽連上了嗎？

東尼抓住攤子邊緣。「我問妳她住在哪裡。」

「她常常搬家。跟朋友一起住——你知道的。」

東尼強壯的手臂一搖，攤子隨之晃動，掉落的水果滾了下去，掉進貫穿市場的水溝。

「拜託別這樣，東尼。」

「再晃一下，攤子就會翻了，何必這樣呢，阿黛？我只是想跟她聊聊而已。」

「放過她吧，好嗎？她經歷了那麼多事……」

東尼注意到奧黛麗越過他肩膀往後看，頭微微搖了一下。

「嗨，媽媽，妳有沒有看到葛瑞格那個廢物？他給我的那台破車又出狀況，我——」雪莉一撞見東尼，本來要說的話就在喉嚨裡卡住了，臉上也血色全失。

「哈囉，雪莉，西班牙怎麼樣啊？」東尼緩緩轉身，帶著威脅性的微笑，盯著她的前額。

奧黛麗趕忙插話，「我剛在跟東尼說妳去西班牙當模特兒的事。他問起妳人在哪裡。」

東尼上下打量雪莉，視線停在她的胸部，「妳真漂亮啊，雪雪。」

「謝謝，」雪莉結巴地說。她完全不曉得該怎麼應付東尼．費雪這種人。

「我想跟妳聊聊天。我們去妳家吧，我們可以在那邊聊。」

奧黛麗再度插話。「我給你們一點東西帶回去，」她說。她絕望地試圖保持鎮靜，包了一些紅蘿蔔拿給雪莉，「她現在回來跟我一起住了，對不對啊，雪雪？拿去，這些妳帶著吧。我們可以配著茶吃。我等等就回去，不會太晚。一點都不會晚。」奧黛麗知道她無法阻止東尼帶著她女兒離開市場，但她無比希望，如果他們去了她家，也許葛瑞格跟他那些蠢朋友會在家裡。

「你想跟我聊什麼？」雪莉問，她緊張地絞扭著包住紅蘿蔔的紙，把紙都捏破了。

東尼抓住她的手臂。「我們走吧。我們可以在妳媽家裡聊。」他帶雪莉走向他的車，用力抓著她的手肘，使她無法反抗。

雪莉回頭望向奧黛麗，奧黛麗用嘴形示意她會跟上，但她們都無從得知她能否跟得及時。東尼的車開出視線範圍的那一秒，奧黛麗就把錢袋扔給蘑菇特選，使盡全力快速往酒館跑去，希望能在那邊攔到便車回家。如果沒有人幫她，她就要一路跑回去，她害怕那個混蛋會對她的小女兒做出什麼事，這股恐懼驅策著她。

奧黛麗不等綠燈、不顧車流，跑向酒館，血都嚇冷了。雪莉若要安全，最大的指望就是她那個笨弟弟、和他那些沒出息的朋友。奧黛麗祈禱他們可別出門。

＊

在奧黛麗家的廚房，東尼得把雙腳高高抬離地面，才不至於踩到沿路的洗衣袋、髒衣服堆和垃圾袋。熨衣板上堆滿皺巴巴的衣服，廚房桌上還有早餐用過的餐具，一週分量的髒碗盤塞在水槽裡、滿到流理台。

「你在家嗎，葛瑞格？」雪莉大喊，但沒有回應，「我要跟你講一下那輛車的事！你要是在家就下來！」

東尼脫下羊毛外套摺好，放在熨衣板上。「只有我們啦，」他不懷好意地低聲說。他從廚房桌拉來兩把椅子，坐在其中一把上，指著另一把，「坐吧。」

雪莉在發抖。她不像琳達那樣聰敏，她害怕不已，而且知道自己露出懼意。「我來泡咖啡，」她說。只要能跟東尼保持距離，做什麼都好。

五年前，東尼第一次見到雪莉時，就迷上她了，當時她還只是十幾歲的少女。他永遠搞不懂她怎麼會嫁給泰瑞那個蠢貨。泰瑞有一次帶雪莉去俱樂部參加私人派對，她那時候應該才十六、七歲吧，但是已經出落得十分有料，成熟誘人。東尼蹺起腿，鬆鬆褲襠。光是想像他要對她做的事，他就興奮起來了。

雪莉不受控制地顫抖，打開冰箱拿牛奶的手也巍巍搖晃。東尼看著她低下那漂亮的臉朝瓶子聞了聞。

她扮了個鬼臉。「只好喝黑咖啡了，」她一面緊張地說，一面按下電水壺開關。

東尼沒說什麼，只是看著她。她的每個動作都很性感，她越心煩意亂，看起來就越誘人，越讓他慾火焚身。

雪莉得縮著身體經過他，才能拿咖啡。此時，他忽然抓住她，把她拉到自己腿上。當他傾身向前嗅著她脖子時，她僵直地坐著。她聞起來就像新鮮的檸檬。他摸著她潔淨的皮膚，而她恐懼得直打寒顫，任他上下其手。東尼開始解開她襯衫的釦子。

「妳一定知道你有多迷人。妳喜歡妳對男人做的事嗎？」

「不。」雪莉結結巴巴地說。「我不知道……我沒有故意做什麼。」她試著推開他猥褻的手，但他一手施力扣住她的腰，一手又解開襯衫上的另一顆釦子。他放開她的手腕，正想把手伸進襯衫裡時，雪莉從他腿上跳了起來，走去泡咖啡。

東尼大笑出聲，看著她同時試著用湯匙挖咖啡顆粒、倒熱水、扣好襯衫。她的手在發抖。他點了根菸，移動到她身後，緊貼住她的身體，從她手中拿走熱水壺，將滾水倒進杯子裡。雪莉試著從他身邊躲開，但他另一隻閒置的手臂環在她腰上，困住了她。「我們可以開始談了？」他問。

「你想要的話。」雪莉用非常小的聲音說。

「妳知道任何關於哈利．勞林斯帳簿的事嗎？」

雪莉搖搖頭。

「泰瑞都沒提過？」東尼繼續問。

「什麼都沒有。他們的事我都不知道。我是說，我甚至不知道那是什麼帳簿。」

東尼吸了一口菸，用嘴叼著，一隻手臂仍鬆鬆地圈在她腰間。雪莉的眼睛總是被菸薰得刺痛，但現在她幾乎沒有察覺，因為太忙著害怕東尼的下一步動作。

東尼摟住她腰部的手用力收緊，把她拉到自己身上，他的鼠蹊部緊靠在她背後，她可以感覺到這份控制她的力量讓他多麼興奮。他要強暴她了，她很確定。他放下熱水壺，接著脫掉她的襯衫，粗魯地伸手進去捧著她的胸部。

「太可愛了。」他低聲說，菸吐得她滿身。

「你到底想怎樣？」雪莉試著不要發抖，但徒勞無功。

「慢慢來。」東尼回答的同時繼續撫弄她的乳頭。「真好。緊實又柔軟。」雪莉的顫抖讓他掃興了。「放輕鬆，好嗎？我又不會傷害妳。我只是想知道帳簿的事情，親愛的，就這樣。」

「我不知道——」

雪莉話還沒說完，東尼就將她的雙臂固定在身側，把菸從嘴裡拿出來，湊近她的胸部，近得讓她感覺得到熱度。

「噢，天啊，不。求你別這樣！」雪莉尖叫。

「妳還在參加選美，對吧？我敢打賭，假使妳多了這一點瑕疵，他們就不會看上妳了，對不對？真是偽善的敗類。我就還是想碰妳的每一分每一寸，雪雪，千萬不要擔心。現在，告訴我那些帳簿在哪裡。」

「我不知道，東尼，我發誓我不知道。」

就在東尼把菸移近她胸部無瑕的肌膚時，雪莉揮開他的手，菸掉到地上。「賤人！」他吼道，然後反手打她的嘴巴。她在廚房地板上蜷縮成一團。她的嘴唇裂了，蒼白毫無血色的臉上，流下細細的、罌粟紅的血絲。東尼一把抓住她的頭髮，拉下褲子拉鍊，逼她的頭靠近他的胯下。

葛瑞格從來不擅長挑時間，但這一次他的出場時機精準完美。廚房門一推開，就看到葛瑞格穿戴龐克皮衣和耳釘，頭髮染成粉紅色和黃色。他的朋友跟在後面，頂著莫霍克髮型、穿著豹紋T的亞契，還有剃了光頭、化著黑麻麻的濃重眼妝、身穿長版黑色皮革風衣的阿屁。這三個人看起來就像B級恐怖片裡的古怪角色。起先，東尼·費雪拉上褲子拉鍊時，葛瑞格還以為他姊姊跟人亂搞被他撞見。他本來要走開，但一看到雪莉嚇得半死、還流著血的臉，他別無選擇，只得站穩腳跟。「姊，你還好嗎？」他嚇得六神無主地問。他知道東尼·費雪這個人的名聲。

葛瑞格的朋友多半沒啥出息，但阿屁看到雪莉裂傷流血的嘴唇，又根本不知道東尼是哪位，於是他勇敢挺身而出。葛瑞格擋住他，搖頭。這不是明智之舉。老實說，葛瑞格甚至不確定他們三個聯手能否打得過東尼·費雪。

東尼笑著拿起喀什米爾大衣，披在肩膀上。他走到男孩們面前，跟阿屁近距離對視。「我很會記人的臉。」他說著，拍拍他的臉頰，然後離開了。

阿屁和亞契完全不懂剛才發生了什麼事情。葛瑞格跪在雪莉面前，多年來第一次抱住了她。雪莉大鬆一口氣，在他細瘦的臂膀裡啜泣。她不斷發抖、拉著上衣蔽體。葛瑞格把她摟得愈來愈緊，直到她不再發抖為止。

終於，雪莉冷靜下來，眼淚也停了。葛瑞格扶著她起身，陪她走回她房間，此時奧黛麗衝進了前門。奧黛麗滿身大汗，像是給人放血的豬，整個人脹得跟甜菜根一樣紅。她幾乎是一路跑回家來的。雪莉看了媽媽一眼，又開始淚流滿面。奧黛麗上前把她的小女孩抱在懷裡。嘴唇裂一道傷口，跟東尼·費雪本來要幹的壞事相比，顯得微不足道。

奧黛麗看著葛瑞格。「去修你姊的那台車。現在就去，走吧。」

葛瑞格、亞契和阿屁安靜地離開，奧黛麗帶著雪莉進了客廳，讓她在沙發坐下。

「妳怎麼會跟費雪兄弟攪和上了，親愛的？」奧黛麗說得平靜但堅定。「我老早就認識他們，我知道他們不是好東西。一點也不是。」雪莉搖搖頭，在媽媽肩膀裡埋得更深，她閉著眼睛，手指摸摸自己裂開的嘴唇。「我是妳媽媽，雪莉，拜託告訴我。妳如果不告訴我發生了什麼事，我幫不了妳啊。」

雪莉深吸一口氣，吞吞口水。「他對我霸王硬上弓，媽媽，但我沒有喜歡他！我把他推開，然後他生氣了，就出手打我，就因為我不照他的要求做。」

奧黛麗輕撫雪莉漂亮的長髮。「妳確定沒有別的事了嗎？妳最近突然有了錢。」

「真的——東尼的事真的就是這樣了。錢的事情我跟妳說過了。我真的就是在泰瑞的手提箱裡找到的。」

雪莉一直以來都不擅長說謊，奧黛麗知道她女兒一直重複說「真的」時就是在說謊。

雪莉起身進了廁所。她往臉上潑冷水，深呼吸試著冷靜下來，看著鏡子裡自己裂傷的嘴唇。在倒影中，雪莉看到一股前所未見的力量，至少是她眼睛裡前所未見的。她在泰瑞的眼中看過，以前他會說謊騙她、保護她，讓她無需知曉他實際上去哪裡、做了什麼。雪莉現在也要為了媽媽做一樣的事。

永遠不能讓奧黛麗知道雪莉的錢是朵麗・勞林斯給的，更永遠、永遠不能讓她知道她們持槍搶劫運鈔車的計畫。雪莉幾乎難以想像這件事。這一切聽起來還是好荒謬。

但雪莉知道她必須把東尼・費雪的事告訴朵麗，而且要快。因為，如果他在她這裡沒達成目的，他下一步可能就要去找其他人了。

*

琳達被吩咐要提前好一段時間來遊樂場上工，因為她前一天晚上遲到了。查理一定跟老闆打了小報告，不然他不可能知道的。老天，真希望她能叫他們兩個都去死。

她抵達時，查理正在門口看守，往路上的方向望，看著通往運動俱樂部的巷子邊停的救護車和警車。

「妳真該早點來的，」查理興奮地說，視線完全沒有離開騷動的人群。

「我已經很早來了！」

「不，不，我不是說來上班。我是說妳錯過好戲了，妳知道的，藍色警燈、兩短聲警笛。」

查理是在電視上聽到這個說法，根本不知道那實際上是什麼意思。

「我可懶得扯上別人的問題啊，查理。」琳達回話，同時走向收銀隔間。

「那妳怎麼會跟東尼．費雪扯上？」琳達轉過身，看著查理擔憂的臉。「他跑來問妳在不在。」

「什麼時候？」琳達問，她努力表現得好像東尼．費雪來拜訪她是稀鬆平常的事。

「就在妳昨晚一走後。」

琳達走回查理身邊，他現在又對路上的情況更感興趣了。琳達讓語調保持輕鬆隨意，「他有說什麼嗎？」

「我說了，他問妳在不在。」

「那你跟他說……？」

「妳覺得我會說什麼？我跟他說『不在』，因為妳真的不在。」琳達繼續默不作聲，試著想她該怎麼做，「就算妳在，我還是會跟他說妳不在。那是要命的東尼．費雪啊，琳達！發生什麼事了？」

「他迷上我了，查理。怪得了他嗎？」趁查理來不及問別的問題，琳達迅速走開了。

她坐在收銀隔間裡，假裝在把零錢點數裝袋，但她做得零零落落。她其實只是把錢分成一小堆、一小堆，根本不知道每堆是多少。查理過來說他要去路上仔細看看狀況，她嚇得魂飛魄散，把硬幣全掉在地上。她還沒開始對他吼，他就跑掉了。

十分鐘後，查理還是沒回來，琳達懷疑他搞不好是去喝酒了。但突然之間，他穿過遊樂場朝她跑來。她從來沒看過他用跑的，因為他壞了一條腿，但現在他全速邁步，看起來滿臉通紅。

「巴瑟……是巴瑟．戴維斯！」查理的臉貼著收銀隔間的玻璃，拚命喘氣。「有人把那可憐的傢伙撞死了——他的樣子像薄片牛排似的。該死，我從來沒看過那種場面——牆上都是血，到處都是血……。他們在運動俱樂部的後巷發現他的，壓在一大堆垃圾下面，我聽到救護人員跟條子說，他猜巴瑟整整一天一夜都躺在那裡。」查理努力喘著氣恢復呼吸，他吐出的每一口氣都讓玻璃愈來愈霧。

琳達雙眼發直。她慢慢消化這個消息，身體愈變愈冷，感覺臉上血色全失。「巴瑟。你確定是他嗎？」琳達知道她不必問，因為她曉得查理對打聽八卦有多在行。

「我當然確定，」查理說，他抬頭看琳達，「他昨晚還在這裡吃薯片。我還以為他要出運了，因為他看起來很不錯，穿著稱頭的西裝，而且——」查理突然面露擔憂。

「什麼？」琳達悄聲問，不確定自己是否真的想知道答案。「而且什麼？查理？」

「他還問起妳。」

「什麼——他問了什麼？」

「其實也沒啥，他看到妳，然後問說妳是不是喬．皮瑞里的太太。」

琳達一言不發，走出隔間，到逃生門去。她跟其他的圍觀群眾站在一起，看向救護車停在人行道上的地方。她身邊的人都在猜測。也許那死掉的傢伙惹上了皮條客或是藥頭？還是睡了哪個狠角色的老婆？或者只是在錯誤的時間出現在錯誤的巷子裡？全是瞎猜。他們根本不曉得。

查理出現在琳達背後。「為什麼巴瑟．戴維斯和東尼．費雪在同一天跑來打聽妳？」他問，「妳沒跟他們那幫人攪和上吧？」

「那幫人？別假裝你知道『那幫人』是誰。」琳達斥道。她對他太兇了，但現在她需要好好對某個人兇一下，他剛好離她最近。「我要回去工作了。你愛在這裡幸災樂禍地站多久就站多久吧。巴瑟．戴維斯死了，你就不是這條街上最慘的倒楣鬼了，是不是啊，查理？」

「他沒死……，」琳達氣沖沖地走掉時，查理喃喃低語。她停下來，轉過頭。

「什麼？」

「他沒死。他被撞得像薄片牛排，但他沒死。」

琳達回到收銀隔間裡，覺得噁心想吐。東尼．費雪突然出現在遊樂場是一回事，但巴瑟也在同一晚露面打聽她，就太令人難以消受了。現在，他人躺在鼠輩橫行的暗巷裡，跟死神搏鬥。琳達嚇壞了——這裡沒有能說話的對象，沒有人能理解。她現在就只想去找朵麗、貝拉和雪莉，警告她們……警告什麼？琳達不知道這一切代表什麼意思，但她這輩子從來沒有感覺這麼無助過。

她坐了一個小時，思考著該怎麼做。她一再想到貝拉。貝拉會知道該怎麼辦。終於，她控制住了自己。

「查理，幫我掩護一下，好不好？」琳達大喊，她把夾克甩上身，雙臂靈巧地滑進袖子。

「不！妳不能走！妳的班才剛開始！」她衝過他身邊時，他在後面喊著。

琳達停下腳步。她無意對查理詳細解釋任何事，但她必須說服他幫她掩護。朵麗一開始就說，她們必須盡量照常行事，以免引人警覺。琳達現在可是警覺得很，而且她需要查理站到她這一邊。「查理，別小氣。我們隨時都在幫對方掩護的。」

「不，並沒有，」查理說。「是我隨時都在幫妳掩護。我不需要，因為我該待在這裡的時候，就一直在這裡。」他聽起來像個被暗戀的女生甩掉的小男孩。

「你看……我真的該走了。」琳達說。「我沒辦法解釋原因。但我會補償你，我真的會。」她試圖微笑。

查理沒上當。「妳要是走了，我就去舉報妳，妳會被開除。」

「你為什麼要這樣？！」琳達叫道。

「因為，撇開路上那塊薄片牛排不談，我就是這條街上最可悲的倒楣鬼了！可悲的倒楣鬼就會做可悲倒楣鬼習慣做的事，比如說他們要是沒被好好對待，就會放手不管朋友。」

「我告訴你，查理——去你的，去它的工作！」琳達尖叫。「我不幹了。」

她一路衝上街，查裡在她身後看著，正好及時看見救護車門重重甩上。救護車在群眾間緩慢而行，人群無視於警示燈和響笛，慢吞吞地讓路。

＊

貝拉步下脫衣舞俱樂部的舞台時，琳達在更衣室裡來回踱步，臉色白如床單。貝拉一走進來，她就立刻開始說話。「巴瑟被撞得只剩下一口氣。他之前在遊樂場打聽我，還有東尼．費雪也是，而且……」

一如琳達的預期，貝拉掌控住局面。「冷靜下來，琳達。我跟不上妳的話。冷靜下來，從頭講一遍。」

琳達做了個深呼吸。貝拉跟上進度之後，琳達補上一句：「……這一定是因為朵麗跟巴瑟說哈利還活著。妳不覺得嗎？」

「聽起來整個情況都失控了。而且費雪兄弟聽起來是怕了。」

「他們怕了？該死的，貝拉，我都要剉屎了。朵麗一定得解決這問題。我是說，如果是東尼做掉巴瑟，想想看他會對我們做什麼！」

「我們確定是東尼做的嗎？」貝拉問，試著為兩人負起理性思考的責任。因為他跟巴瑟當晚都出現在遊樂場，琳達就逕自下了結論。但他們也都在打聽琳達，這的確值得擔心。貝拉擦掉臉上的汗，換衣著裝，利用時間好好思考。「我會打去修道院留話給朵麗，叫她盡快來這裡跟我見面。有沒有人今晚能跟妳待在一起？」琳達臉上浮現的戲謔笑容告訴貝拉她自有辦法。

「打給他，叫他來這裡接妳。我們知不知道雪莉是否平安？」

琳達臉上的微笑來得快，去得也快。她還沒想過東尼可能會接近雪莉。

「打給妳朋友。」貝拉說。「我來打給雪莉和朵麗。別擔心。留點力氣。一切都會好好的。」

*

朵麗坐在慘遭毀壞的扶手椅上，啜飲著白蘭地，檢視她稍早造訪銀行之後做的筆記。她面前的咖啡桌上擺了三個裝現金的信封，而小狼一如往常地靠在她腰旁。哈利的帳簿裡沒有比爾·格蘭特的紀錄，也沒有任何叫威廉[3]的人，或是BG的縮寫。朵麗心中閃過一個念頭，那個來庫房找她的人，可能報了假名。她得問問巴瑟。如果他知道些什麼，她一定要把消息挖出來。

電話響起，朵麗驚跳起來。沒有人在這麼晚打電話的。是修道院的艾梅莉亞修女。

「我這邊有歐萊利小姐給妳留的話，」她說，「是關於妳們的共同朋友，費雪先生。歐萊利小姐緊急要求妳去她的工作場所會面。」這位修女似乎不驚訝自己被當成傳話的中繼站。

朵麗保持冷靜自持，謝過艾梅莉亞修女，並放下話筒。她灌下白蘭地，從窗簾間望出去。警察平常佔用的停車位現在是空的。她朝街上左看右看，都沒有看見外來的車輛。為了避免警察改變策略，她決定還是要採取漫長耗時的閃電狀路徑，以徹底確保沒有人跟蹤她。

＊

貝拉工作的俱樂部又暗又髒，聞起來有啤酒、香菸和胖男人的汗味。沒有人發現朵麗走進來，因為所有目光都聚集在臺上。她站在室內後方，看著一個二十出頭的妙齡女子表演，聽著在場的男人互相討論他們想對她做什麼。他們粗俗的嘲弄令朵麗肚腹翻攪，但更糟的是他們酒醉後的起鬨。那女孩一面脫掉胸罩、一面努力踩著四吋高跟鞋站穩時，他們對她叫囂的樣子，活像她是一塊俎上肉。這首歌結束、她下臺時，笑聲和酒瓶齊飛。

朵麗試著推開人群、接近舞臺，鞋底沾黏著潑了啤酒的地毯，但那些男人當她是想要爭取更好視野的觀眾，不肯讓她通過。她雙臂交疊抱緊手提包，盡可能讓自己縮小。她得等到表演的中場休息了。一想到要碰到那些男人，或是被他們碰到，就令她反感。他們有些人的手都已經伸進了褲襠。

下一首歌開始了，男人大聲喝彩，然後才安靜下來。朵麗拚命越過正前方的群眾往前看，終於找到一個可以看見舞臺的位置。貝拉已經在沿著伸展臺往前走，塗了油的身體光澤閃亮，搖曳的姿態優雅如黑豹。她穿著黑色迷你皮裙、黑色皮革胸罩，和及膝高的黑皮靴，手執一條

---

3 譯註：比爾（Bill）常作為威廉（William）的暱稱。

長長的黑色皮鞭，舉過頭揮得啪啪響。她隨著音樂搖擺、睥睨眾人的模樣，有一種野性，和征服人心的感官性。她和他們每個人眼神交會，他們完全屈服於她的魅力之下。

朵麗也和其他觀眾一樣目眩神迷，但理由完全不同。她好強大啊，朵麗暗自想。朵麗辨識出一些與她自己相似的特質：一股隱藏的、幾乎近於男性化的力量，讓她多少有能力控制像巴瑟·戴維斯那樣的人。但貝拉的力量簡直宛如魔咒。朵麗環顧室內，看見那些男人沒再說話、亂看、或笑鬧——沒有輕蔑的評論、嘲弄或侮辱。他們完全著迷了。那一刻，朵麗知道貝拉完完全全就是她們第四名成員的正確人選。男人們幻想著貝拉一絲不掛，朵麗卻想像她身穿工作服、頭戴滑雪面罩，手裡拿的不是皮鞭、而是散彈槍。朵麗對自己微笑。保全人員一定會嚇到漏尿，她想。

貝拉的表演繼續進行，朵麗震驚地看到她的胸罩和迷你裙都落了地，全身上下只剩一條細細的皮革丁字褲。靴子倒是還穿著，貝拉站得雙腿大大岔開，鼠蹊部對著前排扭擺。一陣浪潮般的呼吼爆發出來，男人們敲打著舞臺的木地板，猛吹口哨、大聲吶喊。貝拉緩緩搖動頭部，舔舔嘴唇，嘴巴扭出一個狡黠的笑容，歡呼聲更大了。朵麗抓著手提包，整個人動彈不得。在這個污穢的空間裡，每個男人都對貝拉滑嫩、苗條的身體狂流口水，她的神情幾乎顯得無聊而疏離，但是又徹底掌握全局，彷彿沒有任何事物、任何人能觸碰到她。朵麗在沉默中許下承諾：再過一、兩個月，妳就永遠不必再幹這差事了。

貝拉的演出結束後，大部分的男人都衝向吧台，朵麗把握機會朝她走去。貝拉撿拾自己散落的衣服時，群眾已經開始對接下來的扮裝皇后表演喝彩吹口哨。

「貝拉！」朵麗在喧囂中大喊。

貝拉腰部以上仍然全裸。她站在朵麗面前，雙手插腰。「我們麻煩大了，」她說，「東尼・費雪要開戰了。他昨天晚上去遊樂場打聽琳達。謝天謝地，她當時不在，她現在人在家裡，有個男的在照顧她。我試著打給雪莉，想確認她是否還好，但是沒有人接。還有巴瑟的事。妳覺得這也跟費雪兄弟有關聯嗎？」

朵麗不知該從何講起，只好先問她最後聽到的一項。「巴瑟有什麼事？」

貝拉穿胸罩時停頓了一下。「我以為妳聽說了？巴瑟昨晚在運動俱樂部外面的巷子裡被人發現。他被打成肉醬了——簡直是粉身碎骨，朵麗……琳達說狀況很恐怖。」

此時，正好有個醉漢從背後跌跌撞撞靠向朵麗。她轉過身推他一把，讓他跌出門外、倒到人群中。她轉回去面向貝拉。「巴瑟本來應該出城去的！」她說，「我給他錢，還告訴他可以待的地方。我沒辦法把他照顧得無微不至，他發生了什麼事，我負責不了。」

貝拉盯著朵麗。「我不是說妳要負責，朵麗……，但是照妳說的，是妳讓巴瑟穿了妳老公不要的衣服，給他錢去喝酒，跟他說哈利還活著，明知道巴瑟管不住嘴巴。」即使只穿著皮革內衣，貝拉仍然是個令人望而生畏的對手。

朵麗沒有回答，反而追問，「是誰在照顧琳達？」

「她沒說，我也沒問，但至少她不是自己一個人。雪莉我就不曉得了，因為她一直沒接電話。」

「我會繼續打個雪莉。妳自己OK嗎?」才剛脫口而出，朵麗就知道這話毫無必要。貝拉也懶得回答。

「我確定雪莉明天會依約出現，」貝拉說，「我們到時候再告訴她東尼和巴瑟的事。但我們需要談談，朵麗，」她嚴肅地繼續說，「我們都不喜歡現在這個狀況，在我們有人受傷以前，得趕快處理好。」

朵麗喜歡貝拉的心直口快。「聽我說，貝拉，我沒有要把巴瑟的遭遇或是東尼・費雪到處打探的事輕描淡寫。不管妳信不信，我的優先考量是妳們幾個女孩子的安全。妳們所有人。我們會好好談談這件事，但是我們也得為了琳達和雪莉保守祕密。她們跟妳和我不一樣。明天，我們得專注在手上的工作，不能分心去管費雪兄弟，或是某個可能只是惹錯人的酒鬼。」

「連妳自己都半點也不相信，朵麗・勞林斯，」貝拉說，「其他人也不會信。」但她說話時面帶微笑。

*

朵麗推開人群、走出俱樂部，心臟砰砰狂跳。她擠身通過男人和啤酒發出的臭味，拚命想接觸外面的新鮮空氣。到了外頭，她靠著一面牆，讓自己鎮靜下來。

她得控制情勢。她得好好控制情勢。

貝拉對巴瑟的事說得沒錯。她知道他挨的打一定是跟她告訴他說哈利還活著的謊言有關。她知道這是她的錯。

雖然朵麗為巴瑟感到難過，卻無法讓自己對他真心關切。她給過他機會了。她並不是沒心沒肺，她想，但他對她的重要性遠不如那幾位寡婦——或是她們決定要執行的計畫。不論如何，她安慰自己說，等她回家，她會為巴瑟．戴維斯唸幾句禱詞。

第十六章

瑞尼克坐在加護病房外走廊上禁菸告示牌的下方。他從家屬等候室拿了一個菸灰缸。他在那裡沒待多久，他無法忍受被無助的人們包圍。他需要答案，所以他坐在寂靜空蕩的走廊上，花時間好好思考。

當晚稍早，瑞尼克去了巴瑟的住處，房東太太卻只告訴他巴瑟前一晚跟某個傢伙一起出門就沒回來。她無法描述那個人的外型，而且，她更不想捲入事端。「我不想惹麻煩，」她一直說。

瑞尼克本來準備要收工了，這時竟接到電話說巴瑟慘遭毆打、失去意識，在蘇活區的一條巷弄裡被發現。瑞尼克沒有去犯罪現場，而是拖著富勒回到巴瑟的住處，再度向房東問話，不管她想不想要合作。

他們抵達時，發現前門已經被人向內踢開。法蘭氣脫委頓地躺在地板上，像一隻擱淺的鯨魚，臉被揍得又青又紫，血液從鼻子緩緩流出，額頭上一道很深的傷口流的血滴進眼睛。「住手！拜託，住手！」她在瑞尼克和富勒衝進去時尖叫道，「我不知道巴瑟在哪裡，我發誓我不知道。拜託別再傷害我了。」她花了片刻才聚焦在瑞尼克臉上，並且明白她安全了。

法蘭確實記得瑞尼克，她很快冷靜下來，但她徹底堅稱自己沒有看到那個把她打得半死的男人的臉。瑞尼克沒有告訴她，巴瑟正在鬼門關徘徊，只是一再對她說她會好好的。一旦她稍微恢復鎮定，他就開始向她盤問資訊。

「打妳的那個人，跟昨晚和巴瑟出去的是同一個嗎？」

「不知道！」法蘭哀哭道，「我怕得要命……」

像她被打得那麼慘的人，絕對不會沒看到出手的混蛋的臉。他一定曾正面對著她，只有幾吋之隔。但法蘭什麼都不願向他們透露。

等待救護車時，瑞尼克和富勒在巴瑟骯髒的狗窩裡察看了一番。單人床被翻倒，房間裡的所有家具也都給人砸爛了。他行李箱裡的東西全都撒在髒污的地毯上，但箱裡還有幾雙捲成球的襪子：巴瑟本來在打包要去某個地方。房間裡四處散落著紙鈔。巴瑟竟然有錢，這並不尋常，瑞尼克想起了他從綠牙那邊聽到的謠言。如果他說巴瑟發財這件事說對了，他說哈利．勞林斯還活著，有沒有可能也是對的？

救護車到了，瑞尼克得到消息，說巴瑟還活著，但傷勢嚴重。他無視於富勒厭倦的表情，命令他立刻開車去醫院。

瑞尼克直奔加護病房，醫生告訴他，巴瑟．戴維斯超越了所有醫學上的預測。現在他們知道，這不是毆打，而是肇事逃逸。巴瑟受了慘重的內傷，身上每根骨頭幾乎都斷了。沒人期待他能活下來——就算他活得成，也永遠不可能走路了。

「聽我說，醫生，這不是普通的肇事逃逸，」瑞尼克說，「你我都曉得，開車的人逃跑之前，他至少被撞了三次。我得跟他說話，這事關重大。」

醫生聳聳肩，「祝你好運。」

「哼，我總會走運的……搞不好就是今晚呢，」瑞尼克低吼道。

過了好幾個小時，加護病房的走廊仍然空空蕩蕩。雖然瑞尼克知道巴瑟不會醒來，卻無法說服自己離開。只要巴瑟．戴維斯還有一口氣在，他就會留在這裡。巴瑟就是一切的關鍵，瑞尼克很篤定。巴瑟為什麼要出遠門？他害怕了嗎？還是其他人害怕了，付錢要求他離開？前一晚，巴瑟是自願跟什麼人一起離開住處？有一點很明確：毆打法蘭的人並不知道已經有人試圖殺掉巴瑟，所以他不可能是跟巴瑟離開租屋處、把他引入陷阱的那個人。有兩個人涉案。兩個人都為了某個理由在追巴瑟。是為了什麼呢？

瑞尼克再次回想到他和綠牙的對話。他堅稱，巴瑟拿著鈔票炫耀，而且穿著哈利．勞林斯不要的行頭招搖過市。他也間接提到，有人在討論帳簿的事，說是可能會賣給最高的出價者。瑞尼克挫敗地揉揉眼睛。他覺得自己只差一步就能明瞭全局，但再一次地，他即將失去能讓案子水落石出的唯一證人。先是雷恩．格列佛還沒把話交代出來就死了，現在巴瑟．戴維斯似乎也要步上後塵。勞林斯不可能還活著，這點很肯定吧？光是這個念頭就足以讓瑞尼克的血液沸騰。無論如何，他一定要從巴瑟撞爛的王八腦袋裡問出關鍵資訊，趁醫生們還沒關掉他的維生系統、把病床清給別人使用。

消耗掉一包菸和八杯咖啡之後，瑞尼克仍然趴在椅子上，用帽子蓋著眼睛。醫生輕搖他的肩膀喚醒他時，是早上六點。他不必開口。他臉上的神情說了，巴瑟已一命嗚呼。

瑞尼克走開了，矮小的身影駝背低頭、雙肩下垂，背後留下一堆壓扁的咖啡杯、菸頭，和一股飄散不去的輕微體臭。醫生目送他離開。這個男人過了這麼多個鐘頭沒吃東西、攝取了那麼多尼古丁和咖啡因，他還能夠站著，真是令人驚奇。他希望瑞尼克會回家好好洗個澡、補充亟需的睡眠，但他認為不太可能。

*

回到警局，瑞尼克在辦公室頹然跌坐，沉思著自己不幸的際遇，他吃了半個不新鮮的豬肉派，然後把剩下的一半丟進垃圾桶。他打開一包新的香菸，點了菸，翻開監視報告。他很氣報告從昨天開始就沒有好好歸檔，等他的組員明天來上班，他一定得把他們剝一層皮。瑞尼克不會讓蹩腳雜亂的文書工作拖累自己。他的組員得到指示，上街去搜尋有關那場肇事逃逸車禍的資訊，於是週末也沒人能休假了。他知道這樣結果肯定不好，但他也一起負荷了額外的工作，所以他才不管呢。如果他不快點拿些成果給上頭看，他就會被調離本案，也再無升遷的機會了。他這個案子必須無懈可擊——尤其因為他已經錯過跟桑德斯的會談了。

他打了個嗝，嘴裡嘗到過期豬肉派的味道，於是用力吸了一口菸。他用鉛筆敲著桌子，他承認現在唯一需要下工夫的可靠證人，就是巴瑟的房東，法蘭。但她飽受驚嚇，他很懷疑她會不會指認或描述那個襲擊她的歹徒。他得對她強硬一點。巴瑟死了，所以現在這是謀殺案的調查。恐慌害怕並不是個好藉口。她一出院，他就要把她找來局裡，讓她看過費雪兄弟或哈利．勞林斯的每個同夥的檔案照，直到她認出那名把她打得半死、在她臉上留下永久疤痕的男子。

瑞尼克打開一瓶蘇格蘭威士忌，在桌上的骯髒馬克杯裡斟了好一些，差點把酒裡漂浮的綠色雜質也喝了點進去。他皺著眉頭，試圖把雜質挑出來，同時一遍又一遍思考案子的細節。他不斷回到第四名男子的身分問題上，那個安然離開搶劫現場、逃出爆炸的福特全順廂型車的人。最後，他放棄追蹤蘇格蘭威士忌裡的雜質，拿來另一個稍微比較乾淨的馬克杯，又再倒了一些酒。他邊喝邊起身，看著掛在辦公室牆上的一排照片，全都是哈利．勞林斯已知的同夥。

「你們其中一個，就是那第四個人，」他兀自咕噥，「巴瑟之所以被滅口，就是因為他知道是誰嗎？」老天啊，總不可能是哈利．勞林斯吧？

巴瑟房裡散落的鈔票令瑞尼克甚感不解。巴瑟跟人家說他回到哈利手下工作，這可以解釋他怎麼會有錢，但是為什麼翻遍他住處、差點殺死法蘭的歹徒，會放著地上的錢不管？他不可能是為了錢而來的，他在找某樣非常具體明確的東西。所以，他是認為帳簿在巴瑟手上嗎？

瑞尼克發現的另一個有趣細節是，在巴瑟遇害當晚帶他出門的那個人，把一個缺了角的馬克杯擦洗得乾乾淨淨。一定是他用過的那一個，毫無疑問。那個杯子是整個現場裡唯一乾淨的東西。所以，這位神祕訪客，是個讓巴瑟樂意跟他一起喝酒、一起出門進城的對象。「這王八蛋真小心，」瑞尼克兀自低語，「小心得很有道理。」他走到牆邊，挨近三個死掉的搶匪的大頭照，他特別盯著哈利．勞林斯的照片，這位是他所認識最小心的王八蛋。「是你嗎，勞林斯？」

瑞尼克懷疑，勞林斯就是巴瑟那個神祕的酒友，或是襲擊胖法蘭的瘋狂歹徒，或者是肇事逃逸的駕駛。如果他真的還活著，他不可能像那樣公開活動。但他有可能付錢請人辦事……巴瑟的命案充滿了職業殺手的痕跡，勞林斯對此很熟悉。

瑞尼克從桌上拾起三支飛鏢，拿了一支瞄準、擲向牆壁。飛鏢朝他反彈回來，害他得跳向一旁。他再度拾起飛鏢，更用力地擲出去。這次它發出一聲悶響射進牆上，就在泰瑞．米勒的照片上方。他微笑，又倒了另一杯酒，一飲而盡。

*

早早到班的富勒，看到瑞尼克辦公室裡亮著燈。眼見四下無人，此時是他發洩挫折感的良機，他整個週末的休假都被取消了。他已經安排好要跟太太出遊，如果只因為瑞尼克試圖挽救自己早已泡湯的前途而害他錯過假日，那可真是該死。富勒在大步走向瑞尼克的辦公室途中，努力控制自己的呼吸。他要以禮貌請求瑞尼克准他週末請假來開場。

富勒敲敲門，瑞尼克一吼「進來！」他便踏進凌亂的辦公室。瑞尼克坐著瞪視牆上的三張照片，手裡拿了另一支飛鏢正在瞄準。他改而將飛鏢擲過富勒眼前的路。

「你要是沒什麼好話要講，就別開口了。」瑞尼克低吼道。

「是關於週末請假的事，長官。我其實有計畫了。」

瑞尼克對著富勒攤攤手。「我們不都有計畫嗎，富勒？」

「我已經馬不停蹄工作了四十八小時！」富勒已經厭倦被當成打雜小弟對待。

「我們工作都很辛苦，」瑞尼克說。「但我們就快要有大收穫了。」

「真的嗎？」富勒嘲諷地說。這案子根本是死胡同。

「你看著，」瑞尼克說，對富勒的語氣置之不理。「勞林斯的行動中用了四個人，對吧？現在我們知道這三個人在哪——」他指向勞林斯、米勒和皮瑞里的大頭照，「但第四個人的身分，我們一直沒有頭緒……直到昨晚。」瑞尼克歸納說明的同時來回踱步。「有謠言說巴瑟發了，綠牙認為他拿到了帳簿，或是知道帳簿的去向。然後他就死在巷子裡，是被某個他認識的人騙過去的——殺人手法也是職業級。過了二十四小時，我們從馬克杯上還是採不出半點檢體來，房東太太又嚇到不敢講話。但我們也只能靠她了，富勒。所以，明天一早，我就要她過來這裡，我要知道是誰揍了她那一頓。」

縱使富勒的表情愚蠢而無神，瑞尼克還是知道他有在聽。「你認為下手的人就是第四名成員。」富勒緩緩說。

「你這就明白了，小子，」瑞尼克簡直燦笑起來。「你這就明白了。」他坐回辦公桌後方，拾起一支飛鏢瞄準，正中哈利．勞林斯的額頭。

富勒站了一會兒，看著牆上突出的飛鏢，又看看瑞尼克，再轉回去看飛鏢。他移動了一下身體重心。這胖子也許講得有道理，但他可不會承認。

「要去喝幾杯嗎？我看我們值得慶祝一下。」這就是瑞尼克試圖示好的方式。當然，這不代表他會請客。他只請過愛麗絲一個人喝酒……她點的是琴東尼。她是為了不對他失禮而喝的。

富勒轉身離開。「現在是早上五點呢……長官。」他說。

「喔！」瑞尼克喊道。「勞累可不是警察失職的藉口。其他人來的時候，叫他們寫好跟監的單子，還有更新檔案。」

富勒嘆了口氣，做個深呼吸。「桑德斯督察佐取消了對勞林斯家房子的監視。」他看著瑞尼克的臉從脖子開始一路緩緩變得豔紅。「那是他本來要跟你在會議中討論的事項之一。你錯過的那個會議。」

「重新開始！」瑞尼克嘶聲說。「你聽到沒有，富勒？從現在重新開始監視。」

富勒點頭，對這個荒謬的話題太厭倦也太氣惱，已經無力爭辯。他離開瑞尼克的辦公室，關上背後的門。

瑞尼克獨自坐著，剛才和富勒的對話仍令他心煩不已。並不是因為他整晚沒睡。真正令他煩躁的是，他已經想不起上次聽到「要來喝一杯嗎，老大？」這句話是什麼時候了。在那份報紙害他被停職以前，每個人要離開警局時都不會忘了跟他打招呼。如今，根本沒半個人甩他了，等他搬進那個會被人看光光的新玻璃隔間之後，情況只會更糟。而且天殺的，桑德斯怎麼能取消**他的**案子裡的監視行動，他手下的警員也都沒通報他一聲？

瑞尼克忽然覺得無比寂寞。他的婚姻生活沉悶又空虛。他老婆幾乎不跟他說話了，更別提跟他上床——反正他也不想。好幾個月來，他都睡在儲藏室，因為他實在太早出晚歸——或者至少這是他的藉口。事實上，要他躺在一個討厭他的女人身邊，實在太難以承受。他躲在儲藏室裡，是因為那樣簡單多了。

他慢慢走向辦公室的門，倦意終於襲來。他最後一次看向那三個死人的臉孔，出發去附近的咖啡店，買一份單人的早餐。

第十七章

摩托車的車輪劃開塵土飛揚的沙礫路面，留下深深的轍痕，騎士轉圈、滑行，享受著盡情解放、測試機械性能的刺激。摩托車打滑煞停時，製造出一陣沙土和礫石的波流，朝岩壁的方向飛散。

下方的海灘風光美好。一哩接著一哩，幾乎都是空無一物——正好符合她所需。貝拉脫下安全帽，坐在油頭的機車上欣賞風景。油頭最近剛因為販毒入獄，要關六個月，他請貝拉時不時把他的機車騎出去，以免太久沒發動放壞了。他只是要她每三、四個星期發動一次引擎，但是，管他去死！這臺機車超讚的。因為他遲付貸款，貝拉知道他出獄以前車子就會被收回了。她寧可趁著債主還沒跑來示威時盡量好好享受。

穿了一身黑色機車騎士皮衣的貝拉，在清朗晨間的路上巡行，她打開節流閥，彎身伏在手把上方……雖然她已經騎了好幾年的車，但這是她第一次單獨騎長程。她像TT摩托車大賽選手一樣在鄉間車道上加速，感覺心曠神馳。

貝拉頭一個抵達柏令海崖。海灘上荒涼無人。她把車架好，徒步走到海灣邊緣。此時正值退潮。她微笑了，朵麗一定有考慮到潮汐起落的週期。朵麗什麼都考慮到了。貝拉走向通往海灘主體的木板小徑。兩艘側躺的舊船已經腐朽，再往前二十碼左右，則有一輛老舊鏽蝕的摩利士小型車，輪子全沒了，座椅破裂且覆滿海草。貝拉再次微笑了，這次她是想到或許有群愚蠢的觀光客曾把車停在海灘上，準備享受一頓美好的野餐，卻遭遇海水漲潮。他們想必會被迫循著她剛才走下來的路往上跑。這裡的小鬼在三十分鐘內就可以把一輛車完全拆解了呢，她心想。

貝拉在海灘上來回漫步，吸飽了新鮮空氣，她估量了一下她們訓練場的大小。她很高興琳達還沒來，這樣她就有時間專心準備場地，不必中途被打斷、聽琳達針對性愛馬拉松或是東尼·費雪高談闊論，或者抱怨朵麗有多愛嘮叨。她開始收集漂流木，用來標記她們要背著鈔票跑步的距離。貝拉想要好好做事，不受干擾。

琳達到場時，從運鈔車到逃亡車的跑步路線已經在沙地上標示妥當。貝拉往上看向礫石車道，只見卡普里猝然煞車，滑行著停住時揚起一片沙土。她向琳達招手，後者開始從車箱中卸下布袋和棉被，準備搬下樓梯。

抵達海灘時，琳達將滿手的東西丟到沙地上。她已經在哀聲怨嘆了。「我真不知道，她幹嘛選這個地方？她一定是瘋了！我們要怎麼在這裡演練搶劫啊？」

輕爽的風讓琳達灰敗的臉龐恢復了一點氣色，也把她的深色捲髮吹得亂糟糟。琳達長了一張有點古怪的臉，有著鷹勾鼻、高顴骨和暗色的鮮活雙眼。她有時看起來相貌普通，有時候是稜角分明的美。貝拉心想，只要她的大嘴巴閉上，她其實就挺漂亮的。

「我跟朵麗談過，」貝拉說。她不理睬琳達的抱怨，「東尼·費雪和巴瑟·戴維斯的事，她掌握到最新進度了。我說我們今天首先就得談談這事，在我們開始忙著演練以前。」

「妳有雪莉的消息嗎？」琳達問。她看起來是真心關切。

「我把俱樂部的班上完的時候，朵麗接手聯絡她。雪莉會沒事的。」貝拉漫不經心的安撫正是琳達所需要的。昨天整晚她都擔心得無法好好專心在卡洛斯身上，最後他們只做了一次，完全不符合平常的標準。卡洛斯非常善體人意，願意退而求其次跟她蹭蹭抱抱。可憐的老巴瑟被揍扁了，固然很遺憾，但至少她們再也不用擔心他了。可是，東尼．費雪仍然是一大隱患。

「啊，我想到了！」琳達忽然雀躍起來，跑向她從後車廂搬下來的那堆東西。她帶著幾個背包、三個枕頭套、兩個城堡形狀的塑膠桶和兩把鏟子，跑回貝拉身邊。「我想說，既然我們在這裡可以就地取材，幹嘛還要從倉庫裡搬磚頭呢？」琳達將一個枕頭套裝滿沙子，放進背包裡。「我可不是只有漂亮臉蛋，對吧，貝貝？」琳達拿起一條被子，鋪在貝拉用漂流木在沙地上標記出的跑道盡頭。她把沙子撒在被子的四角用來固定。

「這個代表運鈔車！晚一點就可以當野餐墊啦。看，真是一石二鳥。」貝拉很喜愛琳達孩子氣的這一面；她有興致搞笑的時候，可真是個開心果。

雪莉的車緩慢安穩地在上方的礫石車道停下。雪莉開車的方式一點也沒有讓輪胎激起沙塵。貝拉和琳達看著她小心地沿著凹凸不平的木質階梯拾級而下，到達海灘。她的東西裝在高級品牌的購物袋裡，身上穿著被朵麗嫌棄的、曲線畢露的連身褲，彷彿剛剛是從肯辛頓高街過來的。

「我一定要問她的連身褲是哪裡買的，我穿一定很合呢。」琳達打趣道。

貝拉上下打量琳達。她穿著破洞的牛仔褲、髒污的膠底帆布鞋和一件原本屬於喬的寬大毛衣。「呃——妳穿這身行頭看起來就像稻草人。」她帶著微笑評論道。

「我是看場合穿衣服，跟妳說，」琳達說。「這是我的『瘋狂搶案演練服』。」

雪莉爬到最底一層階梯，踮著腳在沙地上走，以免仍然嶄新的帆布鞋進了沙子，另外兩人的微笑消退了。雪莉裂傷的下唇和四周的瘀青，從十呎外就看得見。她們連忙趕上前。

「天殺的東尼．費雪。」雪莉說。

貝拉和琳達接過購物袋，扔在那台摩利士舊車的引擎蓋上。

「真希望我帶了厚一點的外套來，」雪莉說。「我覺得快要下雨了。」

「別管了！」貝拉急促地說。「發生什麼事了？」

雪莉淚水盈眶，但她努力忍住。「拜託，貝拉。我想要只說一次就好，所以我們等朵麗來吧。」她走遠，站在海岸邊緣遠眺著大海。貝拉與琳達明白了她的意思，讓她一個人待著，她們則繼續在海灘上為她們的演練做準備。

＊

朵麗駕著賓士抵達時，海灘上的準備已經完成，大雨也開始傾盆而下。朵麗站在海灣頂端，往下看著貝拉用漂流木標示出的五十碼跑步距離，就像看到哈利帳簿裡的手繪圖一樣。野餐墊代表運鈔車，前方擺的幾個廢棄棧板代表「擋路車」，後面的破舊摩利士小型車則代表她們的福特全順廂型車。摩利士的引擎蓋上放著三個裝得滿滿的背包。在跑步路線的另一端，有更多棧板，代表她們的逃亡車。琳達與雪莉坐在舊車裡面躲雨，朵麗看得出雪莉又穿了那件愚蠢的伸展台連身褲。她聽見那兩人吃吃發笑，貝拉則在淋濕的沙灘上遊走，撿拾更多漂流木。

現在離搶案的預定日期已經近得令人憂慮，朵麗煩惱不堪。琳達還沒有找到適合用來擋住運鈔車的大型車輛，朵麗也還沒從哈利的內應那邊拿到確切的行車路線圖。女孩們的笑聲迴盪於海灣時，朵麗心中納悶自己是不是在場唯一認真看待此事的人。莫非其他人只是把她當凱子，藉機會添購行頭、享受水療館免費招待、以及補充伏特加的庫存？

現在，心情惡劣的朵麗緩緩走向海灘。她帶的野餐籃很重，害她走得慢吞吞，而且她還得撐傘，小狼又一直跑到她腳下。琳達看見她朝她們前來，煩躁地搖搖頭。又來了，粗活都是她們做——這會兒她才像出巡皇室鄉間莊園的皇太后一樣駕到。

「貝拉！」琳達叫道，朝朵麗的方向點頭示意。貝拉轉身，揮舞著一大塊漂流木。從朵麗的位置看來，那東西跟短管散彈槍詭異地相似。

朵麗示意叫琳達過來。

「遵命，夫人。」琳達嘲諷地說，爬出摩利士舊車。「這就來了，夫人。」她回頭看看雪莉，眼睛一眨。「大概是小狼拉了屎，她要我去清吧。」雪莉給她一個虛弱的微笑。

琳達踏著沉重的腳步走向朵麗，突然覺得自憐起來。她的頭髮濕透了，喬的毛衣變得比今早穿上時大了兩倍也重了兩倍。她全身濕答答，不像穿著成套雨衣和雨靴的朵麗完美如常。她正眼看著朵麗。

「貝拉跟妳說過可憐的老巴瑟被處理掉了。」她衝口而出。

朵麗點頭，把野餐籃交給琳達，繼續往前走。琳達緊跟在她背後。

「妳要怎麼辦，朵麗？東尼·費雪是個瘋子，而且——」

朵麗突然轉身，在琳達正前面停下來。「我上次抓到妳在搞的那個傢伙，那個修車技工，昨天就是他跟妳在一起嗎？」

琳達搖頭。對於向朵麗撒謊，她心生一股小小的罪惡感，但到底這又天殺的干她什麼事了？

「妳還在跟他交往，對不對？」朵麗逼問。

琳達又搖頭，但朵麗朝她逼近。

「妳讓我很擔心，琳達。妳酒喝太多了，而且一喝起來，跟什麼人說話都口沒遮攔。」朵麗指的是琳達那天晚上在遊樂場對貝拉和盤托出。「我得要確定，妳不會跟路上隨便哪個傢伙講些枕邊細語。」朵麗很清楚，卡洛斯不是隨便哪個傢伙。她和巴瑟的簡短對話讓她知道，卡洛斯是厄尼的男寵。

「噢，相信我，我們沒什麼在講話啦。」琳達試著用聰明的俏皮話輕鬆帶過。

朵麗如石頭般冷硬的眼神告訴琳達她沒有這個心情。

「朵麗，他只是個一夜情對象而已。沒什麼的。我之後就沒跟他見面了，我聽妳的話，自己過好自己的日子，好嗎？我沒有交往對象。」

朵麗猛盯著琳達，試圖查探她有沒有說謊，但琳達和她正眼對視。朵麗掂量著一個念頭，想著要不要跟琳達說明卡洛斯到底是什麼人，以及她知道琳達在東尼下手的那晚和卡洛斯待在一起——但這樣一來，今天的計畫就毀了。不行，朵麗必須專注在當下。她繞過琳達，走向貝拉。琳達緊跟在後，闔不上嘴巴。

「別改變話題，」她抱怨道，「妳要拿費雪兄弟怎麼辦？老巴瑟一定是像妳講的，直接跑去找他們了——妳看看他現在是什麼下場！」

「他是個笨蛋，琳達。笨蛋都不知道什麼事對自己有利。」

琳達扔下籃子和野餐墊，繼續跟著朵麗。

朵麗發覺在場的三個人都需要她的安撫和保證，於是用所有人都聽得見的聲音繼續說：

「我從來沒想讓他出事，而且我們也不知道對他下手的是不是費雪兄弟。也有可能是意外。那天晚上稍早，我跟他說話時，他醉到昏天黑地了。我很清楚我們遇到什麼問題，但我們今天來這裡，還是有正事要辦。何況我的責任也不是保護巴瑟的安全。我的責任是保護妳們的安全。」

琳達咬緊牙關，臉頰上的肌肉明顯地浮凸起來。「那麼，妳這工作也做得不怎麼好。」她看向雪莉。

雪莉低著頭，試圖掩飾裂傷的嘴唇，但朵麗看到了，她臉上的表情讓琳達露出勝利的笑容。經過一陣感覺極為漫長的停頓，朵麗靠近雪莉，伸手抬起她的下巴。

「親愛的，妳的嘴唇怎麼了？」她柔聲問。

雪莉表示遲疑。「沒什麼。」她再度低頭往下看。

朵麗把問題重複了一次。

雪莉的眼中湧起淚水。「東尼．費雪把我從街上抓走，帶去我媽家。他說他想知道妳家的哈利的帳簿在哪。我嚇壞了，跟他說我什麼都不知道。他威脅要拿菸燙我，一直堅持我一定知道。我一直說，『不！我什麼都不知道！』然後他就生氣了，打了我嘴巴。他的手在我身上到處摸，摸到衣服裡，還有……」雪莉傾訴的同時，整個人撲進朵麗懷裡抽咽著。沒有人出聲。打破沉默的是朵麗。

「他有沒有……親愛的，他做了什麼？」

雪莉重新恢復自制。「葛瑞格跟兩個朋友一起出現。東尼本來要強暴我了，我知道他會下手。他也說了。但我一點也沒有把我們的事告訴他，朵麗。我沒有告訴他哈利的帳簿和我們的計畫。我發誓我沒說。」

朵麗拿出一條手帕，擦乾雪莉眼中流出的淚水。「我知道妳沒有，親愛的。」她說。「別擔心。我很難過那個混蛋這樣對妳，相信我，他會有報應的。」朵麗看向貝拉和琳達。「我們別說出去，好嗎？不報警，不引起騷動。我們都會沒事的。」

朵麗從摩利士的後座拿起其中一個背包。「太重了——拿掉一點沙子出來。我們要背的是鈔票，不是金幣。」對話就此結束。

琳達不敢相信，朵麗竟然這麼快就將雪莉差點被強暴的遭遇輕輕帶過，但雪莉跳下舊車，開始把沙子倒出來。

「大概四分之一吧我猜，親愛的，這樣就夠了。」朵麗建議道。

雪莉向朵麗露出微笑，琳達於是明白，雪莉正需要專注在實際的事物上。貝拉也看在眼裡，但她察覺的是，朵麗在隱瞞著些什麼——隱瞞著恐懼。朵麗憂心忡忡。她決定什麼也別說。她也一樣需要專注於實際的事物。

「我們原本以為要用這台摩利士當我們的追尾車，」貝拉說。「這樣，我們就可以練習上下車。條件不太理想，但總比野餐墊好。而且我之後可以把它拆了，算是練習用鏈鋸。」

「好主意，」朵麗說。「鏈鋸和榔頭都在賓士的後車箱。我沒辦法一趟拿完。」

「別擔心喔，小朵，」琳達尖酸地說。「我們只是在演練持械搶劫嘛。妳都帶了豬肉派和三明治，誰還需要鏈鋸和榔頭呢？」

「那妳帶了野餐墊，還有誰需要擋路車？」朵麗反擊道。「至少我弄到鏈鋸和榔頭了，琳達，妳弄到車了嗎？我已經好幾次叫妳處理，所以妳就快動動手把這事搞定吧。我們得要知道車子的尺寸，才能用鋼條補強後保險桿。」

琳達怒火中燒，但貝拉在她手臂上碰了一下，讓她咬住舌頭沒說話。她做了幾次深呼吸，然後回話。「我知道我要找的是什麼。我列了幾個選項，但是我想再等一個星期。」她以緩慢、節制的聲調說。「妳的車很快就會到位了。」

朵麗往前和貝拉一起走一遍五十碼的跑步路線，琳達悄聲對雪莉說，「我才不要為了她對武裝搶劫的荒謬幻想，冒著坐牢的危險去幹走一台老破車。」

雪莉摸摸她裂傷的嘴唇。每次她說話時，都傳來一陣刺痛，每次微笑也都牽動傷口裂開。

「我希望那不只是幻想，琳達。」雪莉陰鬱地說。「我想要的不只這樣。」

貝拉和朵麗大步邁向五十碼跑道的另一端，用跨步的距離確認總長度。

「感覺沒錯。」朵麗說。她開始往回走時，貝拉仍在原地不動。朵麗轉身。

「妳在擔心什麼？」

「感覺很真實。」

「這很真實，」朵麗說。「一直都是。」

「是對妳而言，」貝拉說。「我本來沒那麼確定。我甚至不知道妳是誰，朵麗．勞林斯。我哪曉得，妳大有可能只是個為死掉的丈夫悲傷難過的古怪老女人，想重現他本來該有的輝煌顛峰時刻，好讓他繼續活在妳心裡。」貝拉趕上朵麗。「但妳現在讓我服了。我相信了，我會百分之百全力以赴，我們真的會搶到一百萬英鎊。」貝拉凝視朵麗的雙眼深處，給了她一個充滿真誠敬意的微笑。朵麗肩上扛著重擔，貝拉希望她知道自己願意幫忙。

朵麗的表情依舊冷淡。她輕輕點一下頭表示理解，然後轉身走向其他人。「別加上那個

『老』字。」她對著背後說。回到琳達和雪莉身邊，朵麗開始切入正題。

「我們來分解步驟。琳達，妳會開著廂型車跟在運鈔車後面，我跟雪莉坐後座。那台解體的摩利士，今天就充當我們的廂型車，所以妳就利用它模擬一下，抓準時機。」

琳達哼了一聲，看著鏽蝕的破車。「嘛，我可沒想開著它在該死的海灘上跑。」

「貝拉，妳會負責開前面的擋路車。也就是琳達應該動動手弄到的那台……」

琳達插嘴，「好啦，妳的意思我們懂了。不用一直講不停。」

「妳們兩個——」朵麗對貝拉和琳達下令。「去把鏈鋸和榔頭拿來。來看看我們準備得如何了？」

裝備都部署完畢、大家都回到沙灘上之後，朵麗把她們召集起來，給予進一步指示。雪莉抖動雙腿讓肌肉保暖，相反地，琳達靜靜靠在摩利士的引擎蓋上。朵麗先點名琳達。

「我們首先要練習下車和啟動鏈鋸，然後在破車的這一側試用——」

朵麗還來不及說完，琳達就插話。「是貝拉負責用鋸子，朵麗。那是貝拉的工作。妳說我只要開廂型車的。」

朵麗用雨靴踏著濕潤的沙子，搖了搖頭。「我改變心意了。」她說。「貝拉負責開前頭的廂型車，我開後面的。」

「可是這樣蠢斃了，」琳達堅持道。「目前，我們之中只有貝拉有辦法拿鋸子。我根本提都提不起來……而且我以為是妳要開前面的車負責擋路？」

朵麗嘆氣，雙手握緊又放開。「我改變心意了！」她充滿侵略性地重複說。「一旦運鈔車撞到前面的車子，貝拉就要從擋路車上下來，拿槍嚇阻警衛，讓我們裝錢。她也必須最後一個離開。除非我有說別的，否則這就是她的職位。好嗎？」

「我覺得很好。」貝拉不耐地說，渴望著開始行動。

現在雨已經停了，朵麗脫下雨衣，露出一身舞蹈中心的粉紅色運動服。琳達和雪莉低下頭掩飾竊笑。她看起來就像一組醜得要命的絲絨窗簾。琳達想像她在水療中心的有氧運動課上跳來跳去，像一隻又胖又蓬的粉紅豬一樣滿頭大汗。

朵麗渾然不覺，從口袋裡拿出一個碼錶，交給貝拉，然後把大衣摺得整整齊齊，放在野餐墊上。

雪莉和琳達在朵麗帶領之下，各自背起了沉重的背包。琳達試圖舉起電鋸，但它的重量顯然超過她所能負荷。「這真是天殺的浪費時間。」她低語。「很明顯，貝拉才應該拿鏈鋸！」

雪莉把背包的背帶調緊，避免它在跑步時搖晃。「我們何不照著朵麗說的開始演練呢？我們現在什麼都不確定啊。」

貝拉向琳達眨眨眼，在野餐墊上坐定，看她們順過行動的頭幾個階段。

朵麗坐在摩利士的駕駛座上，雪莉和臭著臉的琳達坐在後座。琳達膝上擺著電鋸，她對它的重量抱怨連連。

「好，」朵麗解釋。「我們從頭到尾有四分鐘的時間。我們先幫下車和啟動電鋸的動作計時。貝拉，準備好了嗎？」

貝拉對她們比出大拇指。

「三、二、一……開始！」朵麗跳出駕駛座，奔向摩利士的車尾，用貝拉找的漂流木當作槍，指著她們背後遠處。雪莉手忙腳亂地從後座爬出來，站在野餐墊邊邊，拿漂流木槍指著警衛的方向。至於琳達……琳達還卡在摩利士的後座，拿鏈鋸朝門框砸，像是一隻嘴裡叼了長棍子的狗想要擠過門。

「要出這扇他媽的門，太花時間了！」琳達在強烈的挫敗中大叫道。

「唉，妳進得去，就一定出得來！」朵麗吼回去。

終於，琳達把鏈鋸塞進另一個座位，自己先下車，再將鏈鋸拖出來。她抓住啟動繩，拉得太用力，放掉的方式也錯了，鏈鋸掉到她一隻腳上。「去死，我不幹了！」琳達一邊單腳跳一面大叫。她把背包丟到沙地上，拒絕合作。朵麗回頭跑向琳達，好像真的在執行搶案一樣，她撿起鏈鋸發動，將鋸子末端切進摩利士其中一扇車門的門框。

雪莉看著朵麗，對她全然堅定、不被打倒的決心敬畏萬分。琳達站在朵麗背後。她真希望這頭老母牛把鏈鋸弄掉，最好鋸斷腿。在此同時，貝拉耐心地坐在野餐墊上，為每個動作計時。鏈鋸在金屬表面發出的噪音真是恐怖。她想，警衛在運鈔車裡聽見的話，準會嚇得屁滾尿流。等他們看到四個戴面具的「男人」時，一定怕得乖乖聽話。

朵麗花了十五分鐘才把車子的一側鋸開。不是因為鋸刃太鈍，而是因為她根本沒有足夠的力氣把鋸子切進金屬。琳達坐在野餐墊的邊緣，旁邊是裝著沙子的枕套，她看著朵麗的額頭滴下汗珠，心中萌生罪惡感。

朵麗把車門鋸掉一部分以後，就衝向野餐墊，拿起一個沙袋。琳達自動跳起來，讓朵麗把沙袋塞進她的背包。「準備重新計時，貝拉，」朵麗喚道。她重重喘著氣。貝拉站起來，同時琳達在朵麗的背包裡放進一個沙袋，然後也放一個給雪莉。

琳達一面行動一面說話。「我們幹嘛還要幫這齣鬧劇計時？警察肯定早就出現了，去休息喝個茶，回來就可以把我們逮個正著，而我們連鈔票的影子都沒見到呢。」

「跑！」朵麗大叫，領頭沿著五十碼路線跑。才一下子，雪莉和琳達就超過她，自己較量起來，貝拉則毫不費力地在她們旁邊慢跑。

在跑道終點，年紀較輕的三個人等待著朵麗，她又咳又喘地越過終點線，跪倒在棧板上。

「再來一次。」朵麗說，她的聲音聽起來像是快吐了。

「不行，」貝拉說，她接管了全局。「我們喝杯茶吧。二十分鐘後再重來一次。」

朵麗連忙站起來。「我們現在就重來！」她尖聲大喊。

貝拉堅守立場。朵麗被背包的重量壓得彎著腰，在優雅高挑的貝拉身邊看起來更形矮小。

「我們現在知道事情的順序，也知道我們辦得到。」貝拉冷靜地說。「但是比計劃的時間多花了二十分鐘。如果現在重來，我們還是一事無成。所以，我們喝杯茶，讓妳喘喘氣，二十分鐘後我們再重來。」

片刻之間，沒有人說話，四個人緩緩沿著海灘上擺放整齊的漂流木，走回摩利士舊車、野餐墊和等待著她們的野餐籃。

然後，「我想問妳呢，雪莉……」琳達說。「妳上哪買了這麼漂亮的連身褲？」

第十八章

泰瑞·米勒已經在這座廢棄的採石場裡待了兩個小時，準備車子。前賽車手吉米·努恩是泰瑞的老友，最近過得挺不順，他很諷刺地由於危險駕駛行為而被禁賽。吉米已婚，在領救濟金，他亟需工作，而泰瑞認為他可能就是他們完美的第四個成員——儘管他萬萬不敢在沒有哈利允許的狀況下做出這種決定。

三個月前，泰瑞帶吉米去一間酒吧跟哈利碰面，雖然吉米不知道自己是去幹嘛的。哈利喜歡花時間觀察新人，之後才開始跟他們合作，或是跟他們說他的計畫。在採石場那天，哈利是去看吉米工作的。如果他看了滿意，他就會告訴他任務的內容，把他編入團隊擔任車手。吉米這傢伙相貌不錯，大約三十三歲，身高六呎，骨架很大。除了輕微的違規駕駛之外，他沒有前科，沒被留過指紋。他當過其他幾件銀行搶案的車手，所以紀錄不錯，但他守口如瓶的名聲，主要是因為他還是賽車手時，冒的風險不小。

吉米在幫雷恩·格列佛替喬·皮瑞里從陽光麵包工廠偷來的那台麵包車測試引擎。這是一台性能不錯、造型方正的車子，背後有對開的雙扇門。喬在後保險桿下方加裝了厚重的金屬條，強度足以承受運鈔車撞上來時的衝擊力，也加了交叉安全帶，在撞擊發生時保護駕駛。吉米踩下油門，繞了採石場一圈。聽起來不太好，但等他完工就會很好了。一回到哈利和泰瑞身邊，吉米便跳出廂型車，拉起引擎蓋，彎身調整引擎。哈利頗為欣賞。

在此同時，喬在這座舊採石場旁邊的森林裡，測試他的短管散彈槍，隨便亂射了幾隻林鴿和一隻奇怪的雉雞。喬對他的「噴子」態度既專業又偏執，定期幫它們清潔和上油。過去三年來，喬和泰瑞密切合作，泰瑞尊敬他的自信和鋼鐵般的意志。得提醒你，喬的脾氣很大，也可能很暴力，但泰瑞和其他伙伴總是知道他的極限在哪裡。如果你看到他的深色眼睛古怪歪扭地一閃，那就是警訊了……那樣一來，喬．皮瑞里會變得危險致命。雖然他們互相尊重，但並不是親密的朋友，在工作以外也不太交際。這是老闆的規定之一。如果你為哈利工作，就要照他的話做，不問問題。以前如此，未來也必須照舊，這是為了所有人的安全起見。

喬走回採石場。他一手拿著裝在長形黑色木箱裡、墊著紅色氈布的「噴子」，另一手抓著一隻死掉的雉雞。泰瑞看著喬走向他的蘭吉雅車，把槍盒和死鳥放進後車箱。喬長得很高，有六呎三吋，也可能不只，他有義大利人陰沉的長相，而且對體態非常注重。他身材削瘦，臉型稜角分明，一雙眼睛顏色古怪——大概算是榛果色吧？他是個硬漢，泰瑞很高興與他們是站在同一邊的。

泰瑞向喬示意，兩人對了對錶，然後檢查道具運鈔車。哈利．勞林斯喜歡一切在他抵達前就準備妥當，喬和泰瑞仔細檢視過每個細節：錢袋已經裝了重物，車子的定位經過精準測量，以呈現它們在搶案現場該在的位置。演練結束後，他們也要負責將汽車和麵包車清乾淨，開回倉庫。

麵包車的引擎現在聽起來運轉得很順暢，吉米跳下駕駛座，向假廂型車那邊的喬和泰瑞比了個拇指。他們讓他緊張兮兮的——呃，喬比起泰瑞更嚇人。他還不知道這份任務的確切內容，也明白自己還在試用期，但他很景仰哈利．勞林斯，想要加入他的團隊。

哈利的銀色賓士在礫石路面上安安靜靜，彷彿是用飄浮的。沒有人聽到車子抵達，但是泰瑞和喬一看到哈利停車、下車，就立正待命，像即將接受長官檢查的軍隊。哈利．勞林斯肩上披著土黃色喀什米爾毛料大衣，身穿剪裁完美的海軍藍西裝，手拿黑色公事包，戴著墨鏡，他看起來比較像市區的銀行家，而不是準備排演運鈔車搶案的歹徒。他走向喬和泰瑞。

「他讓麵包車乖得跟小貓一樣呢。不用操心了。」泰瑞說。

哈利看看他們的ＢＭＷ逃亡車，朝著吉米點頭。

吉米的大機會來了。他跑向那台ＢＭＷ，跳上車發動，車輪發出尖銳的摩擦聲，揚起一陣煙，繞著採石場加到令人驚奇的速度，隨著車子上上下下發出尖鳴，他也涔涔冒汗。他迅速掠過三人身邊，拉起手煞車，做了個一百八十度轉彎，然後再度加速駛離。從後照鏡裡，他看到泰瑞露齒而笑，對他比了拇指。

哈利回到自己的車子旁邊，脫下大衣，熟練地更衣，把每件衣服都摺好放在後座。換成別的任何一個男人半裸地站在那裡，看起來都會相當愚蠢，但是他換上運動服的方式，就是有著某種整齊嚴謹的特質。

「我們來試試炸藥。」哈利一面說，一面彎身繫好帆布鞋。

泰瑞拿了一小份樣本到假運鈔車那邊，把炸藥塞進車子的一側，然後點燃引線。他跑到廂型車側邊閃避——然後「碰」一聲，一切在幾秒內就結束了，假運鈔車上留下一個拳頭大小的圓洞。泰瑞笑著走回來。

「等我用到正確分量的時候，」他說。「炸出來的洞會大到我奶奶都爬得過去。她可大隻的咧，哈利。」

哈利跟隊員們講解一遍步驟，態度沉穩安靜，但十分注意精確度和細節。講完之後，每個人都背上背包，喬則拿了散彈槍，哈利把碼錶遞給吉米，測計他們跑完全程的時間。

「整個行動從頭到尾，不能花超過三分鐘。」他說。

三輛廂型車均已就位。麵包車在最前面，假運鈔車在中間，泰瑞開過去的廂型車在最後。車輛陣形的安排方式，模擬的是運鈔車被卡在河岸街地下道的狀況。吉米站在麵包車旁邊，所以他看得見哈利要他開始按碼錶的信號。哈利在後面廂型車的駕駛座上，喬和泰瑞坐在後座。

「他看起來不像是有這本事。」喬指著吉米說。

「他有啦，喬。我保證他有。」泰瑞說。

「你緊張的時候，扣板機的手指就會抖起來，然後『碰！』一聲——我們就要為謀殺罪坐一輩子牢了。」

「這就是我們今天來這裡的原因。」哈利打斷他們。「他在前面數秒，等我下命令。他會緊張慌亂得手足無措，還是冷靜到不行？我們很快就會知道了。」哈利揚起手，吉米舉起碼錶以示會意。

哈利的手放下時，吉米開始用碼錶計時，眾人的動作快如閃電。喬跳出廂型車，站著將散彈槍指向後方假想的車流。泰瑞將爆裂物用力塞進假運鈔車的一側，哈利則爬上引擎蓋，用散彈槍指著假想的駕駛和乘客。「給我下車！」他大吼，低沉的聲音迴盪在採石場裡。此舉的目的是要車上的兩名保全下車，強迫他們躺在喬面前的地上。

「碰！」假運鈔車的側邊炸出一個跟哈利一樣大小的洞，哈利爬進去，泰瑞跟在後頭。哈利迅速在泰瑞的背包裝入重量經過精確估量的袋子，然後大喊「快跑！」接著，泰瑞和喬交換崗位，泰瑞拿散彈槍指著假想的車流和保全人員，喬則在同時將背包裝滿。喬再裝滿哈利的背包，然後三人一起衝向停在正好五十碼外的逃亡車。

這是一樁十分高明的行動，吉米看著他們狂奔的時候，心裡迫不及待想要更了解這個任務。

*

朵麗從保溫杯的蓋子啜飲著熱茶，聽琳達和雪莉爭搶最後一個雞肉三明治。雪莉認為，琳達既然已經吃了兩塊豬肉派，就代表三明治其實應該歸她；但琳達主張，派和三明治並不能相提並論。她們爭吵時，貝拉拿走三明治，自己吃了。

「妳們閉嘴啦。」她說。

什麼也沒吃的朵麗站了起來。她遞了一塊代表散彈槍的木頭給雪莉，自己也拿了一塊。

「我們跑一遍吧，看看要花多久時間。」貝拉跳起來，拿著碼錶跑向海灘另一頭。琳達站起身的樣子，明確顯示出她稍早被鏈鋸砸到的腳還在痛。

「我不覺得我們做得到，朵麗。」她呻吟道。

「如果當天出了事，妳就打算這樣說嗎？」朵麗問。「還是妳要為了小命快跑？」

琳達閉上嘴，三個人都站好，背包在背上，等待貝拉的示意。

五十碼外的貝拉，覺得她們看起來就像在學校運動會上參加趣味競賽的媽媽。朵麗穿著亮粉紅色的運動服，雪莉身穿伸展台風格的連身褲，琳達則像個街頭混混。她搖搖頭。「準備！」她大喊。朵麗對她比出拇指。「一、二、三，跑！」

不管她們跑了多少次，朵麗總是落後。她沒有另外三個人的力氣和體能，跑了二十碼就開始吁吁喘氣。每次她們抵達終點時，她就停下來，扶著身側拚命喘息，問她們花了多久時間。顯然，她無法在指定時間內跑完全程。但朵麗不願放棄：她一遍又一遍轉身走過沙灘，回到摩利士舊車旁邊。第四次之後，琳達覺得自己有必要說些什麼。

「這太扯了，朵麗。我做得到，雪莉也做得到——所以，我們三個因為妳跑不動而一遍又一遍地跑，有什麼意義？只有妳在拖累我們。休息一下，然後試試看自己跑吧。」

朵麗走遠，雙手插腰，低著頭。她正在把自己逼到極限，但她拒絕放棄。朵麗走到鏽蝕的摩利士車旁，舉起手，向貝拉表示她準備好再跑一次。

貝拉手指交叉。「加油，朵麗。妳可以的。」她悄聲說。朵麗放下手，開始奔跑。

這次，她在時限內跑到了，但是看著她脖子上血管浮突、手臂在兩側揮擺的樣子，真是不好受。在離終點線幾碼的地方，她的身體垮了。她逼迫自己繼續前進時，雙腿開始搖搖晃晃。她整個人撲向終點線，然後頹然倒地，窘迫的呼吸變成大聲、斷續、破碎的喘息。她手腳撐著沙地，勉強爬起來。「幫我把這拿掉，貝拉！」

貝拉迅速拿掉朵麗背上沉重的背包。琳達露齒而笑，高傲地搖搖頭。雪莉對她投以銳利如匕首的眼神，然後在朵麗身旁蹲下。

「這樣不好啊，朵麗。」她輕聲說。「妳沒辦法跑的。」

慢慢地，朵麗的呼吸恢復平緩。她重重喘了最後一口氣，然後站起身來。她拾起背包遞給貝拉，貝拉則把碼錶拿給她。貝拉脫下皮衣外套，露出底下的運動短褲。她背上掛了一個背包，手裡又拿了雪莉的，慢慢走在海灘上。

「等著看吧。」琳達吹噓道。「她以前是代表我們學校的跑步選手。」

雪莉差點要打她了。有時候琳達真是壞得很。朵麗一言不發，看著貝拉毫不費力地背著重擔漫步。

回到摩利士舊車旁，貝拉把雪莉背包裡的沙袋倒在野餐墊上。朵麗為她計時的時候，她會需要這個。她拿起鏈鋸，測試引擎，啟動之後又重新啟動。她很滿意琳達沒傷到工具。她跑進廢棄的摩利士小型車，背著背包、拿著鏈鋸。

貝拉跳下車的那一秒，朵麗就按下碼錶。她們沉默地看著貝拉一扯啟動繩就發動了鏈鋸，在車門上切出一個足以讓散彈槍通過的洞。接著，貝拉跑向野餐墊，拿起沙袋，計算她幫琳達和雪莉裝滿背包的時間。她就像機器一樣。貝拉在海灘上衝刺時，琳達再也克制不住興奮。她開始跳上跳下，雙臂在空中揮舞。

「加油，妹子！衝啊！衝啊！衝啊！」琳達大叫。

朵麗的眼睛在貝拉和碼錶之間來回閃動。貝拉輕鬆邁開大步跑向她們，彷彿背上的重擔對她毫無影響。

朵麗不需要報出確切時間，因為貝拉顯然是目前跑最快的。雪莉和琳達擁抱貝拉時，朵麗獨自沿著海灘走回摩利士舊車。

「我們再全部重來一遍吧。」她對她們喚道，並對小狼吹吹口哨，牠正跟一隻死掉的海鷗在打滾呢。

*

朵麗收拾著野餐籃，貝拉和琳達則把鏈鋸和背包拿回她那台賓士的後車廂。雪莉把枕頭套裡的沙子倒空，一面用眼角瞄著朵麗。朵麗的嘴唇緊抿，看起來仍然對無力趕上其他人耿耿於懷。雪莉試著對她露出安撫人心的大大微笑，但她嘴唇的傷口又裂開了，而且朵麗根本不理睬她。她是個堅強的老鳥。雪莉為自己面對東尼．費雪攻擊時的軟弱而心煩。我真可悲，她生氣地想，但我再也不會那樣了……

最後一趟演練是最順暢的，花的時間也遠低於時限。朵麗決定重新分配角色，她自己開最前面的擋路車，貝拉回去操作鏈鋸，琳達則駕駛後面的全順廂型車，事實證明這樣完全正確，充分發揮每個人的專長。那天的行程結束時她們精神高亢，又累又髒又痠痛，但是充滿活力。有史以來第一次，一切顯得很真實，非常真實。清理沙灘上的殘跡時，雪莉撿起一塊充當散彈槍的漂流木，不禁微笑。她確定朵麗背對著她，接著最後一次將「槍」舉到定位，然後才把它丟向沙丘。

朵麗並不介意自己必須決定重新分配駕駛位置，但她介意的是自己在女孩們面前失敗了。她們仰望她，尋求指引、穩定和領導，她必須持續扮演這個角色。無論如何，她們絕不能覺得她軟弱。

等雪莉和朵麗收拾好準備出發，琳達和貝拉差不多已經走到樓梯底端了。朵麗看著她的三個女孩時，注意到琳達不甚含蓄地對其他人使眼色。她們現在已不懷疑自己能夠完成任務，但從她們望著她的眼神中，朵麗看出她們現在懷疑的是她。

她拿起榔頭。「我的部分都沒練習到，對不對？」她輕快地說。她站在離摩利士舊車幾呎遠處，雙腿分開，手緊握著鎚柄，然後揮出榔頭。她脖子上的血管浮突，她大喊一聲，不是尖叫，而是發自腹部、低塞而奇怪的吼聲。她放手讓榔頭飛過空中，將摩利士的擋風玻璃砸成上千片碎屑。玻璃屑往後飛散，撒在後座上。有那麼一、兩秒，車子內部看起來就像雪花球，簡直美不勝收。

椰頭落在後座時，三個人都震驚得倒抽一口氣。

「喔，老天啊！」琳達代表所有人說話。「這就像第一次聽見你媽罵『幹』一樣！」

朵麗帶著邪氣的笑容看著她們。「我曉得自己的長處，也知道妳們的。」她說。她嚴肅起來。「我們做得到，女孩們。我們天殺的做得到。」她接著說的話讓琳達都覺得喉頭哽咽。「我不會讓妳們失望。」

現在，朵麗在她們的眼中看不見懷疑，只有尊敬。她們知道她有能力領導，她也知道她們會效忠追隨。

＊

跑到第三趟時，哈利顯然拖累了其他人。他就是跑得不夠快，而且不管他試了多少次，他的速度就是不可能再快了。

哈利思考著自己的選項時，眾人不發一語。他的臉部因怒意而緊繃，下顎的肌肉不定時地抽動。他是對自己發怒，他們都看得出來，所以他們尊重地給他所需的時間和空間。最終，哈利把他的背包遞給吉米。

「小子，讓我看看你跑得怎樣。」他說。

汗水從哈利豔紅的臉滴流而下，吉米以驚人的高速跑完全程。在哈利年輕時，這樣跑簡簡單單，但他夠聰明，知道他的團隊成員各有專長——他的專長不是跑步，不再是了。

「回到起點。」他命令道。「我要全程計時。」

看著泰瑞、喬和吉米走回追尾車，哈利全身作痛，裡裡外外都痛。他總是在最前鋒帶頭，要放棄這個崗位令他心碎。

喬和泰瑞爬進追尾車的後座，吉米落在後面，敲著他的錶。

「有什麼問題？」哈利問。

「沒什麼。」吉米不想表現得太笨或是惹麻煩。「只是我的錶啦。發條上得太緊了，我猜。」

哈利拿下勞力士金錶遞給吉米。「拿去，」他說。「留著吧。等這一切結束了，我要去買一支最新型的。」然後他便爬進麵包車的駕駛座。

吉米坐上追尾車駕駛座的新崗位，欣賞著哈利的勞力士金錶鑲鑽的錶面。這是他所見過最漂亮的手錶了。他發誓要一直戴著，絕不拿下來。

第十九章

富勒整個週末都在警局裡度過，他展示了好幾百張的嫌犯大頭照給巴瑟・戴維斯的房東太太胖法蘭看。她說她會盡可能幫忙，但富勒覺得她似乎只是為了那些她一直要求的免費食物和冷熱飲而纏著他。有時候，她會指著某張臉說，「我想是，我不確定，但可能是他……讓我邊想邊喝杯茶、吃點餅乾吧。」富勒便會用電腦比對她指的那個人，最後只發現他們不是還在獄中服刑，就是已經死了。然而，她是他們目前僅有的線索，富勒仍然一直配合她。她每次提到某個男人的名字，都會令他燃起希望，但大部分都只是舊情人，其中一位甚至是她的丈夫。我的老天，富勒嘲諷地想，以這女人的體型和體味來說，她的男人還真多。至於攻擊她的那個男人，法蘭最後終於承認，她其實也想不起來他長什麼樣子。

安德魯斯整個早上都在鑑識科那裡。他已經請他們去檢查一輛棄置在沙弗茨伯里大道附近小路的贓車。那輛車的底盤有符合巴瑟血液樣本的血跡。前後兩邊的保險桿都有損毀的痕跡，其中一個車頭燈也壞了：在巴瑟被找到的那條巷子裡，也有發現同樣的玻璃。沒過多久，鑑識科就證實了那個車頭燈上的纖維與巴瑟當時穿的西裝質料吻合，同時也將事故現場的玻璃跟那輛贓車匹配成功。不錯的結果，但還是沒有幫助：車子上沒有任何嫌犯的指紋，皮製手套的痕跡也顯示殺了巴瑟的人有過犯罪紀錄，並不想被抓到。最終仍是死路一條。

富勒在做案件筆記，他用力地敲擊每個鍵盤按鈕，恨不得它們是瑞尼克的頭。昨晚在梅費爾有一起重大的珠寶搶案圍捕行動，整個分局都在討論這件事。照理說，富勒應該被派去處理那樁行動，但他被卡死在勞林斯這個案子上。於是，他沒能去跟監那些真正的罪犯——還活著的那種——，只能浪費時間，毫無結果地等待胖法蘭的線索。他對於當瑞尼克的代罪羔羊感到既厭煩又疲倦——其他刑事偵察科的警官也一直在惹他。他們很清楚富勒有多討厭瑞尼克，還不斷開玩笑說他們兩人有多形影不離，還說富勒變得跟他「長官」越來越像，體重增加、聞起來像個菸灰缸等等。富勒滿心怨恨，打完報告後憤怒地將紙從打字機上扯下，匆忙之際卻將它撕成了兩半。他看向天花板，讓自己冷靜下來再重新開始。

安德魯斯進來的時候也怒氣騰騰。總督察已經對他發過火，因為他要求鑑識科別管梅費爾搶案，優先處理那台撞死巴瑟．戴維斯後逃逸的贓車。安德魯斯只得乾巴巴地站在那裡替瑞尼克挨罵。他現在在辦公室裡來回走動，看著富勒用力敲打打字機按鈕，整個機器都因此在桌上晃動。

「喂，富勒，你的老友瑞尼克近來如何啊？」霍克斯警員從門口探頭，臉上帶著大大的笑容。

「滾一邊去，」富勒說道。

「樂意之至，」霍克斯回道。「我不再處理這個案子了，利奇蒙也是，我們現在去負責梅費爾搶案了。可沒時間監視勞林斯的女人。」

「憑什麼你被調過去而我沒有？」富勒怒火沸騰。

「我猜，總督察是要把所有不夠格的人留在同個小隊上，以防污染到局裡其他人吧。」霍克斯嘲諷道。

富勒氣到臉色發青。他有想過去問總督察能不能讓他加入梅費爾搶案，但又覺得，總督察若真想找他，應該早就來問了。老天，要是瑞尼克的無能也把他害慘了怎麼辦？他怒瞪著霍克斯。

「瑞尼克知道這件事嗎？」富勒問。

「我不曉得。我沒看到他，我也不在乎。這是總督察的決定。」霍克斯愉悅地說著關上門，留富勒自個兒生氣。

五分鐘後，愛麗絲走進來。她即將被轉調去犯罪紀錄部門，某些程度上這讓她鬆了一口氣，壓力會減輕很多。

「你們今天會搬回去原本的辦公室，」她提醒富勒跟安德魯斯。「裝潢工人弄得很不錯。整個煥然一新，還有全新的設備。」她的語氣聽來介於慈祥的母親和嚴肅的女校長之間。

富勒早已將大部分的桌子和文件裝箱搬走。安德魯斯在還沒被抓去搬辦公室設備前，就溜到販賣部去了。

「瑞尼克來了嗎？」富勒問愛麗絲，同時小心翼翼地將報告從打字機上取下，從桌上拿起最後的幾份文件。

「還沒，而且我很生氣他完全沒整理他的辦公室！我都拿箱子去給他裝東西了，他卻連這樣都不肯。」儘管她是負責整個刑事調查部的秘書，瑞尼克卻表現得像是她只為他工作。

「愛麗絲，」富勒和善地說，「妳還期待什麼呢？」

愛麗絲給了富勒一個銳利的眼神。她不喜歡人家不尊重瑞尼克，儘管她很清楚富勒的意思。瑞尼克在日常實際事務方面，實在懶到不行，他曉得如果他擺爛得夠久，愛麗絲就會幫他處理。她還曾經抓到他拿這件事跟同事說笑。「都養狗了，幹嘛還要自己耍寶？」他這麼說深深傷害了她，雖然她知道他不是真有此意。瑞尼克的懶惰是因為她喜歡照顧他，不是他喜歡被照顧。她仍舊為他辯護。「喔，他很忙嘛，富勒警探。他沒那個時間去處理雜事。」

富勒搬著最後一箱東西離開，朝愛麗絲笑了一下。「他有妳實在很幸運，愛麗絲。但我很抱歉，對妳來說就不是這樣了。」

「你知道你可能什麼時候會碰到他嗎？」愛麗絲在富勒背後喊道。

「不曉得！不在乎！」富勒喊回來。

愛麗絲走過空蕩蕩的走廊，站在瑞尼克貼滿透明膠帶的殘破辦公室門外。她搖了搖門把。一如往常地鎖著。走廊深處的大門「碰」地一聲敞開，打破了原本的沉默，瑞尼克出現了。他走過新的辦公室，大呼小叫地喊著富勒跟安德魯斯，而正準備要大叫愛麗絲的時候，就看到她在等他。

「早安，美女。」他說，一邊打開辦公室的門，然後突然又咳嗽起來。

瑞尼克的辦公室還是一樣混亂。他連幫東西裝箱都沒半點進度。他把他破爛不堪的公事包丟到桌上，然後拿起電話。

「電話線被切斷了，長官。」愛麗絲耐著性子說道。「工人今天會開始處理這邊，你應該要搬到樓上加蓋的新辦公室。」

瑞尼克把話筒用力摔回去。「妳怎麼不早跟我說？！」

愛麗絲其實已經跟他說了五次，但她沒有這麼回答。

他把辦公室鑰匙交給她。「別讓任何東西離開妳的視線，」他說，真誠地盯著她看，好像他不曾這樣信任過其他人一樣。

「當然，」她一樣慎重地回覆。然後他就離開了。

愛麗絲站在這一團和瑞尼克的職業生涯一樣崩壞的混亂中。如果這是其他人的辦公室，她應該早就把它交給文書組的人去處理。但瑞尼克的不行。他把他聖堂的鑰匙交給她，哪怕是一張白紙，她也不會讓它從眼前消失。她深深地嘆了口氣。為什麼我總讓你這樣對待我？她想。瑞尼克像龍捲風一樣，每天掃進掃出她的生活，每天晚上，她都得收拾他白天所留下的爛攤子。他從沒仔細聽她說話，除非她是在回答他提出的問題。她也數不清有多少次，在她離開辦公室的時候，他朝她喊道：「替我跟妳爸問好！弄杯檸檬威士忌甜酒給他，什麼病都好了。」儘管她已經告訴過他上千次，她父親已經過世了。

但愛麗絲很清楚自己為什麼這樣跟在瑞尼克後頭，為什麼她願意為他做任何事。她已經愛了他十五年。

第二十章

琳達坐在遊樂場的隔間裡咬著指甲。震耳的音樂讓她頭痛。她思考著那天海灘演練結束後，她們在車庫的對話。她並不喜歡事態的演變。

她們在演練後都很亢奮，但是她們回去時開的會議，氣氛急轉直下。事情的開頭，是貝拉問朵麗說搶案過後她們要把錢藏在哪裡：

「不告訴妳。」朵麗實事求是地回答。「妳要是不知道，就沒辦法說出去。就是這麼簡單。這樣才安全。妳只要知道這點就夠了。」

「妳不相信我們嗎？」琳達問道，立刻採取防禦姿態。

三個人佇立在不安的沉默中，朵麗發了機票給她們。搶案過後，每個人都要搭機出國，前往不同的目的地：琳達去西班牙，雪莉去法國，貝拉去義大利。朵麗已經在各個地點安排好住宿，並且給她們手寫的說明，告訴她們該去哪裡、如何前往。然後，她給了大家另一份里約熱內盧的機票和飯店資料，那是她們稍後要會合的地方。最後，她給每個人各一個裝滿錢的信封，用來付飯店費用。

雪莉的臉亮了起來。她對這一切興奮又害怕。「妳到里約之前要去哪裡呢，朵麗？」

「哪也不去。」朵麗簡短地說。「我要找適當的時間去藏錢，還有找狗舍安頓小狼。如果我們同時消失，會啟人疑竇。我會帶一筆大錢去里約，讓我們能在那裡至少待兩個月。我們避風頭越久，大家就越安全。」

琳達開口，想對朵麗提出大家心中都有的疑問，但貝拉插嘴了。她不想讓局面變成唇槍舌劍的鬥嘴。「還有那批現金……只有妳會知道錢藏在哪裡？」她禮貌地問。

朵麗看出女孩們需要確認她知道自己在做什麼、還有為什麼這樣做。「我們是照哈利的方法做事。他的團隊裡沒有人知道錢藏在哪裡，他也從來沒騙過團隊成員。他們信任他，願意交出自己的──」朵麗看著地面，不想對上琳達或雪莉的目光。「他們信任他。」她改口。「他們都是好人，但是哈利知道他們會受到誘惑，出去馬上把錢花光。那樣會引來別人的注意……特別是警察的。」朵麗打開手提包，將她的里約機票拿出來舉高。「這裡，看到了嗎？我也有票。我不會耍妳們，帶著錢消失。」

「要是妳出了什麼事呢？如果妳被抓了，或是被公車撞了呢？」貝拉還是擔心。

忍不住想要知道一切大小事的琳達插進話題。「那樣的話，我們會身無分文流落在里約。我們需要知道一切，朵麗。」

朵麗受傷的程度多過生氣：受傷是因為她們仍然不信任她。她向三個人開火。

「現在，」她咬緊牙關說，食指跟拇指靠得只隔一吋遠。「現在，我只差這麼一點點就要取消計畫，離開這裡。妳們可以把我給的每一分錢都還回來。妳們現在站在這裡，拿著去里約的機票，還有妳們這輩子看過最多的現金。妳們怎麼敢質疑我！還有，如果妳們覺得可以靠自己執行計畫，那就請便吧。看看妳們沒有我還能做到哪一步！我受夠別人的質疑了。妳們三個現在就選。妳們要放棄？還是妳們要自己來？現在就告訴我！現在就告訴我啊！」

雖然雪莉沒有說話激怒朵麗，但她仍然愧疚地垂著頭。她是想過不少關於朵麗的壞話……琳達則不那麼為朵麗的怒罵感到困擾，可是她明白，如果沒有帳簿和保全的內應，她們絕不可能靠自己完成任務。

最後，貝拉出面擔任理性的調解者。「我們不需要知道錢藏在哪裡，朵麗。我們信任妳。我們必須如此。」

朵麗聳聳肩。貝拉這是在明褒暗貶說反話，但現在也只能接受了。她趁還沒講出會令自己後悔的話以前，抱起小狼離開。

門一在她背後關上，貝拉就轉向琳達和雪莉。「我不像妳們兩個，在她那個寶貝哈利的搶案裡失去了丈夫，但是妳們要知道……如果她搞什麼把戲，我就要殺了她。我因為相信她的保證，把自己的生命拿來冒險。我以前從來沒有這麼多本錢可以失去。如果有人把這奪走，他們會後悔的。非常後悔。」

雪莉一臉震驚，她知道貝拉不是在開玩笑。琳達把自己最後一隻指甲咬得流血了。她像貝拉一樣，無法全心全意信任朵麗。她們在各地飛來飛去的同時，只有朵麗有管道取得那些搶劫來的錢。而且，她們甚至連自己搶到了多少都不會曉得！

現在，經過幾個小時，遊樂場隔間裡的琳達，思考著在倉庫發生的事，心中十分生氣。她往咖啡裡又加了一份威士忌，一口灌下。她討厭被朵麗控制的感覺；她討厭被當成小孩對待；她也討厭凡事不能再自己作主。這樣想著的同時，她也思索：她、貝拉和雪莉自己完成任務，真的是這麼不可能的事嗎？

*

雪莉看著映在長形鏡子裡的自己，露出微笑。她很開心呢。她試用的臉部保養套組對她的肌膚有奇蹟般的效果，讓她現在煥發著清新的光采。她開始修剪和銼磨指甲。海灘演練真是要了她們的命。就在她開始放鬆下來時，門鈴響了。雪莉嚇得差點從絲質睡衣裡跳出來。她的心臟開始怦怦狂跳。如果東尼·費雪就站在她門前該怎麼辦？她一個人在家啊！他可能會破門而入，他這次可能會毆打她、強暴她，甚至殺死她。雪莉看看時鐘，現在是凌晨一點十五分。她嚇壞了，不敢有任何動靜。

在門前，琳達的手指持續按著門鈴。她從街上看見雪莉的臥室燈是亮的。她吃吃偷笑。要是她抓到了不起小姐跟哪個小伙子搞在一塊，那可就好笑了！

門鈴繼續響著。雪莉推測，這不可能是東尼·費雪。如果是他，現在一定已經把門給踹開了，或是至少會大吼要她開門。她踮著腳尖走到門邊，用顫抖的聲音問：「是哪位？」

琳達對現在的時間和雪莉的緊張完全無感。「是我啦，妳這笨母牛！開門吧。」

琳達不耐地等待雪莉解開門上的好幾道鎖。這門聽起來簡直像諾克斯堡：門栓、門鏈、兩段鎖、甚至三段鎖……琳達都數不清了。門終於打開的時候，她看見雪莉臉上如釋重負的表情。

「要命喔，琳達，妳真是把我嚇死了。妳想幹嘛？」

「我只是想跟妳談談朵麗。」琳達說，伏特加的酒力讓她有點顫巍巍的。

她走進客廳，讓雪莉重新把前門栓好鎖好。她訝異得退了一步，雪莉的房子彷彿出自室內設計雜誌：到處都是柔和淺淡的色彩、又大又厚的地毯、樣式高雅的家具，還有個漂亮的松木櫥櫃。琳達感到嫉妒。要裝潢整修出這樣的地方，一定得花不少錢：泰瑞跟她的喬和哈利·勞林斯一起做的案子，想必大有賺頭。喬當然跟泰瑞拿的是一樣的分成，那為什麼他花在她和他們家上面的錢，卻是那麼少？並不是說喬生前對琳達不夠慷慨，而是他對他自己的家人簡直是天殺的在做慈善，幫他們找地方住，讓他們從義大利飛過來，幫他們付房租，還隨時給他們零用錢。當然，琳達承認，喬是把錢花在俱樂部、賭博和喝酒等等。而且，她知道還有那個他搭上的金髮妞……琳達發現自己煩躁起來，而且她看著身穿昂貴絲質睡衣的雪莉調整中央暖氣開關時，也覺得生氣。這都不是雪莉的錯，但是琳達沒心情講理。

「喝一杯如何？」琳達問。

雪莉看得出琳達已經喝了酒。也許是伏特加吧，她想，她臉上那副像臭臉雪貂的醉醺醺表情露了馬腳。她沒有伏特加，所以她用切工最精緻的水晶玻璃杯倒了一大份白蘭地拿給琳達。

琳達注意到杯子，但是她搖晃著白蘭地的時候不發一語，好像很清楚自己在做什麼。她坐在鋪著厚厚白色地毯的地板上，倚靠著希爾斯牌的三人沙發。她喝了一口白蘭地，直接切入重點。「妳覺得朵麗有對我們坦白嗎，還是怎樣？」

雪莉待在壁爐旁。她很累了，而且厭倦了琳達的多疑。「我當然覺得她坦白了。」她堅定地說。

「我和貝拉在講……」琳達開始說。

「是在喝酒吧。」雪莉打斷她。

「妳就閉上嘴巴一分鐘行不行？朵麗散播的那個謠言，說她老公還活著……還有那個逃脫的第四名成員。我們在想，呃，如果兩件事都是真的呢？如果哈利．勞林斯還活著，他就是逃脫的那個人，而且他讓**我們**的男人被活活燒死呢？」

「該死，不要笨成這樣好不好！」雪莉斥道。這一定是琳達目前為止說過最荒謬的話了。

「如果我們就這樣被載去里約，不知道錢藏在哪，也不知道朵麗的下落呢？如果那第四個成員還在這裡躲著，最後出來收割呢？如果那個人就是哈利，而且朵麗也知情呢？她愛那個男人愛到至死不渝啊，雪雪。她為了他什麼事都願意做。」

雪莉緊繃起來，雙頰脹紅。她握緊雙手以控制住自己。她這輩子從來沒聽過這麼不知感恩、卑鄙可憎的鬼話。琳達現在站起身靠過來，用指甲咬過的手指戳戳雪莉。雪莉推開琳達，雙手插腰，站得直挺挺。她沒有大呼小叫。她的聲音很鎮靜，但她要琳達好好聽進去。

「妳覺得那個女人的悲傷不是真的？妳覺得她在桑拿室告訴我們的計畫，都是某個其實跟我們無關的、更大的陰謀的一部分？哈利已經死了！就像妳的喬、我的泰瑞一樣死了。妳可別敢要求我相信她的悲傷不像我的一樣真實。妳的心情是恢復了，但那不代表我們也一樣！」

「好啦，妳別激動。那麼，逃脫的人可能不是哈利——但她還是可能在耍我們。為什麼她不告訴我們她要把錢藏在哪裡呢？」

「她解釋過了！」雪莉的眼睛睜大，臉龐緊繃又嚴肅。「琳達，如果妳有什麼話要跟朵麗講，就當著她的面說啊。妳跟貝拉要怎麼想都行，但我不會相信她在跟我們玩兩面手法。她本來不想開領頭的車，但她現在要開了。那是最危險的崗位，但她承接下來，因為那樣對我們所有人來說是正確的選擇。」

琳達盡其所能守住立場。「我和貝拉……」

雪莉挫敗地大叫。「『我和貝拉！**我和貝拉！**』是妳把貝拉帶進來，現在妳們兩個都想惹麻煩，還指望我跟妳們站同一邊。哼，我可不會。朵麗還沒有讓我們失望過，我也相信她不會。她不會故意那樣做。」

「對不起，好啦。對不起。」琳達說著往後退。

但雪莉不會這麼輕鬆就放過她。「不，才不好。朵麗做的就只是照顧我們，妳卻三更半夜跑來這裡想造反。琳達，妳從沒過上這麼好的日子！而且妳又沒被東尼．費雪騷擾。妳又沒遇到那個混蛋想燒掉妳的奶子！妳嚇到我了，琳達，妳懂嗎？妳嚇到我了。」

琳達知道自己不該來的。她伸手拿白蘭地酒瓶，想安撫神經。

「我覺得妳喝夠了。妳該走了。」雪莉拿走酒瓶。

琳達喪氣地站著，手插在牛仔褲口袋，像頑劣的女學生一樣低著頭。雪莉嘆一口氣，旋開瓶蓋，幫她倒了一點點酒。琳達將酒杯拿到餐櫃上，看著台面展示的一排整齊照片。她啜了口酒，指著一張照片。

「那是妳媽？」琳達問。

雪莉完全沒心情閒話家常，但這似乎是琳達嘗試道歉的方式，所以她配合了。「這是我哥，那是我爸。」她說。

琳達背對雪莉，淚珠無聲地滾下臉頰。直到琳達開口說話，雪莉才發現她哭了。

「我三歲的時候，我爸就離開我們。」琳達說。「然後我媽把我丟在一家孤兒院，再也沒回來。我現在都不記得她了──連她的長相也不記得。」她喝光剩下的白蘭地。「真是美好的家庭。」她說。「妳很幸運，雪雪。」她突然又變回平常嘻嘻哈哈的樣子，問道：「妳有男人嗎？」

「當然沒有。」雪莉回答，她希望琳達不要像平常喝醉的時候一樣，講話淫穢又不得體。不過琳達大致保持了禮貌。

「我有。」她說。「我不該跟他交往──朵麗不贊成。但我喜歡他，雪雪，真的喜歡。他很溫柔。而且他有理想，比喬以前有過的理想都還好。他有自己的修車廠。他想當賽車選手。」她驕傲地加上一句。

「噢，老天啊。」雪莉的眼睛突然睜大，簡直像見了鬼。她雙膝跪地，一把打開餐櫃下部的門，拿出一本相簿，開始瘋狂地翻頁。「一定就是他！」她不斷說著。「一定就是他！在這裡！」她發現了她要找的東西。她抓著琳達的手臂，把她拖到自己旁邊的地板上，指著一張快照，裡面是泰瑞跟一個穿修車工作服的男人搭著肩。

「那是吉米．努恩！」她興奮地說。「他是賽車選手。我猜他可能就是第四個成員，琳達！可能是泰瑞帶他入伙的，所以他才沒有出現在哈利的任何一本帳簿裡——所以朵麗找不出他的身分……他是新人。」

「妳怎能確定？」

「我記得泰瑞一直在講他。說他有多厲害，沒有人抓得到他。我想他是開前鋒車的。這很合理。不然為什麼我們找不到他？他是**新人**。」

琳達突然清醒，把照片從相簿裡拿出來。「什麼都別跟朵麗講。」她說。「等到我們確定了再說。我要找到他，雪雪，拜託讓我找到他，我們再告訴朵麗。」

「妳要怎麼找他？」雪莉沒有完全信服，但琳達看起來非常急切。

「拜託，雪雪。」琳達再度懇求。「我們就這樣辦吧。我會搞定的，我保證。」

雪莉不情願地點頭，而琳達像子彈般飛馳跑出前門、奔下台階。吉米．努恩……她決定要找到這個讓她們的丈夫送命的混蛋。但更重要的是，她決定要向朵麗證明，她也有腦袋，而且她是團隊的一分子。

＊

桑德斯總督察聽富勒抱怨的時候面無表情。時不時地，桑德斯會從富勒交給他的檔案上抬起視線，對富勒快速地點一下頭，表現得像是他有在聽，然後繼續閱讀。

富勒滔滔不絕，想將胸中情緒一吐為快。「我不想弄得好像我在背地裡講壞話，長官，但你應該知道瑞尼克警督是怎麼處理案子的。而且，在我看來，長官，梅費爾那邊的案子需要更多人手，我在那裡可以真正幫上忙。但是，我現在要蹲在一個死人的房子外面，跟他的太太去找美髮師、去修道院、或是去蹓狗。沒有不敬的意思，長官，但這樣是浪費資源。而且週末呢……，嗯，造成了局裡超時工作的成本，但還是沒有任何進展，影響到我們的團隊工作情緒。」

富勒繼續大肆發洩的同時，桑德斯漫步到辦公室的門邊，把門打開。富勒立刻安靜了。

「你不需要喜歡他。」桑德斯說。「但你需要跟他合作。」

富勒站著，手伸過桑德斯的辦公桌，要把他帶的檔案拿回來。

「我會留著。」桑德斯說。

桑德斯在富勒背後關上門，做了個深呼吸。富勒是個優秀、勤奮的警察，但是團隊合作完全不行。要是知道瑞尼克給他多好的評價，他一定會訝異至極。「他是個驕傲的小兔崽子，以為自己比其他人都優秀。」瑞尼克如此告訴桑德斯。「他表現得好像那些跑腿工作配不上他，可真是惹毛我了，但他是個聰明的小子。而且他非常謹慎，沒有多少東西逃得過他的眼睛。他需要學著傾聽自己的直覺，但他會做到的。也許他覺得自己比其他人都優秀，其實也沒錯呢。」

桑德斯沉思著，富勒看重自我和職業生涯勝於一切，瑞尼克卻不曾如此。瑞尼克很討人厭，但那是因為他腦子裡一旦有了想法，他就成了一條追著骨頭不放的狗。而且，他說對的次數多過犯錯的次數。像局裡大部分人一樣，桑德斯認為瑞尼克在追捕哈利・勞林斯時被情緒主導了，但是畢竟他被陷害過，所以也不能真的怪罪他。瑞尼克盲目的態度才會是他最後被迫退休的原因。桑德斯只要多給他一段繩子，他就會把自己吊死了。而富勒剛才交給他的檔案，正是他所需要的繩子。

經過一段長度適切的空檔，桑德斯跟著富勒去新辦公室找瑞尼克聊聊。在那間嶄新的隔間裡，瑞尼克的新辦公桌空空如也。桑德斯回頭前往瑞尼克的舊辦公室，發現愛麗絲在那裡將一個紙箱裡的文件歸檔。

愛麗絲的動作凝止了。「瑞尼克警督依要求收拾了，長官，但後來我恐怕是害他分心了，所以進度有點落後。」她撒起謊很有說服力。「因為他會趕不上進度其實是我的錯，所以我說我會幫他收完。」

桑德斯溫柔地對愛麗絲微笑。他真心欣賞她的忠心耿耿，也總是認為她有能力成為一個出色的警察。他從打包好的箱子裡拿起一份檔案。這份檔案內容不完整，而且已經放了好幾個月。接著，他看向瑞尼克辦公桌上的日誌：連續好幾頁都是空白的，完全沒有交代他的去向。

瑞尼克對警務基本規範的毫不尊重，讓桑德斯氣得脹紅了臉。

「等瑞尼克警督回來的時候，」桑德斯簡短地說。「告訴他我要找他來我辦公室說話。一定得來。這次不許找藉口了，愛麗絲。」

第二十一章

琳達對自己感到相當滿意。她打了電話去布蘭茲—哈奇賽車場，客套幾句再加上一點調情和打探之後，她便得知了吉米．努恩的地址。原來，已經好一段時間沒人看到他了：跟她講話的修車技工，還說如果她能提醒吉米還欠他五十鎊的話，他會非常感激。**我猜他是個迷人精吧，**她想，回想起她的喬是如何迷惑許多人「借」小錢給他，就為了帶她去度個高級週末假期。

現在，琳達坐在老康頓街的希臘咖啡廳裡，往窗外張望，等候朵麗出現。琳達打電話給朵麗的時候，修道院長就在她身邊不到幾呎遠的位置坐著，朵麗沒有立場問她為什麼要提議她們兩人單獨碰面，還是在公開場合。**朵麗一定等不及想知道到底是什麼事這麼重要，**琳達兀自微笑著想。終於有這麼一次，琳達挺期待見到她的。她手裡握有能夠分享的情報：她成了別人仔細聆聽的對象，就像她當初帶貝拉加入團隊時那樣。她感覺充滿力量。

朵麗的賓士一在對街停下，琳達便朝咖啡廳老闆招手，請他再送上兩杯咖啡。她看著朵麗投了幾個硬幣到停車收費錶裡，手臂下夾著小狼，望向對街的小咖啡廳。**快進來，妳這頭自大的老母牛……保證會讓妳值回票價的！**

朵麗面無表情地在琳達對面坐下。她無法忍受油炸食物的濃烈氣味，也討厭這種油膩的餐廳在衣服上留下的味道。老闆將咖啡端上來，不小心灑了一些在茶碟上，用沾滿食物污漬的骯髒圍裙擦拭雙手。戴米斯．魯索斯的金曲〈永遠永遠〉在點唱機上開始播放，唱片刮損過，透過廉價的擴音機聽來相當刺耳。

朵麗嫌棄地看著濃縮咖啡杯邊緣的污漬，等著琳達開口。

「妳認識吉米．努恩嗎？」琳達問，知道她不太可能認識。

「從來沒聽過。」朵麗回答。

琳達決定她還是快點切入重點才好。「我認為他就是第四個成員。丟下我們的丈夫、搞失蹤的那個人。」

朵麗沒有說話，等著琳達再次開口。

琳達將一張摺起來的紙推過桌面給朵麗，好像間諜在傳送祕密訊息，紙張裡頭包著那張從雪莉的相簿拿出來的吉米．努恩的照片。「他是泰瑞的一個朋友，前賽車手。這是他的地址。我妳可能會希望先見見他，畢竟妳是老大。然後我想我們應該全部人一起碰個面，妳覺得呢？」

「該不該碰面由我來決定，」朵麗說，「而且現在這樣公開會面可能會對我們不利，琳達。」

「妳現在很會推掉這種爛攤子了嘛，不是嗎？」琳達說。

朵麗不理她。她讀著吉米．努恩的地址，瞥了照片一眼，將它們放進大衣口袋。

琳達繼續說。「我沒去敲他的門，也沒跟鄰居說話。我只是停下車觀察了一下，但從來沒看到他進出家門。我跟妳保證他肯定是妳在找的第四個成員，朵麗。他一定就是那個丟下我們的丈夫等死的混蛋。」她往後一靠，等待朵麗說些什麼……說些像是「幹得好」或「表現不錯」之類的話。

「服務生！」朵麗把咖啡廳老闆叫來。「我想點些餅乾，麻煩了。」餅乾送來之後，她便彎下去餵給小狼。

幹，琳達想。難道雪莉那個大嘴巴早就因為吉米．努恩和泰瑞的關係，而跟朵麗提過他了嗎？

朵麗又剝了一塊餅乾給那個小渾球吃，然後看向琳達。

「不是只有妳一個人在當偵探，」朵麗說。「妳為什麼要跟我說謊？」

短短的幾分之一秒內，整個權力關係就翻盤了。琳達可以感覺到手心冒出的汗水。「我沒說謊，朵麗，」她說。「我跟雪雪在一本舊相簿裡找到吉米．努恩的照片，然後——」

「不是在說吉米．努恩，」朵麗打斷她。「那個我之後會處理。我是在說妳的新男友，卡洛斯，對嗎？」

琳達徹底吃了一驚。她感覺到自己的臉龐升起泛紅的溫熱。

「妳沒跟他講過任何關於我們的事吧，有嗎？關於我們在進行的事情？」朵麗質問道。

「他不是男朋友，朵麗。他只是個修車技工，我買了車子之後，跟他有過一小段。」琳達說。「那沒什麼。」

朵麗的目光直直灼燒進琳達的靈魂，詭異地混雜著憤怒與失望。「妳當時站在沙灘上，看著我的眼睛，跟我說妳沒有在跟任何人交往。」

「那不關妳的事，」琳達反擊，點了根菸。她用力吸著香菸，心中但願她當初沒有費事打電話給朵麗。到底為什麼，她對卡洛斯困擾的程度多過吉米．努恩？

「妳以為我幹嘛問起他？」朵麗說，「妳以為我會想知道妳骯髒的性生活，或者我是在設法保護妳？保護我們所有人。」

琳達臉上的笑容消失了。她知道自己將要被打回原本的地位，而且再一次地，她完全沒預料到事情會這樣發展。她瞪視著朵麗，等待她的爆發重擊。

「卡洛斯是替厄尼．費雪工作的。」朵麗說。「妳的小愛人，琳達，是個小甲甲。一個從妳床上轉頭就跳到厄尼床上的玻璃。除了當厄尼．費雪的男寵外，卡洛斯還負責處理他所有的破爛車子。他就像那些破車一樣髒……各種方面都是。」

琳達整個人都沉默了。厄尼．費雪這個名字在她腦中迴盪。一想到他跟卡洛斯做愛，就讓她生理上感到噁心。她的嘴巴發乾，沒有發現她還燃著的香菸掉在桌上。朵麗又餵了一塊餅乾給小狼，給琳達一點時間消化她剛才說的話。

最終，琳達的腦袋會意過來。她試著微笑，吸了一口菸。「妳說的話，我一個字都不信。」但儘管她有時候討厭朵麗，琳達知道她從來不說謊。從來不會。

「巴瑟．戴維斯跟我說的。」朵麗說。「在他被人弄成絞肉之前。所以，我在沙灘上問妳跟卡洛斯的事、而妳說妳沒在跟他交往的時候，我就知道妳在說謊。我選擇什麼都不說，是因為我們即將面對沉重的一天，我想妳可能會自己放聰明點……結果沒有。妳就做了一個接著一個的愚蠢選擇，不是嗎？」朵麗再次開口前的停頓讓琳達備受折磨。「妳在吉米．努恩家外面等的時候，是坐在哪輛車子裡？」朵麗毫不留情。琳達眼中漸漸湧起淚水。「妳是不是恰好坐在妳自己的車子裡？卡洛斯幫你修理的那台？是他看過你停在妳家外面、妳工作地點外面的那台車，而且現在就停在妳叫我來、好讓全世界都看得到我們見面的這間咖啡廳外面？是那台車嗎，琳達？」

琳達真希望地上可以開個洞，將她整個人埋起來。但朵麗還是不放手，儘管淚水已經流遍琳達的臉龐。

「妳一直是個愚蠢的小賤人，但這些都到此為止，妳聽懂了嗎？我之所以能當老大，可是有很好的理由。現在，我告訴妳接下來要怎麼做之前，我要先問一個問題。我已經問過一次，這次妳要回答我。妳有沒有跟卡洛斯提到任何我們計劃的事情？」

「我發誓我沒有。一個字都沒有。我用我的性命擔保，朵麗……」而朵麗知道她是說真的。

「妳要甩掉他，琳達。」朵麗說。

有那麼一秒，琳達覺得朵麗的表情和語氣就像個黑手黨老大，在下令做掉某個人。「什麼意思？」她問道，語氣聽來無助而低啞。

朵麗很想抓住她的後頸、打她幾下，看她能否恢復一點理智。「唉，我不是指把他給殺了，如果妳的蠢腦袋是這樣想的話。他是費雪兄弟的車手對吧？他肯定有一整個車庫的贓車。」

琳達的嘴巴張大。「妳要我去跟警察舉發他？」

「只要一通電話，琳達。讓他們去搜他的地方。今天。」朵麗起身，將小狼夾在手臂下。「然後，妳敢再騙我一次試試看。」朵麗轉身準備離開，又停下來回頭看向琳達。她低頭坐著，盯著面前冷掉的濃縮咖啡裡漂浮的菸灰。她看起來如此挫敗。朵麗還是無法同情她，但她確實需要她振作起來、甩掉卡洛斯。「謝謝妳給我吉米·努恩的地址，」她說。「我會去了解一下。」然後就她離開了。

琳達獨自坐在桌邊。在咖啡廳的另一端，店裡的希臘人跟三個膚色黝黑的工人對她上下打量。她感覺自己很噁心，愚蠢又噁心。朵麗用不到五分鐘，就把琳達最自豪的時刻打成她最大的恥辱。幹，她恨死朵麗·勞林斯了！她這個人好差勁、好差勁。沒心沒肺，用一段對話就把琳達打擊得崩潰。她實在不必用「男寵」這樣的字眼，琳達想著。她會這麼做，就是因為她是個悲哀又怨毒的老巫婆。

她的右手碰到那條金項鍊和射手座吊墜，是卡洛斯送她的。他讓她閉上眼睛，一邊將項鍊繞過她的頭部，溫柔地親吻她，讓項鍊垂在她頸項的凹處。她好愛它。她好愛他。他們站著做愛，看著鏡子裡的彼此。早上，卡洛斯在她醒來前就離開了，留下一張紙條說他下班後來見她。但她現在心中所見的景象，就只有卡洛斯用那同一對可口的義大利嘴唇親著厄尼。

那個賤人，那個齷齪的賤人！琳達的痛苦令她難以負荷。她試著將厄尼和卡洛斯的影象趕出腦海，但她做不到。她扭扯著項鍊，直到金鍊斷掉。她脖子被射手的弓劃傷的地方流下一小道鮮血，然後，她哭了起來。

第二十二章

朵麗確認了一下琳達給她的地址。她在一條滿是破爛房屋的街道上停車，看見一個小孩溜著滑板滑過人行道。她搖下車窗，叫他過來。

「你知道住在三十九號的是誰嗎？」她問。

小孩往那間房子看了看，然後看向朵麗，搖搖頭。

「我不曉得，女士。為什麼問？」

朵麗從她的賓士車裡出來，「我來看一個老朋友。」

「那妳應該比我清楚他們住哪吧，不是嗎？」小孩臉上掛著笑容回答。

朵麗環顧四周，這台賓士在這條街上太過招搖了。「幫我看著這台車，我會給你三鎊。」她跟小孩說。

男孩的眼睛亮了起來。「給我五鎊我就幫妳。」他說。

朵麗笑了。她喜歡這個孩子。他們握握手，然後朵麗朝吉米・努恩的住處走去。

這間房子被隔成四個套房，大門雖然關著但沒鎖上。裡頭的狀況比她想像的還糟：走廊上到處都是傳單、黑色垃圾袋、破掉的牛奶瓶、免費報紙和用過的餐盒。走廊電燈的開關沒有反應，然後她才看到懸掛的燈座裡並沒有燈泡。她往樓梯走去，靠自己的手電筒照明以辨清方向，等她走到二樓，氣味才改善一些。她停下來，把手電筒拿近房門，看到了四號房。她敲敲門，聽見嬰兒開始啼哭的聲音。她等了一下再敲一次，嬰兒的哭聲更大了。

「是誰在裡面？」朵麗再敲了一次門。

門開了一條小縫，一個年輕女子從縫隙裡往外看。「我沒興趣買任何東西。」

她準備要關上門，但朵麗搶先一步。

「方便聊一下嗎，親愛的？我沒有別的意圖。」朵麗問，擠過她身邊，走進裝潢簡陋的小房間裡。她點了根菸。年輕女子的香水聞起來過於濃郁。「我在找吉米．努恩。他在家嗎？」

女孩沒有說話，顯然不認得朵麗是誰。

「我是哈利．勞林斯的太太，」朵麗說，雙唇半閉地吐著煙。「妳的先生在我先生手下工作。而妳是……？」

「楚蒂，」女孩不情願地說。哈利．勞林斯這名字顯然讓她想起了什麼。「我好幾個月沒見到吉米了。他說有些事情要忙，離開之後我就沒見過他。」

朵麗仔細觀察這間房子的各個角落：暖爐上的嬰兒衣服，髒污而粗製濫造的家具，但更重要的還是楚蒂。這女孩有種低俗的美感：身材姣好、性感、漂亮的金髮、水嫩厚唇和那雙純真無邪的大眼睛。要從她口中問出資訊應該不難，朵麗想。她只需要擺出和善的態度。她遞了一根香菸給她，但對方搖了搖頭。

「我不抽菸。」她說。

所以，楚蒂身旁那張扶手椅上快要滿出來的菸灰缸是別人用的。這個美女也許不抽菸，朵麗兀自想著，但有別的人會……楚蒂懷中抱著小孩站在那裡，朵麗則抱著小狼。朵麗把小狼放下來，小心地坐在楚蒂的破沙發上，為自己點起另一支菸。小狼跳上扶手椅，又聞又抓椅子表面下的填充物。他的躁動把菸灰缸撞到地上。

「給我下來！」朵麗罵道，牠立刻聽話，來到她腳邊坐下，搖著尾巴。她沒有想把菸灰缸或散落的菸蒂撿起來的意思。就算那樣做也不會讓房子乾淨多少。她從手提包裡拿出那張照片。「這是吉米嗎？」

楚蒂看了看那張吉米跟泰瑞站在一起的照片，然後點頭。「他欠妳錢，是嗎？」

朵麗起身，拍了拍裙子，遞給楚蒂一張寫有電話號碼的紙。「如果他出現的話，告訴他我有話要跟他說。他打這個號碼就找得到我。說是勞林斯太太找他。」她再說了一次。

「我知道你的名字。」楚蒂說。

多麼天真又愚蠢的女孩，朵麗想著。最蠢的就是讓自己弄上一個孩子，一個不斷哭哭啼啼的小東西。楚蒂身上廉價又濃厚的香水味再度撲鼻而來。說不定小孩就是因為這個才哭的？他其實是個還滿可愛的小寶寶，約莫六個月大。朵麗輕輕拍他的臉頰，而楚蒂一臉緊張地往後退一步。朵麗打開手提包，拿出五張十鎊新鈔，不理會小狼又跳上扶手椅、開始往椅墊下鑽。

「這是給小孩的，」她告訴楚蒂，將五十鎊遞給她。「等吉米跟我聯繫之後，我會再給妳更多。」

楚蒂看著小狼不斷往她的扶手椅裡蹭。

「小狼！」朵麗喊道。「下來！」她把牠抓到懷裡。就在這時候，她注意到有個東西卡在椅墊跟扶手的夾縫裡，閃閃發亮。「我很抱歉……」她說道，假裝在整理坐墊。她背對楚蒂，拉出一個金色的Dunhill打火機，這儼然就是她多年前買給──

楚蒂的聲音好像從某個遙遠的地方傳來。「如果下面那台車是妳的，勞林斯太太，妳最好去看一下。」

朵麗迅速將打火機放回椅墊側邊。她如此想要把它翻過來，確認背面是否刻有HR的縮寫。但楚蒂的聲音再次傳來……

「有一堆小孩圍著它。看起來妳的後照鏡已經缺一個了。」

但朵麗已經離開，不敢回頭看，害怕自己會看到什麼。

*

楚蒂從窗戶看著朵麗跑過馬路，對站在她車子旁邊的小孩賞了個耳光。楚蒂笑了。「這老傢伙不好惹，可不是嗎？」她說。廚房的門打開了一些。「你絕對猜不到吧，親愛的？她給我五十鎊，說要給我們的小孩呢。」

第二十三章

琳達坐在遊樂場隔間，緊握著卡洛斯送給她的項鍊。如果她突然不戴了，她覺得卡洛斯應該會注意到，便把項鍊拿去修理好。朵麗的話語在她腦海裡縈繞不去，她還是沒辦法搞懂這一切。想到卡洛斯是如何將她抱在懷裡、和她做愛，她還是無法相信他竟然男女通吃、腳踏兩條船。她抬頭一看，心揪了一下。卡洛斯面帶燦爛笑容大步走向她。他身穿亮眼的淺色西裝，看上去是絲質的，而且價值不菲。琳達無法正眼看他，於是慌亂地重新數起零錢。

「妳看我這樣如何？」他站在隔間窗口邊問道，濃重的古龍水香氣瀰漫在她四周。

琳達慢慢抬起頭來。卡洛斯指著自己的西裝微笑，他帥氣黝黑的臉龐剛刮過鬍子。她好愛他美麗的深色雙眼，但她無法承受他的注視。現在不行。她別開視線。「打扮得這麼帥氣，你要去什麼好地方啊？」她的聲音在顫抖。

「要去一個晚餐應酬，見一些人，」他雀躍地說。「開門讓我進去抱抱妳。」

琳達手忙腳亂地打開門上的鎖。卡洛斯將手環繞在她腰間，將她拉近親吻。她很緊繃，而他也感覺到了。

「我該去忙了。」她抽開身子。卡洛斯抱著她，撫摸她脖子上的吊墜，讓她感到一陣顫慄竄過全身。

「這戴在妳身上真漂亮，而且看到妳戴著讓我好驕傲。也許我晚餐應酬結束後可以來見妳？」

「我要上晚班。到時候會很累。」

卡洛斯靠過來，伸手抬起她的頭看他。「發生什麼事了嗎？妳怎麼有點冷淡？」

琳達別過頭，緊張地扭轉著吊墜。「沒事啦，只是我工作到很晚。我很累，只想回家上床休息。」

卡洛斯後退一步看著她，但她仍然不肯對上他的視線。他微微聳肩，沉默了幾秒鐘後說，「隨妳便吧。」旋即轉身往出口走去。

「十二點，」琳達脫口而出。「我十二點會忙完。」她不曉得自己為什麼這麼說。

卡洛斯帶著笑容轉身，眨了眨眼。「很快就回來！」他說完就走了。

琳達咬著指甲等了幾秒，然後出聲把查理叫過來。「拿著，」她在他蹣跚走來時對他說，然後把機台的鑰匙交給他。「我很快就回來。」查理還來不及問她要去哪，琳達便踏出門了。

卡洛斯身上的白色西裝很容易跟蹤。琳達在對街和他保持距離，並在店家門口停了一下，以防他轉身。她看到他停下來檢視自己在商店櫥窗上的倒影，整理一下頭髮、拉緊領帶，接著繼續沿著瓦多街走進一間法式小酒館。

小酒館中間有一條垂掛的紅色布簾穿過。琳達踮起腳尖，看到一個服務生帶著卡洛斯穿過餐廳。一個金髮女子朝他微笑揮手。唉，就算他劈腿，至少對象還是個女的……但那女人是在朝服務生揮手，不是卡洛斯。

卡洛斯被帶到餐廳後方的一個小包廂，站著跟某人聊天。琳達看不清楚是誰，但她確實看到有隻手伸出來，抓了一下卡洛斯的屁股。接著那個人往前傾身，親吻卡洛斯的臉頰。有那麼短短一瞬間，琳達清楚看到了那個男人的臉。這就夠了。是真的。老天，是真的。厄尼·費雪跟卡洛斯是一對。

琳達暈頭轉向，看也不看就奔跑穿越瓦多街，害一輛車為了閃避她差點撞進公車站裡。她跑向電話亭，進去後手忙腳亂地從牛仔褲口袋裡掏硬幣，這才想起來報案電話不必投錢。

*

當晚稍後，琳達和卡洛斯上床了。她並不想這樣做，但是她必須讓他覺得一切照常無異。事後，她心滿意足，而他睡著了，她溜下床，繞著房間踱步，最後坐在梳妝台前。

卡洛斯只是裝睡。他的眼睛睜開一點點，看著她美麗赤裸的身體坐在梳妝台的鏡前，盯著自己的倒影，他送的項墜懸在她雙乳之間。她皺起眉頭，拿了一塊棉片、擠上一點卸妝液、擦拭全臉。她有點不對勁，他心想。她在遊樂場的時候坐立難安，而且剛才的性愛也不如平常那樣狂野熱情。她從梳妝台前起身、爬回床上時，卡洛斯假裝醒來。他伸出手臂環住琳達，溫柔地輕撫她，翻到她身上，於是他們再度做愛。完事後，琳達轉過身背離他。

「怎麼了？」卡洛斯悄聲說。

「沒事，」琳達說。「我只是累了。」

卡洛斯又緊抱她一下，親吻她的後頸。他從不曾對她說過他愛她，但他現在就想告訴她。他用手肘撐著身子，悄聲喚著她的名字，但她已經睡著了。他溫柔地撥開她臉上的一縷髮絲，然後轉過身，也入睡了。

黑暗中，琳達睜開眼，直盯著窗簾。她覺得自己的心臟彷彿變成了石頭。朵麗那頭自大的老母牛會不會搞錯了？也許卡洛斯只是為了錢跟厄尼·費雪逢場作戲，沒有真的和他上床？但琳達知道自己不過是絕望地抓著浮木。

*

卡洛斯比琳達早起床更衣。他跪在床上，把她搖醒。「對不起，我上班要遲到了。可不可以……？」琳達爬起來，慶幸他只是想要搭便車。

琳達沉默地開著車。卡洛斯的絲質西裝皺了，領帶甩到儀表板上，下巴隔夜長出的鬍渣讓他的臉稍顯暗沉。他打開收音機，手臂靠在她的座位後。抵達馬房區的U形彎道頂端時，罪惡感在琳達心中隱隱作痛。

「在這放我下車吧。」卡洛斯說。他下了車，在門邊彎身越過乘客座，親吻她的臉頰。「妳還好嗎？」他單手托著她的下巴問道。

琳達點點頭，然後他就走了，雙手插在口袋，一面吹口哨一面走過馬房區。忽然，她發現他的領帶留在儀表板上。她任引擎開著，就跑出去追卡洛斯。如果他就要被逮著了，她不想要身邊留下任何他的證據。

在車庫裡，年輕學徒強尼被上了手銬，坐在兩名制服員警中間，有三位警探在檢查他們的帳冊和檔案櫃。他們聽見卡洛斯的口哨和腳步聲接近時，警察戒備起來、各自就定位。外面的卡洛斯伸手進口袋掏鑰匙……

「**警察來了，卡洛斯！**」強尼大喊。

「快上，快，快！」車庫裡的其中一名員警用無線電對停在街角的同事大喊。一瞬間，卡洛斯就轉過身，衝向馬房區另一端的暗道出口。無標誌的警車開過街角，加速掠過琳達身邊，她丟下領帶，跑回自己的車。

她甩上駕駛座的車門，沿路疾駛，並不知道自己要往哪去。她直直開向路的底端左轉，但就在她要轉下一個彎時，她聽見大聲的碰撞、尖叫聲和刺耳的煞車聲。

她前方是馬房區的另一個入口。她停車，看見一台紅色的郵務車半開上人行道，撞到了路燈燈柱。她旁觀的時候，司機跌跌撞撞下了車，手扶住頭，右眼上方的傷口滴著血。

仍然處在震驚中的琳達湊近了些，喘氣呼吸。沒有卡洛斯的蹤影。她繞過路中間的無標誌警車，看到一群制服員警圍著郵務車，其中一人對著警用無線電講話。

她知道她應該由相反的方向駕車離開，但她急著想知道卡洛斯是否成功逃脫。她緩緩開車經過郵務車時，一名員警站出來對她揮手，示意她繼續往前。然後，她看到了卡洛斯。

他被夾在郵務車和燈柱之間，白色西裝染滿鮮血。他的臉龐痛苦地扭曲，眼睛是睜開的，嘴裡不斷流血，腳邊的人行道上有厚厚一灘跟郵務車一樣鮮紅的血泊。用無線電的那個警察搖搖頭，另一名員警則用空的郵件麻布袋蓋住卡洛斯的上半身。在琳達怔怔瞪視的同時，卡洛斯那套漂亮的白西裝染得愈來愈紅。

*

大門傳來的敲擊聲既響亮又持續不斷，讓貝拉以為有人要破門而入了。她走近時，可以聽見琳達在外面啜泣，又吼又叫地吵著要進去。她一打開門，琳達就跌進她懷裡。

「我殺了他！貝拉，我殺了他！妳得幫幫我啊。拜託。噢，老天救救我啊，我殺了他！」

琳達開始搖搖晃晃，彷彿要吐了，貝拉連忙把她帶到廁所洗手台邊。

「好，」她說。「冷靜一下。發生什麼事了？」

「他全身都是血。」琳達歇斯底里地啜泣。「一點都不好，貝拉！我殺了他！」

貝拉一把摀住琳達的嘴。「住口！」她命令道。「不然整條街的人都要來敲門打聽了。」

琳達頹然倒地，靠在浴缸旁邊嗚咽。

貝拉將她帶進臥室，倒給她一杯威士忌，琳達揮手撥開時，她把酒杯握得穩穩的。貝拉又倒了一杯酒給她，坐在她身旁的床邊。「告訴我發生了什麼事。」貝拉再度問。

琳達說話的時候，手指不斷扭轉著那個射手座項墜。「他死了，貝拉。他死了。」

「好，這部分我懂。誰死了？」

「她說我得這麼做。她說我得打電話給警察，舉報他車庫的贓車。」琳達突然扯下脖子上的項鍊，把它扔到貝拉房間另一頭。「那個賤人！」她尖聲叫道。貝拉輕撫著她的背等她繼續說。「她把他講得好難聽，貝拉。但我不知道——我發誓我不知道，我昨晚都跟他在一起……我看著他，看著他漂亮的臉、漂亮的身體，我沒辦法相信她說的是真的。他就躺在我旁邊，她說的怎麼可能是真的？我很確定是她搞錯了……但是太遲了。我已經打電話了。我已經舉報了他，沒辦法回頭了。他今早去上班的時候，他們就在那裡等著。他逃跑，然後……」琳達把頭埋進雙手。她涕泗縱橫地繼續說，急著想把一切都告訴貝拉。「郵務車撞到他，他就死在路上，到處都是血！」

「那就是意外了。」貝拉說。

「是我的錯！」琳達從床上跳起來大叫。哭泣、罪惡感和悲痛使她疲憊不堪。「我恨死朵麗了。」琳達的語氣帶著貝拉未曾見過的怨毒。

「我知道。」貝拉站起來，朝琳達走去。她站近一些，敞開雙臂讓琳達倒進她懷裡。貝拉緊緊抱住她，像個安慰幼兒的慈母般哄著她。琳達把頭枕在貝拉肩上，眼神望向遠方。

「她是個邪惡的女人，貝拉。她既殘忍又沒心沒肺。她讓我覺得自己渺小又愚蠢，還讓我嫌棄他。我好恨她。她最好給我小心。」

第二十四章

朵麗在她的賓士車裡等待著，車停在通往布萊頓的A23公路旁、小廚師連鎖餐廳的停車場。小狼在乘客座上睡著了。她停在偏遠的一端，但是視野清楚，能看見入口和整個停車場。她愈來愈不耐煩。她已經在那裡待了超過半個小時。他遲到了。她緊張地敲打著放在膝上的公事包，四下看看，感到煩躁不安。他到底會不會出現？

為了讓自己有點事做，她拿出記事本翻閱，複習搶案最後一部分的細節，以及未完成的事項。她發出嘆息。琳達還是沒找到用來作為最前方擋路車的合適車輛。朵麗明白，她把卡洛斯的事告訴琳達以後，琳達一定處在頗大的壓力之下，但是她夠聰明，分辨得出何時事態嚴重。而卡洛斯是厄尼的囊中物、枕邊人，這事的確非常嚴重。朵麗永遠無法對她手下的女孩百分之百確定……但現在她必須信任琳達。她想著琳達打電話報警舉發卡洛斯的時候，會不會有那個腦子想到要偽裝聲音……

突然，她的拳頭重重搥在公事包上，驚醒了小狼。「你到底死到哪裡去了？」她大吼。「出來啊，王八蛋。你絕對不敢這樣讓哈利．勞林斯乾等。」這場會面的問題在於，如果雙方沒有成功見面，這個任務就吹了——就這麼簡單。她打過電話給布萊恩．馬歇爾，說她是為哈利．勞林斯工作的。雖然他已經過世了，但她正在代表他的家人收取欠款。馬歇爾在電話上聽起來語氣狐疑，但還是不情願地同意見面。不過他也大可輕鬆決定跑路，朵麗不會有辦法追蹤到他。

正當她枯坐原地、煩惱著要如何跟其他人說明時，一台路華開進停車場，在另一側停了下來。朵麗防備著可能的陷阱，等了一下確認車上的人是單獨前來、沒有遭到跟蹤。

布萊恩．馬歇爾停車的時候已經喝了半瓶白蘭地，四下環顧的時候仍然搖晃不穩：他不知道會發生什麼事，也不知道他的聯絡人是誰。對朵麗來說很幸運的是，他認定自己要是沒能出現，會帶來災難性的後果。他的手伸向口袋裡的白蘭地酒瓶，又灌了一口。他對自己感到嫌惡。

布萊恩．馬歇爾的酒癮和賭癮是相伴相生。十年前，因為受到更高額的賭金吸引，他從合法的賭場轉向厄尼．費雪的俱樂部。他就是在那裡遇見哈利．勞林斯。哈利很有魅力，總是態度友善，而且對布萊恩的近況和工作似乎很感興趣。在一次酒後談話中，布萊恩透露他的結婚對象是參孫公司——全國最大的保全公司之一——負責人的妹妹。從那個時間點開始，布萊恩就捲進了大麻煩——但他完全沒有察覺……

勞林斯繼續跟布萊恩當朋友，借他錢，鼓勵他下超出能力範圍的賭注。布萊恩絲毫不知道哈利有多危險，直到有一天晚上，他在酒醉中讓哈利．勞林斯幫他在厄尼．費雪那裡簽了一張面額七千英鎊的預支單。這下布萊恩整個人都是哈利的了。

勞林斯耐心地等候。過了將近一年，勞林斯才向馬歇爾討債——他知道馬歇爾根本沒錢還。勞林斯願意將債務一筆勾消，再加碼七千鎊的現金，只要求讓他知道參孫保全公司運鈔車載送鉅額款項時走的各條路線作為回報。因安全起見，路線常常變換，有時是臨時改變。勞林斯保證，只要馬歇爾在這一票幫了忙，就永遠放過他。

吃驚受怕且不堪壓力的馬歇爾別無選擇。他全心全意希望，勞林斯會信守諾言，幹完了這一票就放過他。當他在報上讀到那樁失風的搶案和勞林斯的死訊時，他如釋重負地大嘆了一口氣——但後來他就接到那通電話……。布萊恩害怕跟這個神祕女子的會面是關於比債務更危險的事，他檢查了塞在座位側邊的信封。他有備而來。乘客座的門打開，讓他驚跳一下。一個戴墨鏡、拿著公事包的女人上了車。

朵麗立刻就聞到酒味。她嫌惡地看著馬歇爾因多年酗酒而滿布疙瘩的泛紅臉孔。他的直條紋西裝衣領上滿是頭皮屑。

「我不是來討那七千鎊的。」她說，眼神直視前方。

馬歇爾閉上眼睛。如果她不是來要錢，那麼她要的東西一定更糟。「我就知道這事會繼續。」馬歇爾哀號。「那是我大舅子的公司啊！這樣會害垮他的！」

朵麗維持神態不變。馬歇爾顯然怕她，如果她要達成目的，就要讓他繼續怕。她注意到車子後座的兒童座椅。**馬歇爾先生會乖乖聽話的**，她心想。

「這裡有一萬塊。」她說著打開膝上的公事包。一綑又一綑的紙鈔讓馬歇爾看得雙眼發直。她猛然把公事包關上。「這比你上次拿的還多。」

「我上次得到保證說那是最後一次了。」馬歇爾呻吟。「勞林斯跟我承諾的！他說他會放過我，而且——」

「勞林斯死了。」這句話脫口而出時，朵麗的心震動了一下，但她不能讓馬歇爾看出這話多麼令她痛苦。「雖然死了三個人，你還是拿到七千鎊。哈利・勞林斯承接了你的預支款。」

「妳說妳不是來討那七千鎊的！」

「如果你信守條件，我就不討。如果你反悔……」

馬歇爾看著他身旁這個鐵石心腸的女人。他不知道她是誰，也不知道她為誰工作，但他對她厭惡至極。他感覺到白蘭地的酒力給了他信心。他打斷她的話。「我破產了，所以妳怎麼跟我討債都沒差。我就是沒錢還。而且我也沒辦法再拿到行車路線，因為我大舅子的保全升級了。這樣一來——妳能怎樣？」

朵麗盯著布萊恩，眼睛眨也不眨。「如果你反悔，」她繼續說，彷彿馬歇爾根本沒插嘴過。「債權就回到費雪兄弟手上。你認識費雪兄弟吧，對不對，馬歇爾？」

突然間，白蘭地帶來的膽量消退了，馬歇爾臉上血色全失。他不認識費雪兄弟本人，但他們可是聲名遠播。

朵麗繼續說。「給我路線，你的七千鎊債務就一筆勾銷，事成之後，你會再拿到一萬塊現金。你應該高興我給你這個機會。費雪兄弟可不會這麼好心。」她打開乘客座的門，帶著公事包下車，甩上門時很明顯地打量了那個兒童座椅。

馬歇爾緊抓著皮面方向盤，嘴巴不住顫抖。朵麗走遠了，她邁開的步伐平穩而控制得宜：

她根本不在乎他或是他的家人。他發現自己的手握著插在啟動器裡的車鑰匙。要把這個賤人撞倒、偷走公事包、然後遠走高飛，一定很簡單。這個念頭晃眼即逝——馬歇爾是個懦夫。

他再度拿出口袋裡的白蘭地酒瓶，一飲而盡，心裡想著他的太太和孩子。淚水從體內湧起，頭顱裡的壓力幾乎令他痛苦。然後，他聽見了內心的那個聲音，那個每次他喝酒時都會發言的聲音。一切都會沒事，他大舅子有保險，他在家族裡只是個醉鬼、大家同情施捨的對象。就算他們發現了，也不會意外。而且他亟需那筆錢！一萬鎊啊……他可以拿錢還清所有債務，或者甚至開創自己的生意。

朵麗回到賓士車上，心跳快得讓她覺得自己要昏倒了。天曉得她是怎麼冷靜地走過這個大得無邊無際的停車場，但她不能讓馬歇爾看穿她有多麼憂慮。「抬頭挺胸，朵麗，」她喃喃自語。「抬頭挺胸。」她走到車邊，把公事包放在車頂，背靠著車門。從馬歇爾停車的位置，她看上去會像是在好整以暇地等待他的決定。但事實上，她靠著車門是為了防止自己頹然倒地。

小狼從乘客座看著朵麗，或許納悶著她為什麼不回車上、來他身邊。

停車場另一頭的馬歇爾動也不動。**快啊**，朵麗低語，**快啊**。她表現得太威脅性了嗎？還是威脅性不夠？要是他不相信她，自己開車走了怎麼辦？也許她應該對馬歇爾好言相勸，對他和善一點，騙他說哈利很敬重他。**快啊，馬歇爾，快點！**

路華的引擎發動了。朵麗屏息以待。馬歇爾開車的方向會決定她的未來命運。他駛出停車位，朝朵麗這邊開來。朵麗大大鬆了一口氣，並整頓好自己。路華穩穩地停在她旁邊，馬歇爾把他帶來的信封交給朵麗。

「下個月的行車路線、日期、時間都在裡面。但我現在就要那個裝了錢的公事包，而且妳要保證賭場的預支款勾消了。」

朵麗接過信封，將公事包遞給馬歇爾。「你放心，馬歇爾先生，如果信封裡的資料都正確，警方也沒有得知計畫，那麼費雪兄弟那邊的預支款就由我處理，你清清白白。我向你承諾。」

馬歇爾一離開視線，朵麗便爬進車子，任一陣強烈的亢奮感捲遍全身。她拿到路線了！她在小狼那小小的頭上好用力地親了一下。牠在她胸前用兩腳站著，聽她對他說：「爹地會為我們感到驕傲，親愛的。非常驕傲。而且女孩們會超興奮！一切都成了，狼狼。都成了，就像哈利計劃的一樣。」字句梗在朵麗的喉嚨裡。這完全不是哈利的計畫。這跟哈利的計畫差距非常、非常遠。

朵麗緊緊摟住小狼，花了片刻回想哈利的計畫是怎麼錯得如此不可收拾。她現在有了為他完成未竟之事的力量和動機。然後，她將這些不好的念頭掃出腦海，全心想著她的女孩們。她們離終點線好近好近了……沒錯，琳達還是得找到擋路車，她們也還是得習慣拿槍、穿工作服、操作鏈鋸，而且現在她們還得熟悉路線圖——但比起三個寡婦好幾個月前在水療館碰面時那脆弱又悲痛的樣了，她們已經進步了好多。她們現在成為一個團隊了。朵麗微笑著。儘管她們會犯錯、有情緒又缺乏經驗，她們仍然是個團隊。她的團隊。現在沒有任何人、任何事物阻擋得了她們。

第二十五章

瑞尼克和安德魯斯從九點鐘開始，就坐在無標示的警車裡，在胖法蘭的房子外面等候。現在已經十點十五分了，雖然開了暖氣，但還是很冷。車上充斥著菸味，安德魯斯滿臉通紅，呼吸困難，他才剛開窗讓一點新鮮空氣吹進來，瑞尼克就馬上吼著要他關窗。安德魯斯痛恨單獨和瑞尼克值勤。富勒在的時候，他至少能得到一點支持。一個人的時候，他就得毫無防備地面對瑞尼克隨興所至的各種虐待。經過卡洛斯的車庫搜查，以及導致他死亡的追捕，警局裡有些混亂。一下有這麼多員警要寫報告、處置證據和登門查訪，瑞尼克的小隊必須留一個人坐辦公室，幫忙處理額外的文書工作。安德魯斯想像富勒蹺著腳，坐在溫暖而沒有菸味的辦公室裡，捧著一杯茶啜飲。

「長官！」安德魯斯指著車窗外。胖法蘭肥墩墩的身軀來到了路上。每隔十碼，她都要放下購物袋喘氣，然後再繼續以蝸牛般的慢速搖擺前行。隨著她接近，他們兩人都可以聽見她袋子裡瓶罐碰撞的鏗鏘聲。

「要命喔，」瑞尼克說。法蘭彎下腰將鬆垮的褲襪拉回胯部的定位時，碩大的胸部都快要跑出上衣了。「安德魯斯，把眼睛閉上。這種場面不適合你這種天真小寶寶看。」

安德魯斯不假思索地說，「我有看過胸部啦，長官。」

「你可沒看過這種的。」瑞尼克打開車門，把菸蒂彈到路上，然後跟上胖法蘭。

他們跟著她轉進雜草蔓生的髒亂小徑，開著的門只靠一組生鏽的絞鏈固定。她靠著前門，拿出鑰匙。

「喂！」聽到背後瑞尼克的宏亮聲音，法蘭轉過頭。「我們需要再跟妳談一下，法蘭。」

胖法蘭房子裡的臭味令人難以招架：貓、壞掉的啤酒、食物和體臭。起居室滿布灰塵且光線昏暗，嚴重遭到蛾蝕的窗簾看似已經好幾年沒打開了。瑞尼克幫她脫下大衣，安德魯斯則撿起地上的酒瓶，擺在通往用餐區的門邊。

「坐下吧，親愛的。妳感覺如何了？」瑞尼克問。他才不管法蘭感覺如何，但他想要她好好合作。他將她的大衣摺疊整齊，掛在餐椅上，然後坐上一張坐墊，正對著她現在躺臥的矮搖椅。

法蘭的右眼仍然有一塊瘀血，雖然現在已經從幾天前的深藍黑色變成了帶黃的紫色。她的傷口上蓋著紗布，讓她的臉比平常更難看。為了縫合傷口，她的一側頭髮在醫院剃光了。

安德魯斯看了一下手錶。每次瑞尼克搬出「好警察」這一套時，隨同的員警就會計時。只要有人目睹他撐得過六十秒，就可以從其他人手中贏得十鎊。

「現在啊，親愛的，妳是不是該告訴我們是誰對妳做了這種事，好讓我們把他關起來，確保妳過得舒服又安全？」瑞尼克溫和地問。

法蘭微笑著拍拍瑞尼克的手。「你真是個好人。」她說。她又冷又濕、像香腸般的手指搔著他的手背，讓他拚命想要把手抽開。「我真希望我能告訴你，親愛的，」她繼續說。「但我就是不記得了。我沒跟你說謊。我頭上被敲了一記。我完全想不起來那傢伙的樣子。我覺得我是把那段記憶阻斷了，你知道吧。這就是創傷的效應，醫生是這麼說的。它會阻斷你不想記得的事情。」

「這不是妳那點小創傷造成的，法蘭，是錢。妳從哪裡拿錢買這麼多酒的？」

安德魯斯停止計時。十五秒！

「我有做生意，你知道的。我會賺錢！」法蘭堅稱。

「要是他跑回來，妳怎麼辦，啊？倒杯威士忌給他嗎？」

「他不會回來！」法蘭恐懼地哀號。「他為什麼會回來？」

瑞尼克嚇著法蘭了。「這個嘛，妳確實是出於自願來警局幫忙，親愛的……而且我們現在人在這裡，對不對？要是他在監視妳呢？」瑞尼克繼續說著，法蘭眼中的懼意逐漸增長。「他不像是寬宏大量的人，如果他覺得妳跟我們講了什麼，他可能會再度來找上門。但是，妳若告訴我們他是誰，我們就會把他從街上抓走，關進牢裡。這樣妳就可以安心坐在妳這可愛的小房子裡喝個爛醉，知道他短期內都不會來敲妳的門。」

瑞尼克說完話時，法蘭已開始擠出一陣陣像小孩一樣的恐怖啜泣聲，肚子隨著她的肺短促地擠出空氣而起起伏伏。安德魯斯為她難過，於是拿出手帕遞給她。在她大聲擤鼻涕之際，瑞尼克猛然站起來，撞倒了椅墊。

「以妨礙警方執行公務的罪名拘留她。」瑞尼克對安德魯斯下了指令。「來吧，親愛的，站起來。我受夠妳對我說的謊了。」

法蘭哭泣著對安德魯斯伸出手，他想也不想地握住了。「嗚，別抓我！我已經把我知道的全都跟你說了。別的我不記得了，真的不記得了。」

安德魯斯將手抽回來，試圖扶著她站起來。簡直就像在抬死人。

「拜託別把我關起來。」她哭道。「我多希望巴瑟在這裡——他會照顧我。巴瑟在哪裡？我要找巴瑟！」

「巴瑟死了。」瑞尼克啐道。「被那個把妳打得半死的人殺了。如果妳在乎巴瑟，就告訴我這事是誰幹的！」

法蘭的哭號聲提高了八度。安德魯斯只得兩手護住耳朵。出於禮貌，瑞尼克暫時不發話，讓這女人的哀傷發洩一陣子。她哭夠以後，他就坐回她面前。

「現在妳給我聽好，法蘭。」瑞尼克堅定地說。「如果妳收了封口費，我跟妳就沒完了。」

「我沒有——」

「閉嘴，聽好，我對妳快沒耐心了！我知道妳受傷了，但其他人傷得更重。」瑞尼克一躍而起，抓住一個裝著酒瓶的購物袋，拿著它傾身靠近。「是誰給妳錢買這些東西的？我知道妳這間跳蚤屋的租金收入不夠。是誰？快點，法蘭，到底是誰？」瑞尼克甩著重重的袋子，其中一邊提把斷了，讓酒瓶摔碎在地板上。咖啡色泡沫狀的啤酒流過地毯。法蘭又發出一聲哭嚎，向前踉蹌撲倒。

「啊，我的酒！我的酒！」法蘭把臉埋在手裡，再度哭泣起來。

瑞尼克現在氣得滿臉通紅，無法突破法蘭心防讓他挫敗不已。「告訴我是誰攻擊妳，還有誰給妳封口費——」

「我不知道！我不知道！我跟你說一千次了。有個很客氣的人來，說要找巴瑟，我就帶他到樓上。另外一個人是後來出現的……那個打我的人。他們兩個我都不認識。我發誓。其他事情我都記不得了。」

「給我試！」瑞尼克大吼。

「我好累。我跟那個女人說——」

瑞尼克插嘴。「什麼女人？」

「那個打電話來的。我說『他出去了』，就是這樣說的。」

「等一下！」瑞尼克聚焦在這項新細節上。「一個女人打來找巴瑟？」

「對，我告訴過你了。」

安德魯斯注意到瑞尼克的聲調又變了。「什麼時候，法蘭？」他對她循循善誘地問。「她什麼時候打來的？」

「她打來兩次。第一次她跟巴瑟說了話。」法蘭再次把頭埋進手中。她精神低落，愈來愈累、愈來愈困惑。

「那第二次呢？」瑞尼克暫停一下，讓法蘭回想，接著又溫和地催促她。「聽著，親愛的，這真的很重要。她第二次打來時，妳在做什麼？」

「看電視。」

「在演什麼？」

「《加冕街》。」

「乖女孩。所以那個女人是電視上演《加冕街》時打來的。她說了什麼？」

「她說她第一通電話被掛斷了。但是，當時巴瑟跟先來的那個人出去了，客氣的那個，所以她就掛了我電話。喔，老天，巴瑟！」法蘭簡直是在自言自語了。「我再也見不到我的巴瑟了。」

「幫我找出殺掉他的凶手，法蘭。」瑞尼克催促道。「如果妳對巴瑟有點感情的話，就幫幫我！」

法蘭緊抓著瑞尼克的手臂。「他到醫院來。」她低語。「老天保佑，他到醫院來，說如果我告訴你的話，就要殺了我。」

如果妳不告訴我的話，我他媽的才要殺了妳，瑞尼克心想。但他實際上說的是：「我會保護妳。」

「他很高，深色頭髮。眼神銳利，冷得像冰一樣。他不是流氓，瑞尼克先生，他是個紳士的樣子。冷酷無情、麻木不仁的衣冠禽獸！」

瑞尼克屏住呼吸。他從夾克內袋拉出一張A4大小的照片，展示給法蘭看。「這個人？」

法蘭稍稍把照片推遠些，這樣她的眼睛才能對焦，在此同時，安德魯斯看出那是瑞尼克辦公室牆上那張哈利．勞林斯的照片，額頭上還有個飛鏢洞。瑞尼克滿頭大汗，臉跟甜菜根一樣紅。

「不是他。」法蘭說。

「仔細看！好好看清楚！」瑞尼克吼叫道，在法蘭面前揮著哈利．勞林斯的照片。「就是他，對不對？」

「不是。」

「是。就是他！哈利．勞林斯就是那個把妳打昏的人。告訴我，告訴我——我知道就是他！」

就在安德魯斯準備鼓起勇氣插手時，他的無線電發出劈啪聲。

「滾出去！這樣她要怎麼專心？」瑞尼克大吼大叫。安德魯斯不情願地離開。

當安德魯斯回完無線電走回來時，瑞尼克依舊在法蘭面前揮舞著哈利．勞林斯的照片，不斷吼著同樣的問題。

「是不是他？是不是他？」

安德魯斯想著要不要用無線電通知富勒過來，說服那個老男人罷手，但這樣一來，他會因為對付不了一個老瘋子，而成為局裡的笑柄。任何人都看得出來，法蘭對施暴者的特徵描述，是跟勞林斯有點像，但也跟半個倫敦的人都很像。所以他真的不懂，為什麼瑞尼克深信有死人會復活、還把胖法蘭揍得慘兮兮。安德魯斯把一隻手放在瑞尼克肩膀上。

「長官，有個重大進展，無線電剛傳來的——」

「閉嘴，安德魯斯！」瑞尼克咆哮著甩開安德魯斯的手。「法蘭正要指認，她就是被哈利・勞林斯攻擊的，妳說是不是，法蘭？」

法蘭抬頭看著瑞尼克，她即將透露的訊息可能造成的後果讓她滿臉驚恐。「不，瑞尼克先生。那個人不是哈利・勞林斯。是……是東尼・費雪。」

*

他們在一片死寂中開車回蘇格蘭場，安德魯斯側眼偷看瑞尼克，想著他是否該向總督察回報瑞尼克奇怪的行徑。瑞尼克一臉疲憊而且大受打擊，像是徹底放棄了一樣。他甚至不像往常一樣在車裡抽菸。當他們拐過警局前最後一個轉角時，安德魯斯鼓起勇氣說話。

「剛剛那則通知，長官，是富勒傳來的。早上被郵務車撞死的那個年輕人是卡洛斯・莫瑞諾。他是費雪兄弟的車手。」

瑞尼克對安德魯斯說的話毫無反應，只是看著車窗外。

第二十六章

富勒對他這個早上的工作表現非常滿意——沒有瑞尼克在旁指指點點，他就可以做好多事情。他咧嘴一笑，揣想著安德魯斯今早過得如何。他敢打賭一定糟到不行。

富勒已經做好一份給瑞尼克的完整報告，詳細條列出在卡洛斯的修車廠裡找到的所有犯罪證據。現在，他們好像終於找出可以追到費雪兄弟頭上的罪狀了。他們找到的其中一輛車是棕色的捷豹，車頭有撞損痕跡，後車牌也是偽造的。稍後追查假車牌時發現，最近有一輛棕色捷豹跟曼徹斯特的一件案子有所牽涉，警方試著追捕但跟丟了。富勒手上有車體指紋的報告，當他得知車子裡裡外外都有費雪兄弟和卡洛斯的指紋、車牌卻乾乾淨淨，不禁笑逐顏開。這才是真正的警察工作，不是追著鬼影子跑好讓瑞尼克開心。費雪兄弟是活生生的人，而且就要被逮捕了。

富勒已經跟桑德斯總督察談過，告訴他卡洛斯的死訊，以及在捷豹上找到費雪兄弟指紋的好消息。他仍然想調去梅費爾區搶案的調查小組，希望這會提高他如願以償的機會。桑德斯讚賞了富勒一個早上的辛勤工作，但接著卻再次提起該死的喬治·瑞尼克。

「你主管上哪去了？」桑德斯問。「又去追沒搞頭的線索，是嗎？」

「我不確定，長官。」富勒說。

「等他們一回來，」桑德斯下令，忽視他的反應。「我要見瑞尼克跟安德魯斯，個別約見，在我的辦公室。他們來見我之前，**不准**讓他們離開。」

富勒回到主辦公區時一臉得意。他知道瑞尼克在哪裡，也知道瑞尼克在逼法蘭承認她是被一個死人攻擊，安德魯斯在無線電裡跟他說了。富勒真希望安德魯斯夠有種，能當場阻止瑞尼克。現在，富勒抬頭看到瑞尼克和安德魯斯走回辦公室。就是現在，他想。這就是瑞尼克接離職單的日子。富勒藏不住笑容，瑞尼克不巧看到了。

「什麼事讓你開心成這樣？」

「我找出費雪兄弟的車手了，長官。安德魯斯沒有告訴你嗎？」

瑞尼克聳聳肩，不是很有興趣的樣子。「有什麼了不起。我得到胖法蘭的證詞，她承認是東尼．費雪給她一頓好打的。」

富勒吃了一驚。安德魯斯抬起眉毛搖搖頭。

「她嚇壞了。」安德魯斯插話。「她不會做證指控他。你可以把東尼．費雪抓來，但我們都知道他不會認罪，沒有她的證詞，又何必白費力氣？他當天就會被釋放，以自由之身回去再揍那可憐的女人一頓，或者更糟……殺了她。」

瑞尼克一時語塞，他從沒聽過安德魯斯一次說這麼多話。富勒主動提議：

「所以，如果我們用別的罪名把東尼．費雪送進監獄，她可能就會比較有安全感、願意開口？」

「你是說你突襲卡洛斯修車廠的那樁出色任務，沒錯吧？」瑞尼克譏諷道。「可以讓倫敦擺脫費雪兄弟的證據在哪裡？」

「就在你桌上，長官。」富勒指著桌子回答。如果他的報告以桑德斯的標準而言夠好，那麼給瑞尼克也絕對合格。當瑞尼克拿起報告時，富勒補上一句。「噢對了，安德魯斯，桑德斯要見你。」

「為什麼？」瑞尼克質問。

「不知道。」富勒說。安德魯斯聳聳肩，然後離開了辦公室。

瑞尼克走進他新的玻璃隔間辦公室，轉過身又直直走出來。「我說過要裝個該死的百葉簾，這樣才不用一整天看著你們的醜臉。百葉簾呢？」他大吼。「去找愛麗絲——要把事情辦好就只能找她！」

富勒去找愛麗絲來，瑞尼克坐在他稱為「金魚缸」的辦公隔間裡，打開卡洛斯．莫瑞諾的檔案夾，讀了起來，還不停挖著鼻孔。當富勒五分鐘後回來，瑞尼克敲敲玻璃，微笑著叫他進來辦公室。

「有趣的報告，富勒，非常詳盡完整。」瑞尼克一面說一面坐下來，報告放在桌上。

「謝謝長官。」富勒回答。「如你所見，我發現了費雪兄弟轉賣贓車的證據，能把他們關進大牢，還有曼徹斯特一起非法酒品詐騙案，也跟他們有潛在關係。這樣一來，你就有機會說服那個叫法蘭的女人提供證詞指認東尼．費雪襲擊她。如果他都在牢裡了，那她就沒什麼好怕的。」

瑞尼克抬頭看著他，然後搖搖頭。他敲敲那份報告。「這真是該死的一團糟！這輛捷豹被你發現時，上頭掛了真正的車牌，而且是登記在費雪兄弟的俱樂部名下，所以，車上有他們的指紋根本無關緊要。」

富勒看起來窘迫極了。「呃，偽造的車牌是在車後……而且他們用了這輛棕色捷豹犯下曼徹斯特那個案子。」

「所以他媽的又怎樣？費雪兄弟花高薪聘的律師，可以把你這件案子釘死在十字架上。你讓卡洛斯・莫瑞諾逃跑，然後被一輛郵務車活活撞死，真是給了他們完美的不在場證明。真的要我說出來嗎，富勒，你真是比我想的還笨。費雪兄弟大可以把什麼事情都釘在卡洛斯身上，然後大搖大擺地脫身。」

富勒整個人徹底洩氣了。瑞尼克說得對。那台捷豹進廠維修，費雪兄弟只要說是卡洛斯開走了車，到曼特斯特犯下非法酒品詐騙案就好了。卡洛斯一死，再也沒有人可以反駁費雪兄弟可能搬出的說詞。

備受羞辱的富勒轉身要離開。

「等等。」瑞尼克說著又打開了資料夾。「你報告中說，檢舉莫瑞諾修車廠的匿名線報是個女人提供的。」富勒點點頭。「同樣有個姓名不詳的女人，在巴瑟・戴維斯遇害那晚打電話到他的住處。」瑞尼克對著富勒彈彈手指。「去我放東西的箱子看一下，那裡應該有整理好的電話監聽報告。」

富勒在愛麗絲為了搬遷而打包的檔案箱裡搜索。他找到電話竊聽報告的資料夾，遞了過去。

當瑞尼克一頁頁翻閱朵麗．勞林斯家撥號和受話的紀錄時，富勒看到安德魯斯走出桑德斯的辦公室。他看起來十分抑鬱。富勒立時振作了起來。一切都到頭了。瑞尼克所有亂抄的捷徑、不專業的行為和規避行政作業的小動作，以及他對勞林斯一案的瘋狂執迷，都將公諸於世，將他的職業生涯推向終結。安德魯斯剛才想必告訴了桑德斯，瑞尼克把哈利．勞林斯的照片一直放在口袋裡吧。桑德斯會看出他是個多麼執迷不悟的怪胎。

安德魯斯在瑞尼克開著的門上敲了敲。「桑德斯總督察要見你，長官。」

瑞尼克不理他，手指繼續在通話紀錄之間逡巡，尋找上面有沒有巴瑟的電話號碼、或者在卡洛斯死前那晚打給警局的匿名通報電話。在第三頁的最底部，一連串的電話號碼之後忽然就什麼都沒了：沒有紀錄、沒有註記、沒有任何訊息。瑞尼克氣得跳腳，撞倒椅子，猛力闔上報告。

「好啊，我希望桑德斯最好告訴我到底發生了什麼事，因為他這下好像是一直把我蒙在鼓裡，我可不接受！他先是取消跟監，再來又停止監聽電話！我在這裡有啥意義？」他一陣風似地走出門，往他老闆的辦公室去。

安德魯斯依舊像是被打了一耳光的樣子。

「所以，你跟桑德斯說了什麼？」富勒問。

安德魯斯嘆氣，雙手插在口袋裡。「都是他在說。」

真是令人洩氣。富勒還指望安德魯斯把瑞尼克對著胖法蘭發瘋的事一五一十全說出來呢。

「瑞尼克給了我差勁的評分。」安德魯斯繼續說。「然後桑德斯說我升等失敗，所以我下個月要回分部，繼續處理普通罪案。我真不敢相信！我就跟其他人一樣努力，做人家要我做的事情，而且從來沒有違抗過瑞尼克。」

富勒猜測安德魯斯是要被裁了，他為此感到遺憾，說了很多話，但事實上，即便他人不錯，武裝搶案調查還是超出了他的能力。在分部辦辦小竊案跟刑事損害案可能更適合他。「別擔心。這份工作就跟雲霄飛車一樣。」富勒說著就走開了。他接著自言自語地說：「我在我的上坡道，你走你的下坡路。」

桑德斯的辦公室發出爆炸般的巨響時，整個辦公區都可以聽到瑞尼克使盡全力怒吼的聲音。所有人的眼睛都望著總督察辦公室，透過玻璃隔板可以清楚看見瑞尼克漲紅著臉，怒氣沖沖地用握拳搥打桑德斯的辦公桌。瑞尼克轉過頭來，看見富勒、安德魯斯跟其他人正盯著他。他猛力打開總督察辦公室的門，踏上走廊。

「你們是都很想看熱鬧、聽八卦嗎？**是不是？**」

辦公區裡的所有人瞬間開始裝忙：有人忙著跑東跑西、整理文件，打字員忙亂地敲鍵盤，行政人員拿起話筒突然要打緊急電話。除了富勒——富勒牢牢盯著瑞尼克至少五秒，才轉開視線。

「你知道嗎？」安德魯斯看著富勒沾沾自喜的樣子說。「你比他還王八蛋。他不是故意決定要當個混球，但你是。」

回到桑德斯的辦公室，瑞尼克雙手握拳站在總督察辦公桌前，傾身向前對他怒目而視。桑德斯低頭看著他的小筆記本，用削利的鉛筆尖端在上頭敲了敲。

「我在幾天前一發現，就下令撤銷勞林斯那個女人的電話監聽。一來，你沒有尋求我或其他上級長官的同意，表示這件事不合法，更不用提監聽人員每日每夜在那邊抄寫所有來電和撥出的號碼，要花多少開銷。再來，我撤銷監視也是基於同樣理由。殺害巴瑟．戴維斯的凶手仍然在逃，我們卻還要派兩名員警蹲在勞林斯家外面，這我覺得不合理。」

「你為什麼沒告訴我監聽取消了？」瑞尼克說，試著恢復鎮定。「可能就是朵麗．勞林斯打電話給巴瑟．戴維斯，並且告了卡洛斯．莫瑞諾的狀。那是個女人，長官。一個女人在巴瑟．戴維斯死掉那晚給他打了兩次電話。你應該要告訴我的。」

桑德斯不敢置信地坐了下去。「我應該告訴你？喬治——你知道有多少次我到處找你，結果到後來天知道你在哪兒？我留了一份備忘在你桌上，如果你沒讀，那不是我的問題。」

「我就快找到了，長官。」

「確切來說是找到什麼？」桑德斯問。

瑞尼克深吸了一口氣，試著控制著脾氣。他已經爆發了一次，他知道目前只能跟桑德斯說到這樣，不然他就會反擊了。他們的交情這麼久了……

桑德斯放下鉛筆，傾身說出的話語一刀斃命。「勞林斯的案子已經結了，喬治。你和你的人手要支援梅費爾區搶劫案。他們有幾條線索，可是需要更多人手。」

「不不不不，拜託，只要再兩週。兩週內我一定會找出什麼東西來。」瑞尼克懇求，對他的老朋友交代他現有的全部資訊。「我們知道有第四個成員，我只差這麼一點就要抓到他了。等我抓到他，就能一次破四個案子。他是各個案子之間的連結，我知道。勞林斯跟那些案子都有關係。按理說，那第四個成員也是。」

「你覺得這個人是誰？」桑德斯詢問。

「我就快查到了。給我時間。再一點點時間，就這樣。第四個成員，和這個打電話的女人……他們是關鍵。」

「我以為法蘭就是關鍵？上個禮拜，巴瑟．戴維斯才是關鍵，再上個禮拜，雷恩．格列佛是那個關鍵人物。」桑德斯搖搖頭。他聽夠了，他不打算再讓步。「我是按上級的命令辦事，喬治。你的案子已經結束了。」

「你這樣是放棄我！」瑞尼克怒道。

桑德斯喀嚓一聲把鉛筆折成兩段。他從齒縫間吐出話來。「你怎麼敢這樣說？你天殺的怎麼敢這樣說？你是在我推薦之下，才接到勞林斯這個案子。沒有一個長官覺得你夠格辦這個案子，除了我，但我為你據理力爭，幫你爭到這個案子。你花了一輩子想偵破的案子。結果，喬治，你找到的都是死胡同。沒有實際的線索或證據。我束手無策。」

瑞尼克垂下頭，夾雜羞愧和沮喪。他夠理解這個體系，明白桑德斯所為何來，但他還是恨透了這一切。

「我知道哈利．勞林斯那個混蛋對你做了什麼事。」桑德斯繼續說。「但你現在把私人恩怨牽扯太深。放下吧，喬治，為了你的——」

瑞尼克打斷他的話。「什麼私人恩怨？」

「你知道我在說什麼。」

瑞尼克朝辦公桌俯低身子，再度握拳搥下。「那男人是個該死的惡棍——」

「那男人死了！」桑德斯大吼，瑞尼克嚇得默不作聲。「安德魯斯告訴了我法蘭的事。他告訴了我哈利．勞林斯的相片的事。你錯了，因為她指認東尼．費雪攻擊她。我不想這樣說，喬治，但你太執迷了，你得面對現實——勞林斯已經死了，埋在地下。」

瑞尼克張開嘴巴，但桑德斯抬手阻止他。「如果你不想調去梅費爾區搶案，也許我建議你休個假？總警司會核准。」

瑞尼克盯著桑德斯。「你聽起來好像很篤定。你問過他了，對吧？」他和桑德斯目光相交。「我猜他也已經核准我調職，如果我想要的話，對嗎？」

「他好幾個月前就核准你調職了，喬治。我努力要把你留在這，讓你辦你想要的案子，做那些你曾經擅長的工作。」

「曾經？」桑德斯口中說出的這個字眼，就像利刃一樣刺人。「所以我猜，我要是問總警司是否看過我的升職申請，也是沒有意義的囉？」

桑德斯選擇忽略瑞尼克的最後一個問題。他東拉西扯說什麼喬治過去是個多麼好的警察，他是如何篤定這次他一定能升遷，也許去個平靜一點的分局等退休。他說他知道，按理說，喬治應該坐在他如今這個職位上。

「那為什麼我沒有？」瑞尼克大為光火。

「就因為勞林斯那件該死的案子，喬治！這個私人——」

「這不是什麼私人問題！他就是個惡棍。」

「一個死掉的惡棍。」桑德斯說，再次闡明這個事實。

「不管他死了沒，他犯下了數十起搶劫懸案，我差這麼一點就要把那些案子都破了。」瑞尼克重複說著。但他也聽夠了。他痛恨聽人說教。他站起來，指著桑德斯。「你說的太對了，老弟。我老早就該坐在你這個職位。你、我和這間該死的警局裡所有人都知道，我是被哈利．勞林斯害的。這是私人恩怨，你說對了——這怎能不是私人恩怨？但是再也不會這樣了。現在的重點是紮實的警務工作。我要他的帳簿，我要找到那第四個成員，我要找到電話上那個女人。因為這就是我們為倫敦清理門戶的方式！然後，告訴你一聲，**長官**，那些耳聽八方、消息靈通的人，一點也不覺得勞林斯真的死了。」

瑞尼克深深地喘了一口氣，吸進氧氣讓他冷靜下來。他伸手進口袋，拿出自己的警徽，丟在桑德斯桌上。「我的升職申請你就隨便扔了吧，我要辭職。」

桑德斯嘆了口氣後站起來。這不是他要的，但是瑞尼克逾越了分際，桑德斯已經安撫他夠久了。「我想你最好帶著辭職信去找總警司。」

「我是在跟你好好講！那些知情的人……你記著：巴瑟、綠牙、還有我。費雪兄弟——他們在躲避某個比他們勢力更大、更危險的傢伙，嚇得抱頭鼠竄呢！記住我的話，哈利・勞林斯還沒完蛋。他還在外面活得好好的……我知道。他回來作亂的時候，頭痛的可不會是我，而是你！」

桑德斯現在很確定喬治失控了。「拜託，喬治，回家休息。現在不要匆忙下決定。」

「我的辭職信一早就會出現在你桌上。這就是你一直以來想要的，對不對？好啊，等你發現我說對的時候，我希望你和其他人通通腦袋搬家。」瑞尼克氣沖沖地離開辦公室。

＊

瑞尼克正往一樓大門出口的方向走時，突然停下來咳嗽了一陣。他幾乎喘不過氣，心臟急速地怦怦跳動著，彷彿要跳出胸腔外。當他靠著牆，等著預期中的心臟病發作時，他看到愛麗絲朝他走過來。她看到他的狀況，連忙加快步伐。

「深呼吸，長官，深呼吸。」瑞尼克知道他遇上這種情況時該怎麼做，但愛麗絲溫柔的叮嚀仍然使他放鬆舒緩。特別是現在。她給他時間恢復正常呼吸，接著才問要不要幫他拿一杯水過來。

「不用，我會沒事的。」瑞尼克說。「但我需要妳幫個忙，愛麗絲，親愛的，我要妳寫封信。」

「我不能……」愛麗絲開口，試著告訴他說她已經不在他的部門工作了。

再來一條違規也傷不了他或愛麗絲。「不。」瑞尼克說。「我真的需要妳為我做這件事，愛麗絲，拜託。這是我的辭職信。」

「噢，長官。」愛麗絲也不知道還有什麼話能說。

「他們奪走了我的案子，所以我辭職了。」瑞尼克看起來如此苦悶，低著頭小聲告訴她該寫的內容。

愛麗絲沒有在聽。他口述書信內容時，她從來不聽。她寫的通常只是他若有時間想清楚之後會說的話。她現在也是這樣做。她想像自己這樣說：「我會跟你一起辭職，喬治。我們都值得更好的。」一想到自己叫他「喬治」，她喉嚨就哽住了，她希望在哽咽消退前她都不需要說話。他一直是個討厭鬼，但也是**她的**討厭鬼啊。他是她心目中那個愛生氣、優秀、邋遢又盡責的警察，除了她之外，沒有人知道怎麼治他。

瑞尼克一交代完，就抬起頭看著愛麗絲。「要是你們想湊錢買個離職紀念禮物，別買鬧鐘茶壺，好嗎？」

愛麗絲試著要笑，但她好想哭。

瑞尼克往前傾，輕輕親了她的臉頰。「謝謝妳做的一切，愛麗絲。也謝謝妳忍受我。」

她看著瑞尼克走掉，又舊又髒的大衣下襬擺動著，手上還拿著蟲蛀過的舊公事包，這時她才終於崩潰。她自己都不得不承認，她對這樣一個外表毫不討喜的男人產生感情，實在難以理解。但愛麗絲知道她在瑞尼克身邊的角色，她幫他掩護、聽他抱怨、安撫他的自我懷疑、保護他不受到……主要是他自己造成的傷害，讓他盡其所能成為最優秀的警察。但她還是失敗了。他給了她生活目標，這遠勝於其他男人為她做的種種。瑞尼克想不到她有多麼愛他——現在他再也不會知道了。

第二十七章

貝拉拿下噴漆用的防毒面罩，往後退一步，呼吸一點空氣。一顆顆汗珠從她額頭和兩頰滴下。她帶著驕傲的神情，審視著這輛即將成為她們逃亡車的福特Escort廂型車。她以前從沒有幫車噴過漆，但她在脫衣舞俱樂部後台幫不少舞女噴過古銅膚色噴霧，這差不多是一樣的事情。

兩週前朵麗買來這輛廂型車——用了假名、付現——的時候，它還是紅色的。現在它是閃閃發亮的白色。引擎有一點故障，琳達修了一下，讓它的引擎蓋下多了不少敲敲打打的工具痕跡。琳達在認識卡洛斯的幾週內學到了很多關於引擎的知識，最重要的就是如何「感覺」引擎。他說如果她想的話，也是可以讀說明書，但這無法取代直覺。也許這在他身上行得通，但她還是讀了說明書——特別是朵麗倉庫裡那些車的。如果車故障了，她們到時就得坐牢。事情就這麼簡單。

貝拉朝雪莉晃了過去。雪莉一邊哼著歌，一邊忙著在逃亡車的側邊加上假商標。「這台車已經大功告成了。」

雪莉抬頭。「妳覺得這樣可以嗎，貝拉?」她在意貝拉的看法。

貝拉點頭。「非常專業。掛上假車牌以後，看起來就會像真正的賓士GLC。」

在倉庫的另一端，琳達坐在一個板條箱上清理短管散彈槍。她臉色灰敗，嘴巴抿緊成一條線，又不時瞄著出口。她在等朵麗。

「都還好嗎，琳達？」貝拉問，她擔心朵麗人一到，琳達就要大發雷霆。現在是傍晚時分，貝拉已經盯著琳達一整天了。有一次她試著勸琳達回家，但她拒絕了。她坐在倉庫裡打發時間，像一條扯緊的線，隨時可能繃斷。現在，貝拉彎腰在琳達耳邊低語。

「我知道卡洛斯的事情讓妳很受傷，但跟朵麗發脾氣也不會讓他活回來。等到任務結束，一拿到妳那份，妳要怎麼叫她就怎麼叫，甚至可以賞她巴掌，要是這會讓妳好過一點的話。妳聽到我的話了嗎，琳達？」

「這好難，貝拉。」琳達說。「她就像是把我的靈魂撕離了身體一樣……但我會盡力閉緊嘴巴。為了妳跟雪雪，我不會搞破壞的。」貝拉拍拍她的肩膀，然後走過去為廂型車掛上假車牌。

十分鐘後，朵麗輕鬆地走了進來，放下一個購物袋。她仍舊精神高亢，急著想跟女孩們分享今早的事情。「我拿到運鈔車的最終路線圖和時間表了。」她帶著燦爛的笑容說。

雪莉和貝拉走過去恭喜她。朵麗朝琳達揮揮手，要她加入大家，然後在桌上清出一個空間，攤開布萊恩．馬歇爾給她的路線圖，又點了一根菸。貝拉很想知道她是怎麼拿到的，但如果朵麗想讓她們知道，她就會自己說了。

「好的，我整個下午都在照著這份路線圖開車。」朵麗開始說。「大概開了六、七趟，為了計時，還有物色我們進地下道前給擋路車的停靠位置，大概就是這樣的事情。」朵麗快速瀏覽馬歇爾給她的其他文件。「我們現在已經得到了確切日期和時間……比我們的時程表早了兩個禮拜。」

「怎麼會？」琳達令人尷尬地問。

「因為這份日期和時間表，讓我們能夠抓出每趟現金運輸之間的最佳平衡，且讓我們有機會迅速又安全地完成任務。我們得考慮到交通尖峰時間、道路施工、學校放假這類事情。我會搞定的，琳達，別擔心。」

一如往常，朵麗自以為高人一等的語氣惹惱了琳達，但她沉默不語。朵麗繼續說下去。

「背下路線表後，我們就要燒掉它。妳覺得需要開幾趟就開幾趟，這樣妳才知道難對付的地方在哪，號誌燈、圓環路口、斑馬線，任何可能出錯的地方。」

當一列火車從她們頭頂上轟轟駛過，隔壁倉庫的大狗又開始吠叫。小狼也開始汪汪亂叫。琳達感覺到一股怒潮上漲。

「我也在地圖上標記了到時逃亡車停放的位置，妳們也要記住它。從上車點一路開到妳們自家車的停車場，再開去機場。要計時到最後一秒鐘。要一再練習，練到妳蒙著眼睛也能開上路。妳們都想好度假的藉口了嗎？」朵麗問。

她們都準備好了。她們的計畫是避免旁人起疑。琳達要嘛是辭職離開遊樂場，再不就是設法讓自己被炒魷魚，而貝拉也得辭掉脫衣舞俱樂部的工作。不能讓任何人懷疑她們彼此之間曾有過聯繫。雪莉對媽媽說謊時很不自在，但她還是會做。她必須如此。

「好，這裡是妳們去里約的機票。都拿到護照了吧？這條航線當天有兩個班次，所以我幫貝拉和琳達訂了第一個班次。雪莉就在同一天晚一點飛。降落之前要跟彼此保持距離。」朵麗繼續說。「記住妳們的航班起飛時間和號碼，還有行李限重。可不能有人因為行李超重之類的蠢事而被攔下來！」朵麗大笑，貝拉和雪莉則禮貌地笑笑，儘管笑得有點晚。朵麗看起來比往常更快活，她交代好所有事情後，就蓋上那本珍貴的記事本。「好了。」她用輕鬆愉快的語調說。「來看看妳們進度如何。」

她很高興她們目前的工作狀況。噴漆和假商標都做得很好，那組車牌號碼是抄自她們上次去布萊頓附近的海灘途中看到的一輛白色福特。貝拉示範那塊假商標可以多快就撕掉，假車牌也可以隨時換回原來那個。

朵麗走向正在檢查廂型車火星塞的琳達。「妳弄到前鋒車了嗎？這事妳早就該搞定了。」琳達無法看著朵麗的臉。「我看上了一輛禮蘭牌的洗衣店大廂型車。」她很隨便地說。「是個完美的選擇，而且偷它是輕而易舉。」

「它的大有多『大』？停得進這裡嗎，還是需要找其他地方停？」趁琳達還沒發火反嗆，雪莉插嘴了。「我媽媽的公寓那裡，地下有個停車區。妳可以把車丟在那裡，沒問題。市場的貨車一直來來去去，所以看起來不會突兀。」

朵麗持續關注琳達。「妳這禮拜能搞到手嗎？」

「我什麼時候都可以動手。」琳達草率地說，拚命壓抑她的脾氣。她從朵麗身邊走開。

「我們要快點，琳達！」朵麗拉高聲調，跟著琳達走到倉庫另一邊。「我們得換掉車牌，還要用金屬棒補強後保險桿……妳確定一輛洗衣店貨車可以承受笨重的運鈔車從後面追撞嗎？」

琳達不理她，從工具推車上撿起一把短管散彈槍。她真想用槍指著朵麗，當場開槍轟爛她。

「琳達怎麼了？」朵麗問貝拉。

貝拉聳聳肩，忙著用一塊破布擦拭掉假車牌上的指紋。朵麗懷疑貝拉知情。她看著琳達。小狼在琳達腳邊嗅來嗅去，下一秒琳達就踢了小狗，害牠痛得嗚嗚哀叫。朵麗這下受夠了。

「妳不准再踢牠了！」朵麗吼叫，大步走向琳達，正面指著她的臉。

「那就別再拿一堆爛事來煩我。」琳達回答。

「喔拜託——把話說清楚。妳到底怎麼了？」

琳達垂著頭。「沒什麼。」她囁嚅著說。

「是跟我叫妳甩掉那個修車工有關嗎？」

琳達看著朵麗。「我有照妳要求的做。他不成問題了。」

「很好。」朵麗冷靜回應。「他有起疑嗎？」

「有的話也不重要了。他死了。」

朵麗驚呆了，沉默不語。有那麼一刻，她猜想琳達是不是無所不用其極地使她內疚，但琳達眼中的憤怒和悲傷，顯示她說的話是認真的。「我很遺憾，琳達。發生了什麼事？」

「我都看到了，朵麗。我全都看到了。妳是想要聽細節，還是『他死了』這句話就夠了？」

「我很遺憾，琳達，真的。妳應該事情一發生時就盡快告訴我的。」

「為什麼？妳有什麼方法，能讓我對自己害死男朋友這件事好過一點嗎？事情就是這樣的，朵麗。妳叫我舉報他，警方突襲他的修車廠，他就跑了……然後立刻被車撞倒。」琳達在說出可能令自己後悔的話之前先走開了。

朵麗要跟上琳達時，貝拉擋下她。

「她跑來我家時就是這個狀態。」貝拉輕聲地說。「她看到他命喪輪下，躺在血泊裡。妳就順著她吧，好嗎？就讓她對妳發脾氣，讓她拿妳出氣。讓她怪罪妳，因為她唯一可以怪罪的人就是她自己。妳可以承擔——但她做不到。妳想要這件搶案繼續進行嗎？那妳就得接受。」貝拉走進辦公室，琳達在那裡用顫抖的手試著給自己倒一杯茶。

在朵麗旁觀時，貝拉伸手環住琳達的肩膀，給她一個擁抱。她希望自己也能這麼做。她希望能再次對她說自己有多麼抱歉。但朵麗知道琳達永遠不會把她視為貝拉那樣的朋友。她能做的就是提供讓琳達往後過得上理想生活的足夠金錢。朵麗在心裡修改了她今天的計畫。她很想帶大家走一遍流程，但她想應該給琳達喝杯茶的時間。

在等待期間，她拾起了一把短管散彈槍，試著拉起板機，但手指一滑，夾在撞針和擊錘之間。她忍住尖叫，但還是無法克制地脫口而出：「噢！幹——」

辦公室傳來琳達嗤之以鼻的聲音。朵麗惱怒地環顧四周，但貝拉給了一個警告意味的眼神之後，她只好罷手。她抽出手指，不停上下甩動直到痛楚消退。一顆巨大血泡已開始浮現。好哇——那就這樣吧！

「好了——穿戴好工作服和面罩，我們來演練一次！」朵麗喊道。這次她要練習的是解開安全帶、拿散彈槍跟榔頭，貝拉要拿鏈鋸，琳達拿散彈槍，接著換貝拉拿槍。「每件事都要練到習慣成自然。」朵麗說。「我不要我們任何一個人遭遇不測。」她試著不要對上琳達的眼神。

她們走出隔間，進入巨大、髒亂的主要車庫。一輛老舊的家具卡車，少了輪子和一扇車門，在演練時充作前鋒車。雪莉已經把駕駛座的安全帶調整好並解開。朵麗要坐在這個位置、繫緊安全帶，突然猛煞車，迫使運鈔車追撞她的車尾。安全帶要夠強韌，才能在撞擊時把朵麗固定在座位上，而且要能在下一刻輕鬆簡單地解開。她們得搞定這件事。朵麗的動作將開啟整場搶案，如果她不能脫身，她們就全都成了活靶。

朵麗把榔頭放到後車廂，就在後車門旁邊。她的散彈槍掛在腰間一條臨時皮帶上。接著她上了駕駛座，扣好安全帶。雪莉注意著每一個動作，確保帶子不會打結、太緊或太鬆。

「等琳達弄到洗衣店貨車，我就會在新車上重裝這條安全帶，妳就能實地練習了。」雪莉說。

朵麗在她的座位上前彎後仰，安全帶仍然牢固。她給了雪莉一個大拇指。

「好了。」朵麗說。「我就在前鋒車上——琳達的洗衣店貨車——安全帶都繫好了，散彈槍在我腰側，榔頭在後車門。運鈔車在我後面，而妳們在運鈔車後面的廂型車裡。貝拉，妳帶著鏈鋸和散彈槍；雪莉，妳帶著妳的散彈槍；琳達，妳要負責開車。」朵麗看著女孩們，她們站在她車門旁邊聽著。「去吧，現在站到這台車後面。從停車到我打開後車門的那一刻，我們所有事情都要完成。」

雪莉、琳達和貝拉依序站在家具車後面。「準備好了嗎？」朵麗喊道。

「好了。」貝拉喊回去。「我在幫妳計時。」

「在二十碼的標記上，我踩下煞車，運鈔車從後面追撞上來，我再往前開，接著倒車猛撞，現在運鈔車就困在我和妳們的車中間。」

雪莉過度興奮地提前出聲。「我跑到運鈔車這裡，切斷他們的天線，這樣他們就無法用無線電求援。」

「閉嘴，雪莉！」貝拉低語。「妳還不用做這個——朵麗還沒解開她的安全帶。」

朵麗繼續說話，無視貝拉和雪莉。「我解開安全帶……」

突然一片靜默。女孩們面面相覷。她們慢慢逼近廂型車後門，接著聽到朵麗喃喃自語說

「該死的東西！」貝拉停止計時，所有人全都等著。

雪莉問道。「安全帶需要幫忙嗎——？」

「**不用！**」

她們聽到安全帶扣落地。貝拉繼續計時。

朵麗喊道。「我解開了安全帶，移到後車門，然後……」隨著車內一記重踹，後車門猛然開啟，門後站著朵麗，雙腿像男人一樣岔開，將榔頭高舉過頭。有一邊的門正中雪莉的肩膀，把她撞飛了，而榔頭的重量使朵麗整個人往後倒。

貝拉再次停止計時。「不要把它舉這麼高。」她說。「妳要把榔頭拿低，就像在海邊的時候一樣。」

朵麗爬了起來。「再一次。從頭開始。」

三人站在廂型車後門，聽著朵麗再次大聲宣告她的動作流程。這次，當朵麗踢開後門時，她低手拿著榔頭甩出去，在甩到頂點時鬆手，榔頭一路飛過整個車庫，迫使她們紛紛彎身躲避。接著她把槍舉在腰間，指著想像中的運鈔車大吼道：「留在原地不要動！」

當她一倒在地板上，貝拉就叫道。「該死的，朵麗！妳都沒說要鬆手放開那錘子！」

「我要拿它砸運鈔車的擋風玻璃！我當然要鬆手。」

「我是說現在！」貝拉站起身來，接著去扶琳達和雪莉。

朵麗從廂型車上往下看著她們。「看起來如何？」她問。

「這個嘛。」琳達答道。「如果妳拔起散彈槍的保險栓，看起來就會更有說服力。」

「噢！該死！」朵麗看著散彈槍咒罵道。「我每次手指都會夾到。妳得幫幫我，琳達。」

琳達不假思索地上前，從頭到尾告訴朵麗如何移除保險栓。貝拉看著琳達教導朵麗時，那副耐心和體貼的模樣。當事情至關重要，她們就能和睦相處。忽然間她發現自己看著的景象，其實是一個射擊遊樂場的店員在教修道院志工如何用散彈槍……她搖搖頭，手遮住嘴巴竊笑。有時她們做的事真令人難以置信。

朵麗一打開散彈槍的保險栓，琳達就回到貝拉和雪莉身邊。「好啦，讓我們聽聽妳要說什麼。」她說。

朵麗將散彈槍舉到腰間，大喊道。「不准動！後面有人守著，看著槍，把臉露出來！」

三張茫然的臉盯著朵麗。「妳就打算這麼說？」

「妳們少來了，快把事情解決。我還得去工作。」貝拉說著同時重新開始計時。

琳達再次上前，試著要幫忙。「問題不在於妳要說什麼，是妳的聲音。妳聽起來就像一隻天殺的小鹿斑比！先不說保全人員會笑破肚皮，他們還會知道這是女人的聲音，警察就會直接找上我們。」

「妳可以降低音調嗎？」雪莉建議。「我參加過的一個選美比賽有唱歌關卡，我得學著用比平常低半音的調唱歌——」

「別動！」朵麗低吼。

貝拉搖頭。「那還是小鹿斑比的聲音，只是大聲了點。在妳嘴巴塞個什麼東西，再試一次。」

雪莉遞給朵麗一條白手帕，邊角繡了一個紅色的S字母。朵麗把手帕塞進嘴巴，這次她大吼時，字句完全聽不清楚，她還差點噎住。

「今晚先別管這個吧。」朵麗說著，把手帕吐到地上。「反正貝拉都要走了。」

當貝拉套上她的機車皮衣時，她們都在討論卡洛斯的事情。朵麗看著她們——三個朋友聊著八卦、安慰彼此，十分熱情。有那麼一刻，她感到一陣嫉妒，但她知道她得保持距離。

朵麗迅速給出今晚的最終指令。「好了，聽著，大伙兒。現在事情快成了，所以我們得盡量互相迴避，好嗎？我知道有些事情妳們只能跟彼此講，但這都得等到妳們在里約碰面的時候再談。」

「是我們。」貝拉更正。「等到我們都在里約的時候。」

「別又來了。」朵麗一邊說，一邊拿起毛呢大衣和手提包。

貝拉不管她，繼續說。「這個計畫有個小地方我還有問題，朵麗。但這很好解決。」

朵麗猛地放下手提包。「少來了，貝拉——妳就直說吧！妳不想要飛越大半個地球，是因為——？因為妳不知道錢到底藏在哪裡，對吧？」

「一點也沒錯。」貝拉回答。

「妳需要知道，是因為妳不真的相信我，對嗎？妳還是不信任我！到目前為止，我已經自掏腰包付了將近七千英鎊，託付給妳們。搶劫成功後，我們朝不同方向離開，在那一步，錢會在誰手上呢，貝拉？我嗎？不對。是妳。這筆錢會放在逃亡車的後車廂，我則還會在那台現在根本還沒到手的洗衣店貨車上，假如我們都沒被抓住的話。難道我曾經懷疑過妳的忠誠，說過妳在搶劫得手後有可能迅速捲款潛逃？沒有！我不會這樣對妳。我不會只依自己的利益做決定，我做這些決定是為了保護妳們所有人。」朵麗朝三人接近。雪莉和琳達稍微退到貝拉後面尋求保護。「我太了解妳們了，比妳們以為的還了解。」朵麗繼續說道。「妳覺得琳達要是知道錢在哪裡，幾杯酒下肚之後還有辦法閉嘴不談嗎？妳覺得雪莉不會禁不起誘惑、塞給媽媽幾百塊嗎？」朵麗暫時停口，看是否有人夠膽回答……並沒有。「我不告訴妳錢藏在哪裡，是因為只要一個說溜嘴，警察就會找到我們頭上來，倫敦的每個惡棍——包括在避風頭的費雪兄弟，如果妳們有注意到——也都會找上門。巴瑟死了，卡洛斯被突襲——所以現在費雪兄弟保持低調。他們被嚇到了，而且很疑惑發生了什麼事。他們只知道，這事看起來就像有人出來找他們算帳，但他們不知道是誰。他們以為是哈利——這樣很好。」

「很棒的演講。」貝拉說。「但重點不是信任，是假使妳出了事，我們該怎麼知道錢在哪裡。」

朵麗的臉現在因為憤怒和受傷而漲得通紅。「妳覺得我該死的沒想過這事嗎？我給妳們各留了一封信放在我的律師那裡，就是為防我意外死掉。信裡寫的就是妳死命想知道的事。」

如果她們為了朵麗提到信的事情而驚訝，也算是這段對話的附加效益。她看得出她們眼中的懷疑。「信不信隨便妳們。」朵麗的聲音十分疲憊。「但搶劫照計畫進行。」朵麗提起手提袋時，雪莉說話了。

「我相信妳。」

朵麗為起泡的手指套上手套時，不禁皺了一下眉。她看著雪莉笑了。「謝謝妳，雪莉。」

她朝門走去。她的步伐小而緩慢。看起來疲倦又蒼老。「捲款潛逃嗎？」朵麗笑道。「我自己要怎麼花這一百萬？」

貝拉聳聳肩，咧嘴一笑。「我們先把錢拿到手再說，親愛的。」「妳說了算，貝拉。現在我們做或不做，都看妳們大家了。看妳們決定如何，再讓我知道。來吧，小狼。」

小狼在辦公椅上縮成一團睡著了，沒有聽到朵麗的指令。貝拉抱牠起來，趕上朵麗，再把小狼交給她。「好的。」貝拉說，看進朵麗的眼睛。「一切按計畫進行。」

*

朵麗緩慢朝出口移動，拚命想在別人看到她快哭的樣子前趕緊出去。她沒有找律師立遺囑。她說了謊，好讓女孩們相信她。但她現在會去寫信，以免她真的出事。她覺得自己被貝拉和琳達不知感恩地背叛了——她已經給了她們那麼多！她抱著自己的小狗以求慰藉，親了親牠的頭。「回家吧，我的小寶寶。我們回家。」她輕聲說。朵麗小心翼翼在黑暗中穿過石子路面時，小狼越過她的肩膀回望，發出低鳴。朵麗回頭瞥了一眼，只見一隻老鼠消失在其中一間倉庫裡。「噓，小狼。只是隻老鼠罷了。」但小狼又大又黑、像碟子一樣的眼睛，鎖定著別的東西。

*

朵麗離開的十分鐘後，貝拉也走了，接著是琳達，最後才是雪莉。雪莉扣好大衣釦子時，突然意識到隔壁門的大狗在其他人離開時並沒有吠叫。她撇開這個念頭，走近大門邊，關掉頭上的燈，忽略一滴又一滴的水聲迴響在這座宛如洞穴的倉庫裡。當她正要打開門，忽然聽到一陣噪音，一陣扭打聲，似乎是從外面傳來的。她更湊近去聽，耳朵貼著門，開始瑟瑟發抖。她打開自己的小手電筒，照著黑暗的倉庫各處。

比爾．格蘭特把臉貼在冰冷的牆上，透過通風氣磚的縫隙看進車庫。這個金髮美女彷彿直直盯著他看呢。當手電筒燈光移向他，他趕忙退後，以防被光束照到眼睛的反光。光束掃過去之後，格蘭特又回到他的制高點。「妳真美。」他低語。「我可以在黑暗中保妳安全，親愛的。跟我在一起安安穩穩。」

雪莉終於鼓起勇氣打開大門，踏進黑暗的夜色。她停頓了一下，等到眼睛適應之後，幾乎是用跑的趕往主要道路。

「最後一個終於走了。」格蘭特說，轉頭離開牆上的偷窺孔。他大笑，是老菸槍卡著痰的那種笑聲，還帶點下流的意味。他背靠著牆，雙手抱胸。「誰想得到呢？這群娘們真的要幹大事了。」他從牆邊站直身體，拍掉大衣領口上的磚頭粉塵。他的倉庫就跟朵麗的一模一樣，但髒多了，停著成排蒙上灰塵、覆滿鴿子大便的破車。一道手電筒的強光照在格蘭特臉上，他舉起手擋住眼睛。「你也幫個忙！她們都走了，你現在可以開燈了。」手電筒關掉了。

哈利．勞林斯從頸後抓著繫了狗鍊的德國牧羊犬，鬆開像滅音器一樣綁在牠嘴上的破布。

狗開始吠叫哼氣，又長又亮白的利齒間滴著濃稠的唾液。哈利忽然鬆手，牠便朝格蘭特猛衝過去，嚇得他往後跳。狗鍊的長度只夠牠跑到格蘭特身前幾吋處，鍊子拉扯著牠的頭部，讓牠在移動路徑上停下動作。哈利笑出來。

「去你的！」格蘭特大叫。他怕得發抖。哈利現在看起來就跟這隻畜牲一樣，齜牙低吼，笑的時候還露出森森利齒。

「她完全照著我的計畫行事，一字不漏。」哈利說。「所以事成之後，只有她知道錢藏在哪裡。那時我們就要行動了，比爾。這就像從小寶寶手上拿走糖果一樣簡單。」

第二十八章

琳達在沃靈頓新月型街區緊張地等待著，克隆納德飯店——一棟位於梅達谷、小巧優雅的維多利亞式高級旅館——就在她視線之中。現在是禮拜二清晨，才剛日出後沒多久，她覺得好冷，即使穿上紅色厚毛線衣和羽絨外套也一樣。

倫敦西北邊並不是琳達常來踩踏的地方。這裡不會有人認出她、或者是注意到她。過去幾週以來，她已經造訪了這個地區五次。她第二次來時就鎖定了那輛禮蘭洗衣店貨車，接下來的兩趟則確認了它到克隆納德飯店交貨的固定時程——然後，今天就是大日子。

通常沒有什麼事情會令琳達緊張，但她等待時不斷在褲子上抹乾手汗，心臟彷彿快要跳出胸腔。她備感恐懼，但更覺得興奮。琳達過去從不了解，喬工作時眼中為何總有一股光芒——但現在她知道了。她看著錶：禮蘭貨車十分鐘內就要到了。她感覺自己無所不能。駕駛完全沒想到她已經來看過，想不到她正在監視，也想不到他的貨車就要丟了。*可憐的混蛋*，她暗自想著。

司機把禮蘭洗衣店的貨車停在飯店側門外面，就跟她前幾次看到的一樣。她看著他按表操課，將一籃籃乾淨的衣物放在推車上，再推到飯店側門口。他無憂無慮地吹著口哨，按了門鈴，對方放他進門。琳達在他帶著髒衣服回來之前，大約有三分鐘時間可以偷走這輛貨車。

琳達走向那輛貨車——速度沒有很快、也不會太慢——，心裡想著朵麗要是能看到她就好了。她的計畫嚴密、出手時機精準——沒錯，朵麗一定會大加讚賞。她跳上駕駛座前，裝做平常樣子朝左右看了看，接著從外套口袋拿出一支小型螺絲起子，插進方向機鎖旋轉以發動貨車。但貨車一動也不動。琳達不慌不忙：她知道接著該怎麼做。她好幾次跟喬出外夜遊時，見過喬用短路打火的方式發動引擎，他們才能開車回家。她就自己做過三次還四次。她撬開啟動器外罩，扯出電線，把其中兩條絞在一起。接著她踩了好幾次油門，讓汽油注入化油器，接著她把另外兩條電線相碰，啟動引擎。當引擎啟動時，她自己笑了出來——都和以前一模一樣呢。

琳達直接駛向雪莉的媽媽和其他攤商停放車輛、攤車、桌子和貨物的地下停車場。這兩哩的路程著實驚心動魄：琳達眼睛掃過路面、後照鏡、車內後視鏡，然後又再重複。她高度警覺，注意所有細節，甚至還注意到幾個固定巡邏的條子在轄區內漫無目的閒晃。她微笑，他們可真是一無所知啊。

抵達市場時，琳達緩慢地在要卸下蔬果貨物的大小貨車隊伍中前進，同時尋找雪莉。她找到了，雪莉就站在停車位旁邊拚命揮手。雪莉設法把媽媽的鑰匙複製了兩份，又清掉一堆舊蔬果箱，在偏遠角落挪出一個空間停車。琳達倒車入庫，雪莉要是拍後車門就表示可以停了。

琳達沾沾自喜地對雪莉展示這台貨車。「真完美，性能好又大台，看看後保險桿有多粗……坦克撞上來也受得住。」雪莉緘默不語，拉開了駕駛座門，讓琳達享受她的榮耀時刻。

「只有一個座位，朵麗可以從這裡快速移到後車門……等她學會如何掙脫安全帶之後。就是這樣！」

「我想，妳還真的偷了一輛好車。」雪莉祝賀琳達。接著她注意到點火開關的損壞。「這是怎麼一回事？」

「這個嘛，那個司機可不會給我鑰匙，對吧？」琳達說。「在我下手偷之前，我買了一個替換用的方向機鎖——我知道它可能得破壞掉。三十分鐘就能換好。」琳達先前沒有換過方向機鎖，但她看過喬是怎麼做的。看起來滿簡單，況且現在貨車藏得很安全，她有的是時間處理。

她們兩人用防水油布蓋住整輛車，藏起兩邊的商標，琳達問雪莉是否有帶假車牌。

「當然囉。還有拿來蓋掉商標的噴漆，照妳的吩咐。」雪莉交給琳達一把鑰匙。「這是大門掛鎖的鑰匙。離開時要確認一切安全，而且至少等我走後十分鐘再離開。」

「遵命，朵麗。」琳達嘲弄道，兩人都笑了出來，緩解了一些緊繃感。「走吧。」琳達說。她打開引擎蓋，稍微看了一下引擎。「閃邊讓我工作。」

雪莉沒有離開，反而湊近琳達肩頭，也對引擎探頭探腦。「它運轉得還好嗎？」她焦慮地問。

「還行還行。」琳達答道，還打算逗一下雪莉。「但除非先看一下，否則我還不知道，好嗎？所以如果妳讓我繼續……」

「我聽起來像是它只剩一條腿了——妳確定沒事？」

「引擎的事我懂的比妳多，雪雪，等我修好它，它會跑得跟馬莎拉蒂一樣快。」

雪莉早就見識過琳達從好人變婊子的速度多快。「別在意！」雪莉嚷嚷著跺步走開。「我拷貝了鑰匙、帶了噴漆，在這凍死人的天氣裡等了一個早上——」

「**謝啦！**」琳達臉上咧開大大的笑容，喊了回去。雪莉話說到一半就閉嘴，但仍匆促離開。琳達回頭去看那輛貨車的引擎，這時她的笑容消退了。*我靠。這跟一般貨車有點不太一樣……*

＊

當天下午稍晚，雪莉到媽媽的公寓時仍然情緒暴躁。她開門進去，喊著奧黛麗，後者拉開嗓子說她在浴室，等等就出來。一開始，雪莉還想自己是不是走錯公寓了。這裡好乾淨整潔——連一個髒馬克杯或碗盤都沒見著。瞬間奧黛麗轉著圈進廚房，盛裝打扮、濃妝豔抹，定型的頭髮硬得像塊板子。雪莉差點被露華濃「親密」女香的強烈氣味薰到倒地不起。

「妳覺得我這件洋裝怎麼樣？我從黑市買的——只花了五英鎊！」奧黛麗穿著一件滿是亮片的克林普綸布料晚禮服，在雪莉面前擺弄。

雪莉試著掩飾她對這件洋裝的顏色、剪裁以及所有一切的驚駭。奧黛莉忙著轉圈，沒注意到女兒的眼睛都要從腦袋上彈出來了，她轉完圈時，雪莉才恢復鎮定。

「很美。」雪莉說謊。「葛瑞格在哪？我需要他幫我修車，變速桿手把一直掉下來。」

「別跟我提他——我又抓到他在……」

「不會又在跟人亂搞了吧，媽？」

奧黛麗打開廚房的餐具櫥，裡面掉出了一塊熨衣板、一堆髒衣服、鞋子和裝滿的垃圾袋。奧黛麗完全沒有打掃，事實上，她只是把垃圾都藏起來。終於，她找到了她要的東西。

「妳那個死老弟用這個東西吸膠。」她說著，一邊把一個舊防毒面罩放在臉上。「我抓到他嗑藥嗑茫了——真不知道該拿他怎麼辦！」

雪莉凝視著她的母親。奧黛麗的聲音透過面罩傳出來，顯得很低沉，還帶有一種奇怪而模糊的回音。她抓住面罩，從奧黛麗頭上拿起來。「這真糟糕。」雪莉說，但其實絲毫不感興趣。「太糟了。」她緊緊抓著面罩。「我幫妳把這個扔了，媽。別擔心，葛瑞格找不到的。」

「很好！」奧黛麗說。她從廚房窗戶瞥見自己的倒影。防毒面罩把她頭髮弄得一團糟。「噢該死！我又得重弄頭髮！妳知道市場那個男的嗎？」她帶著大大的笑容問雪莉。「這個嘛，他的妹婿還是姐夫的朋友某天看到我，說他想約我出去。他聽起來人不錯，雪莉。而且他有錢。」

「聽起來哪有不錯，媽。錢也不能代表一切。我不是已經在照顧妳了嗎？」

「妳也不會永遠在我身邊。我得照顧自己。他要帶我去金磚賭場。」

「妳到底認不認識他？」

「這是相親。好吧——算半個相親。他看過我，但我沒看過他。不過市場裡的人說他挺帥了。我得去整理頭髮了，雪雪。晚上妳要上哪去？」

雪莉還在仔細看那個防毒面具。這一定很適合朵麗。她等不及要拿去給她了。「我在打包要去度假，之前跟妳說過的，媽。」

「喔，我記得。在西班牙待幾週對妳有好處。讓妳臉上恢復一點氣色。氣色好點總是不錯，雪雪，我的好孩子。眼前只要有機會，就得抓牢。」

奧黛麗指的是去西班牙吊凱子，雪莉想的則是搶劫。這是未來幾週她唯一要捉住的機會。她親了一下媽媽的臉頰。「祝妳跟那個神祕先生約會順利，媽。」然後她就離開了。

*

琳達的頭埋在洗衣店貨車的引擎裡，這會兒她感覺到某個東西掠過她雙腿，她嚇得跳起來，一頭撞上打開的引擎蓋，原來那是小狼，搖著愚蠢的尾巴，正抬頭看著她。

「還沒好。」琳達說。朵麗從貨車另一邊走進她的視線。

「看起來很不錯，琳達。」朵麗評論。「做得好。」就連這番讚美也能惹惱琳達。朵麗的聲音聽起來有點驚訝，好像她原本以為琳達會去偷一輛廢車。

「我來幫妳。」朵麗脫下外套，放在停車場角落的蘋果箱上。

琳達還完全來不及說話，朵麗便拾起噴霧罐，確認沒有人在看，拉起一邊的防水油布，露出貨車側邊的商標。「我們兩個小時內要在倉庫碰面。」朵麗繼續說。「妳就完成手上正在做的事。我來噴漆和換車牌。」

「我有時間做完，妳知道的。妳可以去做——妳需要做的事。」琳達直率地說。洗衣店貨車可是她的領地。

「是我要開這輛車，琳達，所以也是我要檢查確定一切到位。」朵麗怒道。然後她忽然打住。「妳聽……」

一個市場商販進來停車場。朵麗猛然拉下防水油布蓋住商標，藏好噴霧槍。商販點頭示意，拿了一箱蔬菜離開。琳達等著朵麗說完話。

「我不是來檢查的，琳達。我想要……我只是想要我們一起拼完這最後一片拼圖。一切都準備好了，我要知道我們沒事。我和妳。」

琳達凝視著朵麗。她不喜歡她，可能永遠不會喜歡，但朵麗並不奢求這個。她只是要知道她們是一國的，就這樣。向來不擅言詞的琳達拿起假車牌。「妳噴漆。我會弄好這些事。」這就是朵麗要的。

黑色的商標得噴三層漆才蓋得掉。雖然琳達彎腰去弄後車牌時，黑色羽絨外套沾滿了白漆，但一切看起來都很好。

朵麗爬上駕駛座，安全帶已經裝好了。

「一開始要用力拉阻風門才能啟動，接著就可以輕輕放開。」琳達在車門邊說。

貨車一次就發動了。「妳要坐上來嗎？」朵麗問。琳達爬進貨車後面，噗通一聲摔進一籃清爽乾淨的白床單——應該是倫敦某間頂級飯店的。朵麗大笑，接著她們就出發試駕，前往倉庫。

貨車在路上熄火了兩次，著實讓朵麗很擔心，但不是引擎的問題，琳達把它調整得很完美了。原因是她重裝方向機鎖的地方有條電線沒接好。不過，只要多纏一些絕緣膠帶，電線很快就接妥，車子再也沒熄火了。

*

朵麗和琳達抵達時，倉庫裡氣氛緊張。貝拉忙著準備和檢查搶案用的工具和散彈槍。雪莉仔細查看她們的工作服和面罩，次數多到她把這些東西的每一吋都摸熟了。接著她重複檢查大家的護照和機票，再放進行李箱，除朵麗之外，每個人都為了出國打包了一個。貝拉正式跟脫衣舞俱樂部提離職，琳達輕鬆讓遊樂場把她開除了，而雪莉已經告訴母親說她要去度假。

沒有人多說話。在這階段已經不需要多少對話，每個人都熟知自己在搶案中的角色。最終預備的階段非常刺激：她們準備好了。

貝拉已經把鏈鋸放在琳達要開的那輛貨車後車廂。現在，她把一支短管散彈槍和榔頭放進曲棍球袋裡，拉上拉鍊、放到洗衣店貨車的後門處。明天，朵麗會把榔頭放在後門邊，把散彈槍拿到前面帶在身上。

朵麗坐在洗衣店貨車的駕駛座上，繫好安全帶，此時琳達調緊繫帶，以貼合她墊厚的身形。「這樣可以嗎，朵麗？」

「很完美。」

「好，現在來看妳能不能自己解開安全帶。」朵麗看也沒看，就找到安全帶扣，壓下開關，在琳達說完這句話前就站起來。琳達交給朵麗一支市場攤販停車場的備份鑰匙。

「我會幫妳開貨車回去，停在早先停的地方。車鑰匙我會放在車輪拱板上。」

「車放在地下停車場安全嗎？」朵麗問。

「我會睡在後面。」琳達微笑著說。「記住——啟動時用力拉阻風門，然後輕輕放開。」

雪莉把朵麗的工作服、面罩、膠底帆布鞋和橡膠手套放進一個袋子裡，再交給朵麗。其他裝備疊整齊放在工作桌上，還寫了三張紙條標明哪堆是誰的。最後，她把三個行李箱放進她的Estate迷你休旅車後車廂。

雪莉對朵麗展示那個防毒面具。「這個可以完美地偽裝妳的聲音，朵麗。」當朵麗戴上防毒面具時，雪莉補上一句。「聞起來可能有一點強力膠的味道。」

「強力膠？」琳達開玩笑說：「妳做了什麼壞事？」

「沒有！」雪莉非常防備。「我得改一下嘴巴部位，因為它不是很牢固。」

朵麗拿起一根橇棍權充散彈槍，站在倉庫中間大吼：「**不准動！**」

「天殺的！」貝拉說。「妳聽起來不像小鹿斑比了！」

朵麗拉起防毒面罩，掛在頭頂上。「妳們聽得出來我是女人嗎？」

「絕對無法。」琳達保證。

朵麗把防毒面具放在洗衣店貨車裡，跟其他工具一起。她不經意地看向自己的左手時，幾週以來第一次注意到她的婚戒。她扭動戒指，想拔下來，沒有注意到貝拉就站在她旁邊。

「我們準備好了。」貝拉輕輕地說。

朵麗眼神閃動，抓著貝拉的手臂。「妳覺得我們能成功嗎？」

貝拉很驚訝朵麗如此緊張，她把自己的手疊在朵麗的手上。「有妳領導我們——我們不會失敗的。」

朵麗笑了。「妳要看好琳達。別讓她發瘋。我可不要她亂開槍。」

貝拉聳肩。「我已經改過琳達那把散彈槍的彈膛，放了一些空彈，那是我從油頭的一個朋友那邊拿到的。」她狡黠地笑著對朵麗悄悄說。「如果她扣了板機，只會有一聲巨響，但沒有人會受傷。」

朵麗仍然在扭著戒指。「雪莉可能會很害怕，但她下定決心了，她會熬過去的。妳要當她的後援，貝拉，讓她保持強悍。知道我在說什麼嗎？」

貝拉點點頭，但她為朵麗擔心。她在這麼重的壓力下開始崩潰了嗎？畢竟是她要負責開洗衣店貨車，整場搶案都要仰賴她。如果她失控，整個任務就搞砸了。

「我知道這對我們來說比較簡單，朵麗。我是說，我們會在後面那輛廂型車裡相互支援。

妳要自己一個人在前面，這非常難。但妳會做得很好。我們之中，就屬妳最有辦法做好。」

朵麗瞇起眼睛。「不要擔心我。我不會讓妳們失望的。」她轉頭去看雪莉和琳達，她們正看著她，顯然是在等著……等著些什麼。朵麗清清喉嚨。「這就是了。」她對所有人說。「一切都準備好了——妳們準備好了。我知道這不容易，但在大日子之前試著好好休息。」她把臨別的話留到快要走出門時才說出口，不然她可能要哭了。「我以妳們為傲。」她說。

接著，朵麗頭也不回地喚來小狼，離開了。

三個人看著朵麗離開時，知道這會是搶劫前她們最後一次看到朵麗。剩下她們時，所有人一起擁抱。沒有人說話。

她們只顧扶持彼此。

第二十九章

搶案當日早晨，琳達到倉庫時發現雪莉重心不穩地扶著一個小垃圾桶嘔吐。

「妳還好嗎？」琳達問。

「不好！我的胃天翻地覆呢。」雪莉一面回答一面出現在辦公室門口。她臉色蒼白如紙，眼睛看起來比平常大了三倍。她胸前抱著一個傳出水聲的垃圾桶。

「真該死，雪雪！妳是吃了什麼怪東西嗎？」

「我想這跟我們即將犯下的武裝搶劫比較有關係！」雪莉吼回去。她知道琳達一定也焦躁不堪。

雪莉工作服正面沾了一點嘔吐物。她已經用繃帶把豐滿的胸部纏平，讓她的上半身顯得一副肌肉發達的樣子，她的手臂塑出二頭肌，而且大腿看起來也是非常驚人。事實上，雪莉脖子以下的部分，看起來就像個健美的男子……

琳達嗅了嗅空氣。「妳抽菸？」她問。

「我抽了幾根好鎮定情緒。」

「妳不能抽菸！妳老是把朵麗抽菸的煙霧揮開，就是這個味道讓妳反胃。難怪妳這麼不舒服，妳這個蠢女人！」琳達從雪莉身邊擠過去，抓了一條毛巾，到辦公室角落的水槽弄濕，再回來擦拭雪莉工作服上的嘔吐物。她看得出雪莉有多緊張。「等妳戴上面罩，」她說著眨了一下眼睛。「我還可能會迷上妳這個壞傢伙。」

雪莉從琳達手上把毛巾搶走，兩人都咯咯發笑。「該妳了。」她說。

琳達脫掉衣服，套上工作服拉到腰部，把袖子打結，讓雪莉用繃帶纏裹胸部和前臂。

「這是妳做過最怪的事了吧？」琳達問，然後兩人又再度一起咯咯發笑。她們都不知道自己到底是在笑什麼，但這感覺很好。

就在這時，貝拉大步踏了進來。她聞了聞。這一定是雪莉。「早安。」貝拉咧嘴一笑。「妳們兩個真勤勞幹活，不是嗎？等不及要出去了，嗯？」雪莉又對著垃圾桶吐了。

「妳還好嗎，雪雪？」貝拉問。雪莉設法擠出一聲虛弱的呻吟。

琳達要讓雪莉分心。她拿起兩對手套，分別遞給貝拉和雪莉，接著再自己戴上。「好啦，從現在開始——手套要戴著。不可以不戴手套就去碰東西。我把所有東西都擦過了，我們一離開，這裡就一點痕跡都沒有了。」

「現在幾點？」雪莉從垃圾桶抬起頭來問。

「快七點了。」貝拉回答。「妳忘了戴手錶？」

「它時好時壞的，我們不是該對一下時間什麼的嗎？」

貝拉溫柔微笑。「我們都會在同一輛車上，親愛的。別擔心時間。只要緊跟著我就好。」

*

七點鐘，朵麗從側邊街道進入市場商販停車場。工作服裡塞的笨重填充物搞得她走路搖搖擺擺。她的頭髮抹油往後梳，平貼著頭皮，面罩戴在頭頂上，捲起來的樣子就像一頂毛線帽，但隨時都可以拉下來蓋住她的臉。

兩個男人卸下裝水果的板條箱，沒有注意她，另外一個男人經過她時說：「早啊，老兄。」所以，他覺得她是個男的。太完美了。

朵麗扯下罩住洗衣店貨車的防水油布，塞進車後面。然後試著在車輪拱板下方摸索鑰匙，但一時找不到。難道琳達忘記留鑰匙了嗎？她蹲下身，探看拱板下方，但仍然找不到。兩個男人看了過來。朵麗試著控制住驚慌的情緒，把整個輪子都摸索過一次。然後，輪軸下方的地上有一道金屬閃光捕捉到她的視線。她如釋重負，撿起鑰匙。

朵麗上了車，深呼吸讓自己冷靜下來，檢查裝著散彈槍和榔頭的曲棍球袋是否還在原位。她打開袋子，把榔頭放在後門邊的一堆待洗衣物上，再將散彈槍放在駕駛座下。接著，她爬到座上，把安全帶拉過肩膀扣上，盡可能拉緊。她前後搖擺，確保自己牢牢固定在位子上。

她把鑰匙插入方向機鎖轉動，引擎快速運轉，但車子沒有發動。她試了兩次都沒有成功。「拜託，拜託……」她悄聲低語。她眼角瞄到兩個商販往她的方向看了一眼，但她不敢看他們，以免他們過來幫忙。朵麗低下頭，讓自己恢復鎮定。琳達啊……如果這台車啟動不了，我就要殺了妳。朵麗之前測試過貨車，她對車子很熟悉。為什麼它現在無法啟動？

「把那個該死的阻風門拉起來，再踩油門啊，老兄！」其中一個商販大吼。朵麗這才想起琳達跟她說過的話。

引擎立刻就發動了，開始低速運轉之後，聽起來狀況還不錯。朵麗舉手以示感謝。她把排檔嘎吱嘎吱推到第一檔，可是腳太快離開離合器，讓整輛貨車突然往前傾。她可以聽到那些男人在嘲笑她。「幹，真是白癡！」其中一個還大喊。她忽略他們。她只是要離開這裡而已。

*

倉庫裡的貝拉舉起鏈鋸，打算再開機測試一次。她的肩膀墊得很高，看起來就像打了類固醇的舉重選手。她一拉扯啟動繩，鏈鋸就脫手了。她之前試用的時候，沒有套著長到手肘的橡膠手套，而且手套裡都是汗。試了幾次以後，她掌握到訣竅。她注意到琳達正盯著她的手瞧。

「妳這女人很煩欸！我會戴手套啦，看在老天分上。我戴上了，好嗎？」貝拉說著把鏈鋸放到廂型車後方。

琳達轉而檢視雪莉。雪莉並不是因為沒戴手套而惹她生氣。「妳畫了眼妝！妳天殺的畫了眼妝！」

「不！我才沒有！」雪莉尖叫。「我是因為沒睡，又吐了，才變成這樣。」

貝拉經過琳達身邊時悄悄說，「放過她吧，好嗎？只要幾秒鐘就能卸掉了。」

「這不是眼妝！」雪莉堅持，她朝琳達靠近，這樣才能讓她看清楚。「別管我——不要管我啦！我又不笨。」

貝拉擋在兩人中間。「都停下來！妳們不是真的在氣對方，只是壓力太大。但是控制一下，好嗎？」琳達將一隻手輕輕放在雪莉肩膀上，再也不需多說什麼了。

琳達打開廂型車門，爬了進去，把她的散彈槍塞在乘客座下。

貝拉雙手放在雪莉肩上。「是時候出發了。朵麗在前往起始點的路上。就這樣了，兩位小姐……準備好了嗎？」

雪莉點頭，琳達也是。「我們動手吧！」

貝拉和雪莉合力推開倉庫門，讓琳達開車出去，接著跳上貨車前先把門關好鎖上。沒有人注意到，德國牧羊犬住的那間車庫門是開著的，也沒有人看到BMW車裡，一個深色頭髮的男子正看著她們。

*

從這天算起八個月前，泰瑞．米勒、喬．皮瑞里和吉米．努恩一樣從這座倉庫裡開車出來，執行同一個搶劫計畫。

「我們走吧！」泰瑞大喊，吉米比了拇指告訴他大家都就定位了。當吉米的手舉在空中時，泰瑞認出他手腕上哈利的手錶。「真他媽的該死！這麼好的錶！」

吉米轉頭一笑。「他說等這整件事結束，他就要換一支最新型的。很適合我，對吧？」吉米轉動手腕，讓光線照在鑲鑽的錶面上。

泰瑞看著喬，兩人都賊賊地笑了。「哈利幹完這票之後，要換的可不只是錶。」泰瑞竊笑，朝著渾然不覺的吉米點點頭。「他老婆是個愛混舞廳的辣妹，阿吉根本應付不來。但哈利倒有本事……」

吉米開車駛出倉庫門時，喬放聲大笑。「拿一只錶就能換他的妞。我看很划算呢。」

第三十章

朵麗沒花多久就從市場商販停車場移動到任務路線起始點，距離位於巴特西的保全公司車庫大約是兩分鐘路程。她現在暫停在旁邊的街道，引擎持續運轉。她的位置可以清楚看到車庫入口，她知道當笨重鐵門打開時，運鈔車就會出來，先右轉一次、遇到路的盡頭時再右轉一次……朝她而來。天空晴朗，路面淨空——狀況完美無缺。交通尖峰時刻才剛要開始，整個倫敦對即將發生的大事一無所知。

時間點至關重要，當運鈔車和前車的間距拉開時——中間的空隙、運鈔車的前方，就是朵麗的洗衣店貨車要切入的位置。兩台車中間將毫無阻隔。

運鈔車和此處的距離從四十碼變成三十碼。距離二十碼時，朵麗冷靜地開上大路。時間抓得很完美。運鈔車甚至不需要煞車讓她先過。

他們行經約克路、前往滑鐵盧橋圓環時，朵麗才意識到，拿到路線圖是多麼重要的事。現在，幾分鐘之內，他們就要在圓環路口左轉、向北經過滑鐵盧橋、開往河岸街地下道。朵麗向神祈禱，但願女孩們已經離開倉庫就定位了。

當她們前往河岸街地下道，朵麗稍微偏向外側，以透過側後視鏡得到更好的視野。琳達就定位了，就在運鈔車後面。朵麗回到車道上，降到時速二十哩，讓前面的車遠離。接著她一腳用力踩在油門上，再看著時速表。

洗衣店貨車加速得比她預期還快——三十、三十五、四十，同時他們進了地下道。朵麗看了一眼側後視鏡，運鈔車就在她正後方、車屁股後面。朵麗把油門踩得更深，當時速表指到五十哩時，她看到地下道盡頭閃爍的光線，便拉下面罩遮住臉。她再看了側後視鏡一眼，估量她和運鈔車之間的距離剛好，然後猛力踩下煞車。運鈔車一頭撞上貨車後方，車頭在瞬間煞停時完全撞成一團廢鐵。朵麗的身體被往前甩，但安全帶保護她免於這股全力衝擊的傷害。

她把貨車排檔推到一檔，快速向前移了幾呎，接著用力切成倒車檔，讓洗衣店貨車的後保險桿重擊在受損的運鈔車上。朵麗可以聽到金屬撞擊聲、玻璃碎裂聲，還有運鈔車的散熱器冒煙的嘶嘶聲。感謝上帝，有這安全帶——她經過這麼一猛撞，還以為胸腔要裂開了。她解開安全帶扣環，從檔桿上抓起防毒面罩，俯身潛到貨車後方。她站在後門邊，戴上防毒面罩，散彈槍掛在腰間臨時皮帶上，手中拿著榔頭。然後她踢開貨車後門，把榔頭直直砸進運鈔車擋風玻璃的正中央。強化玻璃連裂痕都沒有。朵麗舉起散彈槍就定位，挺起胸來，槍直接指著兩個已經嚇呆、陷入驚慌的保全人員。

「不准動！」她吼道。她的聲音聽起來低沉、失真而且很嚇人。

保全舉起手放在頭上。其中一個對後面的保全大喊：「他們有武裝！」

就在同一時間，雪莉推開她們的追尾廂型車後門，朝後面的車扔了兩個金屬罐。霎時，罐子開始嘶嘶噴煙，煙霧遮蔽了視線。她接著爬到運鈔車車頂，從口袋拿出鉗子，剪斷無線電天線。

琳達抓起乘客座下的短管散彈槍，在追尾車後方就定位。有一個男人從法雅特車上出來，但琳達舉起槍對著他揮舞時，他就迅速回到車裡鎖上車門，撞在他後面的那台車也是。第二輛車想倒車卻熄火了。琳達跑步過去，用槍托敲碎擋風玻璃。嚇壞的女駕駛掩面尖叫，給了琳達充分的時間把鑰匙拔出來丟遠。接著她回到原先的位置站好，兩腿岔開，高舉散彈槍。

貝拉跟在雪莉後頭，跳下追尾車，跑向運鈔車側邊，發動了鏈鋸。鏈鋸切開金屬就像在切奶油一樣，熱燙的火花紛紛飛散在車側四周。

運鈔車的車廂內部後方，鏈鋸的噪音震耳欲聾，保全看到鋸齒切穿金屬時嚇得發抖。他不知道外面發生了什麼事，也不知道對著他來的是什麼人或什麼東西，更不知道自己還能不能活命。

貝拉不到三十秒就開了一道口子，扳開車後的金屬板。雪莉把貝拉的散彈槍交給她，她再塞槍進去剛剛切出來的洞。她用槍管指著後門，保全就把門打開。

貝拉踏進運鈔車車廂，嚇壞的保全打開了現金櫃。她把他趕出車外。琳達用散彈槍指著他，指示他趴在地板上。保全怕得直發抖，照著她的命令做了。

雪莉爬進運鈔車後面，開始用鉗子切斷內部的通電籠網。這是過程中最耗時的一部分，幾秒鐘後，貝拉點頭示意雪莉讓出路來，再次啟動鏈鋸，輕輕一揮，就割開通電籠網，取得現金袋。雪莉開始把錢塞進貝拉背上開著的後背包，裝滿之後，她就輕拍貝拉肩膀。

驚恐的民眾從他們安全的車子裡看著貝拉跟琳達換手。琳達舉著散彈槍嚇阻群眾和保全人員，然後跑向運鈔車，讓雪莉裝錢到她的後背包。琳達大口喘氣，嘴巴時不時咬到濕透的滑雪面罩。雪莉裝填著她的後背包時，琳達可以感覺到它越來越沉重。背包一裝滿，她就把剩下的錢塞到雪莉背包裡。

琳達和雪莉跳出運鈔車時，雪莉的後背包勾到後門門閂，讓她整個人像布娃娃似地掛在那裡。琳達已經朝著地下道的河岸街一側出口快速衝刺，還好貝拉迅速趕到雪莉身邊。勾住的地方一解開，她們就一起跟著琳達全力狂奔，每個人都負荷了一百萬英鎊三分之一的重量。

*

朵麗仍舊站在洗衣店貨車後方的位置，當琳達第一個跑經過她、貝拉跑第二時，她的心臟瘋狂疾跳。她往貨車外面看，看到兩名男子迅速追在雪莉後面。他們其中一人向前一撲，用橄欖球員式的擒抱把雪莉重摔在地上。她身上的填充物緩衝了跌倒時的衝擊，但還是扭到了腳踝。

朵麗迅雷不及掩耳地從貨車後跑過去，對空鳴槍。地下道頂部的磁磚碎裂、如雨般落下，兩名逞英雄的男子都趴倒在地，雙手護著頭。一片磁磚碎片掉下來，卡在其中一人的脖子上，他以為自己中槍了，開始大喊大叫起來。

雪莉爬了起來，搖晃不穩地朝著地下道出口跑去。她只往前踩了幾步，就因痛苦而踉蹌，腳踝立刻腫脹起來。但她撐了下去，沒有回頭。

朵麗看著她們留下的一片狼籍，慶幸她們沒有真的傷害到誰。她這輩子從來沒有這麼害怕過。民眾趴倒在車子前座上，運鈔車後面的保全臉朝下趴在地上，那兩位見義勇為的英雄也一樣。這股力量真是令人血脈賁張——但她得快離開這鬼地方才行。

她眼望地下道，看雪莉跑得多遠。但她跑得沒有很遠，還拖著受傷的腿，琳達和貝拉則已經跑得不見蹤影。在朵麗身後，運鈔車前座的保全正要開門跑出來。她的雙管散彈槍裡還有一排子彈，她跳進洗衣店貨車後方，同時將槍彈通通擊發在運鈔車車頂上。兩個保全連忙壓低身子，朝他們進地下道的那一頭跑回去。

琳達和貝拉已經跑到那輛加了假商標的賓士GLC逃亡車邊，但還沒有看到雪莉跑出地下道的跡象。她們把背包丟到休旅車後面，琳達跳進駕駛座、發動引擎，貝拉也爬上車。一開始貝拉以為琳達要丟下雪莉，但接著她大喊：「抓緊！」嘎吱一聲橫著開過迎面而來的車陣。車輛紛紛緊急煞車，開上人行道撞在一起，而琳達快速駛過中央分隔島，開向地下道。當雪莉跛著腳來到日光下，琳達用力拉住手煞車，休旅車打滑轉彎一百八十度，車尾正對著雪莉。貝拉打開側門，雙手伸出去，抓緊雪莉拖進來。琳達切換排檔加速離開，在輪胎高速轉動之下，橡膠摩擦出火花。

朵麗就開著洗衣店貨車跟在雪莉後面，本來要去接她，然後就看到她跳進貝拉懷中……她們安全了！朵麗打直車頭，跟琳達往同個方向駛離，開上人行道路面，以閃避琳達造成的一片混亂。

＊

在身後遠方，朵麗聽到警笛響起，知道她可能有麻煩了。她逃跑的速度因為雪莉的關係而大為縮減。機會稍縱即逝。她在經過一條小巷時減速，抓著小旅行箱，打開車門跳車，腳還沒碰到地面就開始跑。

洗衣店貨車打彎橫過人行道，直接撞進一間店的玻璃櫥窗。玻璃朝內碎裂，兩名顧客匆促逃命。朵麗跑進小巷，迅速扯下防毒面罩和手套，通通丟進大型垃圾桶。當她靠近巷子底時，她緩下腳步，希望她露面混入通勤人群時，呼吸能恢復平緩。她把面罩往上翻，讓它又變得像一頂羊毛帽。她踏入人群之中，前往柯芬園交通博物館旁邊的地下鐵廁所。

＊

琳達這時已開上國王道，左轉切進河岸街後方的街道，朝向立體停車場。她停在柯芬園市場旁邊的花街，那裡相當安靜。琳達和雪莉把她們的面罩交給貝拉，她再連自己的一起丟進一個大型黑色垃圾袋。貝拉從休旅車後面跳出來，確認沒人看見之後，從福特Escort車體撕下GLC商標，在放進垃圾袋前先撕成兩半。接著，她換掉前後兩個偽造車牌，露出下面真正的車牌號碼。假車牌是最後丟進垃圾袋裡的東西，接著貝拉綁緊垃圾袋、丟進旁邊待收的垃圾堆。那裡沒什麼人經過，也似乎沒有人注意到。感謝老天，你們都很專心過自己的日子。貝拉這樣想著，跳回車上琳達旁邊的副駕駛座。

雪莉躺在休旅車後面，被一堆背包簇擁著，正在大哭特哭。貝拉從她的座位轉過去，探過身子，抓著雪莉的手緊緊握住。「我們做到了！雪莉，我們做到了。我們做到了！」

＊

朵麗到廁所時，已經上氣不接下氣。她走下樓梯時，一路都緊緊握住金屬安全扶手作為支撐，然後直衝進廁所隔間，坐在馬桶蓋上。她瘋狂地流汗，感覺好像要心臟病發作了。呼吸平緩下來以後，她感覺頭暈目眩，頭必須靠在隔間牆上，才能避免自己暈過去。朵麗閉上眼睛，專心恢復正常呼吸。當身體逐漸鎮靜，她的內心卻在尖叫：**我做到了！老天，哈利！哈利，我做到了！**

朵麗做了幾個深呼吸，緩緩吐氣，等脈搏恢復得夠平緩了，她站起身，脫下面罩、工作服和帆布鞋。她已經在工作服下面穿了黑色毛衣和長褲，她打開小提箱，再拿出一雙鞋子，一件長度及腰的薄夾克和一條絲巾。她穿戴妥當之後，又拿出手提包，掛在肩上。她看看錶確認時間，心裡又是希望又是祈禱，其他人千萬要安全抵達立體停車場啊。那裡很近，她好想直接過去，但她得照計畫走。

＊

琳達駕駛休旅車開進三層樓高的立體停車場，緊張地想著朵麗是否成功脫逃了。貝拉看出她臉上的擔憂。

「別浪費時間擔心朵麗。她可強悍了。」

琳達笑了。貝拉有時候真是愛賣弄聰明、又超會讀心。

琳達先把雪莉放在一樓的迷你金龜車旁，然後開到上層，將車停在朵麗的賓士旁邊。她和貝拉把後背包裡滿滿的錢都放進賓士的後車廂，再開去找琳達的福特卡普里之前。兩人都朝她們堆在朵麗的賓士車裡的錢看了最後一眼。

「我們之前是讓她不太好過，貝拉。」琳達說。「但現在錢全在我們手上。我們輕輕鬆鬆就能把錢放進我的車裡，而不是她的。她絕不會質疑我們，我覺得——」

貝拉砰地一聲關上後車廂蓋。「她知道的。」

她們打開琳達那台福特卡普里的後車廂蓋，從各自的行李箱裡拿了幾件衣服，沿著樓梯走到一樓女廁換裝。她們沒有看到雪莉，以為她已經處理掉工作服，穿著原先底下的衣服就直接走掉了。

*

恢復鎮定之後，朵麗離開廁所。幸運的是，有一輛垃圾車塞在車陣裡，她便漫步到車後，把小提箱丟進去。她穿越市集廣場，往詹姆士街走去，要到柯芬園地鐵站，那裡現在擠滿了要去上班的通勤乘客。她買了一張一日交通券，緩慢沿著長長的樓梯下去月台。她可以聽到下方列車的轟隆聲響。終於不用再跑了，感覺真好。

＊

琳達一下就換好衣服、準備要離開了，不過她的手抖得很厲害，塗口紅時還塗到臉頰上，重塗了兩次。貝拉和琳達在分頭離開之前用力擁抱。貝拉現在身穿一襲時髦的大衣和相襯的帽子，拖著行李箱走出停車場，在大路上招了一輛計程車。「請到魯頓機場，親愛的。」她上車之後說。

計程車司機真不敢相信他這麼好運。「真高興能出城，小姐。」他說。「我這個早上過得跟地獄一樣！首先呢，就是河岸街地下道發生事故。那裡塞車超級嚴重……」

＊

朵麗搭地鐵過了兩站，便在皮卡迪利廣場站下車，穿過月台，搭下一班車回柯芬園站。她站在樓梯底部稍微抬頭看了一下，決定電梯是比較明智的選擇：她這一天運動量夠了。一走到街上，她便漫步前往停車場，途中這裡看看、那裡瞧瞧，瀏覽著商店櫥窗。警車不時在長畝街四處巡邏，但其他地方的車陣陷入停擺。這並不令她煩心。她現在不需要趕忙逃跑。她只是個出門逛街的女人。

＊

琳達正要開出停車場一樓時，看到雪莉的車，便停下車出去看她到底怎麼了。雪莉坐在駕駛座上，仍然穿著工作服，痛苦萬分地縮起身體。琳達打開車門。這可不好。雪莉老早就應該上路了。她們都得趕飛機呢。

「拜託，妹子。」琳達說。「我知道妳很痛，但現在得先撐過去。至少把工作服脫了，到機場之後，妳可以慢慢走去廁所換衣服。」

雪莉跛著腳下車，手撐著車頂，琳達幫她脫下工作服，放進垃圾袋。

「我會幫妳丟掉。」琳達說。「現在妳得加快腳步。我們要回到進度上。」

雪莉回到車上，打開前座的置物箱，拿出一些化妝用品。她淚眼迷濛地抬頭，對著琳達露出虛弱的微笑。

琳達笑出聲來。「不管發生什麼事情，妳就要看起來漂漂亮亮的，是吧？」她回到卡普里車上，開車走了。

朵麗踏進停車場時，看到琳達的車子開到路上。放鬆的感覺強烈得令她無法招架，她簡直克制不住想衝上樓找賓士的自己。當她到了頂樓，打開後車廂，她微笑了。三個後背包整齊地擺在一起。一上車，朵麗就打開置物箱，拿出一頂假髮和一副墨鏡，開始打點今天的第二個扮相。

在駛出停車場的路上，她差點撞到雪莉的迷你金龜車，它跌跌撞撞開出停車位，停頓一下，再歪歪斜斜往前開，撞上停車場的牆壁，保險桿都撞凹了。朵麗緊急煞車，跳出車子，跑向雪莉。朵麗還沒開口問話，雪莉已經搖下車窗。她哭得淚水氾濫。

「我的腳踝。」她哭訴。「我沒辦法好好用腳踩離合器，實在太痛了。我不知道該——」

朵麗不等她說完，就打開車門，協助雪莉下了迷你金龜車，扶著她一瘸一拐走向賓士。朵麗打開副駕駛座車門，打平椅背，推雪莉到後座去。雪莉痛得皺眉。

「那裡有條毯子。把妳自己蓋住——蓋住頭——快點。妳的機票在哪裡？」朵麗問。

「在駕駛座下面，我的手提包裡……而且我的一隻帆布鞋掉了。」

朵麗跑向迷你金龜車，撿回雪莉的手提包和帆布鞋，胡亂塞到後座的雪莉身邊。

「鑰匙，鑰匙，朵麗！鑰匙還在啟動開關上。還有我的行李箱——我的行李箱怎麼辦？」

朵麗用力關上副駕駛座的車門，回到車上。「沒空間放妳的行李箱了，我們現在就得走。閉嘴躲好。」

後座的雪莉藏在毯子底下啜泣，朵麗開始往機場而去。柯芬園周圍警笛大響，交通仍然癱瘓。朵麗意識到，短期內她不可能載雪莉去機場——而且要是被人在機場看到她們一起就糟了，就算朵麗只是放她下車也一樣。她們得先回朵麗家，思量下一步該怎麼辦。

＊

早上九點四十五分，朵麗終於開進托特里奇巷，巷裡空蕩蕩的，只有幾輛車。她開進自家車道時，心臟怦怦直跳。她下車打開車庫門，悄聲叫雪莉繼續躲著，保持安靜。雪莉整個頭都蓋在毯子下，不知道她們在哪裡。

一進到隱密的車庫裡，朵麗就打開副駕駛座車門，打平椅背。「我們在我家的車庫，親愛的。妳現在可以出來了。」

朵麗協助雪莉下車時，警笛聲讓她們愣在原地。聲音越來越近。

「噢我的天！是警察，朵麗。他們抓到我們了，朵麗……我們該怎麼辦？」雪莉驚呼，她每個字的音調愈拉愈高。

忍著想賞雪莉巴掌的衝動，朵麗輕輕用手摀住她的嘴巴。「噓。」她說。她從車庫門上的小窗往外窺看，看到一輛警車停在房子外面，藍色警示燈不斷閃爍著。兩名制服員警和兩個便衣警察下了車，她認出其中一個是富勒偵察佐。她快步跑回雪莉身邊，把雪莉推回後座。「妳得再回去躲好，不要亂動或發出聲音。」朵麗悄聲說。她用力摘下假髮和深色太陽眼鏡，丟到雪莉身上，再用毯子一併蓋起來。

朵麗打開車庫和廚房之間的連通門。她得快點想辦法。她脫下毛衣，丟進儲物間的洗衣籃，接著她到處翻找，找到前一天丟過來的髒睡衣。小狼看到她很興奮，跳出籃子繞著她腳邊開心吠叫、跳上跳下。朵麗按下電動過濾式咖啡壺。她早上六點時用過咖啡，知道至少還有四分之三滿。「現在不行，親愛的。」她跟小狼說。「媽咪在想事情。」接著她打開碗櫥，拿出一小盒穀片，倒一些到碗裡，再從冰箱抓了一瓶牛奶，倒進穀片碗。她的動作從來不曾如此迅速。

門鈴開始大響。有人的手指一直按在門鈴上不放。朵麗敢拿命打賭，這一定是那個傲慢的小子富勒。

小狼跑向門邊，對著彩繪玻璃外的人影大聲吠叫，跳個不停。

朵麗打開一盒Ryvita餅乾，深呼吸、吐氣，接著咬了一口餅乾。門鈴繼續響著。朵麗試著沉住呼吸，大喊道：「好啦，好啦，我來了，我這就來了！」她走到門廊上，開門前先一把抓起小狼。跟她想的一樣，是富勒在按門鈴。其他警察站在他身後等待指令。

富勒擠過朵麗身邊，走進她家的門廊。他根本懶得出示警徽。他幾乎是把朵麗推進起居室，同時一個警察上樓去，另外兩個開始搜索樓下的房間。

「換一下衣服或者穿件大衣，勞林斯太太。妳得跑一趟警局。」富勒下了指示。

「你無權命令我！完全沒有！你根本沒有搜索令！」朵麗指著他喊道。

帶著一抹洋洋得意的笑，富勒從大衣口袋掏出一張搜索令。「要賭看看嗎？」他說，然後就朝朵麗的廚房走去。

富勒一進到廚房，他跟車庫、跟雪莉就只有一門之隔。但她在睡衣下其實早就著裝妥當。這不可能解釋得了。

「你們這次又要找什麼東西？」朵麗在走廊攔下他問。

「去局裡我再告訴妳，去換衣服——除非妳穿著睡衣就要去警局？」

朵麗奔上二樓的臥房時心臟狂跳不已。上帝保佑，可別讓富勒去搜車：他不但會找到雪莉，也會找到後背包裡所有搶來的錢。跟在他們後頭繼續罵，可能會讓她更快被抓走，所以她拿了一件大衣，奔跑下樓，此時富勒的手正放在車庫門把上。

「這是在做什麼？」朵麗大喊。「我非要你被革職不可！現在就帶我去警局啊。速戰速決。走啊——你走不走？」

富勒不管她，打開了車庫門，探頭進去裡面看看。當他摸索牆上的電燈開關時，朵麗又喊了一聲：「好啊！」然後像一陣旋風似地跑到前門。

富勒迅速繞了一圈。「妳要去哪裡？」

「去遛狗啊，該死。」朵麗大聲說道。「如果你現在不走的話，那我就要出去了。」

富勒甩上車庫門，跟在朵麗身後。「妳除了警局之外哪裡也去不了，勞林斯太太。」

富勒現在帶頭朝前門走去，朵麗緊跟在後頭，仍然嘮叨不休。

「我真是受夠你們這些人了！你越快問完那些蠢問題，我就能越快回來做家事……你最好等下要載我回來。」

當富勒打開前門，他說，「請把狗放著。牠不能跟來。」

*

雪莉在富勒打開車庫門時聽到他的聲音。她唯恐自己發出些微聲響，便用力咬著手，牙齒都要刺進皮膚了。她躺在那裡聽著這陣騷動移到外面的車道上。

朵麗還在罵那些人。「如果我回來時牠尿在地毯上，你就準備付清潔費！」她吼叫。「我們現在是要去哪間警察局？」

「大的那間。」富勒說。「蘇格蘭場。」

雪莉躡手躡腳爬出賓士，跛著腳走到車庫門邊，從小窗窺看，就像朵麗不到十分鐘前做的一樣。朵麗被推進警車，然後他們就離開了。在瞬間的寂靜中，雪莉靠著車子，胸口起伏。真是好險啊。要是警察碰到賓士的引擎蓋，他們就會知道朵麗出門過。雪莉的大腦快速重播剛剛發生的事，試著搞清楚接下來該做什麼。朵麗剛剛為了救她一命，才表現得這麼生氣、還去鬧警察……她幾乎是犧牲了自己。雪莉不明白的是，警察怎麼會來得這麼快。為什麼？為什麼他們要把朵麗逮走？

*

艾迪．勞林斯等警方離開後，慢慢回復到坐姿。比爾稍早打電話叫他去朵麗家，等她回來。當比爾告訴艾迪，朵麗執行了哈利的搶劫計畫時，他笑得都快尿出來了。「老天，一個娘們要搞搶劫？」但比爾提到朵麗有哈利的帳簿和所有計畫，艾迪就相信了。

看著警車消失在街角，艾迪尋思這是怎麼一回事。為什麼條子這麼快就出現在朵麗家？出了什麼差錯嗎？他抓抓臉上的鬍渣。他猜想可能是有人告發她，但警察沒有待很久，出來的時候也沒有拿著裝滿錢的袋子。難道他們疏忽了沒找到嗎？錢是還在屋子裡，或者在其他地方？艾迪努力想該怎麼辦……但他不擅長做重大決定。他可以去找電話亭打給比爾，或者偷偷潛進朵麗的屋子，看她有沒有把一百萬英鎊留在什麼地方。艾迪選擇最簡單的那條路。

雪莉可以聽到小狼在廚房叫著要找朵麗。她瘸著腿進屋想安慰小狗時，聽見液體冒泡攪動的聲音，看到電動過濾式咖啡壺沸騰了。老天！她真是吃了一驚。她彎腰要抱起小狼，牠卻猛然轉過頭，朝著緊閉的廚房門開始吠叫，這門通往走廊。雪莉試著安撫牠，但牠仍然對著廚房門叫呀叫的。

艾迪決定要一石二鳥——他要闖進朵麗家，簡單看一下，不管他有沒有找到東西，都可以在這裡打電話給比爾。不需要另外找電話。

他安靜緩慢地用撬棍撬開起居室的落地窗，直接前往廚房，要去找朵麗車庫裡的賓士。如果朵麗早上真的剛搶劫完回到家，錢就只可能會在那裡，除非她途中先把錢藏在別的地方了。

艾迪稍微將廚房門打開一兩吋，在門完全打開前，確保小狼知道是他來了。艾迪知道就算是最小型的犬種，一受驚嚇也會變成瘋狗，但小狼正叫著歡迎他呢。鬆了一口氣，艾迪將門全開，看到一個金髮美女站在電動咖啡壺旁邊，他呆楞住了。被人抓到他闖入朵麗的房子，讓他驚慌失措。艾迪舉起雙手，衝向雪莉。她已經看到他的臉，他不喜歡這樣。

對雪莉而言，這一刻就像東尼·費雪要攻擊她時一樣。*這次沒這麼容易，你這混蛋*，她心想。她像報喪女妖般鬼吼鬼叫，用右手朝著艾迪全力一揮。

艾迪曾經陪哈利一起練過搏擊。他舉起左手擋住這一擊以保護自己，同時揮出右手，抓住雪莉的下巴。她的腳踝仍然無力，讓她在艾迪的拳頭觸身時踉蹌不穩地往後倒，恰恰將那一拳從全力一擊變成擦邊拳。雪莉立刻反擊，用力抓他的眼睛，還用完好的那條腿死命踢他。艾迪抓住她的手腕，分別制住她的兩條手臂。

「幹，錢在哪裡，妳這該死的婊子？」他吼著，然後空出一隻手，用力賞她一巴掌。

一開始小狼以為這是什麼遊戲，用後腿跳起來，叫著搖尾巴。但艾迪憤怒的語氣、打在雪莉臉上的巴掌，還有她發出的刺耳尖叫，對一隻小狗來說也夠明顯了。牠一口咬住艾迪的腿。小小的牙齒不會造成什麼傷害，但讓艾迪吃了一驚。瞬間，雪莉掙脫他的掌握。當她轉身面向廚房台面時，只聽到小狼發出足以穿破耳膜的嚎叫。

雪莉一把抓住咖啡壺，打開蓋子，把還在沸騰的棕色液體潑向艾迪臉上，對準他的眼睛。沸騰的咖啡燙得他整張臉和脖子起水泡，他痛苦地尖叫。他在半盲狀態下轉身從廚房逃到走廊，撞到一張桌子，碰倒了一只花瓶。

雪莉聽到花瓶落在走廊木地板上碎裂的聲音，然後聽到前門打開，艾迪重重的腳步聲跑在石子路上，接著一輛車發動後加速離去。隨之而來的詭異寂靜中，雪莉癱坐在廚房椅子上，縮起來用手抱著頭。她的下巴在痛，腳踝也腫脹抽痛，還頭暈目眩。她開始啜泣：混雜著恐懼和放鬆。她不知道入侵者是誰，但他顯然是追著錢來的，這表示他一定知道搶劫的事。噢——她真希望朵麗現在跟她在一起！

擦了擦眼睛，雪莉四下環視廚房。咖啡污漬潑得整面牆都是，甚至走廊邊那扇開著的門上方的天花板也都有，但她不覺得朵麗會在乎這個。接著雪莉意識到——現在好安靜。「小狼？」她悄聲問。「狼狼？」她搖搖晃晃地站了起來。也許小狼跟著那男人跑到了街上？但當她看著廚房角落時，她理解到實際情況糟糕多了。

「噢不不不不，拜託，上帝啊，不……」

小狼動也不動躺在地板上。雪莉跪在牠身旁，無聲地祈求著。拜託讓牠好好的……她碰觸牠小小的身體，但沒有任何反應。小狼嘴裡流出一道細細的血流。雪莉坐在廚房地板上，在朵麗最深愛的夥伴屍體旁邊哭泣。她輕撫著小狼柔軟的白毛時，理解到朵麗每次將他抱在懷中時得到多大的寬慰。沒有了他，朵麗要怎麼辦？現在，她的生命中已經沒有人能愛她了。

第三十一章

厄尼・費雪就著消化藥附贈的塑膠杯倒了一劑吞下去，打了一個很大的嗝。卡洛斯的死深深打擊了他。倒不是說他真的在乎他，而是因為那些散播開來的謠言。不只是他和卡洛斯的關係——還有東尼對雪莉・米勒的襲擊。厄尼試著控制他的弟弟，但他現在只感到一切都逼得他喘不過氣。

厄尼開始冒汗。真正使他驚懼的是，巴瑟・戴維斯先前關於哈利・勞林斯的那番話，或許是真的。如果巴瑟是對的，哈利・勞林斯就還活著，那事情的後果可就嚴重了。厄尼多年來都在轉賣贓物給勞林斯，也在其他詐騙和搶劫中參了一腳。他必須管管他瘋狂的弟弟。

東尼偏選在這時候踹開厄尼辦公室的門。「你看。」他說著舉起稍早出刊的《標準晚報》。「頭版：大膽匪徒武裝搶劫運鈔車。」他把報紙摔在厄尼面前的辦公桌上。「消息傳開來了。四個蒙面男子——該死的帶著幾十萬英鎊的現鈔逃了。不管你怎麼想，那個混蛋的老婆朵麗・勞林斯一定有份。我要過去，把她給割喉……」

厄尼站起來，朝他弟弟扔了一個巨大的玻璃紙鎮。沒有打中。他移動到桌前，一把抓住東尼的領口，整個人大汗淋漓。「你給我聽好。」他警告道。「我們必須收手躲起來。你已經恐嚇過她了，我可不要那個婊子養的哈利・勞林斯跑來把我割喉。」

厄尼推開弟弟，回到座位上，拉開一個抽屜。他拿出厚厚一疊鈔票。

「拿著這筆錢，搭第一班飛機離開，去西班牙。待在那裡，直到我通知你為止。這次，東尼，你得聽我的，否則我對天發誓，你跟巴瑟．戴維斯會落得一樣的下場。」

東尼賊笑著接過錢，塞進大衣口袋。「你是老大。」他說。

厄尼柔聲回答。「你最好相信，因為我是在保護你。除非我說可以了，不然就不要在這裡露臉。我會確保西班牙的那群小子好好照顧你。」

過去，東尼總是會跟哥哥爭辯，但他從未見過厄尼這麼堅決。他幾乎可以聞到他的恐懼。

「我今晚走。」他說。

「好孩子。」厄尼看著弟弟走出房間。他希望這次他會聽話，因為等他處理完一些事，他就要在西班牙跟他會合。厄尼撿起報紙，盯著頭條。哈利．勞林斯的死讓厄尼擺脫了他和他那惡名昭彰的帳簿。假如哈利．勞林斯沒死——這個嘛，厄尼覺得自己就像被判了無期徒刑。

*

朵麗坐在蘇格蘭場的審訊室裡等著富勒。她已經大致看過桌上這疊嫌犯大頭照，人家也問過她是否認出當中有她死去丈夫的同夥。就算她認得出，她也絕對不會說。要是說了，她或許可以甩掉警察，但她不想人家說她是抓耙子。朵麗看著錶：已經十一點三十分了。她踏了踏腳，想惹站在門邊的警察生氣。她討厭她面無表情的臉和銳利的眼睛。

「我能再拿一杯咖啡嗎？」朵麗問。沒有得到任何回應。這警察吸了一口氣。「喂，尤里．蓋勒[4]——妳再繼續這樣看，妳的手銬就要彎了！」朵麗諷刺地說著。警察仍然不為所動。

朵麗又點起一根菸，再次看了手錶。「跟妳說，我是擔心我的狗。他現在一定要急瘋了，他憋不了多久。我也是一樣。喂！我在跟妳說話哪！是什麼事情讓他們把我留在這裡這麼久？我是說，這到底是在幹嘛？」朵麗用菸指著眼前的大頭照，不經意地撒得照片上都是菸灰。「我告訴過你們了，這裡面的人我一個都不認識。你們在找的這個黑人，總該是犯了什麼案吧？」仍舊沒有反應。朵麗開始哼著影集《警察迪克森》的主題曲旋律。

富勒偵察佐走進房間，坐在她對面。媒體真是樂瘋了。他們急著想知道警察對這次搶劫做了什麼調查，他們手上是否有任何嫌疑犯，以及本案跟先前那場導致三名男子死亡的搶劫是否有關。富勒從桑德斯總督察那裡得不到任何有意義的指示。他就像一隻被車頭燈照得驚呆的兔子。整間警局現在陷入一片混亂。

朵麗吸了一口菸。「你還要把我留在這裡多久？」

富勒看著朵麗。「能多久就多久。」

門再次打開，桑德斯總督察進來。他叫富勒過去，兩人在門邊低聲交談。朵麗好像聽到他們說什麼要把保全人員找來，以免這是監守自盜，但沒有聽得很清楚。

「不好意思。」朵麗假裝很有禮貌地跟桑德斯總督察說話。「我很不想打斷你們談話，但我已經看過你們給的照片，當中沒有一個人我認識或見過，所以你不介意的話，我家裡還有一隻狗在等我呢。」

桑德斯走過來朵麗這邊。「妳先生有過任何黑人同夥，或者他的朋友、員工當中有黑人嗎？」

朵麗停頓一下，裝作她在思考這個問題。「沒有，就我所知沒有。」

「那就是這樣了，勞林斯太太，妳可以走了。」桑德斯說，這令朵麗意外，富勒更是不滿。他轉向那名女警。「送勞林斯太太出去。」他下令道。

女警開門的時候，一名警員領著早上負責駕車的保全進來。他一邊臉上有小傷口。他緊貼朵麗而過，而她往後退，讓他先進去。

朵麗離開之後，富勒在保全面前的桌上攤開嫌犯大頭照。「你認不認得出來，這裡面有任何人出現在今天早上的搶案裡嗎？」

保全搖頭。他只說他覺得其中一個人是黑人，根據面罩下盯著他的眼睛顏色。富勒嘆著氣坐下，開始從頭到尾問一遍，但他知道這是無望的。保全仍然處於驚嚇之中——而且歹徒全都戴了面罩。

*

4 譯註：Uri Geller，以色列魔術師，著名的表演之一是以念力讓湯匙彎曲變形。

朵麗坐計程車回到家，付了車資，幾乎要在車道上跳舞。她感覺真好，好得要命。她打開前門喊著雪莉。她等不及要告訴她，她們現在全都撇清罪嫌了。

「我在客廳。」雪莉應聲。

朵麗開始說個沒完沒了，回顧剛才發生的所有事情，包括警察問她的問題，還有他們如何將搶案跟哈利．勞林斯的同夥連上關係。「其中一個保全也在那裡。雪雪，他就在局裡，他跟我的距離就跟妳我現在靠得一樣近——他甚至眼皮都沒有眨一下。」朵麗就著壁爐上方飾有金框的鏡子檢查頭髮。「天殺的，我看起來真糟！」她笑著說。「他們懷疑其中一個歹徒是黑人——我對今夜倫敦的所有黑人同胞心生憐憫[5]。」

「那很好。」雪莉溫柔地說。她低頭坐著，瘀青的眼睛和臉頰避開朵麗。她知道她得告訴她小狼的事，但她就是說不出口。

朵麗給自己倒了一大杯白蘭地。「要來一些嗎，雪雪？」

「不了，謝謝，朵麗。但我得跟妳說一件事。」

「說吧，女孩。什麼事——糟糕的事嗎？」朵麗問。這時電話響了兩次即止。「等一下，雪雪……」朵麗舉起一隻手。下一秒電話又響了，這次她接了起來。

電話另一端的人顯然跟她說了好長一段話。最後，朵麗說。「雪莉的班機取消了，她會比原先計劃的晚一些跟妳們會合。沒有什麼好擔心的。祝妳有個愉快的假期，親愛的……沒錯，沒錯，這邊一切都好。」朵麗放下話筒。「是琳達打來的。她通過護照查驗口，等等就要起飛了。一切都會——」這時朵麗轉身面向雪莉，這才看到艾迪的戒指割在她漂亮肌膚上的傷口，周圍現在瘀青了一整片。

朵麗在電話几上重重放下白蘭地杯，快速趕到雪莉身邊。「老天，孩子，妳怎麼了？」她坐在雪莉身邊，握住雪莉顫抖的雙手問。

「有個人闖了進來……」雪莉吞吞吐吐地說。「他們想要知道錢在哪裡……」

朵麗看起來憂心忡忡。「妳看到他了嗎？」

雪莉點頭。

「妳知道他是誰？他傷了妳嗎，親愛的？」

雪莉搖頭。「沒真的傷到。」

「那錢呢？他拿走錢了嗎？」

雪莉抬頭看著朵麗。「沒有，還在妳車子裡。」

朵麗整個人的態度都變了。她強硬起來，馬上就變回原本的她。「該死，他是怎麼進來的？妳幫他開門的嗎？」

「不是！他從後面打破妳的落地窗進來的。」

電話響了三次又停止，接著兩秒後再次響起，朵麗接起了電話。兩聲鈴是琳達，三聲鈴是

---

5 譯註：此句諧擬音樂劇《西城故事》中的名曲〈I Feel Pretty〉的歌詞。

貝拉——這是她們約定好的暗號。貝拉差不多要登機了，也是要跟朵麗確認一切安好。「一切都很順利。雪莉腳踝受傷所以沒趕上飛機。她跟我在一起，幾天之內就會飛出去。好好享受吧。」朵麗趁貝拉還沒來得及問更多問題，就掛掉電話，給自己再倒了杯白蘭地。

雪莉轉向朵麗。「我發誓我之前沒見過他，朵麗！他就這樣對著我來，然後他踢了……」雪莉仍然說不出口。她低頭掩著臉。

朵麗再次坐在她旁邊，一隻手放在雪莉膝蓋上。「好了，親愛的，冷靜下來，我們再把事情解決。來吧，喝一口我的白蘭地。」朵麗抓起雪莉的手，用她的手包覆住玻璃酒杯。「妳冷靜一下。我要出去一會兒，也放小狼透透氣，趁牠還沒給盆栽澆水之前。」

在朵麗離開起居室前，雪莉得說些什麼才行。「我很抱歉，朵麗。我真的很抱歉。」朵麗停下來。「牠保護我，不讓那個男人傷害我。牠咬了他，然後——我沒有真的看到，但小狼又扯又咬又叫，接著……」雪莉的眼淚奪眶而出。雪莉從未見過朵麗這樣的反應。她看起來就像是個困惑且惶恐的小孩。

「拜託妳告訴我牠沒事。」朵麗緊張地從她身上的長褲接縫捻起一根脫落的棉線頭。她只能盯著雪莉。「牠在哪裡？」

「我把牠放在牠的籃子裡。」雪莉啞著嗓音說。

雪莉跟著朵麗進了廚房，看著她跪在沒有動靜的小狗身旁。她抱起牠癱軟的身軀，將牠緊緊抱在臂彎中疼惜。朵麗輕撫牠的脖子時，牠還有體溫。她的聲音充滿悲傷。「噢，我的小可愛，我可憐的小東西。」

朵麗用了兩、三分鐘跟小狼說再見，雪莉則是靜靜站在廚房門邊。當時機到了，朵麗看起來全身僵硬，整個身體直挺挺的，嘴巴用力抿緊。她輕輕把小狼放在籃子裡，溫柔撫摸牠的頭。然後她站起來，拉開一個抽屜，拿出一條蕾絲桌布，再攤開在廚房地板上。她用這塊布輕輕包好小狼的身體，就像裹住受洗的嬰兒一樣。她抱牠起來，轉向雪莉。

「把牠埋葬在花園裡，用籃子裝著，狗碗和牽繩也一起。把牠的東西都跟牠埋在一塊。」朵麗親了小狼的頭，將牠交給雪莉，然後拿起她的車鑰匙。

「妳要去哪裡，朵麗？求妳不要丟下我。」雪莉懇求。

「我要去辦些事情，不會太久的。我們再一兩天就要一起出國了。現在我的寶貝走了，我沒有理由多留了。我等等離開後，妳要來關上車庫門。」

雪莉還來不及問她其他事情，朵麗就出了廚房門，進到車庫裡。她跛著腳走向籃子，把小狼放進去，接著放進狗碗和牽繩，把它們都帶到花園裡。

朵麗打開車庫門、站在車子前時，已經無法控制自己。心裡的痛苦和麻木的悲慟，就像那天她的孩子在醫院夭折一樣。哈利那時不在身邊——他總是在「出差」——她因為腹痛，乘著救護車火速趕到醫院。距離預產期還有幾週時間。朵麗還記得助產士抱給她那死去兒子依舊溫暖的遺體。他真美。他的蒼白皮膚完美無瑕，她把手指放在他掌中時，哭得非常傷心。她好驕傲這個小小男孩這麼努力。他很努力才撐到現在，她感謝他跟她相伴了這些日子。她告訴他，他的長相像爸爸，她很傷心沒辦法跟他相處更久。她不得不躺在病房裡，同房的其他女人溫柔抱著她們的新生兒，這又嚴重加劇了她的痛楚。

當時朵麗不知道，當哈利來醫院時，她該怎麼跟他說。她懷孕時，他是那麼快樂。他們的愛情益發滋長，他曾經如此深情，承諾要好好照顧她們母子兩個。即將成為人父的他非常自豪——尤其這胎是兒子——，在許多方面，朵麗為哈利感到的難過甚於自己。她盼望能給哈利所有他渴望的事物。她感應到哈利前來醫院的時刻，他甚至還沒走過產科病房的門，她就知道他來了。

她不敢告訴他這個令人心碎的消息，但當他走過雙推門、進到病房裡，她從他眼中的哀傷看出醫生已經告訴他了。哈利從不輕易顯露情緒，但那天是例外。他們一起哭泣，緊緊抱著彼此，朵麗還記得哈利強壯的手臂環住她肩膀時的觸感。她也還記得他在她耳邊輕聲說：「再也不要了，朵麗。我不能再失去一次。」而她對完滿家庭的希望在那刻就此消失不見。

當她和哈利回到家，他好幾週沒去工作。他陪伴在她身邊，直到她身體康復，他端著食物和飲料放到床頭，甚至還做了家事——諸如此類。

朵麗將頭靠在車頂上，回想哈利是怎麼幫助她度過悲劇性的喪子之痛——那天他帶著一團小小白毛球回到家，輕輕把狗放到她腿上。

「我想我們可以叫牠小狼。」哈利帶著迷人的微笑說。但他的眼中透露出不同的訊息。他的眼睛說：「就是這樣。這就是妳的寶寶。話題結束。」他不是不仁慈，他只是務實。他們的生活必須回歸常軌，如果空氣中繼續瀰漫著傷心哀痛，是不行的。生活得繼續。

朵麗回想小狼還是小小狗的時候，她是怎麼抱著牠，把牠當小嬰兒般摟在懷裡搖著。牠躺在她懷裡，幾乎立刻就睡著了。牠那時心滿意足——她也是。但現在……現在她感覺到那股失落的痛苦彷彿要從身體裡炸開來。一個聲音從她體內擠了出來——不是哭聲，而是充滿劇痛及憤怒的低沉聲音。朵麗面向車庫牆壁，當她用拳頭猛力捶在牆上時，牆壁發出一聲令人反胃的巨響，然後再一聲，又一聲，她對牆壁捶了第二、第三拳。她看到自己流血的指關節染在牆上的血跡時，她發現自己做了什麼，繼而停止。這份盈滿胸口的痛苦，緩慢傳到她的手上，轉移了她想縮成一團等死的心情。

第三十二章

瑞尼克拿一片麵包抹掉吃剩的蛋黃，吸吮一下再大口吞掉，把刀叉整齊地擺回盤子上。他咕嚕嚕地喝著茶，環視乾乾淨淨、井然有序的廚房。他的髒炒鍋和碗盤是唯二跟這地方格格不入的東西。瑞尼克可以聽到樓上的愛爾蘭DJ泰瑞．沃根在他太太凱絲琳的收音機裡喋喋不休。瑞尼克嘆了口氣。**老天，真希望我很會打高爾夫球。**

他打高爾夫是很久以前的事了，所以他著手翻找樓梯下櫥櫃裡的一整組球具。他得挪開雨靴、三腳槍架和一台老舊的立式吸塵器才找到球具。有些球桿有點生鏽了，他的高爾夫球鞋也長滿霉斑，但這都很好清理。如果他把它們都墊著報紙留在廚房餐桌上，旁邊放著鞋油和刷子，凱絲琳就會為他清理。他的鞋子通常就是這樣擦亮的。

他從袋子裡拿出一根球桿和四顆高爾夫球。把他的舊馬克杯擺在門廊另一端，練習把球打進馬克杯裡。他技巧拙劣，但當他站在那裡，頭專注朝下，有事能把他的心思抽離工作，讓他微笑起來。

樓上的凱絲琳聽見高爾夫球打在門廊踢腳板上。她噘起嘴，大聲喊著他。「喬治！喬治，你到底在做什麼？」

瑞尼克用力擊出第二顆球，球直直飛進馬克杯裡，馬克杯不斷打轉，然後底部就砸破了。

「好耶！」瑞尼克大叫。

「喬治！」

馬克杯停止打轉。朝向他的那一面的字樣寫著：「最好的長官」。這是七年前的聖誕節交換禮物。他知道這是愛麗絲給的，當時她在杯裡裝滿他最喜歡的巧克力，還買了一夸脫他最喜歡的威士忌。這是她的專長——他只要隨口提起什麼，比如最喜歡的酒，她就會記得。瑞尼克凝視著馬克杯一會兒，再看看馬克杯下面的踢腳板，接著看著整個門廊。老天，這真乏味。到處都是些古怪的女性化裝飾，粉刷跟設計也無趣至極，沒人會喜歡。

瑞尼克拿著球桿和高爾夫球上樓。

凱絲琳躺在床上，報紙和早茶托盤擱在一旁。「我要重新粉刷門廊。」瑞尼克說著，把高爾夫球擺在地毯上，準備他的臥室第一球。

凱絲琳頭也不抬，她翻過一頁報紙。「親愛的，首先你得換衣服。」她嘲弄地說。

「我又不是說現在就要。這要好好計劃。」

「你現在就是在做這個嗎？計劃？」

「我要再開始打高爾夫。」瑞尼克露出笑容。

「呼吸些新鮮空氣對你也好。」她答道。「更不用說你會出門，不在這裡礙手礙腳。」她低聲補上一句嘀咕。

瑞尼克握著高爾夫球桿用力一揮，球彈到踢腳板上，劃過整個房間，先後打中衣櫥和梳妝台，再彈進凱絲琳的拖鞋裡。

「進洞！」瑞尼克喊道，對空揮了一拳。

凱絲琳對他視而不見。他只是要惹毛她。他一無聊簡直就成了惡魔。「要漆什麼顏色？門廊。你打算要用什麼顏色？」

「白色？」瑞尼克說。凱絲琳應該會告訴他要漆什麼顏色。

「蜜桃色應該很不錯。」她說。「跟我之前買的燈罩會很搭，如果你接著要漆起居室，蜜桃色會提亮窗簾色調，是最完美的顏色。」

「那就是蜜桃色了。」瑞尼克說，毫不在乎門廊或起居室要漆成什麼顏色。他從凱絲琳的拖鞋裡取出高爾夫球，放回地毯上。他要揮桿時，就看到她從眼鏡上方瞄著他。他倚在球桿上，當作拐杖撐住身體。「妳今天打算做些什麼？」他問。

凱絲琳放下報紙，拿下眼鏡，對瑞尼克微笑。這讓他警覺起來。她不常這樣做。「我打算把樓下的碗櫥收拾得像樣些。然後要洗你早餐用的碗盤。然後準是要去洗你的高爾夫球鞋——然後，如果你要粉刷牆面的話，我今天都要待在瑪喬莉家。」凱絲琳戴上眼鏡，注意力回到她的報紙上。

瑞尼克看著他妻子坐在他們的床上。他對愛麗絲的真摯喜愛甚至多過於她。愛麗絲對他很好，她遠比凱絲琳能忍受他的壞習慣，而且她很體貼。瑞尼克已經記不得凱絲琳從何時開始對他不再體貼。他猜想她是否對他也有同感，瞬間感到很羞愧，居然都沒注意到他們的婚姻已經完蛋了。這份羞愧並沒有持續太久：真正的悲劇是他並不在乎。

忽然間，瑞尼克越過床鋪，轉大收音機的音量。

「針對今天一早河岸街地下道運鈔車搶案的調查，正在進行當中。據稱，四名蒙面男子搶走超過一百萬英鎊的現鈔後逃逸。警方正在搜尋作案用的一輛白色禮蘭貨車，和歹徒逃逸時乘坐的一輛白色GLC廂型車……」

瑞尼克連忙脫掉睡衣，開始著裝。

＊

哈利．勞林斯正在用一台小型電晶體收音機聽著一模一樣的新聞廣播。他知道新聞播報員喜歡加油添醋，對於金額超過一百萬英鎊這項資訊甚感懷疑——他猜測大約在六十到七十萬英鎊之間，但即使如此，他還是憤怒於他不知道錢在哪裡。在盛怒之中，哈利朝收音機揮臂，收音機掃過桌面，重重擊在牆上。

楚蒂嚇了一跳。她正在廚房桌邊用棉花棒為艾迪的臉清理消毒。滾燙咖啡造成的燙傷現在成了疼痛的水泡，雪莉修剪過的漂亮指甲抓過他眼皮和耳朵的部分，變成灼熱的深紅色。楚蒂輕輕擦拭艾迪的臉時，他痛得緊皺眉，但目光始終沒有離開哈利。

哈利正處於暴躁易怒的狀態。他點了一根菸，深深吸一口到肺裡，再緩緩從鼻子吐出，同時他盯著他那緊張兮兮的堂弟。

「她就這樣撲上來，哈利，像隻野貓似的。我從沒遇過這種事！我不知道她到底天殺的是誰。」

從艾迪的描述，哈利已經知道她是誰了，但沒有告訴他。哈利看著自己戴的廉價手錶，再看回艾迪身上。「你的臉看起來很慘。一定很痛吧，小子。」

「真的很痛，哈利，等我抓到那女人，她也會很淒慘。」

楚蒂看著哈利。每次他們討論暴力行為，尤其對象是女人的時候，都讓她不太舒服。就在這時，臥房裡的寶寶開始哭泣。哈利看起來就要大發雷霆。他扭了一下頭，要她去看小孩，但她繼續擦著艾迪的臉。哈利站了起來，踢翻一張椅子，朝她踏了一步。楚蒂快步逃回房間，無聲地關上門。

「你確定警察沒有找到錢？」哈利隔桌對艾迪湊近身子。

艾迪大口吸氣。「我很確定，哈利。」他抖著聲音說。「他們待沒多久，就把朵麗推進警車然後離開了。她滿口都在罵他們，當中沒有一個人拿著行李箱。事實上，他們根本沒拿任何東西。」

哈利跨到窗邊，用手指掐熄香菸，丟向水槽，結果丟得不夠遠，掉到地上。他把頭靠在冰冷的窗戶上，握緊拳頭。他感覺前所未有的沮喪。他習慣掌握控制權，全權控制。冰涼的玻璃冷卻了他的怒火，他臉頰肌肉跳動著。搶劫是男人的遊戲，但朵麗似乎成功做到、而且還捲款潛逃了，這讓他大為光火。他現在想做的，就是把錢拿到手然後遠走高飛。那不是她的錢，是他的——他的計畫、他的帳簿、他的人脈和他的腦袋……她卻把功勞都搶走了。一抹獰笑浮現臉上。他忍不住要讚賞她真夠有種。他知道現在她一定全身都是腎上腺素，希望她知道怎麼控制。哈利的頭依舊靠在玻璃上，他大笑出聲。該死的雪莉．米勒啊，他兀自想著。這很合理，所以，這表示琳達．皮瑞里也牽扯其中。真不敢相信。接著他把話大聲說出來。

「這些女人啊，艾迪？」

艾迪完全不知道哈利指的是什麼，配合著快速笑了一下，安靜而戒備。

哈利轉向艾迪，靠在窗台上。他的聲音很低，彷彿在自言自語。「警察一定搜過房子。如果她纏著他們嘮叨，大概是她已經把錢藏在某個地方。即使沒有，燙傷你的那個金髮妞也很快就會讓她知道有人在找錢……你真的把事情搞砸了，艾迪。」

忽然，哈利橫越房間，一拳用力打在艾迪鼻梁上。他摔下椅子，跌到地板上，發出一聲痛苦的哭喊。站在他面前的哈利像是一尊高大又恐怖的巨人。艾迪準備迎接一頓老拳，但謝天謝地，他沒挨揍。當哈利回到窗邊向外看時，他鬆了一口氣。他的鼻子陣陣抽痛，用袖子去抹時發現血跡，他想鼻梁應該是斷了。

「去找比爾。把朵麗盯緊，一天二十四小時、一週七天都要看著。」哈利下令。「不要看丟了。」

「要我們等到她出去後，再搜屋子嗎？」艾迪建議。

哈利迅速轉身。「我是這樣講的嗎？我有說『搜屋子』嗎？艾迪？我有說嗎？」

艾迪低頭閉嘴。

「你就看著她、跟著她。她目前都是照本宣科——照我的劇本——，所以我知道她接下來會做什麼。她之後需要洗錢。帳簿裡的門路，她可能會用上。她要確定安全之後，才會這樣做，因為她需要拿錢出來。那時我們就要出動。如果她最近都沒有動作，那我就會去拜訪她。」哈利眼中透著厲色。

「但她以為你死了，哈利！」

哈利微笑。「這個嘛，她會很驚訝吧？現在滾吧，去做事——滾。」

艾迪跨向門邊，害怕著哈利可能會怎麼做。「我沒有打算要傷害她，哈利，我不會這樣對朵麗。我就是沒辦法。對那隻天殺的狗我都覺得夠糟了，何況是一個人。一個女人——」

哈利打斷艾迪。「狗是怎麼一回事？」

艾迪傻住，只希望他從沒張開那大嘴巴。「那個金髮妞朝我撲過來的時候，」他支支吾吾，「我……我不確定，但我想我可能踩到牠了。牠咬我，然後她就抓我的臉，我出拳揍她，然後把腳踢出去……呃，牠就又叫又吠，然後就沒聲音了。」

哈利眼裡的恨意讓艾迪步步倒退出起居室。當他通過門口、轉身要跑，哈利一瞬間就抓住他的頸背，把他轉過來，重重甩到牆上。

「我大可以宰了你，你這可悲的蟲子，」哈利對著艾迪的臉怒斥。「你殺不了巴瑟．戴維斯，只殺得了一條貴賓狗。這就是你啊，艾迪。給我記著——是你領著巴瑟到巷子裡，是你把他放在車子前面。假使朵麗現在因為失去了小狗而犯錯，害得事態惡化，巴瑟這件命案就是你來扛。」

艾迪嚇壞了。哈利為什麼變得這麼恐怖？「只是一條狗嘛。」艾迪氣若游絲地說。

哈利對著艾迪肚子重重送出一拳。「拜你所賜，她現在傷心得很。」他嘶聲說。「傷心的人容易犯錯。」他用力把艾迪推出門外，害他絆到腳，背朝下摔倒在地。哈利嫌惡地看著他。「去找比爾。看好朵麗。沒別的。」然後他用力摔上門。

哈利用手抱著頭，在起居室裡踱步，跟漩渦般的混亂情緒纏鬥不休。他恨朵麗在他失敗的地方取得成功。他要從她手上奪回一切，讓她看看誰才是老大——但是，天啊，如果小狼真的死了！如果要在朵麗正精神激昂、充滿腎上腺素時破壞她的計畫，哈利可以眨也不眨眼就出手。她很堅強。她會復原。但如果她真的剛失去她的寶寶，要他在這時把她打得落花流水，那麼……他受不了這份罪惡感，這就是為什麼他想宰了艾迪。

哈利在上回搶劫失敗之前，就已知道自己要離開朵麗，這也是為何他毫不在乎地把手錶給了吉米．努恩。他的計畫一直都是要跟楚蒂和寶寶去西班牙，永遠不回來，但要這樣做就需要錢，一大筆錢。當他在那改變命運的一天駛離河岸街地下道的火海時，完全不知道接下來該怎麼辦。失去他的朵麗悲痛得幾乎發狂，竟然挺身而出執行他的搶案，這真是拯救了他。現在他只要拿到錢就行了。

楚蒂回到起居室。「你為什麼打他？」她問。

哈利不管她，走回臥房。她跟上來。

「你不該把他逼得太緊，你知道的。」她說。「要是他倒戈，跟朵麗洩密，你想她接著會怎樣？」

依舊不搭理她，他開始脫掉上衣。

「我告訴你她會怎樣。」楚蒂執意要說。「她會帶著錢開溜，你再也不會見到她。」

哈利聳聳肩，脫下襯衫丟在角落，仰躺在床上，帶著一抹誘人的挑釁笑容。他今天不想再說話了。

「答應我你不會做蠢事好嗎，哈利？」楚蒂懇求，她被哈利結實、肌肉發達的身體撩撥得分心。她體內感覺到情欲的引力，從她第一次見到他開始，他就帶來這樣的效應。

楚蒂第一次見到哈利．勞林斯，是在她先生吉米．努恩開始為他工作的一年前。她跟雪莉．米勒晚上一起出門玩，去費雪兄弟俱樂部的輪盤桌上找刺激。哈利自己一個人在那裡，已經跟他認識一陣子的雪莉，就跟他介紹了楚蒂。她感覺到一股立即的吸引力，便跟他調情，雪莉叫她罷手，他已經有家室了，而且就算未婚，他也不是適合交往的人。楚蒂才不在乎：她就是想要他，雪莉不管說什麼，都無法阻止她得到她想要的東西。

哈利在二十一點的賭桌邊，楚蒂在他身旁坐下，刻意讓自己的大腿擦過他的腿側。他看著她，而她露出風情萬種的誘人微笑。效果正如預期。他的手移到桌下，溫柔撫摸，一隻手指滑上她的大腿內側。騷動的興奮感遍及全身，真是美妙的折磨，她不想要停下來。當哈利開始要收回手時，她抓住他的手、拉到她的胯下。他弄得她很有感覺，她真想讓他就在賭桌上當場上了她。

那次不期而遇之後，隨之而來的是日以繼夜的不倫激情性愛，通常是在廉價旅館、車子後座、樹林裡——其實只要是不會被人抓到的地方都行。只要楚蒂跟哈利在一起，不管時間地點，她總是對他柔情似水、百依百順。

在某間骯髒旅館裡、一個特別的午後，她告訴哈利自己懷了他的小孩，她還記得哈利那時的表情。一開始，他懷疑她，質問她孩子可不可能是吉米的。她跟他保證不是：她跟吉米已經超過一個月沒有行房了。哈利緊緊摟住她。他抱著她、親吻她，把頭靠在她腹部。楚蒂看不到他的表情，但她知道他濕了眼眶。

孩子出生之後，哈利坐在車裡，在醫院外頭等著吉米離開。吉米走後，哈利偷偷溜進產科病房。他很安靜，簡直就像病房裡有什麼東西讓他不舒服。她可以看到哈利眼中的憐愛——這就是那個朵麗永遠不能給他的兒子。但他從來沒這樣說出來。

哈利緊緊抱著嬰兒，親吻他柔軟滑順的頭，但接著笑容沉了下來，他瞇起眼，不信任地瞪著她。

「如果這不可能是吉米的孩子，那為什麼他剛才要來這裡？」哈利問。

「我對他說了謊。」楚蒂解釋。「整個懷孕期間我都在騙他，騙他說我狀況有多糟。我拿命跟你發誓，哈利，他是你的孩子……」

哈利接受了，但她無法忘記他摸著嬰兒的頭時那邪惡的神情。「要是我發現妳騙我，」他輕聲地說。「妳會後悔的。」

楚蒂從白日夢中猛地清醒過來，哈利拉她到床上，手滑進她的睡袍裡，撫上胸部。他把她拉到自己身上，從她肩膀褪下浴袍，讓她全身赤裸。性慾高漲之下，哈利的笑容改變了整張臉的表情，眼神也柔和起來。她難以相信，同一個人不到兩分鐘前才嚇得她惶惶不安、才痛揍過艾迪。

哈利坐起身來，開始親吻她的脖子，接著緩慢向下到她的胸部。她的雙腿圍在他的腰上，身體開始騷動顫抖時，她的腿緊緊夾住他。她以前睡過的男人，從沒有讓她感覺到哈利帶給她的這種浪潮般的感官刺激。他溫柔地讓她躺下，開始親吻她身體的每一吋。即使他「死後」這幾週，兩人整天關在一起，她渴望他的程度也絲毫不減。他只需要撫摸她，她就不禁想要他進入她體內。哈利跟她做愛時從不說話。他不需要，因為性愛本身已經夠美好了——但她好希望他會對她說，他愛她，就算只說一次也好。

第三十三章

一到修道院，朵麗就必須在空教室快速動工。幾分鐘之內，吃完午餐的孩子們就要回來。看到那幾座淺色嵌壁式置物櫃真讓她寬心，這是給修道院的捐贈，現在已經裝設妥當、供人使用，但最上面那層櫃子除外，對孩子們來說，拿來放外套跟玩具都太高了。搶劫來的錢就要放在這裡，等朵麗日後拿取。她想不出比修道院長更好的守衛。

在前往修道院的路上，朵麗轉了個岔路去倉庫。這很冒險，但她得找個地方將錢分成四等份，裝在四個一模一樣的袋子裡。朵麗從每個袋子裡各拿走一小筆錢湊成第五份，這份比較小——是她們接下來幾週的開銷。

當她扛起四個袋子要塞進置物櫃時，汗水從前額滴下來，刺痛了眼睛。每個置物櫃各自有一支鑰匙：一支是她自己的，其他是貝拉、琳達和雪莉的。鎖好置物櫃、把鑰匙安全放進口袋之後，朵麗開始為一系列大張的童謠海報塗上膠水。如果整面牆貼滿海報，就沒有人會知道那裡有置物櫃了。

只剩一張海報還沒貼了，朵麗就聽到鈴響，代表午餐時間結束。她快速用刷子沾沾她擺在工作台上的膠水罐，再刷在〈小瑪菲小姐〉海報的背面。

「哈囉，勞林斯太太，還沒去度假嗎？」泰瑞莎修女匆忙走進來。她看起來很驚訝。

朵麗不小心失手碰掉了刷子，彎身撿起來。「這一兩天要搭飛機走。」她愉悅地說。「我只是在想，我走之前，可以貼幾張童謠海報裝飾一下置物櫃……」朵麗注意到比較小的第五個袋子就在地上，袋口打開，從上方可以看到裡面的一疊疊現金。「噢，天啊……」她用比預期稍微大聲的音量嘟囔著。

「有什麼事需要我幫忙嗎？」泰瑞莎修女問。

朵麗快速關起袋口，然後站起身。「我只要貼這最後一張就完工了。」待朵麗抹完膠水，泰瑞莎修女便幫助她貼上最後一張海報，然後她們往後退，一同為朵麗的巧手讚嘆。

「這真的太棒了，勞林斯太太。妳人真好——這樣一定能幫孩子們學會童謠。」泰瑞莎修女說。

朵麗自顧自笑了。**太完美了**，她想。最上排現在連一個鑰匙孔或接縫都看不到，完全不像有置物櫃在那裡的樣子。

教室塞滿了大聲談笑的孩子。其中一個特別可愛的小女孩叫做伊莎貝兒，跟往常一樣抱住了朵麗的腿。伊莎貝兒話說得不多，但她無條件表露的情感讓朵麗有點聯想到小狼。她會想念這些孩子——還有修女毫不存疑的慷慨心腸……

朵麗整個下午都在教伊莎貝兒跟其他孩子唸ＡＢＣ，享受這格外特別的一堂課：這會是她最後一次來了。她很喜愛在修道院的工作——純粹、不複雜、令人喜悅。孩子們所要的就只是她的時間，她也樂意給予。她必然會懷念修道院生活的簡單踏實。

四點三十分，朵麗離開修道院，直接前往最近的旅行社，訂了一張明早到里約熱內盧的頭等艙機票。當對方問她是否要訂回程票時，她說不確定要待多久，可以在里約訂回程機票就好。然後朵麗開了一哩路去另一間旅行社，假裝成雪莉．米勒，訂了往里約的同一班機的經濟艙機票。

*

瑞尼克一整天都待在家，這一分鐘坐下，下一分鐘就又站起來，在起居室裡來回踱步，菸一支接一支抽，不耐煩地等著桑德斯總督察的電話。起居室裡的菸灰缸已經滿了，但他仍然壓了一根菸屁股進去，然後又點了一根菸。

他看著錶。現在六點了，他可以聞到凱絲琳在廚房裡煮晚餐的培根和肝臟的味道。電話一響，他就一把搶過接了起來，結果那只是凱絲琳的橋牌搭檔瑪格麗特。

「抱歉，瑪格麗特。」瑞尼克快速說道。「凱絲琳不在。我很快就得掛斷了，因為我正在等一通非常重要的電話。」

凱絲琳出現在瑞尼克背後，拿走話筒。他給她一個極不贊同的眼神，但她視而不見。

「不要講太久。」他說。

凱絲琳朝廚房方向推了他一把。「去找點事情做，喬治……幫我看著晚餐。去去去，讓開。」

凱絲琳五分鐘後結束通話，回到廚房，喬治正用叉子從肝臟和肉汁裡叉起幾片培根，打算吃掉。凱絲琳拍掉他的手，噘起嘴來。

「別挑挑揀揀的。還有，別因為你在等一通想像中的電話，就對我朋友說謊。」當她攪拌晚餐時，她看得出自己的話讓他沮喪了，但她相信誠實是美德。「你退休了，喬治。去打高爾夫，或者像你之前說的去漆門廊。」

瑞尼克的臉看起來像一隻被人拋棄的獵犬。

「噢，你這老頑固！」凱絲琳繼續說道。「你想講話，就打給他們啊。」

「這是我的案子。他們會打給我的。」

「這不是你的案子，喬治。不再是了。」凱絲琳瀝乾馬鈴薯，再從抽屜裡拿出搗碎器。瑞尼克從她手上一把搶過，開始將他的挫敗發洩在這盤馬鈴薯上，把它們碾得不成形。凱絲琳看著他。她從來就不喜歡她丈夫當警察。他就是沒辦法把工作留在警局，他會帶工作回家、滿腹糾結，而且他有時候非常難相處。但是，她想著，不在警局的喬治，真是比當警察的喬治還要糟。她討厭看到他如此生氣，卻也懶得安撫他。

當瑞尼克繼續凌虐馬鈴薯時，他對著凱絲琳大吼。「我告訴過他們了！我告訴他們這些搶劫都是相關的。都是同一個傢伙籌劃的。該死的勞林斯！我警告過他們不要小看他。永遠不該小看哈利．勞林斯。」

「哈利．勞林斯！哈利．勞林斯！」凱絲琳對他吼回去。「我都聽了好幾年了。在你的職業生涯裡，任何事、每件事要是出了差錯，都是天殺的哈利・勞林斯的錯！這可不可能是你的錯呢，喬治？才不呢！這都是一個死人的錯。」

瑞尼克把搗碎器丟進水槽，撒得廚房磁磚上都是馬鈴薯屑。他衝到門廊去拿帽子跟大衣。

「你必須放下，喬治！」凱絲琳在他身後大喊。「我不想早早就送你進墳墓，你聽到了沒？我不要這樣。」

「不會這樣的。」瑞尼克在身後甩上門前喊了回去。

他坐進他的福特千里馬舊車，逕自開往勞林斯家。他不知道自己為什麼要去，車子就好像自己發動了一樣。內心深處，他也知道辦公室沒人會打給他。他是過去式了。他的意見已經有好幾年都無關緊要了。他希望蘇格蘭場麻煩連環爆，然後桑德斯的屁股上被踢出一個十號鞋印。想到桑德斯被降個一級職等，他就笑了。

忽然一個念頭掠過腦海，也許桑德斯和其他人就是要把他弄走，以便接收這案子，這樣他們找到勞林斯、將他逮捕歸案時，才能收割成果。瑞尼克越想，就越確信自己是對的。他們一直以來都故意阻撓他，就是為了趕他走！好吧，他就來對他們行個二指禮。他天殺的會自己搞定這件事！「我這條老狗還有命在呢。」瑞尼克自言自語。「我會是那個逮到哈利・勞林斯的人。哈利・勞林斯是我的。」

第三十四章

艾迪調整了一下吉米．努恩車子的後視鏡。比爾．格蘭特無精打采地坐在他身旁，還打著鼾。艾迪正在看他們五十碼後方停下來的一輛車。駕駛下車，點了根菸，緩慢走向對街。他的步伐很慢，看起來不急著去任何地方，艾迪有點擔心。他用手肘輕輕頂醒比爾。

「我們後面有個傢伙正在盯梢哈利的房子。我還看不清他的臉……」

「繼續看著前面。」比爾命令。「調整你的後視鏡，這樣在下一座街燈下我就看得到他了。快點。」

艾迪照指令做。「該死！」當街燈短暫照亮那個男人的臉時，比爾悄聲說。「是天殺的瑞尼克！上次就是他把我抓去坐牢的。他老是死命想抓到哈利，急得像火燒屁股一樣。」

「我們該開走嗎？」艾迪問。

「不用。頭低下去，免得他看到你的臉。」

＊

瑞尼克注意到那隻調整後視鏡的手，但他不認得那台車。他經過時停住腳步，看看腳底，像是剛剛踩到狗屎的樣子。瑞尼克只從側邊瞄見車上乘客的臉，雖然有點眼熟，但他想不起來。但駕駛朝他的方向看了短短一瞬，他確定那人就是艾迪·勞林斯。他在心裡記下了車牌號碼，再沿著這條街繼續走，經過勞林斯家的房子。前面臥房的燈亮著，但屋子其他地方都是暗的。

在這個街區巡了一圈後，瑞尼克回到艾迪和比爾先前停車的那條街上，他上了自己的車開走了。他停在街角，把車牌號碼寫下來。「你在打什麼主意，艾迪？」瑞尼克低聲自言自語。「你在幫誰工作？是我們認識的人嗎？」他把菸叼進牙齒間，然後點燃。

*

「我們該閃了吧，免得他帶著更多警察回來。」瑞尼克開走時，艾迪可憐兮兮地說。

「他是能做什麼？因為我們坐在車裡就逮捕我們？我要去找哈利。他會告訴我們該怎麼做。」比爾下車，伸展背部，活絡筋骨。「保持清醒等我回來。」

「搭計程車吧，不然你要走到老了。」

「一連走上幾哩路是我很多年沒有過的享受了，老兄。別擔心。我會借楚蒂的車開回來。」

艾迪自己一個人覺得不安全，但他想，這樣總比跟那個殺人不眨眼、把巴瑟·戴維斯活活撞死的男人在一起安全。

*

去過旅行社後，朵麗在剛天黑時回家，在路上帶了些食物。她筋疲力盡，以至於沒注意到艾迪就坐在吉米．努恩的車上，停在她家外面。瑞尼克出現時，她正跟雪莉一起待在後院。

兩個女人看著那個新挖的小土堆，頂部有竹子做成的十字架跟一朵花。「我不知道牠喜不喜歡花……」雪莉說著，她其實不知道要說什麼才好。

「牠喜歡在花上面撒尿。」朵麗說。雪莉看到一點小小的笑容爬過她臉上。「特別是隔壁家的玫瑰花。」

「要我偷偷去摘一朵給牠嗎？」雪莉問。

朵麗看著雪莉。她是說了蠢話沒錯，但朵麗就喜歡她這樣。「不了，親愛的。這樣就很好。謝謝妳幫我照顧牠。我沒有辦法埋葬牠。」

「沒事的。」過了一陣子，雪莉問。「我洗個澡，行嗎？挖了那麼久，我身上有點髒髒臭臭的。」

九點的時候，她們都累壞了。洗過澡後，雪莉換上朵麗借給她的睡衣和睡袍。她掀開朵麗臥房窗簾一道細縫，從窗戶看出去，檢視整條街。

朵麗從她臥房裡的浴室出來，橫越房間走向床。「門窗都鎖好了？」

雪莉點點頭。「我每扇門跟窗戶都門緊了。然後熱了妳的牛奶。」她指著床頭櫃。朵麗拿起玻璃杯，從最上方抽屜裡拿出安眠藥瓶，吞了一錠。

「要一顆嗎？」她問。「這可以幫妳帶著受傷的腳踝睡個好覺。」

「好……」雪莉仍然在看窗戶外面，聲音越來越小聲。「朵麗，自從妳回來後，我已經第三次往窗戶外面看，每次那輛BMW都在那裡，車裡坐著兩個男人，但現在只有一個。他們距離實在太遠了，我看不清他們的臉。妳覺得這是警察還是……」朵麗和雪莉一起到窗邊。

「是警察。」朵麗說得篤定。「之前那個男人不會再回來了，親愛的。外面有警察，他就不會來。」她不想嚇到雪莉，但就連她也看不清楚駕駛的臉，她知道她們眼前的那輛車不是一般的跟監車。「好了，睡覺。」她說著爬上床。「我如果再不睡就完了。把藥吃了，忘記一切，睡到天亮吧。」

雪莉坐在朵麗床邊，用朵麗的溫牛奶吞了安眠藥。她注意到床頭桌上哈利跟朵麗的合照。他們看起來是如此幸福美好的一對：朵麗穿著漂亮的名牌洋裝，哈利穿著時髦昂貴的西裝，樣子十分英俊。真是好時光。

「妳今天做得很好。」朵麗對雪莉微笑著說。「勇敢又強悍。我為妳驕傲。現在去吧，快上床睡覺。」

雪莉把牛奶端給朵麗，看她要不要再喝些，但她搖搖頭閉上眼睛。雪莉慢慢喝著牛奶的同時看著朵麗。今天的事彷彿讓她老了十歲，她看起來好疲倦、好憔悴。雪莉輕輕碰了朵麗的手，低語道：「願上天保佑」。有那麼一秒，朵麗緊緊抓住雪莉的手，用力到抓痛了她，接著就放開了。

雪莉端著剩下的牛奶走到空房，放在床頭櫃上。這間房間比她自己的臥室還要大，精心裝飾著朵麗和哈利度假、參加派對、跟朋友聚會的照片。喝完牛奶，她就在房間裡繞著。「朵麗的生活真精采啊……」她自顧自想著。忽然她停下腳步，注意到梳妝台上一張照片。她拿了起來，心臟怦怦跳著，接著跑回朵麗的臥房。

「醒醒！」她焦急地說著，打開床頭燈，搖醒朵麗。

朵麗沒有很快起來，但當她睜開雙眼，看到雪莉臉上的驚慌時，馬上就清醒了。

「相片中間這個摟著妳跟哈利的男人是誰？他是誰，朵麗？」雪莉抓著相片發抖。

朵麗揉揉眼睛，等了一秒兩秒讓眼睛對焦。「那是艾迪。」她說。「艾迪・勞林斯，哈利的堂弟，怎麼了？」

「就是他，朵麗！他就是那個闖進來的人，那個攻擊我跟小狼的人！」

朵麗坐起身，從雪莉手上抓過照片。「妳確定？」

「我沒在編故事，朵麗——我發誓就是他！我知道是他！小狼一開始表現得好像認識他——小狼當然認識他了。要是他就在外面的車子裡呢？要是他又回來呢？」

朵麗手抓住雪莉。「他不會回來這裡了，不會在妳這樣對他之後還來。錢很安全。我們也很安全。警察在外面，就像我說的一樣。相信我，雪雪。妳相信我，對嗎？」

雪莉點頭。她信任朵麗到可以把性命交給她。

朵麗帶著雪莉回到空房，幫她蓋好被子。「我會照顧妳，親愛的。妳、琳達和貝拉。別太擔心。我知道這一切對妳來說太陌生了，但多年來我一直活得心驚膽戰，所以當我說一切都會沒事時，就相信我。」她接著關掉床頭燈，坐在雪莉身邊，直到她睡著。

回到她自己的房間，朵麗拿起雪莉找到的相片。她走到窗邊，輕輕掀起窗簾，往下看著那輛停著的車。光線太暗了，看不見車子裡面，朵麗很有耐心的等著、看著。終於，另一輛車開過，短暫照亮了駕駛座上男子的臉。彷彿有一把冰冷的刀子刺穿了她。「噢，艾迪。」她震驚地抽氣。「笨蛋、笨蛋艾迪。」朵麗的眼睛盈滿淚水，同時思緒疾速飛馳。艾迪沒有那個膽，自己根本做不成事，更別說闖進她家、攻擊雪莉、還殺了可憐的小狼。「那麼，是誰在控制你？」她低語。但她害怕自己早已知道答案。

吉米．努恩公寓裡的Dunhill純金打火機。

巴瑟．戴維斯慘遭謀殺。

比爾．格蘭特，倉庫那個男人，知道她是誰。

艾迪．勞林斯奉某人之命闖進她家，現在正在房子外面。

朵麗重重跌坐在床邊，雙手捧住自己疲累又困惑的腦袋。「這是個謠言。」她說，試著說服自己。「這是**我**放出來的謠言。這不是真的！從來都不是真的！」

這念頭離奇、可怕又傷人，朵麗卻無法將之甩開。「不不不不！我看到你的手錶了啊。」

她睡意全消。現在，她的眼睛睜大，心臟感覺像被緊緊捏住。「但我看到你的手錶了。」她大聲哭喊。「我看到你的手錶了啊！」

第三十五章

凱絲琳．瑞尼克可以聽到喬治走下樓的聲音。她看了一下床邊的時鐘，現在快午夜了。他肯定在喝酒，一手拿威士忌，另一手拿著菸，來來回回踱步。他上次這樣做，是因為遭到停職而上了頭版。他當時醉得不省人事，手上夾著菸就睡著了，差點把整間房子給燒掉。

她披上睡袍，走下樓要教訓他一番。客廳充滿菸霧。凱絲琳正要開口，但他舉起一隻手示意阻止。他正在講電話，話筒夾在肩膀和耳朵之間，手上拿著小筆記本和筆。他沒有喝醉——差得遠了。他正精力充沛。

「對。我是蘇格蘭場的桑德斯總督察。我在外面跟監，我要知道剛才給你的車輛資料註冊車主是誰。這很緊急。」

他到底在做什麼？凱絲琳穿越菸味濃厚的客廳，站到她丈夫旁邊，雙手環胸。不管他現在在做什麼，顯然都不是他應該做的事。

「抱歉，什麼？吉米的姓是什麼？努恩……地址呢？」瑞尼克在筆記本上潦草記下資訊。「謝謝你，警官。非常感激你的好心。」喬治放下話筒，接著翻開電話旁邊的電話簿。

「你冒充桑德斯是要做什麼？」凱絲琳質問。

瑞尼克匆匆翻閱日誌。「我需要在警察電腦系統裡確認一輛車的註冊資料，所以就打給分局。我總不好說我是誰，對吧？愛麗絲家的電話號碼在哪？我以為電話簿裡會有？」

凱絲琳不敢置信。「你不可以在這麼晚的時間打給那個可憐的女孩子！」

當喬治抬頭看著妻子，他的面容非常嚴酷。「我可以！愛麗絲就是我可以在這麼晚的時間找來講話的人。所以，妳快帶著妳那不贊同的表情回床上去，讓我做我的工作。」他找到了愛麗絲的電話，再次拿起話筒。

凱絲琳衝回樓上。「你沒有工作！」她邊走邊吼。

瑞尼克等待，電話撥號音一次又一次地響。他瞥了一眼時鐘。也許他妻子說得沒錯……但這不能等，這太重要了。

「愛麗絲？」

「發生什麼事了？」愛麗絲並不氣自己半夜被人叫起來。她擔心瑞尼克有了麻煩。

「沒什麼，親愛的。聽著，我需要妳明天一大早幫我個忙。」

愛麗絲正坐在梳妝台前，一手拿著紙筆，一手拿著話筒。當她潦草記下瑞尼克的指示時，無意間瞄見鏡子裡的自己。老天，她看起來簡直像她的母親！她臉上敷著厚厚的乳霜，而且任何男人見了她身上穿的睡袍都會嚇跑。她感謝上天，瑞尼克選擇打電話來，而不是登門拜訪。

「妳絕對不能被抓到，愛麗絲，妳懂嗎？妳是我唯一能拜託的人了。妳會幫忙我嗎？」

愛麗絲看著自己可怕的鏡中倒影，微笑著說，「我當然會幫忙你了，長官。」

第三十六章

楚蒂開門讓比爾進公寓，他來等哈利。他鼻子抽了抽。這間髒亂小公寓聞起來有嬰兒尿液的味道。他正皺著眉頭，哈利就從臥房出來，身上圍了條毛巾。

「我想說該跟你報告一下。」比爾露齒而笑。他感覺挺奇怪的，他可能打斷了哈利和楚蒂床上的好事。哈利完全沒有笑容。「朵麗還在家裡。」比爾繼續說。「她剛天黑時回去，之後就沒再出門了。我有打給迅雷，到處都沒有她銷贓的消息，但他會再問問。」

哈利手指放在唇上，領路去廚房。比爾跟著他，進去後關上門。哈利按下熱水壺開關。

哈利做了個簡要回顧。「她從警局回家後，那個金髮妞一定會告訴她艾迪來過……希望她只是說『某個傢伙』而沒有指名我那愚蠢的堂弟。我不認為金髮妞跟艾迪以前見過，這樣我們可能就沒事了。朵麗之後就出門上了車，你說的是這樣？」比爾點頭。「那麼她原本一定把錢藏在那裡，對吧？」哈利苦思。「她現在又會把錢放在哪？」

比爾動來動去，改變身體重心。他對自己這樣跑來跑去做白工開始感到生氣：他不懂哈利為何不乾脆派他拜訪朵麗，逼她吐實。「那個條子瑞尼克出現了，在屋子旁邊巡了一下。」他補上一句。「他單獨去的。大概在那只待了一兩分鐘。」

哈利大笑。「別擔心他。他是個白癡，只適合抓偷雜貨店糖果的小孩。」他遞給比爾一馬克杯的茶，在廚房裡踱步著，陷入深思。「如果到早上六點，還沒有任何動靜，你就回來載我，我們三個一起進去。我會對付朵麗，你跟艾迪就讓另外一個安靜下來。她對艾迪的臉動手，欠他一頓好打。」

「你要不要聽我的意見？」比爾咬咬嘴唇，大聲地喝著茶。「我們好幾個小時前就應該進去那間該死的房子，把需要的東西拿到手。這些狗屁事情只是讓你老婆有時間藏錢，現在——」

比爾說話時，哈利絞緊腰間的毛巾，然後猛衝過廚房，抓住比爾衣領，用力把他撞到牆上。哈利早就知道比爾會有什麼意見，知道他變態的腦袋裡都想著什麼事情。「我才是做決定的人，你聽到我說的話嗎？然後你——你照我的話做！」

比爾靠牆站著，茶攤到一邊去以免灑出來，他避開了眼神接觸。比爾不是畏懼哈利——到頭來，他們算是不相上下——但哈利才是老大，而比爾敬重這點。哈利才是那個有錢、有腦袋、有名聲和力量的人。比爾什麼都沒有，所以他住了嘴。比爾喜歡躲在暗處，而那些了解他的人知道他可以把事情辦好。快速又安靜。這就是為什麼人家會雇用他。比爾從不曾告發任何人，未來也不會。他幫哈利當過三次打手，完全沒讓哈利和那三起事件間留下任何關連。這種謹慎很可貴，而哈利會為此付個好價錢。

哈利放走比爾時，楚蒂抱著哭泣的寶寶走進來。哈利依舊火氣很大，轉而針對她。

「妳現在他媽的又想幹嘛？」他怒斥，知道她只是想打探一下。比爾逮到機會就從開著的門溜出去。

楚蒂看起來很緊張。「只是要喝杯茶，還有給寶寶泡牛奶。就這樣。」

*

瑞尼克在吉米．努恩的公寓外面等著。他在路邊停靠的幾輛車後面停下來，如此一來視野夠好，也不會被人看到。他看到一個人走出公寓，認出他就是朵麗房子外面那輛車的乘客，就是由艾迪．勞林斯駕駛的那輛車。

當那名男子走過街燈下，瑞尼克看清楚了他。「我認得你。」他低語，用手指戳著前額，要求自己想起跟那張臉對應的名字。「我是怎麼認得你的？」

男子上了一台福特千里馬，開走了。瑞尼克決定跟上去，他們很快就會回到朵麗．勞林斯的房子附近。瑞尼克在轉角停車。除非他想起這個神祕男子是誰，否則他就無法確定下一步該怎麼走。**想啊，想啊，想啊**……瑞尼克閉上眼睛，在腦海裡快速瀏覽這些年來他逮捕過的壞蛋長相。出於再度走進死胡同的挫折感，不時搖頭。他的眼睛忽然睜開。「幹。是格蘭特！」他呼出一口氣。瑞尼克抹抹眼睛，雙手抹過臉，揉著五官好一陣子。他的大腦過度運作，努力想清楚這到底天殺的發生了什麼事。他需要跟某個人說話……他從沒想過自己會這樣說，但他希望富勒正坐在他旁邊。他是個假惺惺的混蛋，但也是個像樣的警察，不管情願與否，瑞尼克說話的時候他會聽。不像安德魯斯那樣，說真的，執行交通勤務就是他的人生高峰了。「好吧。」

瑞尼克說，彷彿富勒就在他旁邊。「比爾．格蘭特。為什麼他要監視朵麗．勞林斯的房子？為什麼他開吉米．努恩的車？他怎麼會認識艾迪．勞林斯？你在幫某個人工作，比爾．格蘭特……我知道你這個人……你專幫出價最高的人做骯髒事。」他真希望可以打電話叫後援，真希望可以抓住艾迪．勞林斯和比爾．格蘭特，然後搜遍吉米．努恩的公寓。

就在這時，那台福特千里馬出現在街角。瑞尼克低頭一躲，等車開過去之後，他坐起來，只來得及匆匆瞥見駕駛座一眼。那是艾迪．勞林斯。所以，比爾．格蘭特現在一定在朵麗．勞林斯家外面那台吉米．努恩的BMW裡。兩人一組的監視：兩台車、兩個遵照命令行動的步兵。但他們為誰工作？瑞尼克的內心深處再清楚不過了。

*

睡不著的朵麗進到雪莉睡的空房間，好把外面的街道看得更清楚。外頭，艾迪正一個人坐在BMW裡。她必須確定，他是否就是那個闖進屋子的人。

朵麗搖醒雪莉，但她毫無動靜。朵麗拉開被單。「來吧，雪莉。起床。」朵麗堅定地說。終於，雪莉張開眼睛，朵麗扶她起身。

兩人站在一起，從窗簾後面往外窺看，就在此時，比爾．格蘭特停下一輛福特千里馬，然後跟艾迪交換位置。雪莉像風中落葉般顫抖。顯然她是一看到艾迪就嚇壞了。朵麗伸出手臂環著雪莉的肩膀。

「那是艾迪．勞林斯，哈利的堂弟。他是個孬種，雪莉。只會打女人、殺小狗。他無關緊要，妳聽到了嗎？他不會再傷害妳了。我跟妳保證。」

朵麗聲音裡的誠摯讓雪莉感到安全——她好愛朵麗的這種能力。她真希望她自己的母親也這麼堅強。

雪莉認不出另一個男人，但朵麗認得。他就是那個來到倉庫門前、自稱比爾．格蘭特的人。朵麗緊緊閉上眼睛，低聲說：「白癡！」倉庫裡的每步行動可能都被格蘭特看到了。如果他全都知情，從最一開始就知道，也難怪艾迪會到屋子裡找錢……

朵麗需要想出她們該如何在比爾．格蘭特監視之下離開屋子，如果他跟蹤她們，還要甩掉他。要是艾迪回來了，事情會更加複雜，會有兩個人分別開車跟蹤她們。朵麗的體力和精神都過度耗竭，無法好好思考，她好害怕，這感覺對她來說生疏極了。她真希望雪莉照安排上了飛機：至少如果朵麗崩潰了，她可以私下發洩！但雪莉人在這裡，像個小孩一樣需要持續不斷的勸慰。

朵麗在樓梯過道來回踱步，雪莉這時去給她們做點吃的。朵麗不想吃任何東西，但她需要獨自一個人好好思考。她看著手錶。現在快要凌晨兩點了，她們從希斯羅機場出發的班機中午才起飛。她們上午十點才需要到機場，而機場至少在一小時路程外。朵麗嘆氣。大白天離開房子不是好主意，她知道她們越快藉著黑夜掩護出發，越有機會甩掉跟蹤。

過了一陣子，朵麗有了個想法。這只是個不完整的計畫，還有點大膽，但管它的——過去幾個月以來，她已經習慣大膽的事了！她走向廚房。

「我想我可以煎個什麼東西，朵麗，妳要——」

「我們需要在四點到四點半之間離開這裡。」朵麗打斷她的話。「妳信得過妳媽媽嗎？」

雪莉關掉瓦斯爐。「當然。」

「她會開車嗎？」

「會。」雪莉回答，等著朵麗透露計畫。

「妳還有個弟弟，對嗎？」

「葛瑞格。他跟媽媽一起住。」

「很好。」朵麗一邊說，一邊指著雪莉。「叫葛瑞格到柯芬園的停車場，開走妳的車。叫他把車停在蒙特巷——如果從我的私人車道開出去，就是在兩條街外的一大條死巷。告訴他不要鎖駕駛座的車門，鑰匙留在座位下，都辦好之後打電話來這裡。」

雪莉看起來很疑慮。「半夜兩點這個時候，他要不是在哪裡喝得爛醉，不然就是在床上不省人事。如果他在家，我一定可以讓媽媽叫醒他。但要是他出去了……」

「這個嘛，我們只能希望他在家了。跟他說，要是妳的車不在那裡，要是車被偷了，那他就要動動腦筋，給我們找來另外一台車。但，不管怎樣，我需要一台車，任何車都行，最晚四點時要停在那條死巷裡。他會得到一百英鎊。然後叫妳媽媽盡快到這裡來。我會把給妳弟的錢交給她。妳都聽清楚了嗎？」

「清楚。」雪莉肯定地說。她從碗櫥拿出一個盤子，盛起炒鍋裡的早餐。

朵麗快速走過廚房，從麵包盒裡拿出兩片麵包，丟在雪莉的盤子上，在柔軟的白色麵團上留下深深的指痕。「做個三明治吧。」朵麗瞪著眼說。「打電話的時候可以吃。」

＊

五分鐘過後，朵麗靠在樓梯欄杆上，對樓下喊著雪莉，她人從廚房出來，手上拿著三明治。

「電話一直響著沒人接。」雪莉報告。「我會再試……」

又五分鐘過後，朵麗再次靠在欄杆上。她手上正拿著一把剪刀。

「還是沒接。」雪莉說。「我弟可能在他女朋友家，但我沒有她家電話，而且媽有時候晚上會戴耳塞……」

「好吧，該死的繼續試。」朵麗說著，用手上的剪刀指指雪莉。

「妳要給自己剪頭髮？」雪莉問。

「什麼？」

「就像變裝一樣。我應該不用剪自己的頭髮吧，要嗎？」

「上帝啊，雪莉，我有時真不知道妳腦袋怎麼運作的。妳是要一輩子蹲苦牢，還是剪掉妳可愛的金色捲髮？選一個！」

雪莉站在走廊上，手指捲著頭髮，思考她剪了鮑伯頭看起來會是怎樣。朵麗翻了翻白眼，衝回樓上。

「我們沒有要剪頭髮！打給妳媽！」

雪莉再次打到她媽媽家裡，這次有人接起話筒，另一端卻安靜無聲。「媽，是妳嗎？」雪莉喊道。

「不，是我……」葛瑞格的回應含糊不清。「妳這個時間一大早打到家裡要做什麼？」他喝了酒，可能還吸了天知道什麼東西，但當雪莉提到一百英鎊時，他就很快清醒過來。

雪莉對樓上的朵麗大喊。「朵麗，我要去換衣服。葛瑞格照妳說的去做了，然後媽媽在路上。」

樓上，朵麗閉上眼睛，安心地嘆了口氣。她在主臥室把帳簿的最後幾頁點火燒掉。她用了哈利書房裡的金屬垃圾桶。皮革封皮燒不起來，她看著每一頁燒成灰燼時，便用剪刀把封皮剪碎。

最後一次去銀行時，她還拿不定主意要不要把帳簿拿回家，但她很高興她拿了，因為之後她就沒有別的機會收回帳簿了。為了女孩們的安全，她沒有讓她們知道帳簿存放的地點。畢竟，她們不知道的事就不可能傷害她們。

站在梳妝台前，朵麗兀自微笑。她看著成排的化妝品和名牌香水，然後狠狠用力一揮手臂，把它們全都掃到地板上。她準備好了。她感覺很好。

她低頭看了看金屬垃圾桶裡的灰燼。哈利保護自己的唯一手段跟勒索其他惡棍的籌碼都消失了。不管怎樣，她會設法把這個消息放出去。

她看了整間臥室最後一眼，視線定在床頭櫃，以及她和哈利的照片。她拿起相框，正面朝地板，然後一腳用力踩下，用鞋跟又鑿又轉的，把碎玻璃踩進相紙裡。「混球。」她咬著牙說。接著她提起兩只行李箱，就此離開臥房。

朵麗拎著行李箱到客廳坐下。她拿起手提包，取出機票，接著她打開其中一個手提行李箱，開始從裡面拿出一些摺疊整齊的男性衣物，堆在椅子扶手上。

雪莉塗完口紅，看著梳妝鏡裡的自己檢查頭髮。考慮到現在時間還這麼早，她的樣子真是好看極了。她走下樓梯，早餐的味道跟朵麗的濃重香水味混在一起。在客廳，雪莉發現了朵麗和她那兩只行李箱，其中一個敞開著。底部放著成疊的鈔票。「這裡有超過十萬塊的現金。」朵麗宣告。「是要在里約熱內盧用的旅費。足夠讓我們好好過上兩個月左右。坐下吧，親愛的，我需要妳注意聽。」

雪莉順從地坐下。

「兩個行李箱一模一樣，對吧？一個有紅色標牌，另一個是藍色。」

「對。」雪莉同意，她的眉頭因為專注而蹙起。紅色標牌的手提行李箱是地板上打開、裡頭裝錢的那個。

「這個有紅色標牌的行李箱，裡裡外外、從上到下都清理過了，所以上面不會有我們兩個的指紋。完全沒有。沒戴手套就不能碰這個行李箱。」朵麗遞給雪莉一對極為漂亮的奶油色絲綢手套。

「紅色箱子，紅色標牌——裝錢的這個——是乾淨的。我沒有戴手套就不能碰。」雪莉重複道。「順帶一提，這好漂亮。」她補上一句。

「當成禮物吧。」朵麗答道，話題快速回到正軌。「有藍色標牌的紅色箱子是我的。這個掛紅色標牌的紅色行李箱，錢擺在底部，上頭會放男人的衣服。」

「知道了。」雪莉確認著。「我想想啊……」

朵麗繼續說。「妳帶著裝錢的行李箱和自己的行李箱——」

「要是我的車子被偷了怎麼辦？」雪莉驚慌地問道。

「那我們就再另外買新行李箱跟衣服給妳。但妳的車會在原處的。我看不出哪個好賊會偷那輛破車。妳還有在聽嗎？好吧，我帶著這個藍色標牌的紅行李箱走——裡面都是我的衣服——然後我會像平常一樣辦入關手續。妳帶這個裝錢的箱子和妳自己的。妳就在入關區晃晃，找個男人——找個誘餌，某個我們可以利用的人。」

「要找個傻瓜騙他上當！」雪莉大聲說。

「確切來說是找個誘餌，但沒錯，妳掌握精髓了。必定得是男的。」

「是的，我懂了。男性衣物，不是嗎？這樣一來，要是海關檢查，行李箱上就只會有他的指紋。我說得沒錯，對吧？」雪莉很驕傲自己這麼快就了解計畫。

「太好了，雪雪。所以妳要找的，是某個輕裝便服旅行的男子。妳要告訴他，妳不知道這裡有行李重量限制，假裝成那種金髮傻妹，告訴他妳有兩個行李箱，行李超重了但不想付超重費用。眨眨妳的眼睫毛，讓他用他的名字帶著那個裝錢的行李箱幫妳過海關。」

雪莉現在開始隔著絲質手套咬指甲。

「別咬好嗎——這可是結婚紀念日禮物！」朵麗大吼。

「抱歉。」雪莉說著便強迫自己把手放在身側，無聲地複述整個計畫。

「我們一在里約降落，」朵麗繼續說。「裝錢的那個——」

「紅色標牌。」雪莉輕聲自言自語。

「和我那個一模一樣的行李箱——」

「藍色標牌。」

「會一起出現在行李輸送帶上。我會拿走裝錢的那個行李箱，帶著它過海關。」

「所以，我要拿妳的行李箱嗎？」雪莉非常困惑地問。

朵麗即將爆發，但她得保持冷靜，才能叫雪莉冷靜下來。「不，不是這樣……妳要把那個行李箱留在轉盤上，然後看著我。如果海關攔下我，打開箱子，我會表現得非常驚訝，裡面竟然是男人的衣物，如果他們再往下翻到錢，我就更驚訝了。我會說一定是拿錯行李了。我會回到行李轉盤，拿走藍色標牌那個手提行李箱。我的行李箱，我的衣服。然後我會表示對另外一個行李箱一無所知。」

雪莉雙眼發直，手交握在胸前，深吸一口氣。她看起來就像被車頭燈照到的兔子。但她還是有在聽……認真在聽。就算有龍捲風橫掃這間起居室，雪莉都不會移開她看著朵麗的視線。

「現在，認真聽。」朵麗繼續緩慢而一字一句的說。「如果，萬一如果，我安全通過海關，那妳就拿起我的行李箱。如果妳被攔下來，也不會有問題，因為妳的兩個行李箱裡都裝著女人的衣服。」朵麗帶著勝利的笑容作結。她的計畫太優秀了！

雪莉的大腦已經糊成一團。她頹然倒進一張扶手椅。「我永遠都記不起來！」

朵麗控制住脾氣，坐到椅子的扶手上。她最不需要的就是叫雪莉驚慌失控。「妳當然做得到，親愛的。看看目前為止妳做到了多少事情！交換行李箱跟搶劫相比，簡直是小兒科！所以，妳別慌，再溫習一次，確認一下。」

雪莉再次開始複述細節，但朵麗沒有認真在聽。她的眼睛看著時鐘。該死的奧黛麗人在哪裡？當雪莉從頭講完整個計畫，朵麗站起身，跨到窗戶邊，輕輕掀起窗簾。比爾・格蘭特還在那裡，仍然在監視著。

「我不懂為何我們要冒這個險，朵麗。」雪莉開始嘀咕。「我是說，為什麼我們要帶著這麼多錢通關？這太瘋狂了。我們不需要這樣做。要是妳被抓了怎麼辦？」

朵麗握緊拳頭，臉都扭曲起來。「是我在冒這個險！」她抓狂道。「是我要帶著它在里約過海關，不是妳。妳該死的什麼都不用做，只要帶著妳的跟我的行李箱過海關。如果海關不相信我，被逮捕的會是我，所以閉上嘴，照我要求的做！」

雪莉淚流滿面，不是因為朵麗吼了她，而是她太焦慮了，連最微不足道的事情都能讓她情緒潰堤。她拾起哈利的衣物塞進行李箱。

「妳去度假會這樣打包行李嗎？」朵麗質問。雪莉停下手邊的動作，搖搖頭。「那就請妳整整齊齊擺好。」朵麗說下去。「因為要是海關打開行李箱，我不希望他們懷疑有什麼不尋常的事。」

雪莉從行李箱拿出哈利的衣服，一一摺好再放回去，一件接一件地蓋住現金。「要是妳被逮捕了，我們該怎麼辦？」她蹲在地上小聲地問。「我、貝拉和琳達到時就沒有錢，也沒有辦法回家。」

朵麗霎時暴怒起來。她已經投入了上千英鎊，現在雪莉滿腦子想的卻都是她自己和其他女孩。這些丫頭天殺的當她是銀行，需要的時候就亂印鈔票。她們怎麼不明白，她已經沒有錢了——或說沒有能快速拿到手的錢。這只行李箱裝的就是她現在擁有的所有東西。如果朵麗被逮捕，她們可都有大麻煩了——但至少是在游泳池畔面對這個大麻煩。

雪莉可憐地吸吸鼻子，一邊繼續摺好哈利的衣服，放到紙鈔上。朵麗知道她嚇壞了，她也了解雪莉，她在所有女孩中是最不自私的。她從來沒問錢藏在哪裡，或者是什麼時候可以分到她那份。雪莉只是非常害怕，想要知道一切都沒問題。朵麗這回和善地開口。

「貝拉和琳達走之前我給她們很大一筆錢。要是我被抓到，那些錢夠妳跟她們用的。」

雪莉發出小小的笑聲。「依她們兩個的個性，錢應該已經花光了吧。」

「妳可能是對的。」朵麗說。「聽好——如果我手邊還留了錢，親愛的，我就會給妳，但現在我確實也沒錢了。要不然妳從這行李箱裡拿走幾千塊，塞在妳手提包裡，以防萬一出了差錯？這樣如何？」

雪莉拿起哈利的一些衣物，看著行李箱裡的錢。她很掙扎——她知道要是貝拉跟琳達在這裡會怎麼說。然後她說話了。「這不只是妳的錢，朵麗。它屬於我們所有人。也許冒險損失個十萬不是件好事？也許我們應該各自在手提包裡放個幾千塊？」

朵麗按捺住脾氣。她可以了解雪莉的擔憂，但雪莉這個人實在不是特別靈光。她準備要好好解釋箇中原因，不管得解釋幾次，反正她們在等奧黛麗露臉，朵麗需要雪莉從此之後都了解並遵守遊戲規則。

「我們會需要一大筆錢，不只幾千塊，因為我們要過好一段時間才會回英格蘭。」朵麗解釋。「要等到風頭過後才能回來。我們能帶走的越多，就越安全。」

雪莉緊咬著唇，繼續打包。終於，她問朵麗要不要來杯茶，或吃點什麼。她好幾個小時沒進食了。朵麗沒有回應，只是走到酒櫃，給自己倒了一杯白蘭地再坐下。

「再去打電話給妳媽吧。」朵麗說。「要是她接了，就問她為什麼這時候還沒出門。」

雪莉離開房間後，朵麗把鞋跟踩進柔軟舒適的淡奶油色地毯，環顧室內。她這房子準能賣得一筆好價錢，更不用說所有家具和古董。她扭動鞋跟，加深刺進地毯，想像這是樓上那張她和哈利的破爛照片。接著，她放鬆雙腿，眼中滿是淚水：她幾乎可以感覺到小狼在腳邊磨蹭，牠溫暖的身體就在她腳踝旁。

傷感轉為憤怒，朵麗當場下了決定。現在所有東西都屬於她。如果她要扮演哀慟的寡婦，她就要叫律師賣掉這房子。

她起身，走到哈利的書房，找他辦公桌抽屜裡的地契，摺好放進她的手提包裡。這張桌子如此整齊、鮮少使用而且……沒有人味。它非常精美，但說到底，它可能屬於任何人。這張辦公桌沒有任何地方醒目地顯示出「哈利・勞林斯」。沒有個人特色，沒有關於他本人的任何痕跡。這間房子其餘地方大多訴說著他們是一對，但朵麗現在明白過來了，大多事情都是她做的。是她用美麗的物品擺滿房子，讓這裡像個家。是她讓每個房間都有人性特色。哈利・勞林斯幾乎沒有留下任何個人的痕跡。他是個謎團。「妳怎麼可以愚蠢這麼久？」朵麗小聲對自己說。

再一次地，朵麗心中充滿了撥雲見日的清晰感。她翻遍書房角落裡的小檔案櫃，找到哈利的遺囑副本和近期用過的銀行帳戶。她把所有東西跟地契一起放進包裡。她是哈利遺囑上唯一的受益人，而他，照死亡證明所述，已經過世入土了。一但她的律師脫手這間房子，她就能把所有錢轉進里約的銀行帳戶。她至少能獲得十五萬英鎊的財產。

等到她在里約安頓下來，她就要停止任何不必要的銀行轉帳。第一件事就是要取消艾芮絲・勞林斯在聖約翰伍德的公寓房租！朵麗絕對不會再繼續寄錢給那個她痛恨的女人了。艾芮絲這下得自謀出路，朵麗還巴不得她能賣掉公寓、住到老人院去。艾芮絲住進養老院的這個念頭讓朵麗微笑了。但想到哈利要是發現艾芮絲在養老院，她就笑不出來。朵麗今天的行動是無可挽回的。哈利要是和艾芮絲一樣無家可歸、身無分文，那他如果再見到朵麗，一定會殺了她。

朵麗的心為那些她幸福快樂、對丈夫的背叛一無所知的日子而刺痛。哈利讓她相信他死了，他就這樣讓她哀痛萬分，就這樣讓她埋葬一個陌生人——她現在猜測這個人就是吉米·努恩。畢竟，要是哈利跟楚蒂同居，吉米就不可能還在那裡。至於那個寶寶……那是哈利的孩子嗎？朵麗瞇緊眼睛，試著排除腦中這個想法。但它揮之不去。

穿過她緊閉的眼皮，眼淚找到出口，落在她的兩頰上。如果哈利只是在其他女人身上找到他生命中真正渴望的事物，就此離開朵麗，她可能會原諒他。這當然會很令她心碎，但她能夠了解，因為她自己也會為了建立家庭而不顧一切。可是，哈利如今不只是為了另一個女人而拋棄她，在過程中還用謊騙、欺詐和殘酷撕裂了她的心。她要怎麼知道什麼是真的、什麼是謊言？

*

雪莉站在書房門邊，同樣的話重複講了第三遍。朵麗心不在焉。「媽媽家裡沒人接電話，她一定是在路上了。」

朵麗大口喝下白蘭地。酒刺激地流進胃裡，溫暖了她的身體，她抬頭看著時鐘。要三點十五分了。

雪莉和朵麗回到客廳。朵麗又倒了一杯白蘭地，坐在雪莉對面。雪莉告訴她要節制，喝醉了去機場可不是個好主意。朵麗蹺起腿，用鞋尖踩著地毯，拿出一根雪茄再點燃。

「來一根，朵麗。」雪莉說。

朵麗朝雪莉丟了一根菸，像擲飛鏢一樣，菸落在她大腿上。「不久前妳還討厭抽菸的臭味。」朵麗提醒她。

「我們這幾個月都變了，朵麗。很難不變吧。」

電話響起，朵麗大為驚喜。她們兩個人都聽著鈴聲，定在原地——響一聲、兩聲、三聲、四聲。又等了等。「這一定是葛瑞格。」雪莉說。她起先小心翼翼地應聲，但接著就放鬆了。她持續說著「好」並且點頭。然後她掛掉電話。「他把我的車停在外面十五號那個死巷。鑰匙在座位下面。他說別忘了把報酬給我媽。」

朵麗手拿著雪茄，又大口喝白蘭地。

「想到現在我有多少錢，葛瑞格擔心的不過是一百英鎊，這真搞笑。」雪莉笑著說。「妳覺得會有多少，朵麗？」

「妳現在身價約二十五萬英鎊，親愛的。我會扣掉先前從我口袋裡拿出來給妳們的那些……但差不多如此。一筆大錢。」朵麗站起來，窺看窗簾外面。「該死！」她大聲說。「艾迪回來了。」雪莉跟她一起在窗戶邊，兩人看著艾迪和比爾湊在一起講悄悄話。「他們兩個讓事情變複雜了。」

「為什麼?」雪莉雙眼渙散地問。

朵麗轉身離開雪莉。她真搞不懂雪莉怎麼活到現在的,但她過去總是有泰瑞照顧著。朵麗坐下來,把剛剛走過去前抽剩的菸頭再點燃一次,又把它丟進菸灰缸。她不斷換邊翹腳、抖個不停。

兩人沉默地坐著,時鐘在壁爐台上滴答滴答走著。雪莉用眼角看朵麗。她的嘴唇正動著,好像她正在自言自語。「我們該怎麼做,朵麗?要怎樣才能甩掉他們?」

「以上帝的名義啊,妳媽到底在哪裡?」朵麗已經對必須回答爛問題感到厭煩。

雪莉再次移到窗戶前。比爾正坐在BMW的引擎蓋上,艾迪就在他旁邊。「他們為什麼沒有進屋裡來?」雪莉問。「為什麼他們沒有進來找行李箱跟錢?」

問題!又是問題!朵麗真想對雪莉大吼:「是哈利!哈利阻止他們進屋裡來。」比爾和艾迪勢必遵守命令,只能監視,沒有別的,不然他們現在就會進來了。當然,這些命令一個眨眼也可能改變,但現在,他們仍然僵持著。

雪莉就要忍不下去了。「要是他們看到這些錢,他們就會連其他的也要!他們會想要所有的錢!我不敢想像他們會怎麼做。」

「那就別想!」朵麗大吼。「別站在那裡想著可能發生什麼事。」朵麗深呼吸。她得讓雪莉冷靜下來。「錢很安全,親愛的。他們永遠找不到。」

「但只有妳知道錢在哪裡——要是妳出了什麼事，怎麼辦呢？」

朵麗閉上眼睛，別過頭不看雪莉。

雪莉陷入焦慮。「他們為什麼只是看著這裡？他們為什麼沒有其他動作？」

「冷靜。」

「冷靜！妳怎麼能如此冷靜？這麼冷酷？跟石頭一樣冷酷。妳有什麼事情沒告訴我嗎？」

朵麗簡直不敢相信雪莉選在這個時候生了膽子，變得跟琳達一樣。「那個跟著妳家哈利堂弟的男人是誰？另一個親戚？」

「老天。」朵麗大聲說。「妳的腦子突然運轉了起來，是嗎？」

「這個嘛，妳看起來一點也不害怕他們隨時可能會闖進這裡，殺了我們！因為妳知道他們不會這樣做，對嗎？妳知道。怎麼知道的？妳跟什麼人談了條件，是嗎？」儘管看起來不太可能，但朵麗的臉變得更嚴厲，雙唇緊抿，氣得下顎發顫。雪莉受恐懼驅使，正在氣頭上。「妳和艾迪有計畫？我上次是不是妨礙他拿錢，是嗎？我感覺這裡人數懸殊，朵麗，我要知道剩下的錢在哪裡，現在就說！」

朵麗雙手緊緊環胸，以免自己從雪莉肩膀上狠狠打下她那愚蠢的頭。但雪莉又張開了她那瘋狂不受控制的嘴巴。「如果妳讓艾迪排隊等著取代哈利，我要第一個拿走我那份錢！」

無法控制的憤怒扭曲了朵麗整張臉，她往前衝去，用力打了雪莉一巴掌。雪莉沒有畏縮，也奮力回擊，大力到朵麗必須往後退一步，才能避免自己跌倒。

「我剛才說妳跟艾迪有計畫這點是不對的，」雪莉說。「但我要知道錢在哪裡，朵麗。我要知道，為了我，為了琳達也為了貝拉。」

朵麗正在爆發點上。她失去了為她的行動爭論或辯護的意志。如果這件事全盤皆錯，她希望警方找那筆錢時只會找到她這裡來——但現在，她啥都不管了。

「錢在修道院。」朵麗說。「兒童遊戲室有一排置物櫃。最上面四個櫃位，小孩碰不到，上頭黏著童謠海報。錢就在那裡。四個置物櫃，四個袋子，平分成四份。等我們安全回家。」她坐到沙發上，打開手提包。「我會給妳們每個人各一把鑰匙。到了要提錢的時候，只要說我的名字就行。」朵麗站起來，直直看進雪莉眼底，鑰匙一一交到她手裡。「這是琳達的。這是貝拉的。這是妳的。」朵麗眼中充滿失望，雪莉不知道該說什麼才好。

門鈴響起，打破了寂靜。

「應該是我媽。」雪莉悄悄地說。

她們現在唯一能做的就是照著計畫走。她們需要彼此。任何事情都可以等。

＊

艾迪看著這個穿戴破舊大衣、靴子和頭巾的女人，她站在朵麗家門前。門打開時，她就被請了進去，比爾和艾迪面面相覷。

「也許是清潔婦？」艾迪猜測。

「一定是了。」比爾說得很諷刺。「我那裡的清潔婦也是四點就上工了呢。可能是結夥搶劫的其他女人。我要去告訴哈利。」他上了那台BMW，然後開走。

艾迪爬回福特千里馬，繼續方才中斷的監視。

*

雪莉和奧黛麗進到客廳時，朵麗已經恢復得神態自若，微笑地坐著，手中捧著第四杯白蘭地。

「媽，妳認識勞林斯太太嗎？」

「妳的房子真漂亮。」奧黛麗裝出上流口音，試圖假裝她以前也進過這樣的房子。

「坐下吧。」朵麗對著一張扶手椅比了一下。她拿出錢包。「這是給妳家葛瑞格的一百英鎊，還有給妳的兩百英鎊，給妳添麻煩了。」

「老天啊！」奧黛麗大叫著拿走錢。雪莉翻了個白眼，她母親適才裝出的高雅派頭消失得可真快。

「我希望妳做的，奧黛麗，就是開著我的賓士到倫敦去，往南邊走，穿過克羅伊登鎮，開上A23公路去蓋威克機場。」朵麗說明的方式，就好像要求一個陌生人在凌晨四點這樣做是再尋常不過的。

奧黛麗盯著朵麗，下巴掉了下來，口水就快要滴到大衣上了。「我不確定自己是否真的了解——」

「媽。」雪莉打斷她，抓著一支新點起來的菸。「就照朵麗的要求做吧。拜託。」

「妳又是什麼時候開始抽菸的？」奧黛麗吼叫著。

「媽！」

「奧黛麗，還有一件事，」朵麗繼續說著，回歸正題。「有個開著福特千里馬的男人可能會尾隨妳。如果妳盡可能在克羅伊登一帶試著甩掉他，那就再好不過了。現在，」她站起來。

「能稍等我一下嗎？」

朵麗離開房間後，奧黛麗跳了起來。「這殺千刀的是怎麼一回事，雪雪？妳要跟她一起走嗎？怎麼會？」

「媽，拜託。她後面跟了一些纏人精，我要幫忙她脫身，就這樣。」

「就這樣！就這樣？這真是夠了，我的女兒。她拖著妳下水，是不是？我們現在就走……」

「不行，媽。」雪莉低下頭，回想她剛剛和朵麗發生的爭執。「她是我的朋友，我要跟她一起。」

奧黛麗拿過雪莉手上的菸，吸了一大口，吐出一個煙圈，接著轉而讚美這間房間的裝潢。

「賓士耶！」奧黛麗大笑。「妳可不能告訴她，我駕照考試沒過。」

*

朵麗回到樓下時，她拿著自己的一件名牌洋裝、皮鞋和頭巾。「前門剛好有個衣帽間。去換衣服吧。」

被這請求弄糊塗的奧黛麗，看在雪莉的份上照著做了。一旦裝扮妥當，奧黛麗跟朵麗驚人地相像——特別是從背後看。從正面看，她仍然是個市場攤販的樣子，但配著朵麗的頭巾、妝容和墨鏡，這偽裝足以騙過艾迪了。

奧黛麗自己的大衣醜得要命，破壞了整體效果，所以朵麗走到走廊的衣帽櫃，再帶著一件黑色長版貂皮大衣回來，那是哈利給她的結婚十八週年紀念禮物。艾迪在派對上曾經稱讚過這大衣有多令人驚嘆。這絕對能騙過他。

朵麗舉起大衣，奧黛麗小心地將手臂滑進袖口。「噢，這可真美。」奧黛麗完全分心了。「真美。可不是嗎，雪雪？」奧黛麗撫摸著手臂處——大衣的質感滑順如絲綢。她覺得自己貴氣逼人。

雪莉和朵麗往後站一步，上下掃視奧黛麗。儘管她們之間還有些疙瘩，但兩人都知道計畫這部分必須順利進行才行。只要艾迪有一秒懷疑奧黛麗是不是朵麗，他就不會跟蹤她，她們就逃不掉了。

朵麗真是個奇怪的女人，奧黛麗想著，*做事精確，個性焦躁*。順帶一提，雪莉看起來也很膽戰心驚。她想不出為何她女兒要跟這個年紀大她那麼多的朵麗·勞林斯走。她想不出她們是如何、為何成為朋友，又到底是怎麼認識彼此的。她知道她們都死了丈夫，但她們從來沒有要

好過呀。最重要的是，奧黛麗揣測是誰在追趕朵麗，雪莉又為什麼願意親身涉險。至於奧黛麗的部分——她曾經為了兩百英鎊在當地警局前的台階上裸體跳舞，所以穿著貂皮大衣開賓士根本是件樂事。

朵麗和雪莉對彼此點頭。奧黛麗準備好了。朵麗交給奧黛麗賓士的車鑰匙。「妳可以留著貂皮大衣。」她說，然後，「雪莉，親愛的，」她說著，「妳可以去梳妝台拿我的墨鏡嗎？麻煩妳。」當雪莉離開房間，朵麗回頭對著奧黛麗說。「我需要妳再辦一件小事，麻煩妳。」她交給奧黛麗一個信封。看著這蠢女人眼神發光，她慢慢壓低身子說。「我需要妳幫忙買張郵票，幫我寄出這封信。今天就要寄。」

奧黛麗顯然非常失望，但她把信封塞進貂皮大衣口袋時，她微笑了。*勞煩我寄一封信，就給我一件貂皮大衣*，她想著。*今天不錯啊，奧黛麗。今天可真不錯。*

奧黛麗不知道的是，信封裡裝著房屋地契、哈利的遺囑副本，還有一封寫給朵麗律師的指示，要求賣掉房子和裡面的所有東西。律師會把錢存進一個新帳戶裡。就這樣了，朵麗這下沒有退路了。

＊

雪莉走進朵麗的臥室時，房裡仍然飄著燒東西的味道，雖然沒有任何起火的跡象。原先梳妝台上的東西被朵麗掃下去後，還四散在臥房地板上。一瓶指甲油砸在衣櫃旁邊牆上，深李子色的指甲油緩緩流下，滴到了淡奶油色的地毯上。雪莉看到這好好的屋子，只有這裡一片混亂，很是驚嚇，她認定這是朵麗崩潰之下的傑作。翻找著梳妝台抽屜，她終於找到朵麗的暗色太陽眼鏡，打算離開時她注意到地毯上一塊零碎的衣料。她慢慢打開衣櫃，倒抽了一口氣。哈利的衣櫃裡沒有一件衣物是完整的，都被剪成碎布。鞋子還被割開，塗上五顏六色的指甲油。必須這樣大肆破壞的朵麗一定受了很多折磨，她又是多麼堅強，才能整個早上都隱藏住情緒。雪莉了解到，朵麗．勞林斯心底的許多事情是她根本無法想像的。

回到起居室，朵麗把奧黛麗自己的破大衣和羊毛靴拿給她。「這些塞在賓士後車廂。」朵麗指示著。

「事實上，我應該還是得穿靴子。我穿著高跟鞋不太好踩離合器。」

「沒有離合器。」朵麗答道。「賓士是自動變速車。」

「什麼車？」

噢老天，朵麗想。*我還得給這蠢女人上速成駕訓課！*「到車庫來。我用給妳看。」她盡可能有耐心，考慮到現在都四點半了，她們必須到機場去，以免錯過去里約的班機。

奧黛麗坐上駕駛座，朵麗解釋兩個踏板還有排檔的功能。朵麗看出奧黛麗左右不分，所以她一拳用力捶在她的左大腿上。「不要用會痛的那一腳踩，好嗎，親愛的？」

＊

她們回到屋裡，雪莉在那裡幫她媽媽戴上墨鏡，完成偽裝。奧黛麗做了幾個深呼吸。這是她被人要求做過最刺激的事情了。

「好了。」她跟雪莉說。「祝妳一路順利。我想等妳回來時就能再見到妳了。」奧黛麗挨近親吻雪莉的臉頰，但雪莉抓住她，緊緊抱著她。

「掰了，媽。」雪莉小聲說。

「走吧。我們該走了。」朵麗不想要奧黛麗開始覺得有什麼事情不對勁。

「我愛妳。」雪莉補上一句，快速轉身從她媽媽身邊走開。她走出前門，從外面打開車庫門，這樣艾迪才能看到她。

*

奧黛麗開著賓士倒車，再開始倒車上私人車道。雪莉從前門揮手。「待會見了，朵麗。」她喊著的同時關上車庫門。奧黛麗一陣緊張，一腳過度用力踩在加速器上，車子往後晃動了一下，加速衝到路上。奧黛麗踩下煞車同時轉向。車子發出刺耳聲音：後輪向右邊打滑，一陣慌亂中，奧黛麗又要硬開。車子往前衝，高速開到錯誤的車道方向，但奧黛麗很快修正過來，這才開走了。

艾迪看到了一切的進展。在朵麗的賓士啟動時，他就跟著發動福特千里馬。這樣笨拙地猛衝猛撞，對照過去她的行為來說頗不尋常，但艾迪想她非常著急。**也許她要崩潰了**，他想。如果是這樣的話，從她身邊拿走錢就再簡單不過。艾迪自顧自地微笑，想著他、比爾跟哈利可以拿到多少錢。「蠢女人。」他跟在朵麗的賓士後面上路時咕噥著。「妳辛苦了半天，到頭來卻是一場空。因為我們要來找妳囉，朵麗．勞林斯。」

＊

從客廳裡，雪莉看著艾迪的車開過街角。朵麗站在她身後準備好要出發了，兩手各提著一個行李箱。

「他走了。」雪莉從朵麗手上拿走一個行李箱，兩人都走向前門。

「走吧，雪雪——快點。照妳媽開車的方法，我們的時間可能沒有原先希望的多。」

朵麗和雪莉盡快跑到路上，朝著雪莉的迷你金龜車停放的死巷前進。雪莉的腳踝仍然腫著，每一步都極度痛苦。「妳還在嗎？」朵麗沒看身後大喊。

「我就在妳後面。」雪莉答著，一邊跟痛苦奮戰。接著腎上腺素開始作用，雪莉發現自己又能大步行進，縮短她跟朵麗之間的距離。她們抵達車子邊時，把兩個一模一樣的行李箱丟在後車廂裡雪莉的行李箱上。

雪莉在駕駛座彎下腰，伸手在座椅底部尋找鑰匙。朵麗不耐地用手敲著車頂。

「快點，親愛的。」朵麗說。「妳媽現在可能已經撞車了，然後艾迪就會發現那不是我。」

「我找不到——」雪莉停住。「他會對她做什麼嗎？」

朵麗意識到她的玩笑是個錯誤。「沒什麼，雪莉，我說真的。他是個懦夫。」

「之前妳不是這樣說他的。」雪莉回嘴，仍然在找鑰匙。「妳說他是個窩囊廢，只會打女人跟殺小狗。好吧，她就是個女人，朵麗，如果他敢對她動一根手指頭……」雪莉手上拿著鑰匙起身。

朵麗拿走鑰匙，話說得輕柔。「我懂，親愛的……妳會殺了他。」

雪莉盯著朵麗。堅定而毫不動搖。「不，朵麗。」她說。「不是他。」

雪莉繞車走到副駕駛座，留朵麗空瞪眼。她現在可能已經完全失去了雪莉的心。朵麗利用奧黛麗和葛瑞格來達成她想要的目的。她需要的目的。葛瑞格可能得坐牢，奧黛麗可能會送命。而雪莉，這個曾經敬她如母的女孩，現在對她恨之入骨。

但朵麗會好好彌補的。等到她們安全，她就會好好彌補。

第三十七章

愛麗絲知道，她要是被逮著，一定會惹上麻煩，甚至可能丟掉工作，但她還是做了，因為喬治．瑞尼克如此要求。

她六點就到了辦公室，其他行政人員不會這麼早來發現她的小動作。她拿起文件檔案，和她辦公桌上整齊打好字的紀錄，放進一個塑膠袋，快步沿著走廊出了警局。她經過夜班警察時，沒人看她一眼。

瑞尼克依約在轉角的廉價餐館等著愛麗絲。她到的時候，他正唏哩呼嚕喝著咖啡，吃著淋上棕醬的香腸夾蛋三明治。當愛麗絲坐下，他揮手招來女服務生。「很高興見到妳，姑娘。」他笑著說，露出黏了一點香腸皮的牙齒。

「你也是，長官。」愛麗絲答道，眼神瞄向瑞尼克手指間滴下的棕醬。如果他在檔案沾到任何一點，每個人都會知道是誰碰過資料。瑞尼克老是在重要文件上打翻東西，他所有的檔案都裝飾著他那個髒馬克杯底的一圈咖啡漬。

女服務生端了一壺茶給愛麗絲，瑞尼克燦笑起來。愛麗絲最討厭茶，但她還是道了謝接過去：瑞尼克很少請客。她站起來，到櫃台抽了一疊餐巾紙，交給瑞尼克，先等他順從地擦淨髒手，才給他第一份檔案。接著她給他一份重要訊息的摘要。

「你不會查到多少關於吉米．努恩的事。他沒有犯罪紀錄，所以我從社會局拿到所有資料。他本來大有希望成為賽車手，有過兩次魯莽駕駛和超速的輕罪。跟楚蒂結婚，育有一個六個月大的小孩。領兒童福利金，沒有繳稅，失業兩年，根據失業補助單位的說法，他兩個月沒領了。」

「他為什麼沒去領，愛麗絲？」瑞尼克問。「坐牢？不。旅行？應該不是，因為他有個六個月大的小孩。找到工作了？值得懷疑，他都遊手好閒兩年了。死了？」他對著愛麗絲迅速看了一眼。她幾乎可以聽到齒輪轉動的聲音。

愛麗絲遞給瑞尼克第二份更厚的檔案。「威廉．格蘭特九個月前從布萊辛頓監獄釋放。」她說。「罪名是重傷害罪、搶劫、縱火。」

「謀殺？」瑞尼克問。

愛麗絲給自己倒了杯茶。「沒有判謀殺。但你會看到，他的犯罪都是——那個字怎麼說？」

「隨機？」瑞尼克猜測。

「是。經常跟被害人沒有關係，沒有東西失竊……彷彿他代表某個人出面，辦事拿錢。」

瑞尼克再次微笑。他就喜歡愛麗絲腦子的運作方式有時候跟他一模一樣。她有超強的直覺。「妳是對的，愛麗絲。他是收錢辦事的打手。上次我抓到他時，他一直都說『無可奉告』。」

瑞尼克看著照片。他絕對就是看到這個人離開吉米．努恩的房子。

「那現在……」愛麗絲交給瑞尼克第三個檔案——最新一次運鈔車搶案的檔案。

瑞尼克快速讀過。一頁接著一頁都是哈利．勞林斯的作案手法。他知道這絕對就是該死的哈利．勞林斯。他無法克制臉上的笑。「我抓到他了，愛麗絲。我們就要抓到這個該死的混帳了！」

愛麗絲看一下手錶。現在隨時都可能有日班警察進來買早餐。「長官——你不會做什麼蠢事吧？」她問。

瑞尼克闔上檔案，還給愛麗絲，她把所有檔案都收進購物袋裡。他再次微笑。「我要捲土重來，愛麗絲。他們全都誤以為哈利．勞林斯死了。我要證明給他們看。」他看著愛麗絲擔心的臉，她的大手緊緊抓著胸前的塑膠袋。他越過桌子傾身在她臉頰上印下一個又大又濕的吻。「別擔心我。我不喜歡看到妳擔心——特別是為了我擔心。」

愛麗絲起身離開餐館前，勉強擠出一個顫抖的微笑。她的心怦怦跳動，一部分是因為她知道瑞尼克現在要單槍匹馬去追捕哈利．勞林斯，還有部分是因為她仍然可以感覺到臉上他那個溫暖濕熱的唇印。

＊

比爾．格蘭特沒有直接告訴哈利關於神祕女子造訪朵麗家的事，反而繞路先經過利物浦街的倉庫。他推測那個神祕女子是搶劫團夥的一員。哈利準備在那間房子裡露面、跟朵麗對質。如果錢在那裡，比爾能得到的報酬少得可憐，哈利會拿到最大的一份。但要是錢在倉庫，而又是比爾自己找到的話——這個嘛，去他的哈利．勞林斯。

他搜索倉庫每個角落隱僻處跟縫隙，沒有注意到時間流逝了多久。他一無所獲，等到他看錶時，才發現已經過了七點。他遲到了一小時：他六點就該去接哈利……

比爾到了楚蒂的公寓，停下車，從車邊一路跑上樓到公寓門口，敲門的時候還粗聲喘著氣。

楚蒂開了門。她上下打量著他，好像他是什麼低等生物。「進來。」她說。「哈利預期你一小時前就該到了。」

比爾進起居室時，手指敲著手錶。「抱歉，哈利。這東西又出了毛病。不管怎樣，你家什麼事情也沒發生：她們像是活靶一樣。」

「是嗎？」哈利說。「那就是有人在說謊。」他穿著藍色牛仔褲、白色圓領T恤、藍色套頭毛衣和慢跑鞋。

「你在說什麼？」比爾緊張地說。

哈利朝比爾逼近，眼神充滿威脅意味。「你上哪裡去了，比爾？你做了什麼？」

「我離開艾迪之後就抓時間睡了一下——我累壞了，哈利。」比爾沒膽說出他先去了倉庫一趟。他看到哈利臉上積聚著憤怒。「發生了什麼事？」

哈利眼中燃起熊熊怒火。「當你打盹時，朵麗耍了你們兩個！她找了某個人穿得跟她一樣，開著賓士走了。艾迪那個蠢貨上當了，現在我們一點也不曉得朵麗上哪裡去了。而你可以篤定，錢現在也不在屋子裡了。」

這下比爾才搞清楚，他闖大禍了。「所以，艾迪現在在哪裡？」

「他剛才打給我，他的車拋錨了，要自己搭公車來這裡。等他來了，我們要去那房子裡搜個翻天覆地。那裡一定有什麼東西，會有線索顯示朵麗去了哪裡、或是把錢藏在哪裡。」

＊

朵麗停在維多利亞公車站外面，放雪莉下車。雪莉要搭巴士到希斯羅機場，朵麗繼續開車，這樣沒有人會想到她們是要同行。儘管時間這麼早，這條街仍非常繁忙擁擠，想到要帶著裝有十萬英鎊的行李箱跟陌生人又推又擠，雪莉陷入了驚恐。

「我做不到，朵麗。我要跟妳一起。」她早些時候的膽量都消失了。

相反地，朵麗現在完全恢復了控制力。「我也覺得兩人待在一塊最好，親愛的。」她說謊。「但妳知道為什麼我們得分頭行動。不能被人看到我們坐著同一輛車抵達機場。不能讓人懷疑我們認識彼此。去吧。」

她下車，打開後車廂，抬起裝錢的行李箱跟雪莉的行李箱，放到路面上，再一起拿到副駕駛座門的外面。透過窗戶，朵麗可以看到雪莉低頭啜泣。**真該死**，朵麗想著，**我就靠她了！**她回到車上，用親切的聲音說。「去吧，親愛的。幾個小時後我們就會飛在天上了。明天這個時候，我們就會跟琳達和貝拉一起在游泳池裡喝——嗯，總之是里約那邊喝的東西。」

雪莉用小狗般的眼神看著朵麗。「好吧，」朵麗終於說。「妳可以跟著我。去把行李箱放回後車廂。」

雪莉一下車，朵麗就把她的手提袋扔出去，用力關緊副駕座車門，啟動引擎，在雪莉意識到發生什麼事之前就開上路了。她正要追在朵麗後面喊叫咒罵……，但接著她停下來看看四周，決定不要這樣做。吸引旁人對她的注意，比孤身一人前往希斯羅機場還要可怕。

*

艾迪筋疲力竭、滿頭大汗地抵達吉米．努恩的公寓。巴士沒有來，他只好跑超過一哩路趕過來。哈利打開門，抓著艾迪的圍巾把他拖進來，勒得艾迪臉色發青。艾迪虛弱地推著哈利堅實的肩膀，但哈利毫不動搖。

哈利沉著聲音開口。「你真是個該死的廢物，艾迪，你知不知道？如果我現在在這裡殺了你，誰會想你？啊？登記賭馬的人可能會有一點吧。只是可能而已。」艾迪的眼睛暴凸，這時他臉色越來越紫，拳頭緊抓著哈利的套頭毛衣上方。哈利望進艾迪的眼睛，等著他不再動彈。

在哈利背後，比爾說話了。「這不是個容易移屍體的地方，哈利。太熱鬧了。」哈利這才鬆開艾迪的圍巾，他跌坐在地上，大口吸氣。比爾扶他坐到沙發上，自己坐在旁邊。

哈利在他們面前來回踱步，深呼吸要冷靜下來。「如果她走了——如果錢不見了——我就要殺了你們兩個。就先從你開始。」哈利手指著艾迪。

艾迪已經嚇癱了。無意間，他發出一小聲咯咯傻笑。哈利大步跨過房間，準備把他打死。比爾站起來，踏到他們中間，抓住哈利。他用盡全身力氣，推開這個憤怒不已的男人。

「我說不要在這裡！」比爾大吼，希望哈利可以聽進去。「我在試著幫你，哈利！他可能是個沒用的廢物，但這是你家。你的女人跟你的孩子都在這裡。如果你要他死，那好，等到這一切結束後，我親自動手。等我們拿到錢、朵麗也為了要你而付出代價之後。是她惹你生氣，哈利，不是他。他什麼都不是。」

哈利的怒氣消退了，慢慢冷靜下來，轉頭不看艾迪，以免自己再次失控。比爾對著艾迪瞥了一眼，眨了一下。這就像跳進水裡游泳前看到一隻鱷魚對你微笑。

「我們要回去那間屋子。」哈利說。「然後把它搜個翻天覆地。」他一把抓起大衣。「**走吧！**」

楚蒂從臥室裡衝出來，抓著哈利的手臂。「拜託，哈利！現在是白天。我求你別出去。如果有人看到你就糟了。這下就都完了。」

哈利快速朝艾迪走去，再次一把抓住他的圍巾。艾迪當下差點要尿出來，但哈利只是將圍巾繞在自己脖子上，拉起來蒙住鼻子和嘴巴。

有那麼一瞬間，比爾想過他跟艾迪也許可以一起反抗哈利：他打不過他們兩個。但他看到發抖的艾迪搓著疼痛的脖子、試著走直線，這個念頭倏忽即逝，然後他們兩個就跟著哈利出了公寓。

楚蒂跑到窗戶前，只來得及看到三個男人坐上吉米的ＢＭＷ。當楚蒂看著比爾開走時，她注意到停在不遠處的一輛車同時要開出去。它停下來，直到另一輛車開進它和BMW中間，才再發動。在路的盡頭，這輛BMW左轉，正後面那輛車立刻右轉，但可疑的那台車等到一輛貨車經過，停在BMW後面才開出去，也是左轉。

楚蒂往窗戶用力捶了一拳。她什麼事也做不了。她甚至不知道哈利跟朵麗之前住在哪裡。臥室裡的嬰兒開始哭叫。楚蒂完全知道他的感受：她也想撕心裂肺地放聲大叫。一切都錯了，錯得可怕。哈利一直都那麼小心翼翼，然後該死的朵麗．勞林斯卻跑出來執行了哈利計劃的搶案！這個愚蠢的老女人。這個又老又笨又醜的女人！

楚蒂跑回臥室裡大吼：閉嘴！坐在遊戲護欄裡的嬰兒沒來由地張嘴嚎哭，這下又提高了音量。楚蒂感覺她的世界就要天崩地裂，她忽然爆發，用力摑了孩子一掌。她瞬間後悔不已，又摟起孩子，緊緊抱住他。被那一巴掌嚇住的寶寶沒了聲音，這時楚蒂傷心啜泣起來。

*

雪莉緊張地在希斯羅機場等著，巴士司機正從行李艙提出箱子。等我看到她，她生氣地想著。我要告訴她我是怎麼想的。我要告訴其他人說她把我丟在街上。琳達聽了一定會更恨她！她意識到自己聽起來很像一個心胸狹窄、愛生悶氣的小孩，但現在，這股怒氣幫助她專心。

她找了一輛推車，放上兩個行李箱，進到航站，在告示燈板上找往里約熱內盧班機的登機櫃台。她推著推車排到登機的隊伍裡，她做了幾次深呼吸，開始尋找合適的煙幕彈。「年輕男子，行李很少……」她兀自複述。想到要跟完全陌生的人調情，她便滿心恐懼。令人意外的是，她很不會調情，除非對象是選美比賽的評審小組。她用片刻的時間挺直身體，練習眨動眼睫毛。

約莫二十分鐘後，她開始感到害怕。目前隊伍裡的人都帶著大行李箱——而她到處都沒看到朵麗。要是這個計畫在第一關就失敗，只怪她找不到輕裝旅行又容易上當的男人，那可怎麼辦？

她推著推車來來去去，四處張望、等待。十五分鐘過去了，仍沒有合適的人加入排隊行列。她開始焦慮不安：她可能要冒險自己帶著行李箱，用手提包裡的現金付行李超重費用。她不想這樣做，因為鈔票的連續編號可能會被追蹤到。

忽然間她看到一個可能的候選人。一個穿著隨性的年輕男子只背著後背包，就排在隊伍最後面，正在確認他的機票。雪莉從手提包裡抓起機票和護照，她快速推車到他後面，用推車撞上他的後腳跟。

「噢！真抱歉。我不是故意撞你的。這隊伍是在排往里約熱內盧的班機嗎？」她裝作心煩意亂的樣子，還碰掉了機票和護照。他彎腰替她撿起來，再還給她。「我真是太蠢了，」雪莉繼續說，完美地扮演金髮傻妹。「我是個模特兒，要去里約熱內盧，這是我第一次幫外國雜誌拍服裝照。我不知道航空公司有行李重量限制，結果就帶了兩個行李箱裝裙子和比基尼。現在我好擔心行李會超重很多，我想不出來該怎麼辦，我也沒有多的錢付行李超重費。我真的需要十七件比基尼而且……」

她甚至不用說完整個句子。「為什麼不讓我幫忙妳呢？」年輕男子說道，然後從推車上提起雪莉的行李箱。她伸手放在他手上。

「另外一個稍微重了一點……」她說。「如果你不介意的話……？」

他顯然毫不在意。他對她眨眼，拿起裝錢的箱子就往前移動。

雪莉對自己感到非常滿意，當兩人在隊伍中等候登機時，她繼續跟男子禮貌談話。他聞起來有股體臭，看起來沒梳洗過，但他的聲音暗示著受過教育，只不過不是街頭經驗的那種。她放下心看著她的新朋友——他說自己名叫查爾斯——辦了登機，接著把裝錢的箱子放在行李輸送帶上。地勤人員在提把上黏了一張行李標籤，然後雪莉就看著她的十萬元上了飛機。

輪到雪莉辦理登機手續時，她悄悄對著櫃台小姐說。「妳可以讓我不要跟那個男的坐在一起嗎？」那小姐看了查爾斯一眼，理解地對她微笑，出於女性的團結精神，她安排雪莉坐得離他十排遠。

查爾斯繞著她打轉，一路跟到護照查驗櫃台和出境大廳。他不停說著他如何到各地旅行，如何搭便車穿越國境、觀光、做各種工作，好支付旅遊開銷。他的家人很有錢，但他不要靠他們養，總是找最便宜、最經濟的方式旅行。*噢，我的老天！*雪莉喝著查爾斯買來請她的香檳時想著，*他好無聊！*終於，她找了個藉口離開，說登機前得打個重要電話給經紀人。

雪莉找遍每間餐廳、漢堡店和酒吧——甚至連廁所也找了——但就是都找不到朵麗。簡直就像朵麗沒有要搭飛機去里約一樣。雪莉知道她不可能回頭，錢袋已經上了飛機：她要去里約，告訴貝拉和琳達她們都被放鴿子了！她深呼吸，通盤想過一次行動計畫。她們都得搭下班飛機回倫敦，然後去修道院——噢老天，要是剩下的錢不在那裡呢？要是錢從來沒在那裡過呢？要是——雪莉的腦袋快要爆炸了，就在這時，她看到機場裡有一個地方還沒找過。就在那裡，頭等艙貴賓室的窗戶裡，該死的朵麗．勞林斯，正在吃著早餐呢。

＊

比爾．格蘭特再次調整後視鏡，看著他們後面。「這不是警車，但他絕對是隔著一輛車在跟蹤我們。」

「典型的警察把戲。」艾迪聲音聽起來驚慌失措。

哈利查看了一下那台車，回到座位上，搖了搖頭。「不管你趕跑蒼蠅幾次，牠們總是會飛回來。」哈利聲音裡帶著真正的恨意。其他兩人不敢再追問細節。

「我要繼續開嗎？」比爾問。在這大白天去朵麗的房子顯然是壞主意，尤其還有人在後面跟蹤。

「計畫不變。」哈利咆哮道。他再次看向後視鏡以便確認，咬著牙說：「耶穌啊，我以為我老早就把他處理掉、讓他完蛋了。他追了我好多年，活像隻猴急的獵犬。他差一點就抓到了，真的差一點。」

「現在他回來了……」比爾說。

哈利納悶著瑞尼克怎麼會追蹤他。他怎麼知道他還活著？也許他不知道……也許他是因為巴瑟·戴維斯的謀殺案在監視艾迪和比爾？哈利把圍巾拉高一些遮住臉。他們離開吉米·努恩的公寓時，他確定自己沒有被看到，而且他懷疑瑞尼克隔了這麼多年還能不能光看一眼就能認出他。他在圍巾下笑了。如果比爾和艾迪因為巴瑟被捕，那也不是他的問題。

比爾再也忍不住了。「他就是警察，是嗎？」

「跟在我們後面的人，正是臭名遠播的喬治·瑞尼克警督。」

「靠！那我們該怎麼辦，哈利？」艾迪語無倫次地抱怨。

「別擔心，小子，瑞尼克的好運已經用完了。」哈利說。

比爾停在離朵麗的房子五十碼遠的地方，瑞尼克別無選擇只能開車超過他們。他本來打算要轉過這個街區，再開回來，在安全距離內停車，他覺得這樣不會被看到。但當瑞尼克開過去，哈利把圍巾拉到下巴露出了臉，嘲笑那個老男人。車裡太黑，瑞尼克無法確定，但他加快的心跳告訴他，剛才看到的那個人就是哈利·勞林斯……

哈利很快吼叫著下令。「艾迪，打開車庫。比爾——他就交給你了。」艾迪依指示跑過街道；比爾下車，躲在樹籬後面；哈利鑽到駕駛座，開著ＢＭＷ進車庫。

瑞尼克現在停在房子對面，坐著監視勞林斯家。他緊握方向盤，手鬆開時抖得像果凍一樣。他看著艾迪在ＢＭＷ後面關上一扇車庫門，接著另一個人從車庫出來，關上第二扇門。這個男人停住動作，直直看著瑞尼克，點了一根菸。一時之間，火光照亮整張臉，那張瑞尼克追捕了這麼多年的臉。「勞林斯！」瑞尼克悄悄地說。一個大大的微笑浮現在他臉上。他是對的！他一直都是對的！

當駕駛座的門猛地被人打開時，他完全沒有預警，比爾的手指虎一下接著一下密集打在他的臉上。瑞尼克被方向盤困住，既逃不了，也不能做出適當防禦。他舉起手試著反制對方的攻擊，但太遲了。在這陣野蠻攻擊之下他暈頭轉向，然後感覺到有一隻手抓著他的頭髮，反覆把他的臉往方向盤砸。當他要失去意識時，眼前閃過亮光，紅色、藍色、黃色，繽紛明亮的虹彩。當比爾的拳頭又痛揍他的臉，他聽到鼻梁的斷裂聲。瑞尼克就只能等著自己昏過去，這慘痛折磨才會結束。

終於，他的身體癱軟地往旁邊倒，上半身掛在車子外。比爾後退一步，用盡全力踢了瑞尼克的頭，導致他的頭猛然往後翻，向後倒在副駕駛座上。比爾前後打量了一下這條街，用力甩上車門，手指虎收回口袋，輕鬆地穿過馬路朝房子走去。對瑞尼克的狠毒攻擊只花了他不到三十秒。

雖然比爾以為他把車門甩上了，但瑞尼克的右手被夾在中間。鮮血從他的手指流下來，整張臉也都是血，但他現在感覺不到痛苦，當車門緩慢地、一吋吋地從他骨折碎裂的手指上打開時，他只感覺得到冰冷的空氣。他動彈不得，出不了聲，睜不開腫脹、流血的眼睛，瑞尼克只能坐在那裡等人發現他。

當比爾跑過馬路，消失在朵麗車庫裡的黑暗中，一個蹓狗的男人朝著瑞尼克的車靠近。

＊

比爾鑽進車庫門的縫隙時，艾迪已經在搜尋了。

「哈利在樓上。」他對比爾說。

比爾走進起居室，打開摺疊刀，開始割開沙發和椅墊，它們曾被東尼．費雪割開過，再被朵麗仔細地縫補好。比爾手上瑞尼克流的血沾到了布料，但他認為現在這已經無關緊要了。

樓上的哈利站在空蕩蕩的育嬰室門邊。裡面已經一件家具也不剩，只有點綴著跳舞小熊的藍色壁紙告訴他，這曾經是他兒子的房間。一股陌生而痛苦的怒氣充塞他的心靈，氣得他鼻孔歙張。不管朵麗在哪裡，他現在知道她再也不想回來了。這間房間曾經代表了一切，小狼曾經代表了一切。他曾經就是她的一切。都結束了。沒有什麼值得她回來了。

在客房裡，沒有收拾過的床告訴哈利，那個金髮女子曾在這裡待過一晚。他四處搜尋，但一無所獲。他怒火中燒：他得快點找到什麼東西，任何能指引他找到錢的東西。朵麗先發制人，而且把足跡掩蓋得很好。如果他不快點找到關於她去向的線索，那麼遊戲結束，他會一無所有。

在主臥室，迎面而來的是一股燒焦味和大肆破壞後的景象——地上四散的化妝品、砸碎又被重重踏過的相框。朵麗天生就是個整潔有條理的女人。他原本對這房間瞭若指掌，但現在他看不出來哪樣東西擺得不對勁，因為所有的東西都不對勁。哈利撿起一瓶摔裂的面霜，放回梳妝台，又撿起碎裂的相框，擺回朵麗那一側的床頭桌。他走到她的衣櫃前打開，看到裡面有些衣服和鞋子不見了。接著他走到自己的衣櫃前，發現所有東西都被割開、剪碎或者淋上指甲油。「賤人！」他咒罵。不只是因為失去了那些衣服，也因為朵麗一定很痛恨他，才要毀掉他極為珍視的名牌服飾。這樣的主動出自一個被背叛的女人，一個痛苦的女人——一個沒有什麼好失去的女人。毫無疑問，朵麗知道他還活著。

哈利過往生活的最後遺跡殘破不堪地擺在他眼前。當他用力甩上衣櫃門，外門的鏡子碎裂了。

「七年噩運……」站在臥室門前，艾迪趕在哈利動手讓他閉嘴之前自己闔上嘴巴。

哈利循著氣味找到金屬垃圾桶，看到底部燒焦的紙張碎片。他不太確定這是什麼，但從被剪碎的皮革書封來看，這只代表了一件事。他伸手到垃圾桶底部，摸得整手都是灰燼，任憑指尖落下黑色雪點。他的帳簿，他的帳簿沒了。他握緊拳頭，他想要高聲尖叫。他什麼都沒有，而朵麗似乎得到了一切。她怎麼敢？真她媽的，她怎麼有膽這樣做？「我會殺了妳。」他低聲說道。「我跟上天發誓，我會親手殺了妳。」

艾迪聽不到哈利的話，也不理解他剛剛發現了什麼。「我要繼續搜，對吧？」他說。「別擔心這片混亂，哈利。你的楚蒂一下子就能整理好。你的育嬰室還是能派上用場——」

哈利的怒火失控爆發，他往艾迪下體重踹，痛得他癱軟跪地。他要殺了艾迪，要扯出他的心臟再餵他吃下去，但這下流的小窩囊廢不值得他花力氣。哈利轉過身，發出一聲怒吼，一拳打在衣櫃門，直直打穿了木頭。裂開的細木條刺進他的手，但他感覺不到。

當艾迪倒在地毯上呻吟哭泣，比爾跑上樓。

「哈利，過來看看……」比爾看見哈利拱著肩站在那裡，胸膛急促起伏，指關節滴著血，不禁愣住了。他陰沉無光的雙眼怒不可遏。比爾猜想哈利已經越過臨界點，回不了頭，要是他真的成了這德性，比爾就要離開這裡——他可是個小心精明的惡棍，從不會在憤怒中殺人或傷人，總是控制住自己的暴力行動。他說出了他打算要說的話，好讓哈利有辦法回到現實。「我在花園裡找到某個東西。看起來是埋了什麼。你有興趣嗎，還是你只想要殺掉大家？」

哈利眼睛一閃，陰沉的眼神消失了。他踏過還在地板上摀著下體的艾迪時，電話鈴響了。哈利停住了動作。他慢慢越過房間，電話再響了兩次後，就停了。哈利的動作也停住。電話鈴聲再次響起，這次一直響個不停。哈利站在電話旁邊，伸出手。他知道這是朵麗，一定是。他不想接起來應聲，讓她稱心如意，但他得這樣做。他坐到床邊，慢慢接起話筒。沒人出聲，然而透過詭異靜默中的回音，他還是可以感應到她。「是妳嗎，小朵？」

通話就斷了。

哈利把電話從插座上扯下來，猛力丟過房間。

第三十八章

琳達放下飯店房間的話筒時手還在抖。她覺得全身麻木，手臂上寒毛倒豎，彷彿有一陣凜冽寒風襲向她的身體。她抬頭看著貝拉，她人正在浴室門邊，穿著昨晚在飯店精品店買的另一套衣服。她這會兒穿的是綠白相間絲質洋裝，從頭到腳還裹著像希臘公主一樣的相襯披巾。

「好啦，老實告訴我，琳達，妳覺得我應該把這件洋裝換成藍色的，還是犒賞一下自己，兩件都買？」

琳達盯著牆壁看。那個聲音——她聽過那個聲音……

貝拉滿不在乎，這時她將一頂綴滿亮片的帽子隨意歪戴在頭上。「妳覺得呢？這帽子跟這身行頭搭不搭？」

她們到里約熱內盧才幾個小時而已，但貝拉已經在飯店精品部瘋狂大採購。朵麗給她的錢在眨眼之間就花掉了，她床上堆滿洋裝衣盒、手提包、鞋子和泳衣。飯店人員儼然將貝拉當成知名爵士歌手雪莉·貝西一樣招待，他們是該如此：目前她的帳上已經記了好幾千塊，而且數字還在增長。

貝拉看向琳達。她又要開始煩躁不安了。「妳又打到倫敦去了？雪莉該來的時候就會來。不要擔心了。如果妳再打電話，我就把電話扔到游泳池裡。」

當貝拉縱情購物時，琳達則是縱情飲酒。她已經喝掉冰箱裡所有的小瓶酒，還頻繁使用客房服務，以至於前一晚飯店就已經不再問她要點什麼，直接送上她「照常」要的東西。她已經喝了一整晚，幾乎沒睡，現在變得緊張兮兮，想像各種可怕的事情發生在雪莉身上。

貝拉朝琳達丟了一件她的新泳裝，正好打中她的頭。「來嘛，琳達，別擔心雪莉了。朵麗告訴我她的腳踝傷得太嚴重，晚點才會搭機飛過來。我們去晨泳吧——昨晚泳池那裡有幾個男的還不錯看哩。」

琳達看起來很困惑。「朵麗告訴我雪莉的班機取消了。她沒有跟我說她的腳踝傷勢嚴重到不能搭飛機。為什麼她給我們兩個的說法不同？有事發生了。」

「比方說？」貝拉尖酸地問。

「比如——我不知道。但我現在真的很擔心她。」

「別傻了，琳達。都是酒搞亂了妳的腦袋。」貝拉開始剝掉衣服，換上她新買的比基尼。她穿上後要琳達看看。「妳覺得怎樣——大膽且性感，但還是典雅又高檔，對吧？」

琳達沒有回答。

「聽著，甜心，如果我們像兩個富婆一樣到處走動，那我們就會得到相應的招待。如果妳看起來像廢渣，妳就會被人忽視。我們要好好享受，去游泳，然後晚點要在樓頂的餐廳吃晚餐。」

「我剛打到朵麗家。」琳達終於說了。「一個男人接了電話。他說……『是妳嗎，小朵？』」

貝拉呆住了。「不會吧。」她倒抽一口氣。

「只有他會叫她『小朵』。她自己告訴我們的。」

貝拉努力扮演理智的聲音。「妳之前聽過他的聲音嗎？快想想，琳達，妳之前聽過哈利・勞林斯的聲音沒有？」

「沒有在清醒的時候聽過……是說我不清醒啦，不是他。」琳達虛弱一笑，試著想清楚。「他的聲音很低沉，滑順得像天鵝絨。喬總是說哈利那把低沉的嗓子可以融化巧克力。是他，貝拉，我知道是他。『是妳嗎，小朵？』說得冷靜到不行。那混蛋還活著，朵麗跟他一起。」

「那，雪莉在哪裡？」貝拉現在跟琳達一樣擔心。

琳達跳了起來。「妳真是該死的白癡，貝拉！妳買了滿滿一床根本帶不走的時髦玩意，身上沒有現金了！我們得離開這裡！」

「等等，等等！」

「等等？搞不好雪莉已經死了，被埋在朵麗家的後院——或者更糟的是，她可能現在在警方手上。她在警方偵訊下撐不過兩分鐘！我們完了！好吧，如果我得去坐牢，也不要在里約坐。」琳達快速在臥室窗戶、門和清空的迷你酒吧間移動，然後是客房服務送來的銀色圓罩托盤。她拿起罩子，托盤上一瓶酒也不剩。

「琳達！」貝拉大吼。「停一停！如果朵麗跟哈利聯手欺騙我們大家，他怎麼會在房子裡接電話，好像他不知道她在哪裡？為什麼他們不趕忙跑到世界另一頭？這不會是哈利。這一定是警察。像傻瓜一樣坐在那裡，因為他們不知道還能怎麼辦。朵麗跟雪莉一定在路上了。妳等著看。」

毫無預警地，琳達開始哭了起來。貝拉抱著她。

「聽著，親愛的。如果她們這一兩天沒有到這裡，我們就跑路。就像我們當初年輕又身無分文的時候，從咖哩屋跑掉一樣。」

琳達重重靠在貝拉肩膀上。「噢貝拉。我們不該這麼幸運的，對吧？」她嘆氣。「我的夢想就只是當個賽車手，然後成為世界上第一個女世界冠軍。我要給詹姆斯．杭特一個好看——在賽道內外都要。」

貝拉笑了出來，琳達也放下所有焦慮，跟著笑了。從敞開的陽台窗戶可以聽到泳池樂團開始演奏，艾卡與蒂娜．透納的〈深河，山高〉飄揚在空中。琳達是第一個加入合唱的，起先很小聲，接著就放開了嗓子。

貝拉跟著加入，她們一起大聲唱出漸強音，在房間裡跳來跳去，在空中揮舞手臂。當歌曲結束時，她們慢慢停下來，緩回正常呼吸。是懸疑未知的感受讓她們忍受不了。

「我們兩個會沒事的，對吧，貝拉？」琳達問。

「我們都會沒事。」貝拉在安慰偏執酒鬼這方面可是高手。「我們去點客房服務。」

貝拉等人接聽電話時，她的笑容沒了。這個在朵麗家接電話的男人確實是個麻煩。如果那是哈利，那朵麗一定是耍了她們。如果那是警察，那貝拉猜朵麗和雪莉已經身陷囹圄。如果是某個替費雪兄弟辦事的人——天知道朵麗和雪莉會在哪。不管如何，貝拉要把她的新衣全拿回去店裡退貨。她會再給朵麗和雪莉一天的時間——之後她就要帶著琳達逃跑。

第三十九章

警方在朵麗家這條街的兩端停車，封鎖所有出入口。地方居民緊緊拉著他的狗，再跟桑德斯總督察說一次事件經過。他無意中發現車子裡的重傷男子。他的知覺時有時無，但還是含糊說了他是個警察。「他死了嗎？」這名男子問。

「沒有。」桑德斯很快地說。他沒時間多談。「現在請跟著那位制服員警走，謝謝，他們會做完整筆錄。」他指引男子去最靠近的警車。

沿著陰暗的路面看過去，桑德斯只能看出富勒跪在瑞尼克的車門前。桑德斯幾乎是帶著羞愧地別過視線。他已經看過瑞尼克的慘狀，即使現在如此痛苦，瑞尼克只說了一個字：「勞林斯。」桑德斯很確定。當然，他可能是胡言亂語、產生幻覺或甚至是腦部受損……所以桑德斯決定在放出任何消息之前，都要先拿到證據。

總督察鼓起勇氣回頭看瑞尼克，並抓住一名制服員警。「我要確定瑞尼克警督在我們進入勞林斯家前安全移送。用無線電通知，催一下該死的救護車。告訴他們不要響警笛。安靜行動。」

瑞尼克癱在駕駛座上，鮮血從深割在臉上的無數傷口源源不絕流下來。他的呼吸變成可怕而粗啞的喘氣。

桑德斯探進車子。「救護車在路上了，喬治，你聽到了嗎？就在路上了，撐著點。」

瑞尼克掙扎著吸氣，胸腔發出一陣尖銳的聲音，但他勉強輕輕點了頭。桑德斯搖頭，往後退一步，跟富勒小聲說話。

「他到底一個人出現在這裡扮超級警察幹嘛？」

富勒沒有什麼想說的。不需要他多說什麼。他們都知道為什麼瑞尼克獨自一人行動──因為他們把他逼到了死角。

瑞尼克試著開口時，胸口還用力喘著，接著血液從嘴裡源源不絕流出，一陣咳嗽又把血噴濺在擋風玻璃上。桑德斯緊鎖著眉頭。

「你得暢通他的氣管，富勒。看看他是不是假牙卡住了。別讓他噎死了，看在老天份上。別讓他死在街上。跟他待在一起，如果他說了什麼，就寫下來。這事應該要有人負責，但可不要是我。」

「當然……長官。」富勒答道。在「長官」前的那聲停頓帶著鄙視，富勒在瑞尼克面前同樣也表現過。桑德斯走開的同時，富勒嫌惡地搖頭。桑德斯真的是個阿諛諂媚、一手遮天的王八蛋，瑞尼克過去嘮叨得沒錯。

富勒跪下來，看著瑞尼克淒慘不堪、受了重傷的身軀。他長久以來都討厭這個男人，但他現在看著的並不是敵人：他是在看一名受害者。慘遭虐打的受害者應該得到尊重和照顧。他從急救箱取來一些乾淨的無菌紗布，傾身探進車子。

瑞尼克的眼睛微微打開，透過視線中的一團血霧看著富勒。

「長官，」富勒開始說。「我要清理你的嘴巴，幫助你呼吸順暢。你有假牙嗎？」

瑞尼克勉強微微點頭，所以富勒手伸進去他嘴裡四處摸索。忽然間，這次襲擊中遭打落的幾顆真牙掉出瑞尼克的嘴巴。富勒拿出塑膠牙橋，一個兩邊有牙齒的塑膠片。

「我會把所有東西都放在你的口袋。假牙可以等到你好起來再戴，真牙你可以放在枕頭下給牙仙子。」富勒微笑，然後他發誓這個老傢伙的眼睛稍微瞇了一下。可能是一個微笑，也可能是一陣抽痛。

富勒脫下自己的外套，輕輕搭在瑞尼克的肩膀和胸膛部位，和善地說，「可不能讓你著涼了，對吧？我很抱歉，喬治，」他繼續說。「你是個天殺難相處的人，但這種行為不管就誰來說都是不對的。我很抱歉。我會幫你抓到他。不管是誰做的，我都會抓到他。」

瑞尼克的呼吸急促起來，在他試著把頭轉向富勒時，血從嘴巴和鼻子滴下。他抽著氣，舉起骨折且五指瘀青的手，血滲進他的大衣袖子。他指著左胸，試著要講話，但富勒無法理解他要說什麼。瑞尼克設法手再舉高一點，朝著左胸拍了兩下。

「是你的心臟嗎？你心臟不舒服嗎？」富勒問。

瑞尼克從肩膀扯下富勒的外套，用手指指著大衣裡面。然後，在完全筋疲力盡之下，他頭倒向一邊，昏了過去。

富勒翻找瑞尼克的大衣內袋，拿出一團揉起來的紙。他正開始要讀時，注意到救護車人員拿著擔架朝他這邊過來。富勒讓出路來，同時把紙塞到口袋裡。在街道另一端，桑德斯下令所有人朝勞林斯家前進。

＊

哈利站在比爾後面，看他手拿著鏟子，挖著柳樹下的鬆軟土堆。沒有人注意到土上的竹子十字架倒下來，被比爾笨手笨腳挖的土蓋住。過不了多久，比爾就挖到一塊白色蕾絲桌布。「這女人要埋一百萬現金前，竟然還會先整齊包好呢！」他笑著扯開布包，急著要拿裡面的東西。

當比爾要打開時，艾迪突然發覺到裡面包的是什麼，因而害怕後退。「噢，幹！」比爾大喊，他打開布團，惡臭正面襲向他的臉。他跳了起來，手上都是土壤跟狗大便。

哈利提起小狼屍體的脖子，舉到艾迪面前，眼中盈滿怒火。「看你讓她做了什麼！你讓她埋葬她的寶寶！再一次！」哈利拎著小狼朝艾迪猛戳，在他兩頰抹上狗屎。艾迪步步退後，一陣噁心就吐在旁邊灌木叢裡。

忽然之間，他們聽到有人用榔頭撞門的聲音。「警察——出來！」比爾跑向廚房，試著殺出一條路去開BMW。艾迪愣了一下，然後就跟在比爾後面衝。

哈利並不慌張。他快速移到花園另一角，一步步退到黑莓叢後面。他每走一步，身體都被劃傷，蔓生的荊棘割破曝露在外的每一吋皮膚，但他還是保持安靜。他站在七呎高的牆邊，抬頭看，舉起手，降低重心然後用力一跳。他的手掌被他當年用水泥固定在圍牆頂部的碎玻璃刺破，痛楚傳遍全身。他想尖叫，但還是吊掛在那裡，前額抵著磚牆，眼睛閉得死緊。

在他身後，艾迪忽然再次出現，跑進了花園。哈利知道警察肯定就在後面，所以他把身體用力往上拉，疼得呲牙裂嘴。艾迪看到哈利爬上圍牆頂部。「哈利，幫我！」他喊道。艾迪抬頭看著他的堂哥，沒有看到小狼的屍體在地上。他被小狗絆倒，跌進泥土堆，接著警察撲到他身上。

在圍牆上方，哈利盡可能安靜小心地避過碎玻璃，低頭看了看艾迪，他被三名制服員警壓著，身影幾乎看不見了。他看著小狼的身體，對著自己獰笑一下。復仇多甜美啊，小狼狼……哈利消失在牆邊，遁進後方巷弄的黑暗之中。

在外面的街道上，比爾套上手指虎，準備搏命奮鬥。他沒什麼好失去的：要他束手就擒，門都沒有。他拚命又踢又打，輕易就讓兩個警員不敢靠近。就算再加入兩個警察，比爾仍然守住陣地。終於，他們其中一個幸運地打到比爾的頭側，他暈頭轉向好一陣子，讓其他人控制住局勢。接下來，比爾就倒在地上，用手臂護著頭，蜷成一團，四根警棍如雨點般打在他的臉和身體上。

警察帶著受傷流血、咒罵不休的比爾．格蘭特往警車走去，他上了銬但還在掙扎，富勒就在救護車外面看著，車裡的瑞尼克裹著毯子，緊急救護員正在照料他。富勒沒有加入逮捕小組，他選擇跟瑞尼克一起。如果他說了什麼，富勒就要確保他的話都準確記了下來。他不要讓桑德斯扭曲任何事情，或用任何莫須有的理由怪罪瑞尼克：這件亂糟糟的案子裡已經有夠多錯確實是瑞尼克造成的了……

警察們經過富勒身旁，其中一個人交給他比爾．格蘭特的手指虎。上頭凝結的血塊和毛髮已經在比爾的口袋內部擦抹過，但還是看得見。富勒看著這個身材結實、年輕好鬥的男子被四個警察壓制住，然後再看看救護車上那個喘著粗氣的肥胖老人。他心中忽然充滿一股不受控制的憤怒和愧疚。在其他日子裡，他都痛恨跟瑞尼克共坐在滿是菸味的車裡，可是今晚——今晚他但願自己有待在他身邊。瑞尼克不該被打。沒有人應該遭到如此對待。

在他意識到之前，他就在右手套上手指虎，大步走向格蘭特，用力朝他腎臟部位重擊。趁他還沒被人拉走，他把握時間再打一拳。

富勒爬上瑞尼克坐的救護車後頭時，他看到艾迪被人押著往警車去。他正嚎啕大哭、大聲抗議著。「我有權利來這裡！這是我堂哥的房子！我在幫他看家！我沒有做錯任何事。」

救護車上，瑞尼克的頭癱軟無力地垂著，富勒坐在他旁邊。深色的血現在凝結在他的嘴巴和鼻子周圍。他的眼睛就像受傷的動物一樣，凝視著富勒。

「我給了他一些教訓，讓他好好記住。」富勒說。「那個這樣對你的傢伙。他不會這麼快就把你忘了。」

但瑞尼克看起來似乎並不在意。他試著說話時，嘴裡流出更多血。急救人員拿出氧氣罩蓋住他的嘴巴，而他閉上了眼睛。

＊

哈利・勞林斯蹲低在旁邊鄰居花園的水蠟樹樹籬旁。他扯出長褲口袋，包住滿是割傷的手，他原先將手握成拳頭以阻止出血。他還是可以感覺到掌中小片的碎玻璃埋得很深。他從藏身處看著救護車離開，接著是警用廂型車，然後一輛接一輛警車和旁觀者散去，直到街道恢復淨空。他甚至還多等了一個半小時，以防警察又回來。終於，他滿意地看到四周淨空，他往外走到街上，四下環顧：簡直像馬戲團離城。他從大衣口袋裡拿出艾迪的圍巾，圍住脖子，拉高遮住口鼻。接著手放在大衣口袋裡，輕鬆地走到路上。

第四十章

雪莉緊抓著她的機票踏進機艙，不確定她的座位在哪裡，便往左轉。一位空服員站在餐車前，問她是不是頭等艙旅客，雪莉舉起機票。空姐看著機票，給了她一個做作的笑容，說經濟艙要右轉。當空姐禮貌地打發雪莉去後面的經濟艙，雪莉看見朵麗坐在頭等艙的靠窗位置，啜飲香檳，讀著《Vogue》雜誌。「完全是她該死的作風。」雪莉嘟囔著。

更糟的是，雪莉的座位靠走道，來往的人都會撞到她。還有更慘的：她發現查爾斯坐在她右邊。

「我換了座位，好過來跟妳一起坐！」他笑容燦爛地說。「這樣我們就能多了解彼此了！」

雪莉已經好幾個小時沒吃東西，所以很享受機上餐。吃完之後，她戴上耳機，往後一靠，要來看電影。她不是真的對這部電影很有興趣，但任何事情都比被迫聽查爾斯喋喋不休說著他去過的國家還來得有趣。

看到半途，雪莉睡著了，她又感覺到有人又撞到她。她迅速拿下耳機，不管是誰，都要好好教訓他，這時她看到朵麗站在那裡。朵麗道歉的樣子好像雪莉完全是個陌生人，然後她走向廁所。檢查過廁所是空的之後，朵麗從手上的菸盒裡拿出一根香菸點燃，這時雪莉加入了她，耳機還掛在脖子上。她們交談時對著彼此微笑，好像只是在打發時間。

「我們有麻煩了。」朵麗小聲說。「里約熱內盧的海關系統跟我們不一樣。那裡沒有分紅區跟綠區：每個人都要從同一個出口出去。他們只會攔住他們想搜查的人。我們只得冒險。妳可以嗎？」

雪莉的心往下沉。「不，我不行。」她嘶聲說。「這個冒險太瘋狂了！哪怕只是一點點驚慌的跡象，巴西海關人員都會留意到，妳也知道我會多緊張。」

「我才是那個要冒險帶著錢袋闖關的人。」朵麗指出。「沒有錢，我們在里約熱內盧很快就會過不下去——而且會無法在有必要時出國。我需要妳做的就只有一件事，如果看到海關人員攔下我，就轉移對方的注意力。」

雪莉緊張地絞緊耳機線。她知道朵麗冒的風險最大。她別無選擇，只能支持她。

「我就把妳的沉默當作同意囉？」

「我該怎麼轉移注意力？」

「妳會想出來的。還有六個小時才降落。」朵麗說完就走掉。

雪莉走進廁所。她雙手抱頭，覺得非常不舒服。當她回到位子上時，電影剛剛結束。結局是他們在西班牙布拉瓦海岸抓到壞人跟失竊的現金。雪莉點了一大杯白蘭地，好鎮定神經、讓腦子冷靜。她閉上眼睛裝睡。

＊

哈利輕手輕腳溜進暗暗的臥室，試著不要吵醒楚蒂。他的手已經止血了，但收拾著小旅行箱、打開梳妝台抽屜時，還是可以感覺到傷口的痛。他拿出護照，翻找朵麗給楚蒂寶寶的五十英鎊。想到朵麗就讓他恨得五臟六腑絞扭糾結。他一定會好好回敬她：他會找到她，就算他拿回他的錢，她還是得因為對他這麼做而大吃苦頭。他摸索著抽屜，手掌碰到硬髮梳時痛得瑟縮。其中一個較大的傷口又裂開了，他咬著牙吸了口氣，小聲呼痛。

楚蒂醒了過來，只見一個黑暗的背影翻找著梳妝台。哈利快速移到床邊，一隻手掩住她的嘴巴。「是我，哈利。」他悄聲說，她便放鬆下來。她將他的手臂從她臉上拉開。她感覺到她嘴邊有什麼濕濕的東西。當她打開床頭燈，才看到哈利手上的血。

「安靜。不要說話，別吵醒孩子。」他說，擦拭著留在她臉上的血。

楚蒂看著哈利的手，看到無數傷口跟鮮血。「你去哪裡了？我撐了好幾個小時不睡在等你！你做了什麼事？」

哈利站起身。「她給妳的五十鎊在哪裡？」楚蒂張嘴要問為什麼，但哈利用了個手勢示意她「別說了！」。

「你沒找到錢，對不對？」她說，逐漸了解情況。「艾迪跟比爾在哪裡？」

哈利不管她，拿起她的錢包，拿走五十英鎊，還有剩餘的兒童福利金。他把錢塞在口袋裡，接著拉開他這一側的床邊抽屜，抽屜下方用膠帶黏著比爾幫他弄到的假護照。他把假護照塞進小行李箱，然後走出房間。

楚蒂下床跟著他。「你要去哪裡？哈利？你要去哪裡？你不是要離開我吧，是嗎？」

哈利搖頭，但楚蒂跑到門邊，作勢擋在門前。「你要回到朵麗身邊嗎？你還愛著她，還是為了錢？」

哈利跟楚蒂面對面站著，他啐道：「別提她的名字。她離開了……永遠離開了！」

楚蒂一把抓住他。「那錢呢——那筆錢呢？」

哈利把她推到一邊去，用力扯開門。楚蒂緊緊抱著他。

「我那麼愛你，哈利。請留下來。我需要你留在我身邊……我愛你。」

哈利緊抱著她，在她開始哭時，讓她的頭靠到自己肩膀上。他抬起她的下巴，望進她的眼睛，悄聲說：「我知道，但我不能留下來。我們去了那間房子。朵麗跟錢都不在那裡。接著警察出現，一切都亂了。艾迪和比爾被捕，我們也都知道，艾迪要是在牢裡被揍個一下，就不可能閉上嘴巴了。我別無選擇。我必須走。」

楚蒂發出一陣嚎哭，哈利用手遮住她的嘴巴。

「我會回來找妳，我答應妳，但我得自己躲個一段時間。」

他走到外面。啜泣著的楚蒂抓住他的大衣，把他往後拉。哈利停下來，伸手向後要擺脫她。

「我不要讓你走，我不要放開你！」她這樣說，哭得太用力以至於整個人都在顫抖。

哈利抓住她的兩頰，然後緩緩捏緊。「那個孩子——他是我的對嗎？是不是？」

隨著他加強力道，楚蒂痛得皺眉。「當然是你的。」她說著，看進他嚴峻又殘酷的眼睛。

「他最好是，他最好是我的！我會回來找你們兩個。」他轉身。楚蒂抓得太緊了，他得用力甩開手，此舉把她撞得往後一倒。

他出去了。他跑下台階時，楚蒂跌倒在地，頭撞到牆壁，但他沒有回頭。楚蒂一陣作嘔，爬到樓梯欄杆邊。

「哈利，你這個王八蛋！」她一面大喊一面拖著身體爬起來，向下看著台階。「你去找她啊——去啊，**去找她**！她一直都在背後幫你出主意，但你根本從來不知道！」她重重倒在台階上，哭得更用力了。

歐柏貝加太太走出樓下的公寓，抬頭往上看。「妳還好嗎，努恩太太？努恩太太，妳沒事吧？」她一邊問著，一邊爬上樓梯找楚蒂。

她們聽到下方木頭碰撞和碎裂的聲音，前門被撞壞了，還有笨重靴子踩上樓梯的聲音。

富勒率領著突襲小組。瑞尼克給他的那團紙上寫著吉米．努恩的地址，字跡被血染得幾乎看不清楚。看到地板上的楚蒂，富勒對她揮著警徽，然後跑過她旁邊。「他在哪裡？快告訴我他在哪，他在哪裡？」富勒越過肩膀往後喊著。

「他走了……他走了……你馬上**滾出去**！」楚蒂一次又一次地喊叫著，變得越來越歇斯底里。

房客紛紛從公寓出來，同時穿制服的警察湧進整座樓房。回到最上層樓梯間，富勒從地上抓住楚蒂的睡袍拉她起身，而制服員警重步踏進公寓。其中一人踢開了臥室房門，吵醒了寶寶，寶寶開始放聲大哭。

富勒抓著楚蒂的手臂，將她拉到前門邊。「吉米在哪裡？妳最好告訴我他在哪裡，努恩太太，不然我發誓我會連妳也一起抓。」

楚蒂聽到她自己的笑聲，一個瘋狂的聲音。就像唱片跳針一樣，她只是不斷重複著說：

「我什麼都不知道，我什麼都不知道，我什麼都不知道。」

第四十一章

里約熱內盧機場的護照查驗口大排長龍。朵麗和雪莉排在不同的隊伍，僅短短地互看一眼。許多旅客由於等待而煩躁不耐，但他們的抱怨只讓巴西移民局的經辦人員延宕更久。

朵麗和雪莉分別前往行李提領處，有些旅客已經在那裡或推或提地將行李帶往海關櫃台。空調讓偌大的室內氣溫冰冷。不斷反覆的重鼓拍森巴音樂、巴西旅客們興高采烈的談笑聲，還有長途的飛行，都令人筋疲力盡。

在一群推推攘攘著往行李轉盤前進的旅客之間，雪莉只看得見朵麗金色的頭頂。唯一的出口處擺著一排擱板桌，海關人員站在兩端，另有兩人站在出口門邊。他們都佩有武器，像老鷹般盯著旅客。雪莉拚命前往行李轉盤時，感覺得到汗水開始從前額流下。

雪莉等行李的時候，目光瞄向擱板桌那裡，一排旅客正等著通過。她的心不禁一縮：每個旅客的行李都被搜了。衣物攤得整排桌子都是，旅客和海關人員大聲爭執。雪莉推開人群接近朵麗，終於擠到她身後。她對著朵麗耳邊說悄悄話，聲音在一片嘈雜中幾不可聞。

「他們要搜查所有人。別做吧。」

朵麗頭也不回。「妳知道該怎麼做——現在快閃開。」

她們的其中一個紅色行李箱出現了，但她們看不見標牌是紅色還是藍色。她們一邊看著、一邊等待行李箱接近，這時一隻手伸向前，把它拖下轉盤。朵麗正要爆發，雪莉趕緊踢了她一下。

背著背包的查爾斯對著雪莉微笑，「這是妳的行李吧，我猜？要我幫妳拿嗎？」

「不用了，我很好，謝謝。而且我還得等另外一箱。」

他朝她貼近，體味在長途飛行後更難聞了。「我不介意陪妳等……不知道我們能不能一起吃個晚餐，觀光一下，或是一起待著就好？」

雪莉得甩掉他。她轉向他，輕柔但直白地說，「別想……你滾吧！」

查爾斯沒料到會遭到如此突然的拒絕，他退了一步，踩到一個胖女人的腳。她驚叫一聲，用力推他，他眼看就要往後倒，轉身恢復平衡時，背包又打到另一個女人，對方用葡萄牙語咒罵他。他對著身邊每個人迭迭道歉，低著頭溜走了。

雪莉轉身要叫朵麗把行李箱留著。她人不見了，但行李箱在那裡。雪莉怎麼試都拿不到，但接著她發現，那個是掛藍色標牌的行李箱。趁大家都看著查爾斯的時候，朵麗已經把另一個紅色行李箱拿下轉盤，跟裝錢的箱子掉包，然後一派輕鬆地走了。

雪莉嘴裡發乾，雙手冒汗。她望向擱板桌旁的隊伍、看見朵麗身邊擺著裝錢的行李箱時，還以為自己要昏倒了。朵麗一步步接近海關人員的樣子看起來如此冷靜，移動時她就踢著裝錢的箱子前進。既然朵麗還沒有把裝錢的箱子提起來，她就不是下一個要接受查驗的。雪莉轉身回到行李轉盤，看看她能否拿到行李箱——但它又轉走讓她錯過了！

查爾斯的背包擺在朵麗旁邊的擱板桌上。兩名海關人員正在對付他，在他的衣服裡仔細搜尋有沒有毒品，然後決定把他帶去搜身。

一名海關指著朵麗、再指指她的行李。她把行李箱提到桌上，努力不顯示出它的重量，然後迅速把她的小手提箱擺在頂端，雙手搭在上面。海關注視著她，伸出一隻手彈指示意。

「護照。」

她交上護照，他快快看了一眼，放在一旁。「妳有任何物品要申報嗎？」他用破破的英文問。

朵麗露出甜美的微笑，搖搖頭。

「身上有帶食物或植物嗎？」他問，眼睛依然盯著她。

「沒有，但我有一瓶免稅店買的琴酒，小手提箱裡有一些香菸。你要看嗎？」

「是的……妳此行的目的是？出差還是度假？」他似乎在留意對方不由自主露出的緊張跡象。

「度假。」朵麗冷靜地回答，同時慢慢拉開手提箱的拉鍊。她的頭暈得發狂，她拚命控制自己身上的每一條神經不要露出任何異狀、任何動作、任何情緒，以免使海關人員更加起疑。她一點也不知道背後的狀況如何，也不知道雪莉怎麼樣了，但她對上帝祈禱，希望雪莉加快動作，搬出她的隨便什麼計畫分散海關的注意。

雪莉現在已經拿到行李箱，站在等待海關查驗的隊伍裡。她看向朵麗的位置，看到海關人員從她的手提箱拿出菸酒，然後翻遍箱裡裝的所有東西。他將手提箱從行李箱上拿起，還給朵麗，然後把行李箱轉過來，讓行李鎖對向自己。雪莉知道現在若不行動就沒機會了。她拉開手提包拉鍊，伸手進去，然後開始大喊大叫。

「救命啊！喔，天啊，救命啊！有人偷了我的護照！」她在手提包裡翻翻找找，把它倒過來，讓裡面裝的東西掉到地上。「沒在這裡，沒在這裡啊！我被搶了，我被搶劫了！」

一切動作都停擺，所有人的眼睛都看著雪莉。出口的兩名海關上前查看這團騷動是怎麼回事，而朵麗背後的男人絕望地舉高雙手，開始用葡語大叫著些什麼，指著自己的手錶。正在處理朵麗的海關人員叫他安靜，但他不肯善罷干休，他衝著海關喊「idiota」的時候，連朵麗也聽得懂他的意思了。

那個海關人員生氣了，他把護照還給朵麗，將她的行李箱推到一旁，示意她離開。他接著轉向她後面的那個男人，用力怒拍桌子。

朵麗把行李箱推下桌子。結束了。隊伍後方，眾人的目光仍然在雪莉身上，她現在跪在地上，還在大聲嚷嚷，在她手提包散落出的東西裡瘋狂地翻找。朵麗混入人群中，慢慢走向出口的自動門。

等到門在朵麗背後關上，雪莉才把護照舉過頭揮舞，表示她找到了。海關人員把她連同行李箱帶到一個房間裡問話。既然朵麗通關了，雪莉就不再覺得緊張：她的兩個行李箱裡都沒有需要藏匿或申報的東西。

雪莉不知道的是，查爾斯正在隔壁的小室裡被人盤問他在行李轉盤引起的騷動。他淚流滿面，解釋說他在希斯羅機場幫了一位行李箱超重的小姐，把那個行李箱說成是他的，在里約降落後，他還表示要幫她拿。他本來希望能藉此一親芳澤，對於她突然的拒絕十分耿耿於懷。

其中一個跟查爾斯談過的海關人員跑過來，跟另外兩人一起向雪莉問話。他的英文講得不錯，足以轉述查爾斯剛才的說詞。「我非常抱歉，」雪莉微微嘟著嘴說。「我沒有錢付行李超重費，所以我恐怕做了點壞事。我的行為很愚蠢，我真的非常抱歉。但不是我出主意要撒謊的——那個男的說這樣完全沒問題，而且其實不會有人介意。他說錯了嗎？噢——」雪莉驚呼一聲，整個切換到金髮傻妹模式。「你們覺得他有別的意圖嗎？」

一個海關人員叫她稍等，然後離開房間。雪莉這下緊張起來了，她本來以為自己早就可以脫身了。幾分鐘後，那個海關人員回來，坐在她對面的桌前，直盯著她碧藍的大眼睛。

「妳為什麼跟那個年輕人說妳是來里約幫雜誌拍照？」

「我說謊了。」她說著低下頭作羞愧狀，但也是為了掩飾自己的緊張。「我有點喜歡他，想讓他印象深刻，所以——」

那個海關一拍桌子，嚇得雪莉驚跳起來。「那為什麼在里約降落後，妳就叫他滾蛋？」

雪莉信心滿滿地傾身向前。「這個嘛，他搭飛機時坐我旁邊，我聞到他的體味好臭。他在行李提領區跑來找我的時候，真是臭死了！我不是故意傷害他的感情，但我得誠實。」

海關人員全都大笑出聲。

「他真的很臭！」其中一個人說。「特別是在那麼小的訊問室裡！妳走吧，小姐。」他為她打開門，送她出去。

＊

愛麗絲在醫院主要病房區外的一間房裡找到瑞尼克。他在病床上顯得驚人地矮小，吊著點滴一動也不動，臉又青又腫，簡直讓人認不出來。她走向他時，她發現他的假牙放在置物櫃上的一個碟子裡，不得不壓下一聲嗚咽。她把一張椅子盡可能拉近他的病床邊，坐下來等待。

＊

前往飯店途中，雪莉望向計程車外一掠而過的里約市，想起了泰瑞。她從來沒有過如此刺激暢快的感覺。結束了，都結束了，她自由了——自由地想做什麼就做什麼，想當什麼人就當什麼人。她變有錢了，非常有錢。她好希望能夠和她所愛的男人分享這一部分的生活。這也是他的夢想——好吧，也許里約不算，他比較是個東倫敦男孩——，能夠做任何他們想做的事。雪莉簡直無法相信自己置身何處，更無法相信自己是怎麼來到這裡的。她等不及要見到琳達和貝拉了，她有好多話要跟她們說。

起先幾分鐘，大家沒有說話，只有一陣陣喜悅的尖叫和笑聲，以及許多的擁抱與淚水。雪莉從沒有被人抱得這麼緊過：她們簡直像是再也不想讓她離開視線了。她先前想像琳達和貝拉在溫水游泳池裡大玩特玩，但她們卻想像她在警察的訊問室裡被不擇手段的條子毛手毛腳。能夠重聚真是讓她們大大鬆了一口氣。

幾個小時後，她們的話匣子和香檳都火力全開。她們的套房看起來還更像哈洛德百貨，到處都是一盒又一盒美麗的名牌禮服和洋裝。三個年輕女子就像興奮的小孩一樣跑來跑去，在三更半夜又是喊叫又是跳舞，啵啵啵地打開一瓶瓶香檳。

隔壁的朵麗躺在浴缸裡。她可以聽到女孩們的尖叫和大笑，很樂見她們如此開心。她在雪莉之後大約半小時抵達，但她的態度收斂多了。朵麗希望自己能夠喚起自己和其他人的情感，但她的發條上得太緊，已經不知道如何表達了。**我想她們也知道我覺得她們表現有多棒，**她一面想著，一面點燃又一根菸、啜飲著香檳。**她們一定也知道我多為她們驕傲吧？**朵麗從行李箱中倒出十二萬英鎊的時候，女孩們的眼珠子都快跳出來了。

朵麗看著自己起皺的手指間夾的香菸。她已經在浴缸裡泡了很久，久到水都只剩微溫了，但她不在意。緊繃感慢慢從她身上的每條肌肉退去，她什麼都不在意。朵麗閉上眼睛。

「來嘛，朵麗！」琳達從客廳喊道。

朵麗微笑了。她多懷念她們甜美的嗓音啊。一個香檳塞啵的一聲彈出去，女孩們歡聲尖叫，彷彿這是今天開的第一瓶，但實際上可能是第四瓶了吧。她撫著軟綿蓬鬆的泡沫，想起了小狼。她試圖起身時頭暈欲嘔，滑回了浴缸裡，香菸從指間掉下去。朵麗看著菸消失在水面下，泫然欲泣。她的情感就快要浮上表面，卻還是不肯出來。她不確定她是為了小狼、哈利或她自己而悲傷——但是，赤裸而孤獨的她，感覺無比地脆弱無助。

*

將近六千哩外，哈利．勞林斯窩在臭哄哄的倉庫裡，只有那隻壞心眼的牧羊犬作伴，他也同樣感到脆弱無助，但原因完全不同。他從來不曾有過這麼無力、這麼孤獨的感覺。他死定了：他不能出面，不能動他任何一個帳戶裡的錢，甚至不能回家。他得出國，但是他不知道要等多久才能夠安全離開。朵麗……，一想到她，他就握緊了拳頭。好多年前，他曾和她一起流淚哀悼他們死產的兒子。他背叛了她——但她利用他詭詐的遊戲反咬他一口。

可是事情還沒結束，不，還早得很。沒有人能打敗哈利．勞林斯……

*

雪莉在臥室裡看著全身鏡中的自己，想著該不該穿上那件藍色的洋裝。不，她想，銀色的那件更完美。她退後一步，欣賞自己苗條的身軀。天呀，我看起來真不錯……其實不只是不錯啦——我超美的。

貝拉從臥室的連通門走進來。她整個人光采煥發，從頭到腳是一身黑色的亮片洋裝。「屁股不錯！」她對雪莉下了評語，兩人同聲大笑。她喊朵麗出來一起加入派對。

「來嘛，朵麗！」雪莉加上一句。「我們都在等妳！」

雪莉的錢綁成一綑一綑放在咖啡桌上。扯著嗓子高聲唱歌的琳達把錢堆在腿上。貝拉的錢隨意散放在一張雅緻的扶手椅上面。她跟琳達一起唱著怪腔怪調版的〈我自己的路〉。雪莉在房裡轉著圈，愛極了洋裝散開時的觸感，連內褲都露了出來。不想被搶走風頭的貝拉開始模仿雪麗．巴賽唱〈金手指〉，蓋過琳達的歌聲。女孩們放鬆下來、無憂無慮，整個氣氛電力四射。

雪莉又灌下更多香檳，點了一根菸，開始在房間裡到處遊行，像在伸展台上一樣。琳達拿著一把梳子站起來，假裝那是麥克風。

「現在我們歡迎雪莉．米勒小姐！那麼，您有什麼嗜好呢，米勒小姐？」

「這個嘛，我喜歡小孩，還有**搶銀行！**」雪莉尖聲大喊，同時把自己的一疊鈔票撒向空中。

*

朵麗把浴袍在腰間繫好，擦掉鏡子上的水氣，看著自己的臉。她的濕髮像老鼠尾巴般垂著。她看上去既憔悴又衰老，感覺上也是。她將額頭靠上冰冷的鏡面。現在眼淚流不出來了。就這樣嗎？她兀自想。哭完了，一切都風乾、封存回她的內心。

琳達從客房服務的餐車上拿了些魚子醬吃，同時撥弄著朵麗放在沙發上小手提箱裡的那堆鈔票。朵麗解釋過，她把錢均分了，剩下的藏在一間修道院裡。她也解釋說她從每一份裡各拿了五千鎊，用以支付她們當下的所有花費。大家都對這個安排再滿意不過，但琳達心裡還有別的掛慮。她站近貝拉身邊。

「我該不該告訴雪莉那通電話的事啊？」她悄聲說。

貝拉轉過來，鄙視地看了琳達一眼。「不。就把它忘了吧。妳也沒有證據確定是他。妳也承認妳一定是搞錯了，那就把它忘了吧。」

雪莉又為自己倒了一杯香檳。「妳們兩個在講什麼啊？」

琳達迅速看了貝拉一眼，然後坐到沙發上。「我打了一通電話到倫敦……到朵麗家。我知道我們不該這樣做，可是，嗯，因為我很擔心妳們。」

雪莉聳聳肩。「朵麗沒有跟我說過。」

琳達垂下視線。「朵麗沒有接到電話。是哈利接的。」雪莉還來不及講話，琳達便繼續說。「我知道是他。是哈利。」

貝拉為自己倒了杯飲料。「我不想跟妳吵，甜心，我們已經討論過這件事幾十次了。」

雪莉無法吸收琳達剛才說出的訊息。她看著房間。「妳確定嗎？妳確定是他嗎，琳達？」

「只有他一個人會叫她『小朵』。」琳達緊繃起來。「那個男的說：『是妳嗎，小朵？』一定是他。

他以前有打來找喬，他的聲音聽起來是一樣的。我跟妳說——哈利．勞林斯還活著。」

她們沉默地坐著互看彼此。哈利還活著嗎？而且，更重要的是，朵麗一直都知情嗎？雪莉首先打破沉默。她把一切都告訴她們：衣櫥裡有哈利碎爛的衣服，艾迪日夜監視房子、闖進來殺了小狼、還打了她。她猛地跳了起來，好像終於恍然大悟：「我就知道！嗯，其實，我本來以為她是跟艾迪共謀，但如果是哈利就更合理了。這樣說來，她從來沒有失去他。」

琳達瞬間站起，臉龐緊繃又醜惡。她踢開錢箱。「這是收買。是為了讓我們乖乖不礙事。妳們覺得誰會拿到剩下的錢？嗄？我們這會兒說話的同時，哈利可能就把修道院的置物櫃搬空了……這還是假設剩下的錢本來真的有放在那裡。」

貝拉放下玻璃杯，也站了起來。「放輕鬆。我們還不知道這些事是不是真的。我們甚至不知道他是不是真的還活著。我的意思是，如果他還活著，那她幹嘛來這裡？」

沒有人聽見朵麗從浴室出來。

她穿著飯店的浴袍，至少大了兩個尺寸，讓她看起來像個老奶奶。她們不知道她是否聽見了剛才的話，但她什麼也沒說。她到裝錢的行李箱旁邊，把哈利的衣服全都放進飯店的洗衣袋。

女孩們面面相覷，貝拉對琳達點了一下頭。

「我今天早上打了電話去倫敦，朵麗，打去妳家裡。」琳達警戒地開口。

朵麗彷彿沒有聽見。她只顧打開自己的行李箱，翻翻找找，拿起一件灰色洋裝。「我可以穿這件。不會像妳們那麼花枝招展，但還是過得去。或者我還有一件小禮服，我想我有把它放到這裡面。」

「哈利還活著嗎？」琳達問道。

朵麗拿起小禮服，在身上比了比。「妳們覺得如何？」

琳達向前一步，一把搶下她手中的禮服。「是哈利接的電話。他還活著，對不對？」

朵麗雙眼無神。她已經沒有鬥志，也無力繼續。她感覺就像有人在她肚子深處狠狠踢了一腳。灼燒般的感覺開始往外、往上擴散，蔓延到全身，但她開口說話時，聲音是冷靜的。「妳說是就是吧，琳達。」她說，仍然背對著其他人。

「我是這麼說沒錯，朵麗。而且妳知道他還活著。」琳達為她們問了已在嘴邊的問題。「剩下的錢呢？妳到底怎麼處置？哈利現在把錢拿走了，是不是？」

朵麗怒火中燒，嘴裡乾得要命。她用力吞嚥一下。「妳以為我跟哈利聯手？妳以為我早就知情？」她說，依舊沒有轉身面對她們。

貝拉把琳達擋在後面，試圖抓住朵麗的手臂。「我們只是想知道現在是什麼情況，朵麗。」她鎮定地說。

朵麗轉過身，一一看著女孩們。她移到飲料推車旁邊時顫抖不已。她伸出手拿某個瓶子，卻抖得拿不起來。然後，她的整個身體開始不受控制地抖動。

「他還活著嗎，朵麗？」琳達執意追問。朵麗顫抖的樣子如同衰弱的老嫗。貝拉和雪莉互看了一眼，擔心出了什麼嚴重的問題。

然後，突然之間，她駭人的怒火爆發了，讓她們全都大吃一驚。飲料推車翻倒在地，玻璃杯、食物和所有朵麗碰得到的東西，都被她扔過房間。她抓來手提箱，把她的錢一把一把拉出來，丟向其他三人。一開始，她的聲音像是低沉的怒吼，然後愈來愈大聲，宛如瘋狗在一遍又一遍地嚎叫：「**對、對、對、對、對！**」

女孩們緊靠著彼此站在一起。她們從來沒看過朵麗變成這樣——她們從來沒看過任何人這樣！她們一點也不知道該怎麼做、該如何幫忙、該如何安慰她，該如何驅散她面臨的痛苦。

朵麗丟到再也沒東西可丟時，臉孔扭曲地開始拉扯浴袍，想用指甲撕裂它。她像染上狂犬病的動物一樣狂吼，頭顱前後搖擺。這真是一幅恐怖的景象。她把浴袍從肩膀拉下，開始抓著自己光裸的手臂。一條條深紅色的腫痕浮現，她的聲音愈拉愈高。「妳們想知道那是什麼感覺嗎？」朵麗大叫。「想知道發現真相是什麼感覺嗎？感覺就像我體內起了一把火。現在還在燒著。他也還在……**出去**，把他弄出去，天啊，把他弄出去！」

朵麗在手臂上抓得愈來愈深、愈來愈用力，直到血順著她的手指流下來。

琳達的眼珠子都快跳了出來，雪莉像擔驚受怕的小孩一樣瑟縮，但貝拉採取了行動。琳達以為她要把朵麗從歇斯底里的狀態中打醒，但她把她抓過來，給了她一個熊抱，使盡全力擁緊她。朵麗掙扎著，但雙臂被貝拉強大的力量鎖在身側。朵麗在貝拉懷裡啜泣，貝拉的擁抱放鬆時，朵麗滑到地上，雙膝一跪。

沒有人知道該怎麼辦。

朵麗好久以來都想哭出來的淚水終於泉湧而出。她從來沒有哭得這麼慘。她曾為哈利哭過許多次，但現在那令人揪心不忍的啜泣聲和先前不同，雖然痛徹心扉，但她歡迎這一陣解放。

雪莉見之不忍，上前想要安慰朵麗，但貝拉阻止她。朵麗需要好好發洩出來，因為內心壓抑的這一切正在扼殺她。啜泣聲不斷接續，直到朵麗終於聲嘶力竭，徹底掏空。貝拉扶著她站起來，再度溫柔地抱住她，將她輕輕搖晃，悄聲對她說一切都沒事了。一切都沒事了。都結束了。

她們之中沒有人能夠相信，這就是過去好幾個月來跟她們一起奮戰、爭執的堅強女子。琳達愧疚不已，不敢看朵麗，只能坐在那裡將手握緊又放開。雪莉點起一根菸，彎身遞給朵麗，但她累得甚至無力舉起手接過。雪莉將菸放在她唇間，朵麗吸進溫熱的菸霧，像嬰兒吸奶嘴一樣吮著菸，把肺吸鼓之後再慢慢讓菸呼出去。

淚珠滾下朵麗的臉龐，但她完全沒有費神擦拭。她試著站起來，但她太虛弱了，於是貝拉把她領到椅子上坐好。朵麗一動也不動地坐著，浴袍前襟浸滿淚水，衣袖則被鮮血沾濕。

女孩們等待著。

終於，朵麗說話了。她的話語是一串她試圖拼湊起來的不連貫思緒。

「我去吉米．努恩家裡的時候就起疑了……但我不確定……而且……我不想相信有可能是那樣……我以為我把他埋葬了，但那是吉米．努恩。我埋葬的是吉米．努恩……我為了吉米．努恩而哭……哈利一定是開了那輛前鋒車……我很抱歉。他就是第四個成員，我真的非常、非常為妳們丈夫的遭遇抱歉。」

「但是，哈利的手錶。是吉米戴著嗎？」琳達誠懇地問。

朵麗搖搖頭。「這只有哈利曉得了……」

她伸手要再拿一根菸，雪莉幫她拿了。朵麗靜靜坐著抽菸。然後，她的臉突然扭曲，說話的時候全身顫抖。「我向楚蒂自我介紹的時候，她看著我的那個表情！好像我是地上的泥巴一樣。我覺得他當時就在那裡。他躲起來了。我覺得小狼知道。小狼在那間垃圾堆似的小房子裡聞到爸爸的味道。就像牠在倉庫聞到他一樣。」她不敢置信地雙手抱頭。「我這麼愛他。他是我的命啊。我對他一見鍾情。」她花了片刻試圖讓自己冷靜。「就算我把證據拼湊起來，我還是——我還是想要他回來。」她羞愧地低下頭。「我還是愛他，我想跟他在一起，但我沒辦法告訴妳們，我沒辦法這樣告訴妳們。我太羞愧了。」朵麗用浴袍袖口擦擦鼻子，抬頭看著女孩們。「我不會讓他碰妳們的錢。」她說。「他得先把我殺了。」

朵麗抬頭挺胸站起來。她綁緊浴袍腰帶，用手梳過頭髮。她是個鬥士：她始終都是，而且她心中仍有鬥志。

「我什麼都沒留給他。」她告訴她們。「沒有錢、沒有帳簿、什麼都沒有，甚至連棲身之處都沒了。我把那間房子和裡面的所有東西都賣掉了。在書面上，他已經死了，他對此無能為力。他就只能跑路了，而且得一直逃。」

貝拉舉起手，像是表示她已經聽夠了。「放輕鬆點，朵麗，妳不知道他是不是真的還活著——我們都不知道。但就算他還活著，為什麼妳要那麼快賣掉房子，讓自己沒地方住？」

朵麗微笑了，平靜的神情擴散到她整張臉。

「妳打算怎麼辦，朵麗？」雪莉問。

「把我二十年的人生買回來。」她走向臥室。

「這就對了，朵麗。妳躺躺休息吧。」

朵麗轉身，搭在臥室的門框上的手張開，她正在恢復力氣。「我不累。我要一張新的臉，甚至一具新的身體。現在的科技可神奇了，而且天曉得我現在夠有錢的。我要用我那一份錢把我的青春買回來，我很快就會跟妳們一樣美了。」

她凝視著她們，身體微微地搖晃，然後轉身走進臥室。她需要獨處。

貝拉想起她們在海邊演練搶案那天的朵麗。她記得朵麗自我懲罰的樣子，急切地想要跟她們表現得一樣好，裝出自己跟她們一樣強健的假象。貝拉知道她是在拚命演戲，就像現在一樣，她該死地太擅長掩飾自己真正的感受了：她覺得自己太老又格格不入。貝拉看著雪莉和琳達，看出她們被這場戲騙過去了，以為朵麗要去整容。

雪莉跟在朵麗背後。「來嘛。穿上妳的漂亮衣服！我們訂了位——是里約最棒的俱樂部。」

朵麗停了一秒，做好準備後轉向雪莉。「我要留在這兒，妳們去吧。好好享受。我得計劃自己的新生活。」

貝拉拾起那件小洋裝，還有朵麗行李箱裡的其他衣服，和琳達與朵麗買的幾件，走進臥室，把衣服放在床上，雙手插腰站著。「我們不接受否定的答案，親愛的。」她對朵麗說。「所以，快脫了這件布袋浴袍，從這裡面挑一件穿上吧。」

朵麗看著貝拉，而貝拉從她眼中看得出她多麼渴望再年輕一次。「妳的新生活就在此時此地開始，朵麗。」她輕聲說。「不用計劃。」然後她提高音量，讓琳達和雪莉也能聽見。「琳達會幫妳做頭髮。」

琳達跑向床邊桌抽屜，拿出吹風機。「我超級會吹的！」她宣告。女孩們大笑時，一抹微笑也爬上朵麗的臉。

貝拉再次插話。「最後還有，我們的專業模特兒兼伸展台巨星雪莉，會幫妳化妝。等我們完工，妳就會年輕二十歲了。」

雪莉把朵麗拉到梳妝台前，琳達則跑回她臥室拿燙髮捲。朵麗坐在鏡子前，用孩子般的神情看著自己：灰姑娘要去舞會了。

「妳想要哪款──銀色金屬感還是亮片？」貝拉從床上拿起兩件洋裝問道。

朵麗看著鏡中的自己。「我穿那件會不會有點太老了？」

貝拉笑了，把金屬色洋裝塞到一旁。「亮片洋裝就完美了！」她在鏡中捕捉到朵麗的目光，對她眨了眨眼，但看見朵麗的嘴唇開始顫抖，就轉開視線。她不想再看她崩潰了。朵麗已經把情緒發洩夠了……她現在需要喝個大醉，還有把頭髮做得漂漂亮亮。

琳達著手吹乾朵麗濕潤糾結的頭髮，她都沒有發現，自己竟然在朵麗的肩膀上輕輕按摩起來，還加上憐愛的輕撫。但朵麗發現了。這是琳達第一次對她表現出友誼，朵麗深受感動，不禁碰了一下琳達的手。琳達的手指握住朵麗的，在她們鏡中的倒影裡，朵麗看見了對方眼中的罪惡感。「過去的事就放下好嗎，琳達？」朵麗靜靜地說。「那些風風雨雨、那些錯誤。」這就是朵麗給琳達的赦免——琳達微笑地接受了。終於，她們之間達成了理解。

室內漸漸充滿了笑聲和關於髮型、衣著、化妝的談笑討論。朵麗在這一刻感覺到了關愛，不論能延續多久，她都要好好享受這每一秒。她們的友情溫暖了她，使她堅強，讓她覺得自己被需要。現在，她覺得自己是「女孩們」的一員，但和雪莉與琳達不同的是，她不是寡婦。不再是了。而且她永遠不會忘記哈利．勞林斯讓她經歷的一切。

總有一天，她會再見到他。總有一天他得面對她。哈利還活在世上，而她會找到他。不管他在哪裡。

臉譜小說選 FR6554

寡婦

Widows

原著作者	琳達・拉普蘭提（Lynda La Plante）
譯　　者	林亦凡
行銷企畫	陳彩玉、朱紹瑄
業　　務	陳紫晴、林佩瑜、馮逸華
出　　版	臉譜出版
發 行 人	凃玉雲
總 經 理	陳逸瑛
編輯總監	劉麗真
	城邦文化事業股份有限公司 台北市民生東路二段141號5樓 電話：886-2-25007696　傳真：886-2-25001952
發　　行	英屬蓋曼群島商家庭傳媒股份有限公司城邦分公司 台北市中山區民生東路141號11樓 客服專線：02-25007718；25007719 24小時傳真專線：02-25001990；25001991 服務時間：週一至週五上午09:30-12:00；下午13:30-17:00 劃撥帳號：19863813　戶名：書虫股份有限公司 讀者服務信箱：service@readingclub.com.tw 城邦網址：http://www.cite.com.tw
香港發行所	城邦（香港）出版集團有限公司 香港灣仔駱克道193號東超商業中心1樓 電話：852-25086231或25086217　傳真：852-25789337 電子信箱：hkcite@biznetvigator.com
新馬發行所	城邦（新、馬）出版集團 Cite（M）Sdn. Bhd.（458372U） 41, Jalan Radin Anum, Bandar Baru Sri Petaling, 57000 Kuala Lumpur, Malaysia. 電話：603-90578822　傳真：603-90576622 電子信箱：cite@cite.com.my
一版一刷	2018年12月 版權所有，翻印必究（Printed in Taiwan）
I S B N	978-986-235-719-4 定價420元 （本書如有缺頁、破損、倒裝，請寄回本社更換）

城邦讀書花園
www.cite.com.tw

國家圖書館出版品預行編目資料

寡婦／琳達・拉普蘭提（Lynda La Plante）
著；林亦凡譯. -- 一版. -- 臺北市：臉譜
出版：家庭傳媒城邦分公司發行, 2018.12
　面；　公分. --（臉譜小說選；FR6554）
譯自：Widows
ISBN 978-986-235-719-4（平裝）
873.57　　107019950